dtv

Es ist nicht leicht, das Leben in Želary – für keinen seiner Bewohner. Und doch hängen alle an diesem Fleckchen Erde in den mährischen Bergen: Juliška und Pavel, Zuzanka und Marek, Žeňa und Jiřinka, Doktor Beníček, Hochwürden, der gutmütige Joza und wie sie alle heißen. Nicht zu vergessen Lucka, die Hebamme, Kräuterfrau und unbestrittene Autorität. Sie macht, was sich keine andere Frau in dem von Tradition und Aberglauben geprägten Dorf nahe der slowakischen Grenze traut: Sie setzt sich zu den Männern in Látals Kneipe, trinkt ihren Sliwowitz und geht auch schon mal bei Schlägereien dazwischen.
Porträts von Menschen und einer Landschaft: Mosaikartig setzen sie sich von Geschichte zu Geschichte zusammen und bilden am Ende einen wunderbaren kleinen Kosmos.
»Ein anziehend altmodisches Buch.« (Peter Demetz in der ›Frankfurter Allgemeinen Zeitung‹)

Květa Legátová ist das Pseudonym einer in Brno lebenden Autorin (geboren 1919), die während des kommunistischen Regimes als politisch unzuverlässig galt und deshalb nach dem Studium der tschechischen und deutschen Sprache, der Physik und Mathematik als Lehrerin von einer Dorfschule zur anderen versetzt wurde. Aus den Bergregionen in der Nähe der slowakischen Grenze schöpft sie die Themen für ihre balladenhaften, naturalistischen Geschichten. Eine freie Fortsetzung des vorliegenden Zyklus, für den die Autorin 2002 den Tschechischen Staatspreis für Literatur erhielt, ist die Novelle ›Der Mann aus Želary‹ (dtv 21045 und dtv großdruck 25301), die als Vorlage für den Film ›Želary‹ diente.

Květa Legátová

Die Leute von Želary

Aus dem Tschechischen von
Sophia Marzolff

Deutscher Taschenbuch Verlag

Von Květa Legátová
ist im Deutschen Taschenbuch Verlag erschienen:
Der Mann aus Želary (21045 und dtv großdruck 25301)

Ausführliche Informationen über unsere Autoren und Bücher finden Sie auf unserer Website www.dtv.de

MIX
Papier aus verantwortungsvollen Quellen
FSC® C019821

Ungekürzte Ausgabe 2011
Deutscher Taschenbuch Verlag GmbH & Co. KG, München

Titel der tschechischen Originalausgabe:
›Želary‹ (Paseka, Prag/Litomyšl 2001)

Umschlagkonzept: Balk & Brumshagen
Umschlaggestaltung: Wildes Blut, Atelier für Gestaltung, Stephanie Weischer unter Verwendung eines Fotos von mauritius images/Nora Frei
Satz: Greiner & Reichel, Köln
Druck und Bindung: Druckerei C.H. Beck, Nördlingen
Gedruckt auf säurefreiem, chlorfrei gebleichtem Papier
Printed in Germany · ISBN 978-3-423-21275-5

Meinen Schülern mit Liebe gewidmet

Spiegel im Wind

1

Wasser und Wasser, seicht und gekräuselt.

An einer Stelle brach es sich, prallte gegen die Felsen. Bunt schimmernde Tropfen regneten auf die tobende, schäumende Oberfläche.

Eine Wasseramsel badete in einer Pfütze. Ein seltsamer Vogel, der badet und singt. Ringsum erstreckte sich die weite Berglandschaft mit dem dünnen Band des Flusses am Fuße der schroffen Abhänge.

Am Uferrand sammelte sich weißer Schaum. Ein Kiefernzapfen schaukelte dort, und auf ihm lag, unbedeutend noch in der Unermeßlichkeit des nahenden Todes, eine entkräftete Biene.

2

Auf dem holperigen Weg oberhalb des Flusses fuhr ein Wagen vorbei. Im Wasser trabte das Pferdchen mit den Hufen nach oben.

Der Weg war gefährlich, doch der Kutscher, hochaufgerichtet und breitbeinig, trieb das Pferd noch schneller an. Der Wind zerrte an seinem Haar, nahm ihm den Atem, schlug eisig gegen seine Brust, doch der Mann lachte, berauscht von der Fahrt, er lachte mit trockenem Mund, und Tränen flossen über seine Wangen.

»Juliška!« Er riß an den Zügeln.

Das Mädchen blieb stehen. Er hob sie mühelos mitsamt dem Bündel auf ihrem Rücken auf den Wagen.

»Mähst du da unter dem Felsen?«

Sie wurde dunkelrot.

»Wir haben die Nutzung gepachtet.«

Der Kutscher machte ein finsteres Gesicht. Er ärgerte sich über sich selbst, daß er so ins Blaue hinein geredet hatte. Was war schon ein Bündel von stachligem, saurem Gras irgendwoher vom Fluß? Dort mähte von jeher das ganze Dorf. Und alle hatten die Nutzung gepachtet. Auf der anderen Seite.

Juliška streckte ihre nackten Füße aus und berührte den vollgestopften Sack. Sie drückte den großen Zeh hinein, hinterließ eine kleine Vertiefung. Sorgfältig strich sie den Sack wieder glatt – dann bohrte sie erneut die abgeschundenen Zehen ihrer mageren kleinen Füße in ihn hinein. Sie konnte sich an Dingen erfreuen, die kaum der Rede wert waren. Mit zurückgelegtem Kopf sah sie nach oben.

Baumwipfel, die ins Blau des Himmels getaucht waren.

Ab und zu kniff sie die Augen vor dem Wind zusammen und beobachtete durch die schmalen Schlitze, wie die Baumstämme vorüberstürmten, ein andermal schloß sie die Augen ganz und nahm nur die Erschütterungen des Wagens wahr, entspannte ihre Glieder, um sich dem betäubenden Geschaukel so weit wie möglich hinzugeben.

Strähnen ihres blonden Haars flogen ihr um die Ohren, eine kitzelte sie an der Nase. Ihre dunkelblauen Augen, die immer zu staunen schienen über das, was sie sahen, hatten den weichen Glanz eines kindlichen Lächelns bekommen.

Sie fuhren in den Hohlweg hinein.

Dann wieder bergauf zu den Felsen, weg vom Fluß.

»Huaah, huaah«, forderte der Kutscher das Echo heraus. Der Fels warf seine Stimme zurück.

Uaah! Uaah!

Ein freier Hang tauchte auf und die ersten kleinen Häuser. Er wird bei der Wirtschaft haltmachen, überlegte Juliška. Da steige ich ab.

Vorfreude lief wie eine Welle durch ihren Körper. Am Morgen waren die ersten Holzgerüste der kleinen Kirmesbuden aufgebaut worden. Morgen begann in Želary die Kirchweih.

Ich werde bei Madlenka vorbeischauen.

Ungeduldig sah sie zu den fernen Dächern hinüber. Darüber vergaß sie ganz, die Fahrt zu genießen. Sie konnte es kaum erwarten, vom Wagen zu springen, in den Stall des Schmieds hineinzulaufen, sich in die Spreu aus altem Laub fallen zu lassen und die Zicklein zu betrachten.

Sie waren erst gestern geboren worden, aber womöglich waren sie bereits in die ersten kämpferischen Spiele auf dem Hof vertieft, bewacht von ihrer Mutter, der Ernährerin, Beschützerin und höchsten Autorität.

Juliška liebte die alte Ziege des Schmieds, die in dem wohlhabenden Haushalt nur wegen der Milch für die Schweine gehalten wurde.

Die Ziege kannte sie und würde sich freuen, sie zu sehen, Joza würde Madlenka dazuholen, die gelähmte Madlenka, ihre alte Schulkameradin und Freundin …

Mit ihr würde sie die Zeit verbringen, die sie durchs Mitfahren gewonnen hatte.

Der Wagen ruckelte über den Grashang, der in den bunten Farben des Sommers blühte. Von hier aus konnte man weit ins Land sehen. Berge und Wälder bis hin zum dunstigen Horizont. Da und dort eine Ansammlung leuchtendblauer oder weißer Hütten mit steilen Dächern, auf denen kein Schnee liegenblieb. Jeder wußte hier, wie man sich ein Häuschen baute. Aus Holz, aus Stein, aus Ziegeln. Es genügten drei Räume, die durch einen lehmigen Flur miteinander verbunden waren: eine kleine Küche, eine Schlafstube, der Stall. Dann wurde noch irgendwo ein Holzschuppen daran geklebt.

Sie passierten das Haus der grimmigen alten Lucka Vojničová.

Die Hütte bestand aus Holz und war hoch mit Steinen untermauert – als würde sie aus der Erde wachsen. Es roch dort nach Minze, Salbei und Königskerze. In den weit offenstehenden Fenstern blühten Geranien und Fuchsien, über die Hauswände krochen die breiten Blätter des wilden Weins zu ihnen hinauf.

Juliška war schon einige Male drinnen gewesen, sie kannte Luckas Haus. Von der Diele gingen zwei Treppen ab. Die eine in den Keller hinunter, die andere auf einen kleinen Boden, wo Bündel von getrockneten Kräutern von der Decke hingen. Der Wind zog dort hindurch, die kleinen Dachfenster standen offen, dennoch war der Raum von einem angenehmen Geruch erfüllt.

Sie war mit Žeňa dorthin gekommen, der Tochter des Revierförsters, ebenfalls eine Mitschülerin und Freundin – die Tage ihrer sorglosen Streifzüge durch die Wälder der Umgebung waren jedoch vorbei, sie waren ersatzlos und ohne Vorwarnung verschwunden.

Sie hätten sich noch so viel zu erzählen gehabt, als sie für immer auseinandergingen. Juliška wußte bis heute nicht, weshalb Žeňa so an der gefürchteten alten Frau hing, und auch nicht, weshalb deren geheimnisvolles Zuhause für sie immer offenstand.

So wie manche Leute von einem Zauberschloß träumen, träumte Juliška Gorčíková vom Haus der Kräuterfrau. Sie träumte von der halbleeren, sonnendurchfluteten kleinen Stube, die ein Mysterium ausströmte, das aufregend, aber nicht erschreckend war.

Sie reckte sich, um im Vorbeifahren wenigstens einen Teil der Stube zu erspähen. Sie konnte das breite Bett sehen mit dem wie Schnee aufgetürmten Federbett.

Plötzlich stürmte ein Hund auf ihren Wagen zu. Er geriet beinahe zwischen die Räder, sprang sie an, kläffte heiser, krümmte seinen spärlich behaarten Buckel und bleckte sein fast zahnloses Gebiß.

Das Mädchen beugte sich vom Wagen hinunter.

»Ruhig, Rafan, spiel nicht verrückt!«

Der Kutscher reizte den Wütenden allerdings noch weiter,

schlug ihm mit der Peitsche gegen die hageren Flanken. Der Hund hetzte am Wagen entlang, sein einziges Auge flammte blutrot. Doch die Kräfte, die der Groll in seinen alten Knochen und Sehnen entfesselt hatte, waren bald erschöpft. Der Wagen entfernte sich, und Rafan blieb auf der Erde liegen, er atmete stoßweise, und aus seinem offenen Maul rann schaumiger Geifer.

Der Weg bog scharf auf die Landstraße ab. Ein Mann ging dort entlang. Er sah sich gar nicht nach dem nahenden Wagen um, sprang über den Graben und folgte dem Fußpfad, der parallel zur Fahrspur verlief. Juliška starrte verwundert seinen Rücken an, auf dem ein karges Bündel hüpfte.

Zálešák!

Der Mann ging in gemächlichem Tempo, leicht nach vorne gebeugt, mit gleichmäßigen, langen Schritten, wie eine Maschine.

Das Mädchen flüsterte drängend: »Toňa!«

Der Kutscher rührte sich nicht. Er gab keine Antwort. Aufrecht stand er auf dem Wagen, mit steifen Gliedern, wie versteinert. Die Knöchel seiner Hände, die die Zügel umkrampften, waren weiß geworden.

Das, was wie ein Spukbild vor ihm erschienen war, war jedoch nicht das aschfahle Gesicht von Vojta Zálešák.

Von irgendwoher war ein ganz anderes Gesicht aufgetaucht. Und in dem funkelten die Zigeunerzähne von Vojtas Bruder Jan.

3

Ganz oben auf den Felsen stand Jura Machala, der junge Jäger. Er ragte einsam über der Landschaft, die Stirn im Wind, den tückischen Abgrund vor den Füßen.

Er hatte sein Fernglas an die Augen gesetzt.

Ein heißer Schauder lief ihm über die Haut.

Lange, unverwandt beobachtete er den Mann mit dem Bündel über der Schulter.

Dann sah er zum Himmel hinauf, wo sich weiße Fetzen weiter ausdehnten.

Er ertappte sich selbst beim Zögern. Als könnte er durch kurzes Verweilen etwas aufschieben, was ihm noch unbekannt war, was sich jedoch heute oder morgen ereignen würde, etwas, das unausweichlich war und dem er in jedem Fall trotzen und furchtlos gegenübertreten würde.

Er kniff die Augen gegen den Wind zusammen und machte sich an den Abstieg.

Im Tal begegnete er den Steinbrechern, die gerade von der Arbeit kamen. Sie verlangsamten ihren Schritt, sobald sie ihn sahen, und tauschten untereinander vielsagende Blicke aus. Es brachte ihn auf.

Mit düsterer Miene ging er an den Männern vorbei und grüßte unwirsch. Ihm war, als müßte er Spießruten laufen. Er hatte Lust, den Kerlen ins Gesicht zu springen und ihnen den Ausdruck ungebetener Anteilnahme hinauszuprügeln.

Der alte Judas, der den Schluß bildete, kam auf ihn zu und bat ihn um eine Zigarette. Der Jäger öffnete wortlos sein Etui. Der Alte nahm sich eine heraus und blinzelte Jura mit seinen trüben Augen zu.

Er schaut mich an, als läge ich bereits im Grab.

Die Blicke des Jägers sprühten Funken. Aber er wußte zugleich, wie lächerlich ein Wutausbruch wäre. Er hatte keinen Grund, zornig zu sein.

Wenn ich mich nicht beherrsche, werde ich aussehen wie ein kleiner Junge, der vor Angst einen Koller bekommt.

Langsam und mit zitternden Fingern zog er eine Zigarette für sich selbst heraus, konzentrierte sich mit allen Kräften nur darauf. Das erste Streichholz zerbrach, das zweite entzündete sich. Der alte Judas beobachtete seine Bewegungen.

Im Dickicht blitzte ein Frauenrock auf. Die alte Hebamme Lucka Vojničová drängte sich durchs Unterholz, eine zierliche, weißhaarige Frau mit Augen voll melancholischer Anmut.

Juras Blick blieb an dem Kräuterkorb hängen, und ohne darüber nachzudenken, hatte er eine Zielscheibe für seine Gereiztheit gefunden.

»Wohin mit dem Korb, Gevatterin?«

Lucka blieb stehen und richtete sich auf. Ihre großen schwermütigen Augen lebten auf und waren schnell nicht wiederzuerkennen.

»Frag nicht groß, sonst erfährst du's am Ende wirklich.«

Jura stellte fest, daß der fremde Zorn ihm guttat. Er kühlte wie Öl auf verbrannter Haut.

»Man hat sich beschwert, Sie würden in Želary alle Feldraine abpflücken. Den Leuten verenden die Ziegen. Ich muß Ihnen eine Geldbuße aufbrummen.«

»Und ich brumm dir ein paar Backpfeifen auf dein freches Maul! Spuck keine großen Töne, sondern paß lieber auf, daß du kein Messer zwischen die Rippen kriegst, Vojta Zálešák hat nicht vergessen, wer ihn ins Zuchthaus gebracht hat!«

Es war, als wäre ein Damm gebrochen. Die Arbeiter warfen sich Blicke zu.

Die hatte eine Spürnase wie ein Marder!

»Lacht ihr nur, ihr Saufhähne«, wandte sich Lucka ihnen zu, »euch erwischt's auch! Jeder weiß, wer Vojtas leere Hütte geplündert hat, Judas hier hat seine Kuckucksuhr bei sich an der Wand hängen, leugne es nur, du Mistkerl, Márinka hat es gesehen! Und wer hat seinen Schuppen auseinandergenommen, wer hat die Latten zum Stützen der Obstbäume gebraucht? Und wer hat seinen Schlitten kaputtgemacht, wessen Junge ist den ganzen Winter darauf gefahren?«

Jura hörte mit Erleichterung zu. Er war auf einmal ruhig, ganz merkwürdig glücklich und in leichtsinniger Stimmung.

»Sagt schon was zu euren Räubereien!« polterte er.

»Dich«, schrie Lucka, »dich schnappt er sich als erstes! Und vielleicht gleich dazu einen Strick, dem ist alles egal! Schreib dein Testament, solange deine Hand noch nicht zittert!«

Der Jäger beugte sich zu der Alten hin und summte belustigt mit leiser, inniger Stimme:

»Für dich, meine Liebe, Rosmarin,
Auf mich wirf schwarze Erde hin.«

»Schone meine Ohren, ich hab keine anderen! Mir mußt du nicht beweisen, daß du von einem Komödiantenwagen gefallen bist!«

Der alte Judas kicherte. Doch plötzlich blieb ihm das Lachen in der Kehle stecken und verwandelte sich in einen krampfartigen Husten, wie wenn ein alter Lumpen zerrissen wird, er setzte sich auf die Erde und kauerte sich zu einem Knäuel zusammen. Ein mitfühlender junger Kerl, Luděk Král, kniete sich zu ihm hin.

»Schon wieder?«

»Schon wieder. Sauleben.«

Er wischte sich mit dem Handrücken den blutigen Speichel ab.

»Sie sollten sich ins Bett legen«, sagte Luděk.

»Und ernährst du dann meine Bälger?!«

»Red dich nicht mit deinen Bälgern raus«, fuhr Lucka ihn ohne eine Spur von Anteilnahme an. »Von dem, was du ihnen auf den Rücken malst, werden sie nicht satt!« Sie sah zu, wie er aus einer flachen Flasche den Korken herausdrehte. »Da süffelst du die rechte Medizin. Erst wenn du völlig auf den Hund gekommen bist, kommst du zu mir, und dann soll ich Wunder vollbringen.« Judas begann wieder zu husten.

»Sehen Sie denn nicht, wie es mit ihm steht, Gevatterin?« sagte Luděk Král vorwurfsvoll.

»Ich seh's. Besser als du, Rotzbengel. Wird schade drum sein! Ein garstiges Mannsbild weniger!«

Der Fluß stöhnte nicht auf, die Wälder regten sich nicht, keiner der Männer erblaßte. Die Worte, an denen sich noch der zynischste Mund verschluckt hätte, brachte die Alte so leicht hervor, daß sie nicht einmal grausam klangen. Das grantige alte Weib besaß die Rechte der Kräuterhexen, denen menschliches Leid zur Alltagssache geworden war. Kein Haus der Gegend konnte vor ihr sein Geheimnis verbergen. Sie kannte jeglichen Jammer, der hier gegen die Felsen schlug, stürmisch wie der Wind und eisig wie das Wasser des reißenden Flusses.

Früher einmal war die Kräuterfrau ein feuriges Mädchen von auffallender Schönheit gewesen. Sie hatte sich in einen hübschen Burschen verliebt, der jedoch in die Mühle einheiratete, weil seine Schwestern heranwuchsen und es in ihrer Hütte nicht ein einziges Band gab, mit dem sie sich schmücken konnten. Lucka nahm ihm die Heirat nicht übel, es kam ihr gar nicht in den Sinn, daß er seine Bruderpflichten hätte vernachlässigen können.

Sie schaute in ihren eigenen Truhen nach und sah, daß sie leer waren.

Tag für Tag kam der junge Müller über die Hügel und klopfte an das vertraute Fenster.

Was wäre ich ohne dich, mein Herz!

Auf der Kirchweih begegnete Lucka zum ersten Mal der Frau ihres Geliebten. Sie erblickte eine jämmerliche, blasse Gestalt, auf deren Wangen sich die Spuren grober Fäuste abzeichneten. Indem er die eine schlug, glaubte er der anderen zu schmeicheln.

Lucka erschrak über die zweifelhaften Gunstbeweise des jungen Müllers. Am Abend empfing sie ihn voller Vorwürfe. Der törichte Liebhaber dachte, sie scherze, und antwortete so leichtmütig, daß sie den hölzernen Melkeimer ergriff und ihm den Kopf damit einschlug.

Mit der Liebesgeschichte war es vorbei.

In Luckas faltigem Gesicht lag noch immer ein Abglanz jener betörenden Schönheit. Freilich ein nur allzu flüchtiger Zauber. Die Alte gehörte nicht zu der zerbrechlichen Gattung der Feen. Sie verschwand wieder im Gebüsch, während die Männer Judas umringten und unbeholfen nach Worten des Trosts suchten.

Jura ging weiter und folgte dem Flußlauf.

Er überlegte, wie er vorgehen sollte. Die nächsten Stunden mußte er sich in Geduld üben, und das hatte er nicht gelernt. Er mußte sich irgendwie ablenken, sonst würde er Vojta noch über den Weg laufen und selbst einen Zusammenstoß provozieren. Es war wohl am besten, eins der jungen Mädchen aufzusuchen, denen er immer erzählte, daß sie die schönsten auf der Welt seien, und mit seinen leeren Scherzen die Zeit totzuschlagen. Nicht weit von hier wohnte Hedvička Vlkošová.

Er vermutete, sie würde wie immer an der Nähmaschine sitzen und durchs Fenster zu sehen sein. Er sah sie jedoch weit früher. Sie grub in dem kleinen Garten Erde um.

Als er am Zaun stehenblieb, legte sie den Spaten beiseite.

»Jura, Vojta Zálešák ist zurück!«

Eine unangenehme Begrüßung. Er überlegte, wie er die Rede auf etwas anderes bringen könnte, doch sie kam ihm zuvor.

»Er wird dich umbringen«, flüsterte sie mit weit aufgerissenen Augen.

»Das wird er nicht. Ich hab aus der Zauberquelle getrunken.«

Er verstummte. In ihrem verzerrten Gesicht pulsierte etwas Schlimmeres als ein Weinen. Das Mädchen liebt mich wirklich, schoß es ihm durch den Kopf. In einer Anwandlung von unerwarteter Demut schämte er sich für seine oberflächlichen Gefühle, und die Kleine tat ihm leid.

4

Die Vrápenka, das waren das Wirtshaus und ein paar Hütten. Das Wirtshaus war aus Stein gemauert, geräumig und um Fenster und Türen herum mit primitiven Farbornamenten versehen. Der Wirt, unbeleckt von Kunst, hatte sie eigenhändig gemalt. Die Leute kamen allerdings auch nicht hierher, um Kunst zu erleben.

Vor dem Wirtshaus waren grobe Tische und Bänke aufgestellt. Im Sommer ging vor abends niemand in die Gaststube hinein. Schon deshalb nicht, weil er sonst den Blick auf die Landstraße verpaßt hätte, auf der die Fuhrwerke verkehrten und Greisinnen mit Reisigbündeln auf ihren krummen Rücken vorüberschlichen.

Auf dem Gelände vor der Kneipe spielte sich das gesellschaftliche Leben ab.

Um diese Uhrzeit, kurz nach Mittag, gab es auch an einem Samstag nur wenige Gäste. Lediglich zwei Tische waren besetzt. An einem saß der Fellsammler Mráz, ein unleidlicher Vagabund, der die strengen Gerüche seines Handwerks ausdünstete. Er vesperte gerade ein Stück Räucherspeck mit Brot und spülte jeden Bissen mit einem Schluck Bier hinunter. Er aß mit den Händen und leckte seine dreckigen Finger ab. Am anderen Tisch wurde Karten gespielt. Dort saß der grauhaarige Bláha, genannt Luchs, ein leidenschaftlicher Spieler, der ganze Tage, von morgens bis abends und von abends bis morgens, mit Kartenspielen zubringen konnte, bis er so viel gewonnen hatte, daß er sich bis zur Besinnungslosigkeit betrinken konnte. Neben ihm saß der junge Hložek, ein strammer Bursche, der sich nicht recht für einen Beruf entscheiden konnte und sich von seiner Mutter aushalten ließ. Gegenüber Sluka, Vater von sieben Kindern. Nach Mitternacht würde eines von ihnen vorbeikommen, um ihn nach Hause zu holen. Schließlich Valchař, ein Waldarbeiter und wilder Raufbold, der jedoch fünf Tage die Woche rastlos schuften konnte.

Hinter den Kartenspielern lungerte der Wirt herum. Er war besessen von dem Spiel, obwohl er selbst nie mitmachte, weil sein Geiz es ihm verbot, einen Einsatz zu riskieren.

Gegenüber, auf der anderen Seite der Landstraße, gähnte der schwarze Schlund der Schmiede. Joza, der Handwerksgeselle des Schmieds, verfütterte gerade aus einem Strohkorb Hafer an ein ausgezehrtes Pferd, das kurz zuvor eine randvolle Fuhre Holz angekarrt hatte.

»Den Hafer bezahlst du mir!« wetterte der Schmied.

»Natürlich, mach ich«, antwortete der Geselle friedfertig.

»Leih mir ein paar Groschen, Junge.« Der Fuhrmann bedrängte Joza über den Rücken seines Pferds hinweg.

»Zum Saufen?«

»Was fällt dir ein, du Lümmel?! Mit einem Pferd hast du Mitleid, aber mit einem Menschen nicht?«

Joza klopfte den leeren Korb aus.

Er blieb vor dem jungen Mädchen stehen, das auf einer kleinen Bank saß, den Rücken an die Wand gelehnt. Er legte den Korb beiseite und nahm das Mädchen auf seine Arme. Er trug sie unter den Blicken der Männer, die von den Wirtshaustischen herübergafften.

»Das'n Kindermädchen, was?«

»Der weiß genau, was er tut.«

In der Schmiede herrschte Dämmerlicht. Joza wich dem im Weg stehenden Gerümpel aus. Der Schmied warf ihm einen grimmigen Blick zu, und den gleichen Verdacht im Kopf wie die anderen, sagte er wieder einmal, was er sich angewöhnt hatte, täglich zu wiederholen: »Du wirst die Schmiede nicht kriegen!«

Joza ging weiter, als hätte er nichts gehört. Die lahme Madlenka sah mit bösem, spöttischem Blick von seiner Schulter herab. Sie hegte alle Kränkungen in ihrem Herzen wie eine giftige Blume.

In der Dachstube sprach ihre Mutter sie an: »Ich habe der Wirtin ein Kopftuch versprochen.«

Madlenka schleppte sich mühsam zum Fenster hin, indem sie sich an den Möbeln festhielt. Nadelstiche, Nadelstiche, von morgens bis abends Nadelstiche. Tausende von Stichen in den traurigen Stickereifarben, wie sie in dieser Gegend getragen wurden.

Es war nur eine Sekunde gewesen. Ein einziger Ausrutscher, dann der Fall auf dem vereisten Abhang. Sie hatte versucht aufzustehen, und die Beine waren unter ihr eingeknickt. Sie rief nach ihren Freundinnen. Juliška kam angelaufen. Sie sah über sich ihr lachendes, rotes Gesicht.

»Was ist mit dir?«

»Ich hab mir den Fuß verstaucht.«

Nach Hause trug sie der Fellsammler Mráz. Er trug sie vorsichtig, ihre Beine taten nur ein wenig weh, sie fühlte sich wohl und hatte überhaupt keine Angst.

»Das Mädchen braucht einen Arzt.«

»Sind Sie verrückt geworden? Morgen früh steht sie wieder auf.«

Doch am nächsten Morgen stand sie nicht auf, auch nicht an den anderen Morgen. Sie riefen nach Lucka, die eine fürchterliche Szene machte und dann mit ihr ins Krankenhaus fuhr. Die Behandlung kostete Geld, und die Schmiedin verfluchte jeden Heller. Madlenkas Beine waren nur noch für ein beschwerliches Humpeln zu retten.

Die Mutter schämte sich für ihre Tochter, und das Mädchen entdeckte darin die Süße der Rache. Sie tauchte in sie hinein wie in warmes Wasser.

Joza wrang einen feuchten Lappen aus und wand ihn um einen Kehrbesen. Für die peinliche Sauberkeit von Madlenkas Dachstube sorgte nur er.

Von draußen war die jammernde Weise eines Marienlieds zu hören:

»Maria, Maria, holde Lilie,
Maria, Maria, himmlische Königin ...«

Die Prozession zog die Landstraße entlang. Das Kirchfest verwandelte auf feierliche Weise das ganze Dorf. Jeden Schuppen konnte man gewinnbringend an einen Büßer vermieten.

An der Spitze des Umzugs wurde das Kreuz getragen. Die Männer vor dem Wirtshaus zogen ihre schmutzigen Mützen ab. Sie waren in verlegenem Schweigen erstarrt, stierten dumpf ins Leere.

Luchs legte als einziger seine Karten beiseite und faltete in einer geschmeidigen Bewegung die Hände. Die Männer langweilten sich, das Gebet dauerte ihnen zu lange, aber sie wagten den Grauhaarigen nicht zu stören. Der Allmächtige könnte am Ende scharf mit ihnen ins Gericht gehen.

Luchs bewegte seine Lippen.

Vater unser, der Du bist im Himmel, soll ich die blanke Zehn ausspielen? Geheiligt werde Dein Name, wenn ich wenigstens zwanzig in der Hand hätte! Dein Reich komme, Sluka hätte diesen Stich nicht übergehen sollen, Dein Wille geschehe, Du weißt, was für ein Esel er ist, wie im Himmel, halt Deine Hand, Herr, über mir, daß ich ihn ultimo schlage, so auf Erden, der behält sie sicher, der Dummkopf, unser tägliches Brot gib uns heute, sie sollen bloß nicht ihre Trümpfe ausspielen, und vergib uns unsere Schuld, ich hätte Bettel spielen sollen, wie auch wir unseren Schuldigern vergeben, wenn ich die zwei Damen nicht hätte, und führe uns nicht in Versuchung, gib, daß ich nächstes Mal ein besseres Blatt habe, Herr, mit dem hier kann man nicht spielen, sondern erlöse uns von dem Bösen, ich erbitte nichts von Dir, nur ein einziges As und dazu die Farbe, Amen.

Der Alte hob den Kopf und spielte neu gestärkt die Herz-Sieben aus. Seine Bewegung wurde vom Fellsammler Mráz verfolgt. Die vier Männer da drüben grunzten vor Behagen bei ihrem elenden Kartenspiel, während er von schläfriger Langeweile umlullt wurde. Der Fellsammler empfand, daß der graue Schädel von Luchs ihn zutiefst anwiderte und ihm die Aussicht verdarb. In wenigen Sätzen verlieh er seinen Gedanken Ausdruck. Luchs antwortete ihm schlagfertig und nannte ihn einen Hundsfott und stinkigen Lumpensammler. Darauf erwiderte Mráz, daß Luchs seiner Meinung nach ein besoffener Faulenzer, ein diebischer Gauner, Schwindler und Halunke sei.

Die Aussprache weckte den Bernhardinerhund auf, der in der Sonne lag, umgeben von Hühnern, die im Staub der Landstraße badeten und sein Fell mit Dreck besprenkelten. Hafan öffnete ein Auge, und weil er keinen Grund fand, auch das andere aufzumachen, schlief er wieder ein.

Die Gruppe der Steinbrucharbeiter überquerte die Straße. Der alte Judas entfernte sich von ihnen und ging langsam, als würde er jeden Schritt einzeln bedenken, auf das Wirtshaus zu. Er berührte mit zwei Fingern seine Mütze, was ein Gruß sein sollte und zugleich die Bitte, sich dazusetzen zu dürfen. Dann ließ er sich am Rand der Bank nieder, ohne die Männer beim Kartenspielen und Streiten zu stören. Mit großtuerischer Geste winkte er den Wirt herbei.

»Kommen Sie, Ihre Zeche zu bezahlen?«

Der Wirt stützte sich mit den Fäusten auf den Tisch. Judas reckte ihm seinen sehnigen Hals zu.

»Starr mich nicht so an, sonst fallen dir noch die Augen raus. Dir werden deine Sprüche gleich vergehen. Vojta Zálešák ist auf dem Weg hierher.«

Der Wirt zuckte mit den Lidern, und die Männer am Tisch richteten sich auf, als hätte sie jemand hochgezogen. Der Alte lächelte maliziös. Er war sich seiner Bedeutung bewußt und überlegte, ob dies nicht ein günstiger Moment sei, sich auf fremde Rechnung einen Sliwowitz zu bestellen.

Der Fellsammler Mráz schluckte. Die allgemeine Meinung, das allgemeine Erstaunen, die Erwartung und empfindliche Sorge drückte er mit einem einzigen Wort aus.

»Verdammt!«

5

Toňa Bartek fuhr im Eiltempo am Wirtshaus vorbei. Jemand aus dem Knäuel von Männern rief ihn bei seinem Namen, doch er sah sich nicht um, trieb das Pferd weiter an, auf der Flucht vor der Erscheinung, die ihm im Nacken saß.

Eine Frau sprang vor seinem Wagen zur Seite und drohte ihm mit der Faust.

An der Weggabelung half er Juliška vom Wagen. Er sah, wie sie mit ihren spindeldürren Händen den Knoten lockerte, der sie an der Kehle drückte. Es gab ihm einen scharfen Stich, ohne daß er wußte, weshalb.

»Danke, Toňa.«

Er warf den Kopf zurück, zum Zeichen, daß es nicht der Rede wert sei.

Ich hätte sie auch den Hügel hinauffahren und dann kehrtmachen können, das hätte mich nichts gekostet.

Dann sprang er wieder auf den Wagen und fuhr los. Er versuchte, die quälende Unzufriedenheit von sich abzuschütteln, und versank in seinem eigenen Kummer.

Zwischen den Bäumen wurde das rote Dach seines Hauses sichtbar. Ein vierjähriger Junge sprang von einem Zaun herab und lief mit Geschrei dem Fuhrwerk entgegen.

Toňa hob seinen Sohn vom Boden hoch.

Zusammen fuhren sie in den Hof hinein, spannten das Pferd aus, führten es in den Stall. Der Kleine hüpfte herum und erzählte wild drauflos, denn im Tag eines Kindes gibt es keine leere Stunde.

Barteks Frau pumpte Wasser und begrüßte ihren Mann mit einem Lächeln. Toňa nahm ihr den Eimer aus der Hand. Er stellte ihn in der Küche neben den Ofen und goß sich ein wenig Wasser zum Waschen in eine Tonschüssel. Im Raum war es still, behaglich, sauber. Die anmutige Frau Bartková stellte eine Schüssel mit dicker Suppe auf den Tisch.

Toňa nahm alles mit wachsender Beklemmung wahr.

»Vojta Zálešák ist zurück.«

Seine Frau hatte sich nicht geregt. Nur ihre Augen waren leblos geworden, wie gläsern.

»Er hat seine Zeit abgesessen«, sagte sie und bewegte dabei kaum die Lippen. »Hast du mit ihm gesprochen?«

»Nein.«

Ihr Herz begann, heftig zu klopfen. Es mußte zu hören sein in dieser Stille.

»Ich werde morgen den Jungen mit Brot und etwas Frischkäse zu ihm schicken, damit er nicht denkt, wir hätten uns von ihm losgesagt. Ein Unglück kann jeden von uns treffen.«

Was rede ich da nur, mein Gott!

»Vielleicht geht er ja zu seiner Schwester.«

Wir beide wissen, daß er das nicht tun wird.

Toňa beobachtete die Hände seiner Frau, die gedankenverloren ein Staubkörnchen vom Boden aufhoben. Ein bitteres Mitgefühl regte sich in ihm.

Wie sinnlos es ist, Liebes! Wir sprechen von dem einen und denken beide an den anderen. Das Wasser hat sich noch nicht geschlossen über unserem Kummer.

Lange und ausgiebig trocknete sich der junge Bartek die Arme ab. Er forschte im Gesicht seiner Frau. Wenn du wüßtest, wie schön du immer wurdest, sobald er auftauchte, Jan, Janíček, mein Freund!

Damals in jener Februarnacht war ich nicht betrunken. Ich wußte, daß er auf der Brücke geblieben war. Du ahnst nichts davon, Liebste, niemand ahnt etwas. Bis in den Morgen hinein habe ich gehorcht, ob ich vielleicht Schritte höre – und hab mir gesagt: Er wird umkommen.

Toňa legte das Handtuch zusammen, setzte sich an den Tisch und begann zu essen.

»Vojta wird uns jetzt brauchen«, sagte er über den Teller gebeugt. »Du könntest morgen bei ihm saubermachen.«

Die Bartková begriff, daß er ihr eine Hand reichte, um ihr über das dünne Eis zu helfen. Sie ging zum Ofen hinüber und zog überflüssigerweise das Wischtuch gerade, das über der Platte zum Trocknen hing. Jeder Schritt fiel ihr schwer, sie hatte Angst, auf dem ebenen Boden hinzufallen. Sie setzte sich auf die Bank und begann, Kartoffeln zu schälen.

Glaubst du, daß das so einfach ist? Daß ich Jans Haus betreten kann, ohne daß die Decke über mir einbricht und die Wände zusammenstürzen?

In einer roten Wolke vor ihr schwebte Jans weißes, im ortstypischen Muster besticktes Hemd. Ein Hemd ohne Körper, das sich im Wind bewegte, so wie sie es zuletzt gesehen hatte, schmutzig, über die Zaunlatten geworfen.

Ein aufgespießter Lumpen.

Was soll ich dort saubermachen?

Sie ließ ihren schweren Blick auf dem dunklen Kopf ihres Mannes ruhen.

Warum hast du mich hierhergeholt, Toňa? Warum sind wir nicht zu Hause bei meinen Eltern geblieben? Wenn ich zehn Leben hätte, ich würde jedes hier verfluchen. Immer wenn ich die Augen schließe, höre ich Jans Stimme und möchte weinen.

Sie nahm die Schüssel mit den Schalen, um sie im Hof auszuleeren. Sobald sie die Schwelle überschritten hatte, lehnte sie sich an die Hauswand.

Vojta ist wieder da. Ich werde ihm begegnen, und er wird auf seinen Bruder zu sprechen kommen. Was wird er denken, wenn ich ihn anschreie, *schweig!*

Der kleine Pavel kam zu seiner Mutter gesprungen und schwenkte eine tote Maus vor ihrem Gesicht.

»Schau mal, Mutter! Das hier hat Dajda gebracht!«

Unwillkürlich streckte sie abwehrend die Hand von sich weg.

»Hast du Angst?«

»Das kann man wohl sagen.«

Sie schüttete die Kartoffelschalen weg und kehrte ins Haus zurück. Ihr Sohn folgte ihr.

»Wirf die Maus weg und wasch dir die Hände.«

Pavel war es gewohnt zu gehorchen. Er sah der Maus bedauernd nach, wie sie auf den Misthaufen flog. Er hätte sie gern dem Vater gezeigt.

Sein Vater zog sich den Mantel an.

Sie griff nach seinem Arm.

»Geh nicht, Toňa!«

»Es ist Samstag, Liebes, was soll ich da zu Hause!«

Er sprach sanft zu ihr, doch sie erkannte, daß er nicht nachgeben würde.

»Du hast nicht richtig zu Abend gegessen. Die Kartoffeln sind gepellt.«

»Ich bin satt.«

Er berührte Pavels Kopf mit der Hand.

»Ich komme bald zurück.«

Ihr stieg das Blut ins Gesicht.

»Du kommst besoffen zurück wie immer!«

Toňas Augen wurden hart. Dann sagte er matt, beinahe ohne Zorn: »Hör auf.«

Sie sah zu Boden.

Auf der Türschwelle wurde der Schatten ihres Mannes erst länger, dann verschwand er.

Pavel griff mit beiden Händen in den Rock seiner Mutter.

»Wenn ich groß bin, gehe ich nie ins Wirtshaus.«

Wenn du groß bist – was weißt du schon! Wenn du groß bist, stolperst du vielleicht wie ich über eine verhängnisvolle Begegnung.

Sie holte sein buntes Tellerchen hervor, schnitt darauf die dampfenden Kartoffeln klein, salzte sie und warf ein Klümpchen Butter darauf. Dann stellte sie einen Becher Milch dazu.

»Warum ißt du nichts, Mutter?«

Pavel kniete sich auf den Stuhl und hielt ihr auf seinem eigenen Löffel einen Bissen hin. Sie nahm ihn. Der Kleine war glücklich und fütterte voller Eifer seine trübsinnige Mutter.

6

Lucka Vojničová setzte sich zu Mráz und bestellte sich einen Sliwowitz. Der Wirt hatte einen ganz hervorragenden. Er brannte ihn selbst und war so stolz darauf, daß er ihn nicht panschte.

»Es ist was im Anzug«, bemerkte die Alte und schaute zu den Wolken hinauf.

Keiner antwortete ihr. Eine seltsame Starre hatte den Männern die Stimme geraubt, ihre Kehlen waren ausgetrocknet, die wachsende Aufregung ließ sie krampfhaft schlucken und entlockte ihren Gesichtern ein dämliches Grinsen. Lucka bot sich der Anblick auf sechs ausgemachte Strolche, die durch etwas aus der Fassung gebracht waren. Der Grund war offensichtlich. Über den schmalen Weg vom Fluß her näherte sich Zálešák.

»Was glotzt ihr denn so?«

Sie waren gekränkt. Lucka hätte ihre Worte feinfühliger wählen können. Sie befanden sich in einem Zustand höchster Irritation, glichen kleinlauten Schurken, die zum ersten Mal zum Impfen gingen.

Zálešák kam auf sie zu, seine hohen Stiefel ließen die Steine aufspringen, und er sah so fremd aus, daß sie ihn kaum erkannten. Deutlich nahmen sie sein blasses Gesicht wahr, den schlotternden Mantel und das seltsame Bündel über seiner Schulter.

Sie witterten den würzigen Duft des Verbrechens, einer blutigen Schlägerei und erbarmungsloser Rache.

Vojta, dieser Ungestüm und Wirrkopf, hatte am hellichten Tage vor Zeugen dem schmucken Jäger Jura Machala drei Messerstiche versetzt, und es gab keinen Zweifel, daß er nur die Hälfte seines Werks verrichtet hatte. Jura war noch am Leben.

Dafür war Jan tot.

Sobald Vojta es erfuhr, würde er zum Raubtier werden. Die Schlinge baumelte bereits in der Luft, und irgendwo gab es eine Stelle, an der man ein Holzkreuz aufstellen würde.

Vojta war kein Lamm, und deshalb gab es keine Hoffnung für ihn. Er würde fallen, die blutige Kralle in seine Beute vergraben. Vielleicht hatte er andere Gedanken und andere Absichten. Doch früher oder später würden Verzweiflung und Raserei ihn aus seiner Höhle treiben, hinein in den Tod.

Ein eigenartiger Mensch, dieser Vojta!

Als Junge schien er der Frieden selbst zu sein. Er saß immer in sich versunken neben seinem Bruder, weit weg von dem Lärm, der ihn umgab. In einem einzigen Augenblick hatte sich ein Krater in ihm aufgetan. Die Männer waren vor ihm zurückgewichen, es hatte ihnen den Atem verschlagen. Als sie sich wieder gefaßt hatten, mußten ganze fünf von ihnen mit ihm fertigwerden.

Warum?

Zwischen Jura und den Zálešáks hatte sich die Wut aufgestaut. Lucka Vojničová sagte aus: Die mochten sich gegenseitig nur mit eingeschlagener Fresse.

So stand es auch im Protokoll.

Vojta blieb vor dem Wirtshaus stehen.

Der alte Judas, dem jede Hemmung fremd war, die einer unpraktischen Überempfindlichkeit entsprang, erhob sich von der Bank.

»Sei gegrüßt, alter Freund! Komm her zu uns, gibst 'ne Runde aus!«

Der Gerechtigkeit halber sei gesagt, daß die anderen von seiner Schamlosigkeit peinlich berührt waren, zumindest im ersten Augenblick.

Vojta ließ sich um die Schultern fassen und zum Tisch führen. Er blickte mit Augen um sich, die aussahen wie von Spinnweben überzogen.

Judas leckte sich seine rissigen Lippen. Von Vojtas Nachgiebigkeit ermuntert, grapschte er nach seinem Bündel und zog es ihm vom Rücken.

»Was hast du denn da drin?«

»Wäsche. Ich hab sie in der Stadt gekauft.«

Endlich bekamen sie Vojtas Stimme zu hören. Er wurde menschlicher dadurch, daß er sprach. Er setzte sich an den Rand der Bank und drückte den Rucksack an seine Hüfte. Seine verschleierten Augen streiften die Männer, als würde er sie zählen: Sluka, Valchař, Hložek, Mráz, Judas, Luchs. Der Wirt stellte einen Schnaps auf den Tisch. Sein Basiliskenblick brannte sich in Vojtas Taschen hinein. Wieviel hast du aus dem Zuchthaus mitgebracht?

Die Männer reckten die Hälse wie aufgeregte Gänse, sie schnatterten über Nichtigkeiten, und die unausgesprochene Frage ätzte ihnen die Zungen, brannte wie zerbissener Pfeffer. Nur der Fellsammler, der auf dem Grund seiner Seele ein warmes Flämmchen hegte, ließ verständnisvolle Blicke über Vojtas Gesicht wandern.

»Du bist müde, Junge.«

Vojtas Lider zitterten.

»Ich bin zu Fuß gelaufen. Den ganzen Weg. Zwei Tage und zwei Nächte.«

Judas erhob sein Glas.

»Trinken wir darauf.«

In diesem Moment tauchte jedoch ein nicht zu übersehendes Hindernis auf. Eine eiserne Pranke hatte Judas' gebrechlichen Arm gepackt.

»Vojta wird nicht trinken. Er darf sich nicht betrinken.«

Sie registrierten, daß sich der Schmiedegeselle Joza zwischen sie gedrängt hatte. Valchař und Sluka sprangen auf. Gleich darauf zappelten sie in der Luft. Joza warf sie zur Seite wie zwei Getreidegarben.

Er beugte sich zu Vojta hinunter.

»Geh nach Hause.«

Vojta sah mit müden Blicken zu ihm auf.

»Ich warte hier auf Jan.«

Ein unsichtbares Netz wand sich den Männern um den Leib. Sie verstummten. Starrten Vojta mit großen Augen an wie tote Fische.

Zálešák spürte, daß irgend etwas los was. Seine Miene verwandelte sich, als sei er blitzartig erwacht.

»Was ist? Was ist mit Jan?«

Lucka Vojničová ergriff das Wort.

»Weißt du es nicht? Er ist diesen Winter auf der Brücke erfroren.«

Die Männer räusperten sich, konnten nicht richtig husten. Vojta stand auf.

»Trink was«, drückte ihn Judas zurück, »trink was auf den Kummer.«

Vojta stieß ihn heftig weg.

»Laßt mich! Laßt mich alle in Ruhe!«

Er wollte gehen, doch der Wirt stellte sich ihm in den Weg. Vojta riß eine alte Brieftasche aus seinem Bündel und rupfte eine Handvoll zerknitterter Scheine heraus.

»Mehr hab ich nicht.«

Er drehte sich um und ging davon. Gebeugt wie ein Greis unter der leichten Bürde.

»Das hat ihn mitgenommen«, sagte der alte Luchs.

»Trinken wir einen darauf«, antwortete Judas.

Vojta machte unwillkürlich einen Bogen um das Dorf. Er lief über den verlassenen Berghang, war zu Tode erschöpft, ging aber weiter. Er war unsäglich einsam. Der Bruder, der die letzten Sekunden noch an seiner Seite gewesen war, hatte sich aufgelöst, war vom Wind fortgeweht worden.

Ihm war, als würde er auf Asche laufen und bei jedem Schritt einsinken.

Am Waldrand schrie ein Eichelhäher auf. Vojta hielt inne. Dann fing er an, unsinnig zu lachen, und trat ins Dickicht hinein.

Die vergangenen Zeiten stürmten in einem unübersichtlichen Gewirr auf ihn ein. Er glaubte, an ihnen zu ersticken wie an Staub.

Warum hat mir niemand eine Nachricht übermittelt? Warum haben mir die Schwestern kein einziges Mal geschrieben?

»Vojta!«

Vojtas Blick mußte aus weiter Ferne zurückkehren, um zu erkennen, wer ihn angesprochen hatte. Eine Frau in Stadtkleidung, mit nacktem Hals, an dem eine Kette hing. Der Schmuck daran bewegte sich. Wohl dadurch, daß die Frau atmete.

»Erkennst du mich nicht?«

Marenas Irča.

Eine aufgeputzte, damenhaft gewordene Irča. Wie es wohl dazu gekommen war! Ach, mein Gott!

Vojta betrachtete das goldene Kettchen. Es packen und fest zuziehen!

»Was guckst du?«

»Nur so.«

…

»Ich warte schon auf dich.«

»Auf mich?«

Das Schmuckstück fesselte wieder Vojtas Aufmerksamkeit. Es bewegte sich auf und nieder.

Sie nahm ihn bei der Hand. Damals pflegte er sie bei der Hand zu nehmen.

Die bildhübsche, schüchterne Irča in ihrer gestärkten Leinenbluse.

»Vojta«, flüsterte sie mit samtener Stimme. Diesen Ton kannte er so gut.

Grob schüttelte er sie ab.

Sie wich zurück.

»Was bildest du dir ein … du Verbrecher?!«

Das Schmuckstück an ihrem Hals schaukelte. Vojta streckte die Hand danach aus. Eine harte Faust flog ihm ins Gesicht. Er strauchelte und fiel hin. Er stieß sich den Ellbogen an einem Stein, und der Schmerz trübte ihm für einen Moment die Augen. Als er wieder sah, erblickte er vor sich einen moosbedeckten Fels und einen Käfer, der über ihn hinwegkrabbelte. Er zog sich zurück, um ihm nicht den Weg zu versperren.

7

Juliška kam früher als gewöhnlich mit dem Heu nach Hause, doch die Frage ihrer Schwester lautete: »Wo hast du dich herumgetrieben?«

»Toňa hat mich mitgenommen.«

Ihre Schwester Stáza, die mit verschränkten Armen mitten im Hof stand, schmutzig und zerzaust, fand an Juliškas Antwort nichts Unlogisches.

»Welcher Toňa?«

»Bartek.«

»Aus dem ist ein schöner Lump geworden.«

Juliška band das Grastuch auf, sammelte einen Armvoll Heu zusammen und trug es zu dem halbverfallenen, modrigen Holzstall hinüber, durch dessen kleines Fenster die Ziegen bereits ihre hungrigen Mäuler streckten.

»Gib den Ziegen nichts, sie haben schon geweidet.«

Die jämmerlichen Tiere waren an dem Pfahl in dem abgeweideten Viehauslauf festgebunden gewesen und hatten den ganzen Tag Kreise um ihn beschrieben in der vergeblichen Hoffnung, zwischen den Steinen noch ein rostbraunes Büschel von niedergetretenem Gras zu ergattern.

»Aber sie haben Hunger.«

Juliška warf das Heu in den Stall.

»Die Hälfte würde auch genügen. Sie trampeln nur drüber und zerstreuen es.«

Stáza sprach mit einer hohen, schrillen Stimme.

Unterhalb der Scheuer blickte ihr Mann sich um, der dort die Sense dengelte, er schob sich die Zigarette in den Mundwinkel und rief: »Schrei nicht so!«

Stáza hob einen Halm von der Erde auf und begann auf ihm herumzukauen. Sie ging langsam hinter Juliška her in die Hütte, deren verwitterte Wände sich wölbten und streng nach säuerlichen Abfällen, Rauch und Windeln rochen. Stáza lüftete nicht. Um die Wärme aufzusparen, wie sie sagte.

Sie sah ihrer Schwester gern beim Arbeiten zu. Sie selbst konnte nicht, weil sie Wöchnerin war. Überdies plagten sie sonderbare Gebrechen, sie kränkelte, jammerte, nörgelte herum und wurde dickleibig. Sie spuckte den zerkauten Halm auf den Reisighaufen neben dem Ofen. Juliška machte das Feuer an und stellte einen Topf mit Kartoffeln auf die Herdplatte.

»Hättest du nicht ein paar Pilze mitbringen können?«

»Es wachsen keine.«

»Es wachsen keine, weil du nicht guckst.«

Juliška antwortete nicht. Sie räumte auf, obwohl sie längst wußte, daß sie nicht gegen den Wust von Unordnung ankam, der ihrer nachlässigen Schwester behagte.

Kochen, putzen, Kinder waschen.

Stáza nahm ihre Dienste wie selbstverständlich hin, schließlich hatte sie sich ihrer verwaisten Schwester angenommen und sie aufgezogen. Sie lebte in der Überzeugung, daß die Schuld noch nicht beglichen war. Der gleichen Auffassung war auch Juliška. Nicht im Traum wäre ihr eingefallen, die sklavische Fessel von sich abzustreifen.

»Marena hat mir Hühnerreste versprochen. Spring mal eben zu ihr rüber.«

Juliška schaute zum Fenster hinaus. Ein schwarzer Fleck war am Himmel aufgetaucht.

»Das schaffst du noch. Geh und sag ihr auch, daß die Erbsenpflanze, die sie über Tomášek geschickt hat, voller Würmer war.«

Juliška warf die Schürze ab und brachte sich schnell in Ordnung.

Sie lief aus dem Haus.

»Stell die Kartoffeln für eine Weile beiseite!« rief sie über die Schulter zurück.

Sie spürte die Leichtigkeit ihrer Schritte, genoß das Laufen ohne Traglast. Sie stellte sich vor, wie es wäre, einfach drauflos zu gehen, nach Herzenslust herumzuschlendern, in Hülle und Fülle Zeit zu haben und nirgendwohin zu hetzen, sich einen kleinen Tümpel zu suchen, auf dem die Wasserläufer spielten, und ihn in Ruhe zu betrachten.

Ein zottiger Hund kam auf sie zugelaufen. Er schnüffelte an ihren Händen und winselte leise bettelnd.

»Ich habe nichts, Šohaj.«

Sie griff in sein Fell und ziepte freundschaftlich daran. Er wedelte mit dem Schwanz. Ein scharfes Pfeifen ertönte. Der Hund spitzte die Ohren und verharrte einen Moment regungslos. Dann rannte er los. Er jagte dorthin, wo die aschfarbenen Wellen einer Schafherde über den Hang glitten.

Ganz oben stand die Frau von Marek Gorčík, Juliškas Vetter. Sie hielt Ausschau nach ihrem Mann.

Stille herrschte. Die Landschaft nahm scharfe Züge an, schnitt sich in den Raum hinein.

Marek Gorčík trat zwischen den Fichtenstämmen heraus und stieg langsam und rhythmisch den Berg hinauf. Sie umarmten sich mitten auf dem Hang.

Etwas abseits, unterhalb des Waldes, lag das Holzhaus der Zálešáks. Über den verfallenen Zaun wucherten die stachligen Zweige wilder Sträucher. Schlehdorn und Heckenrose. Juliška bewunderte diese Büsche, die im Frühling rot und weiß das Haus umblühten. Als Kind hatte sie hier gerne gesessen, weit über den Fluß geschaut, auf die zwischen den Berggipfeln sinkende riesige rote Sonne, immer wieder neu von den Farben des Untergangs bezaubert, sie hatte sich zusammengerollt und ihre Knie umfaßt, bis sich am Himmel der letzte Hauch dieser schrecklichen, flammenden Schönheit verflüchtigte. Frau Zálešáková sah sie dann und rief sie. Juliška fürchtete sich vor ihr. Sie sah anders aus als die Frauen vom Dorf, und das Mädchen nannte sie auch nie Tante wie die anderen. Zu weiß war ihre Haut, zu schwarz das Haar. Und unerhört violett die Augen.

Nur ihr Lächeln war beruhigend und schmeichelte sich einem ins Herz.

Jan konnte auch so lächeln.

Jetzt trug der Himmel einen schwarzen Schleier, die Sonne brannte giftig.

Ein Gewitter, dachte Juliška und beschleunigte ihren Schritt.

Sie fand die alte Marena beim Herd. Auf dem Tisch lag das gerupfte Huhn.

»Sie haben nach mir geschickt, Tante?«

Ein gedämpftes »Schscht!« ließ sie verstummen. Die Alte legte ihre gichtgekrümmten Finger an den Mund. Sie humpelte zum

Regal hinüber und suchte dort zwischen den Heiligenbildern ein Porträtphoto heraus.

»Schau her!«

Juliška musterte das fremde, unsympathische Gesicht. Aus der Stube war das Surren der Nähmaschine zu hören.

»Ist Irča da?«

Die alte Frau nickte. »Sie näht sich Bettbezüge.«

Ein glücklicher Seufzer, der alles aussagte. Die steifen Finger klopften auf das Porträt.

»Deswegen habe ich nach dir gerufen. Damit du Irča ein wenig hilfst. Könntest du morgen kommen?«

Morgen begann die Kirchweih in Želary, Stázas Kinder würden ihr in den Ohren liegen ...

»Ist gut, ich komme.«

Die Tür knarzte. Irča sah die Photographie auf dem Tisch liegen.

»Darüber redet ihr?«

»Juliška kann es doch wissen.«

»Ich sage ja nichts dagegen.«

Irča blieb kerzengerade vor ihrer alten Schulkameradin stehen und musterte sie spöttisch. Nichts von ihrer früheren Freundschaft lag in diesem Blick.

Ein Windstoß fuhr ins Fenster. Es quietschte.

»Ich muß jetzt gehen.«

»Nimm für Stáza den Hühnerkopf und den Hals mit, damit sie nicht schlecht über mich redet.«

Ein neuer Windstoß ließ die Scheibe erzittern. In der Stube war es dämmerig geworden.

»Willst du nicht lieber bleiben, bis es vorbei ist?«

»Nein, ich hab soviel zu tun.«

Die alte Frau ging mit Juliška in die Diele hinaus.

»Er besitzt ein Kaffeehaus in Šádova Hut'. Du weißt ja, Irča hat eine Weile dort gearbeitet, und er hat sich völlig in sie vernarrt. Er ist Witwer, aber seine Kinder sind schon erwachsen und versorgt, so daß das Haus mit allem einmal Irča zufallen wird. Das Mädchen ist einfach ein Glückskind.« Die Freude der Mutter klang wie ein Wildbach, der seinem eigenen Rauschen lauscht. »Hier hast du noch ein Küchlein. Das gib Stáza nicht.«

»Tante, wissen Sie, daß Zálešák zurückgekehrt ist?«

»Ich dachte, er müßte noch ein Jahr sitzen. Vermutlich haben sie ihn wegen guter Führung früher entlassen. Woher weißt du es?«

»Ich habe ihn gesehen.«

»Wie sieht er aus?«

»Wie immer.«

»Dem Vojta hat schon als Kind der Galgen aus den Augen geschaut. Er ist auch um Irča herumscharwenzelt, aber ich hab das unterbunden. Jan war der bessere. Um Jan ist es schade. Obwohl auch er sich nach dem Tod der Eltern hat gehenlassen. Aber von nichts kommt nichts. Der Vater war der größte Wildfang der ganzen Gegend.«

»Was schert uns das, Mama«, war Irča aus der Küche zu hören.

Juliška sah durch den Türspalt hindurch, wie sie am Rand des Tischs einen Zigarettenstummel ausdrückte.

8

Juliška arbeitete sich durch den Sturm. Der Wind zerrte an ihr, der Regen machte sie blind, sie rutschte über das feuchte Gras, fiel auf die Knie, schnappte mit Mühe nach Luft, schluckte sie samt Regen mit offenem Mund und spürte, wie ihr Hals brannte. So schlimm ist es nicht, redete sie sich ein und versuchte dem betäubenden Wüten ein wenig Zauber abzugewinnen.

Sie hörte tosendes Wasser und erschrak.

Kenne ich denn den Weg nicht mehr?

Am Flußufer blieb sie stehen. Das Wasser war angeschwollen. Unheimlich wälzte es sich über den zerbrochenen Steg.

Die Angst weckte ihre Kräfte. Sie schleppte sich den Hang hinauf, hielt sich mit beiden Händen an Grasbüscheln fest.

Der Himmel bebte und riß sich wie ein furchtbarer Vogel mit rotem Schnabel seine grauen Federn aus. In der Ferne waren Fuhrwerke zu hören. Die Dunkelheit, an einzelnen Stellen durchlässig geworden, leuchtete wie ein rissiger Baumstamm.

Sie erreichte ein Gebäude. Es war ihr gleich, wem es gehörte. Sie klopfte an die Tür und griff im selben Moment nach der Klinke, die nachgab. Sie durchquerte die Diele und betrat einen zwielichtigen Raum, der von einer Petroleumlampe dürftig erhellt wurde. Hinter ihr warf der Wind die Türe zu.

Unnatürliche Stille umgab sie.

Der Raum war fast leer. Von der niedrigen Decke hingen Spinnweben herunter. Die Regalbretter lagen voller Gerümpel. Ein Bett und darauf ein halb von Mäusen zerfressenes Fell. Neben dem Ofen ein Krug, in dem Wasser glitzerte. Die Fensterläden waren nicht befestigt, einer war gebrochen und klapperte.

Der Mann, der am Fenster stand und das Wüten der Elemente beobachtete, drehte sich um. Es war das müde Gesicht von Vojta Zálešák.

Was tut er hier, schoß es ihr durch den Kopf. Hier in der leeren Hütte? Warum ist er nicht zu einer seiner verheirateten Schwestern gegangen?

»Ich geh gleich wieder, Vojta. Ich verschnaufe nur kurz.« Ihre Beine und Hände zitterten, ihre Stimme war brüchig. »Draußen ist es schrecklich. Ich dachte, ich ersticke. Es hat mich bis zum Fluß getrieben. Das Wasser hat den Steg mitgerissen.«

Vojta hob eine halbvolle Flasche vom Tisch.

»Nimm einen Schluck.«

»Was ist das?«

»Schnaps.«

Sie schob seine Hand zurück.

»Du siehst aus wie eine naßgewordene Maus.« Er warf ihr das löchrige Fell vom Bett zu. »Wickel dich damit ein.«

Das Fell stank nach Mäusedreck.

»Nein, ich dank dir, mir ist nicht kalt.«

Er bemerkte das Bündel, aus dem Wasser und Blut heraustropften. »Was hast du da bei dir?«

»Die Tante hat mir einen Hühnerkopf mitgegeben.«

Er zog eine Grimasse.

Draußen grollte das Gewitter, in der Stube herrschte stickige Schwüle. Ab und zu streifte sie die kühlende Zunge eines frischen Luftzugs.

Vojta deutete auf den Stuhl neben dem Tisch, den einzigen, der vier Beine hatte, und setzte sich selbst auf das Bett. Es knackte laut, brach aber nicht entzwei.

»Was gibt's Neues?«

»Viele Leute sind gestorben.«

Sie war sich nicht bewußt, daß sie mit einem Messer in Vojtas Brust bohrte.

»Auch die Gorčík-Frauen. Marek ist allein zurückgeblieben und hat geheiratet.«

Er hätte gerne nach Jan gefragt. Doch er brachte es nicht fertig, seinen Namen auszusprechen.

»Marek?«

»Der oben beim Röhrlingswäldchen.«

»Ach ja.«

Dann blieb es still, lange still. Jeder hing seinen Gedanken nach. Bis aus der Diele ein Knarren zu hören war. Ein gespenstisches Herumtasten an der Tür.

Vojta öffnete, und ein Körper sackte über die Schwelle. Juliška kniete sich zu ihm.

Jura Machala.

»Jura!«

»Ist er tot?«

Vojta verschränkte die Arme.

Juliška sah sich suchend um. Sie sprang zu dem aufgebundenen Reisesack hinüber und zog ein Hemd daraus hervor.

Vojtas fahles Gesicht verzerrte sich in einem Krampf. »Laß das!«

Juliška wich vor ihm zurück.

»Rühr das nicht an ...«

»Bitte jetzt nicht! Jetzt nicht! Jetzt nicht!«

Juliškas Stimme lähmte seine Glieder. Er hielt inne. Sah zu, wie das Mädchen das Hemd in den Wasserkrug tauchte.

»Vojta, ich kann das Blut nicht stillen! Komm mal fest ziehen!«

»Laß mich in Frieden«, fuhr er sie heiser an. Er fühlte, wie ihn der Haß berauschte. »Ich bin kein Leichenbeschauer.«

»Er ist nicht tot.«

»Um so schlimmer für ihn. Soll er verrecken.«

Juliška richtete sich auf.

»Wir müssen jemanden holen. Geh zu Lucka.«

Es dauerte einen Moment, bis er begriff, was sie von ihm verlangt hatte. Eine geringere Dreistigkeit hätte seinen Zorn hervorgerufen, doch hier war das Maß überschritten. Hier schlug alles in eine frenetische Heiterkeit um, die wie Tränen in die Augen stieg, im Kehlkopf juckte und ihn zu einem Gelächter wie zu einem Hustenanfall zwang.

»Ich bitte dich, Vojta, geh!«

Das letzte Wort klang hart.

»Ich bin kein Engel, Mädel!«

Sie stand ihm gegenüber in der Haltung eines Menschen, der nicht nachzugeben bereit ist. Er starrte ihren verschlissenen, nassen Rock an, unter dem ihre knochigen Füße hervorguckten, starrte auf ihre schmalen Schultern, ihre hängenden Haare, die am Schädel festklebten. Sie verließ sich allzu sehr auf ihre Ohnmacht.

Er preßte die Lippen zusammen.

»Du weißt genau, daß es Unfug ist.«

»Wir müssen etwas tun!«

»Was hab ich mit Jura Machala zu schaffen«, schrie er sie an. »Genug, daß er mir den Boden besudelt!«

Rote Flecken erschienen auf seinen Wangen.

»Ich will dir etwas sagen«, fuhr er leise fort, und aus seiner Stimme klang das Zittern überspannter Saiten. Er befeuchtete seine Lippen. »Selbst wenn nicht gerade ein Gewitter draußen toben würde, selbst wenn dieser Weg nicht von vornherein verloren wäre, für Jura Machala werde ich keinen Finger rühren! Keinen Finger rühre ich, und wenn du mich auf Knien bittest!«

»Schau ihn doch an!«

»Ich schaue ihn an. Und er tut mir nicht leid, falls du es wissen willst.« Er sprang auf den Tisch hinauf und riß eine Platte zwischen den Deckenbalken heraus.

»Hier ist es. Vaters Gewehr. Und selbst für diesen Hund gibt's noch eine Kugel! Bete für den Jäger, du mitfühlendes Mädchen, ringe deine Hände, weine!«

Sie entriß ihm die Waffe völlig mühelos. Warf sie in die Ecke. Seine Hände waren schwach, er war zu keiner Gegenwehr fähig. Er schüttelte sich in einem hysterischen Gelächter.

»Ich gehe selbst, Vojta.«

Das schlucksende Lachen verging ihm jäh. Er faßte sie bei der Schulter.

»Du wirst keine hundert Schritte machen und dir das Genick brechen! Hör zu! ... Da draußen tanzt der Teufel selbst! ... Du hast die zerstörte Brücke gesehen. Es gibt jetzt nur noch einen Weg ins Dorf. Den, den Jura genommen hat. Über die Felsen!«

Das Mädchen band sich das Kopftuch fest. Ihre Unbeirrbarkeit, ihre unglaubliche, verrückte Kaltblütigkeit machte Vojta rasend.

»Willst du dich für den Jäger umbringen? Komm zurück! ... Komm zurück, habe ich gesagt!« Er zerrte sie zurück, doch sie riß sich von ihm los. Erneut packte er ihre Arme. Hielt sie fest. Sie wehrte sich mit einer unheimlichen Kraft.

Ich werde ihr die Knochen brechen.

Der Schweiß trat ihm auf die Stirn. Er ließ sie los.

»Durch nichts auf der Welt«, fuhr sie ihn an, »durch nichts auf der Welt wirst du mich daran hindern zu gehen!«

»Warum?« brüllte er.

»Weil wir es tun müssen.«

Er empfand ihr gegenüber den blinden Haß, den wir einem starrsinnigen Kind gegenüber fühlen, das sich unserem Willen entzieht und sich dickköpfig ins Verderben stürzt. Er rannte hinter ihr in den Sturm hinaus und krallte seine Finger in ihre Haare. Er war außer sich vor Wut. Er haßte sie bis aufs Mark.

»Geh zurück«, schnaufte er. »Wenn's unbedingt sein muß, dann also krepieren. Ich gehe.«

»Du? Weshalb?«

»Weil ich gerade verrückt geworden bin!«

»Vojta, die Felsen sind wie aus Eis«, fiepte Juliška mit erstickter Stimme ganz nah bei seinem Gesicht. Er stieß sie beiseite.

»Geh rein und bete, daß ich zurückkomme.«

9

Es war bemerkenswert, wie Lucka Vojničová sich in das Unwetter aufmachte. Als einzige begriff sie den Sinn von Vojtas Worten, als er in der Tür des Wirtshauses stand, auf der Schwelle schwankte und nach einem Stück Fußboden ausblickte, das ihn halten würde.

Sie waren schneller draußen, als die anderen Atem geholt hatten. Die Kräuterfrau kroch über den Abhang, fiel hin, riß sich Hände und Stirn auf, krabbelte Stück für Stück bergauf, und den Ruhm dieses Unterfangens würde auch seine völlige Überflüssigkeit nicht schmälern können.

Denn Jura war am Leben, und seine Wunden, die Juliška verbunden hatte, bereits am Austrocknen. Als er zu sich kam, öffnete er seinen verkrusteten Mund und stieß einen heiseren Fluch aus. Er erkannte, daß er seine rechte Schulter nicht bewegen konnte. Trotzdem schaffte er es, sich aufzusetzen. Er erblickte jenen Ort, den er am wenigsten erwartet hatte. Im ängstlichen Glauben, seine Vision entstamme einem Fiebertraum, schüttelte er seinen Kopf.

Da drehte Juliška sich um und schrie auf. Auf Juras Fragen antwortete sie stammelnd, aber doch so zusammenhängend, daß er alles erfuhr, was ihn betraf und wovon er nichts mitbekommen hatte.

Er stellte sich auf die Beine und ging mit großer Anstrengung zum Tisch hinüber. Er roch an der Flasche, und im Unterschied zu Juliška nahm er einen Schluck aus ihr. Dann ließ er sich auf den Stuhl fallen, der mächtig wankte, aber nicht aus dem Leim ging. Ein verfluchter Schmerz brannte in seiner Schulter, seine Hände glühten, und an seinem ganzen Leib gab es kein einziges Fleckchen, das nicht weh getan hätte. Er befand sich in erbärmlicher Stimmung, und Juliškas Anwesenheit machte das Elend noch größer. Außerdem vernahm er den abscheulichen Namen Vojta Zálešáks. Juliška erwähnte ihn mehrmals.

Er hätte sie unterbrechen sollen, war jedoch zu schwach dafür.

Wieder griff er nach der Flasche und trank aus ihr.

»Er wird's nicht schaffen, Jura, er wird es niemals schaffen. Ich habe ihn umgebracht.«

Wenn sie nicht aufhört, werde ich ihr die Flasche über den Kopf ziehen!

Eine halbe Stunde später endete seine seelische Qual, und es blieb ihm nur noch jene kleinere – die physische.

Lucka Vojničová warf in der Tür ihr nasses Wolltuch ab. Hinter ihr stand Vojta Zálešák. Beide keuchten wie nach einem Wettrennen.

Juliška umklammerte die Röcke der Alten und drückte ihr Gesicht hinein.

»Gevatterin!«

»Was hast du denn hier zu suchen?« fragte Lucka, ohne sich wirklich zu wundern. Sie berührte Juras blutbefleckten Ärmel. Er heulte auf.

»Fassen Sie mich nicht an, alte Hexe!«

Die Alte zog eine amüsierte Grimasse. Sie klopfte leicht auf seinen Arm, wobei er fast ohnmächtig wurde.

»Zieh ihn aus, Vojta!«

»Er soll sich selbst ausziehen!«

»Zieh ihn aus, und zwar ein bißchen plötzlich!«

Vojta glitt an der Wand hinunter.

»Nichts haltet ihr aus, ihr Schwachköpfe«, sagte Lucka zärtlich und hob seinen Kopf an. »Steh auf. Du legst dich aufs Bett. Geh, es sind nur ein paar Schritte.«

Vojta gehorchte. Er legte sich auf den übelriechenden Strohsack.

»Stütz ihn mit irgend etwas ab und wasch ihm das Gesicht«, befahl sie Juliška, und weil sie sogleich den Schnaps gewittert hatte, deutete sie noch auf die Flasche. »Dann soll er was trinken.«

Das Mädchen befeuchtete das letzte Hemd. Vojta fühlte die wohltuende Kälte auf seiner Stirn. Das Wasser rann ihm den Hals hinunter, doch er war zu keinem Widerstand fähig.

Auf nichts kam es mehr an.

Nicht einmal auf Rache.

Der mörderische Zorn floß wie trübes Wasser von Vojtas Seele. Nur süße Leere blieb zurück.

Lucka beschäftigte sich mit Juras Ellbogen. Der Jäger preßte seine weißen Lippen aufeinander und bemühte sich, nicht zu wimmern.

»Diese Pfote hast du dir hübsch ausgerenkt. Halt dich am Tisch fest.«

Ein Ruck – und Jura brüllte auf. Klebriger Schweiß strömte von seiner Stirn. Ein Glück, daß ringsum schon alles vom Regen feucht war, denn er hatte sich soeben naß gemacht.

Unterdessen hatte sich im Wirtshaus eine Truppe von Männern versammelt, um in die Berge hinaufzusteigen. Keiner zweifelte daran, daß Vojta Zálešák Jura Machala den Garaus gemacht hatte. Nach dem, was ihnen zu Ohren gekommen war, war es am wahrscheinlichsten, daß er ihn in eine Schlucht gestoßen hatte. Keiner der drauflosmarschierenden Schaulustigen war so heuchlerisch, moralische Entrüstung vorzutäuschen. Hložek schlug vor, daß sie sich aufteilen und zwei von ihnen die Gendarmen holen gehen sollten. Die Sache scheiterte zum einen daran, daß keiner von ihnen Lust hatte, sich den Anblick von Juras zertrümmertem Leib entgehen zu lassen, zum anderen daran, daß sie den jungen Jäger gerade durch den Hohlweg laufen sahen. Er bemerkte das am Fuß des Hügels versammelte Grüppchen nicht. Vor seiner Brust wiegte sich seine rechte Hand, die in Luckas Wolltuch hing.

In Zálešáks Hütte trafen sie auf die zwei Frauen und den bleichen Vojta, der auf dem Strohsack lag.

»Was hat er?«

»Er hat die Viehseuche, also verschwindet ihr am besten gleich wieder«, informierte sie Lucka.

Ein wenig Hoffnung schöpften die Männer, als sie das Wilderergewehr erblickten. Die Waffe war jedoch verrostet, denn lange Jahre hatte es durch die undichte Decke darauf getropft, und niemand hätte damit auch nur eine Wühlmaus erschießen können.

Etwas Sonderbares war geschehen. Etwas Unerwartetes und daher Unmenschliches. Sie gingen mit grausigem Staunen davon wie Fischer, die aus einem fischreichen Fluß leere Netze gezogen hatten.

Draußen wehte ein kalter, frischer Wind. Das Unwetter war vorüber, und die gewaschenen Wälder dufteten scharf. Es war ein wunderbarer Abend. Die untergehende Sonne wiegte sich in dünnem Schaum, der in allen Farben spielte. Auf den Berghängen funkelte das Grün der Gräser, das Flußwasser glitzerte.

Juliška schlitterte über das nasse Gras nach Hause.

Auf einmal war es gar nicht weit.

In der Küche befand sich nur ihr Schwager. Er bemerkte ihr zerrissenes Kleid, unter dem weiß ihre nackte Haut hervorschimmerte.

»Wo bist du gewesen?«

»Ich habe mich in der Hütte der Zálešáks untergestellt.«

Er lächelte. Irgend etwas gefiel ihr an diesem Lächeln nicht. Als er sich ihr näherte, sprang sie weg. Er packte sie bei der Taille, zog sie an sich und legte ihr seine breite Hand auf den Mund.

»Schrei nicht!« zischte er drohend.

Trotzdem gelang ihr ein Aufschrei.

Sie erblickte Stázas Gesicht, doch nur für einen kurzen Moment. Dann versetzte ihr etwas einen Hieb auf den Rücken, und ihr wurde schwarz vor Augen. Sie fiel auf die Knie, doch der Hagel von Schlägen stellte sie wieder auf die Beine. Sie wand sich unter ihnen durch und rannte aus dem Haus.

»Hure! So präsentiert sie sich vor meinem Mann, liebe Leute, so verführt sie ihn!«

Juliška begriff, daß in ihrem Leben etwas für immer vorbei war. Mit einer bislang ungekannten Leichtigkeit ging sie über Stázas Gekeife hinweg wie über eine lächerliche Unebenheit auf einem neuen Weg.

Am übernächsten Tag würde Irča sie ins Marienheim nach Šádova Hut' mitnehmen, wo die Bürgerfrauen sich ihre Dienstmädchen aussuchten.

Sie ließ ihren Blick durch die Gegend wandern.

Vor ihr stand ein leuchtender Streifen am Himmel, auf der anderen Seite schritt die Nacht voran. Über jeder Hütte zitterte ein Rauchwölkchen.

Ohne zu wissen, warum, ohne überhaupt darüber nachzudenken, steuerte sie auf die einfache Hütte ihres Vetters Marek zu, mit dem sie sich seit Jahren nicht getroffen hatte.

Mareks Frau erkannte sie nicht. Sie sahen einander verlegen an, bis Marek herauskam und Juliška ansprach wie jemanden, der erwartet wird.

Das Medaillon

1

Der grüne Rolladen siebte goldenen Staub, immer mehr kam hinzu, doch der Christus über dem Betstuhl blieb ohne Heiligenschein. Sein Kopf war gesenkt, als würde er schlafen. Das Lämpchen des ewigen Lichts bemühte sich vergeblich, seine eisigen Füße anzuhauchen. Ringsum herrschte Stille, die Stille nach einem Unwetter, das sich jenseits dieser Welt entfesselt hatte.

Die Zelle war durchdrungen von Gebeten. Sie saugte den menschlichen Atem auf und verwandelte ihn in grauen Schimmel am steinernen Gemäuer.

Sie haßte Menschen.

Sie wehrte sich gegen die Sonnenstrahlen, die ihre Spinnengeheimnisse durchdrangen. Eine Muschel, die eifersüchtig ihr feuchtes Dunkel hütete.

Außer der unsichtbaren Vegetation, die sich zwischen den rissigen Steinen ausbreitete, versuchte sie, alles Lebendige zu tilgen.

Für einen Moment fiel ein Fleckchen Licht auf das Gesicht des Christus. Es beleuchtete seine Lippen, die zu ewigem Schweigen geschlossen waren.

Ja, ja – nein, nein.

Das heidnische Herz von Schwester Isabela schlug wie eine kriegerische Faust in ihrer beklommenen Brust.

2

Vratislav Lipka war wie jeder andere angekommen. Nervös, scheu. Er hatte ein Stück fremder Welt von draußen mitgebracht.

»Woher stammst du?«

»Aus Želary.«

Vratislav Lipka war der erste und einzige, der bei dieser unbedeutenden Antwort aufsah – mit ausdruckslosem Blick. Er war der erste und einzige, der die Schwester direkt ansah, ohne sie wahrzunehmen, als wäre sie mit dem Hintergrund verschmolzen. Er antwortete auf eine Frage, die aus dem Nichts gekommen war.

Außer den beiden mechanisch gesprochenen und wertlosen Worten gab er keines seiner Gefühle preis.

Weder Demut noch Angst, noch Trotz.

Nichts.

Die Hände des Landpfarrers, der ihn hierhergebracht hatte, zitterten. Sie sprachen Bände. Über seine Unsicherheit, sein schmerzliches Mitgefühl, seine undeutlichen Ängste, seine Zweifel.

Von dir erwarte ich mir keine Hilfe, dachte Isabela. Von dir nicht.

Sie führte die beiden ins Büro.

Die Vorsteherin lächelte und nickte mit dem Kopf, denn sie hielt es für ihre Berufung, zu lächeln und zu nicken. Ihr pausbäkkiges Gesicht drückte eine unnatürliche, starre Liebenswürdigkeit aus.

Ein Eintrag, eine Nummer, die Einordnung ins Alphabet.

Isabela nahm den Jungen bei der Hand und führte ihn durch den schummrigen Flur zum Bad.

Der Landpfarrer blieb im Büro zurück. Wie jedesmal. Sein überflüssiger, umständlicher Kommentar. Die Vorsteherin lächelte, hörte aber nicht zu. Trotzdem beteiligte sie sich mit passenden Bemerkungen am Gespräch, denn sie wußte, in welcher Pause sie sie anbringen mußte.

Der Pfarrer war kein Naivling, er verstand alles.

Auch die Dringlichkeit jener überflüssigen Worte, die das Herz erleichterten und auf dürftige Weise die Seele freimachten.

Die Tür zum Badezimmer knarrte. Sie war aus Eisen und wurde mit einem schweren Schlüssel aufgeschlossen. Lipkas Blick verharrte für eine Sekunde auf dem vergitterten Fenster.

»Hier nimmst du ein Bad.«

Der Junge stand regungslos, sein Blick war von dem Gitter weitergewandert und tastete die geweißelten Wände ab.

Die Schwester ließ Wasser in die Wanne ein.

Als sie zu drei Vierteln voll war, drehte sie den Hahn zu, wandte sich ab und ging zu dem halboffenen, aber uneinnehmbaren Fenster hinüber.

Lipka warf sein Hemd von sich, der Anordnung gehorchend, die ausgesprochen worden war. Noch bevor Isabela sich an den Fensterrahmen lehnte, hörte sie Wassergeplätscher.

Der Junge wusch sich langsam, sorgfältig, von Kopf bis Fuß.

Unter dem Fenster des Badezimmers versammelten sich Neugierige. Ein Neuer, das war eine Beute. Einer der spärlichen Zeitvertreibe. Sie würden versuchen, die Hetzjagd durch unmerkliche Kleinigkeiten in die Länge zu ziehen.

Der schwachsinnige Fanouš stand an der Regenwassertonne und patschte abwechselnd mit der rechten und der linken Hand in sie hinein. Er war freudig erregt, schrie scheußliche Schimpfwörter, fühlte sich wichtig, genoß den eigenen Mut. Die anderen Kinder lachten kreischend, stachelten seinen Ehrgeiz an, der arme Kerl spritzte sich mit dem Wasser in Augen und Nase – bald würde sie bluten – und johlte berauscht:

»Ist das Kalb im Mist verreckt,
wird's von Fliegen bald entdeckt ...«

Isabela sah ihm zu und schimpfte nicht. Sie stand reglos am Fenster, bis die Kinder sie erblickten und einander unauffällig anzustoßen begannen. Einer nach dem anderen stahlen sie sich weg.

Die Schwester verstand. Der neue Junge brachte Unruhe. Er reizte die unbefriedigten Herzen der Waisenjungen, die von überall her an diesen Ort gebracht worden waren, der ein Zuhause sein sollte und es nicht war.

Jeder von ihnen hatte sich langsam und schmerzlich der neuen Atmosphäre angepaßt, schmerzlicher noch der Disziplin – den unsichtbaren Zügeln. Jenen Zügeln, die Isabela hier in der Hand hielt. Sie hatten es fast augenblicklich erkannt.

Kampflustig waren sie vor sie hingetreten, aber bald war ihr rebellischer Stolz in sich zusammengefallen.

Und doch war es ausgerechnet ihr Rockzipfel, an dem die Kleinsten hingen, die noch hier und da ins Bett machten, war sie es, nach der gerufen wurde, wenn sie krank waren, und dann tranken sie ohne Widerrede ihre bitteren Säfte, die ihnen wieder Kraft schenkten.

Schwester Isabela, gehen Sie nicht weg!

Isabela machte sich keine Illusionen über die Kinder, die laut amtlicher Bezeichnung sittlich gefährdet waren. Doch sie liebte sie. Sie liebte sie, so wie sie waren. Frech, verlogen, böse.

Sie liebte sie, wenn sie trotzig wach blieben und dem unwiderstehlichen Rufen von draußen lauschten, das Isabela selbst besser kannte als die Landstreicher, die vom Strohhaufen aus in die Sterne hinaufsahen.

Sie liebte die Kinder blutbefleckt von ihren Raufereien, sie liebte sie demütig betend, sie liebte sie von Angst gebrochen.

Und alle, alle ohne Ausnahme, wußten um ihre Liebe, die strafend, wortkarg war – und sicher.

Die schwächsten lebten durch sie.

Lipka trocknete sich ab und überlegte, ob er die Schwester wecken sollte, die am Fenster wohl eingeschlafen war, oder ob er hinausschleichen und abhauen sollte, wenn sich so eine Gelegenheit bot.

Lautlos zog er sich das Anstaltshemd und die Hosen an, noch ehe er jedoch einen Schritt zur Tür hin gemacht hatte, drehte die schlafende Schwester sich zu ihm um, als hätte sie alles gesehen.

»Und jetzt wirst du zum Herrn Doktor mitkommen.«

Lipka schauderte es. Sie sprach mit ihm wie mit einem Erwachsenen, versuchte ihn jedoch zu unterwerfen. Man hörte es an ihrer leisen Stimme, sah es in ihren sanften Augen. Lipka besaß den Instinkt eines Tieres, und dieser sandte ihm eine Warnung. Er war schon einmal beim Arzt gewesen, damals, als sie ihm den Arm ausgekugelt hatten. Er erinnerte sich, wie Lucka ihn an dem gesunden Arm mitgeschleift hatte, er erinnerte sich an den Schmerz und die erniedrigenden Tränen.

»Wovor hast du Angst?« Sie sprach die gleichen Worte aus wie damals die Gevatterin. Sie hatte seine Gefühle erraten. Lipka schauderte es wieder. Er war auf etwas Unbekanntes gestoßen.

Sie kehrten in das Büro zurück. Der Pfarrer sprach immer noch. Sobald sie eintraten, verstummte er. Machte eine schuldbewußte Miene. Er gehörte zu den Leuten, die überzeugt waren, alles Leid der Welt zu verantworten.

Isabela kündigte an, daß sie mit dem Jungen zum Arzt gehen würde, und die Vorsteherin nickte, obwohl diese Aufgabe Schwester Kamila zukam, die sie zu ihrem Vorrecht erhoben hatte und mit solchem Eifer erfüllte, daß die örtlichen Tratschweiber sich zuzwinkerten, sobald sie im Wartezimmer ihr errötendes Gesicht unter der gestärkten Haube erblickten.

Isabela hatte in ihre Rechte eingegriffen, doch Kamila wagte nicht, dagegen aufzubegehren, weil im Kloster vor allem das geschah, was die am meisten Gefürchtete wünschte.

Der Arzt war jung und gut aussehend, hatte jedoch den erkalteten Blick eines Lüstlings oder Heiligen.

Er untersuchte Lipka, stutzte kurz über seinen Narben und trug mit einem schwachen, an die Schwester gerichteten Lächeln in das Formular zur Person ein: völlig gesund.

»Wer hat dich so geschlagen?« fragte er ohne Interesse.

»Niemand.«

Der Arzt zuckte mit den Achseln und lächelte wieder der Schwester zu.

Sie erwiderte sein Lächeln nicht.

Danach liefen sie durch das langgestreckte Dorf, das sich an der Landstraße hinzog. Die Häuser waren größer als in Želary und dicht aneinandergedrängt, mit schlammigen Gräben davor.

»Geh vor mir.«

Er gehorchte wortlos. Achtete auf den Rhythmus ihrer Schritte und paßte sich ihnen an.

Er war fest entschlossen. In der Nacht würde er abhauen.

Isabela starrte unverwandt auf seinen Rücken. Heimatgemeinde: Želary. Mutter: Lenka Lipková, verstorben. Ihre Gedanken kreisten jedoch um einen Namen, der nicht im Formular des Jungen, sondern in seinem Gesicht zu lesen war. Selbst das uralte Miniaturbild, ein Medaillon, das sie zwischen ihren Gebetbüchern aufbewahrte, selbst dieses bot nicht ein so getreues Abbild.

Mehr als ein Vierteljahrhundert sank vor ihr ein. Der vor ihr ging, war ihr kleiner Bruder Jan.

Zweimal, wie sie glaubte, hatte sie ihn zu Gott zurückgebracht. Das erste Mal, als sie ihn dazu zwang, ein naives Geschöpf zu heiraten, das Isabelas Taille umschlungen und heftig geschluchzt hatte. Als sie die Bittstellerin hochzog, drückten sich glühende Wangen in ihre Hand. Von den Tränen erhitzt wie von Wein.

Damals erachtete sie alle für heilig, die liebten.

»Das junge Ding wird ohne dich zugrunde gehen«, hatte sie zu ihrem Bruder gesagt.

Er lachte.

»Hier auf diesem Boden hat sie vor mir gekniet.«

»Sie ist reich genug, um sich jedwede Art von Hysterie erlauben zu können.«

»Sie hat dich gewählt.«

»Nur weil ich sie nicht wählen wollte.«

»Du bist verantwortlich für das, was geschehen ist. Du wirst sie heiraten.«

»Sie sucht keinen Ehemann. Sie sucht einen Leibeigenen.«

»Du wirst sie heiraten, Bruder … Sie hat mir gesagt, was zwischen euch war.«

»Nur daß vorher schon etwas zwischen ihr und anderen Männern war.«

»Verschone mich mit Schlüpfrigkeiten.«

»Meiner Meinung nach handelt es sich um keinerlei Schlüpfrigkeit, aber ich verschone deine Unschuld … Zumal ich überzeugt bin, daß du dir Adas blumige Tirade sicher ohne Anstoß angehört hast.«

Nach zwei Jahren einer unruhigen Ehe verschwand Ada Šeldová spurlos und ohne Skrupel aus Želary und ließ ein kränkliches Kind in der Wiege zurück. Das zweite Mal nahm Isabela den Kampf um das Heil ihres Bruders auf, als sie Pavlína von ihm wegholte – eine Herumtreiberin, die unwürdige Frau von Michal Lipka.

Zeit und Entfernung hatten sein damaliges Wüten verschluckt.

Nun hatte das Schicksal ihr eine dritte, vielleicht die schwerste Prüfung auferlegt.

»Vratislav, kennst du den Ingenieur Šelda?«

»Ja.«

Er war zusammengezuckt und hatte sich umgedreht. Er wartete weitere Fragen ab, aber die Schwester fragte nicht. Sie liefen schweigend zum Kloster.

»Wasch dir die Hände, ich bringe dich dann in den Speisesaal.«

Wieder dieser Ton, der an erwachsene Ohren gerichtet war.

Mit Unbehagen und Furcht registrierte Lipka das feine Fädchen, das sich zwischen sie gespannt hatte – der Beginn einer Fessel?

Falls er im Kloster gedemütigt werden sollte – und das war unausweichlich –, dann nicht von dieser Schwester. Er empfand sie als besondere Gefahr.

Der Speisesaal war ein kalter, mit fetten Dünsten angefüllter Raum. »Hier ist dein Platz.«

Er setzte sich auf die Holzbank zwischen zwei ältere Jungen. Kaum saß er, spürte er eine Nadel in seinem Oberschenkel. Er schrie nicht auf, stöhnte nicht, regte sich nicht. Nach einer Weile ein neues Stechen. Diesmal hatte er seinen Peiniger ausfindig gemacht und wußte, wen er noch vor seiner Flucht verprügeln würde.

»Iß!« munterte ihn die rosige Schwester Kamila auf.

Lipka sah vor sich hin und aß nicht. Er brachte es nicht fertig, den Löffel zu heben unter den Augen von Dutzenden lauernder Feinde.

»Du kriegst am Sonntag keine Schokolade«, höhnte der verrotzte Jozífek. Dabei schlürfte er schmatzend seine Suppe und kleckerte sie sich aufs Hemd.

Am Sonntag bin ich nicht mehr hier, dachte Lipka.

Er spürte eine fremde Hand auf seinem Haar.

»Du bist aus Želary?«

»Ja.«

»Erzähl mir …« Die Schwester, die ihm übers Haar gestrichen hatte, sprach nicht weiter. Wie ein Geist war neben ihr Isabela aufgetaucht.

»Sie haben Aufsicht, Schwester Andrea.«

»Ich weiß. Es tut mir leid.«

Sie wollte etwas von mir, begriff Lipka, irgend etwas Wichtiges.

»Iß!« befahl nun Isabela und blieb neben seinem Platz stehen.

Er nahm einen Löffel von der dicken, fast kalten Suppe und schluckte sie mit Überwindung hinunter.

Nach dem Essen herrschte Mittagsruhe. Die Kinder lagen in ihren Betten, sahen zur Decke, manche unterhielten sich leise miteinander, so leise, daß die dösende Schwester, die Aufsicht hielt, nicht aufwachte. Nur die Kleinsten schliefen tatsächlich und brabbelten im Schlaf.

Für den neuen Jungen lag noch kein Strohsack bereit. Er durfte deshalb im Hof Holz aufschichten. Jedes der wachliegenden Kinder hätte mit ihm tauschen mögen, denn erzwungene Untätigkeit war schlimmer als erzwungene Arbeit.

Lipka schichtete fleißig und geschickt und dachte nicht nach über das, was er tat.

Seine Gedanken hatten einen anderen Inhalt. Den Jungen verbleuen, der ihn gestochen hatte, und dann abhauen.

»Vratislav.«

Schwester Andrea stand hinter dem Holzstoß, so daß man sie vom Kloster aus nicht sehen konnte. Der Junge drehte sich zu ihr um und schichtete gleichzeitig weiter. Er wußte, daß die Schwester sich genau das wünschte.

»Wenn du damit fertig bist, komm in die Küche. Das sind die vergitterten Fenster da links.«

Sie duckte sich hinter den Holzstapel und verschwand.

Er wurde nachdenklich. Die seltsame Einladung hatte seine Scheu überrumpelt.

»Daß du dir nur kein Bein ausreißt! Erst hat der gnädige Herr nicht essen wollen, jetzt will er nicht arbeiten.«

Die rosige Kamila. Die werd ich hassen.

Vielleicht war der Gedanke in seinem Gesicht zu lesen, denn sie verpaßte ihm eine Ohrfeige. Eine mitleiderregende.

Zu einer zweiten kam es nicht.

Er sprang weg und rannte über den Hof, bis er auf einen Zaun traf, hinter dem ein riesengroßer, halbwilder Hund sein Reich hatte. Lipka sah ihm in die Augen, sie tasteten sich mit ihren Blikken ab, der Hund erhob sich und ging auf den Zaun zu, so weit seine Kette reichte, die ihn an seine Hütte band.

Es war eine Wolfshündin. In ihrer Kehle röchelte der Groll.

Lipka sprach leise zu ihr. Er streckte seine Hand nach ihr aus.

Kamila schrie in dem Moment gellend seinen Namen, als er über den Zaun sprang.

Der Hund und der Junge gingen sich langsam entgegen. Schritt für Schritt. Beide in Habachtstellung.

»Näher dich Rita nicht! Bleib weg von ihr!«

Die Schwester stolperte und fiel hin.

Der Hund und der Junge setzten ihren Weg fort.

Kamila erreichte das Gehege, ihr Gesicht war krampfverzerrt, und sie klammerte sich an den Zaun.

Über dem Anblick, der sich ihr bot, verwandelte sich ihr Entsetzen in Ohnmacht.

Vratislav Lipka umfaßte den Hals der wilden Hündin, kraulte sie hinter den Ohren, die beiden umschmeichelten einander, als hätten sie sich nach überlanger Trennung wiedererkannt. Rita bellte, gurrte, stubste mit ihrem Leib gegen den gefundenen Gefährten, wedelte mit dem Schwanz, daß er ganze Kreise beschrieb.

»Du läßt sofort diesen Hund los, hörst du?! Sofort!«

Die Hündin richtete sich auf und bleckte die Zähne.

»Laß ihn augenblicklich los und komm hierher!«

Lipka warf ihr einen kalten Blick zu und schickte sich an, der Anweisung zu gehorchen. Er ging zum Gatter hinüber, hinter ihm die Wolfshündin, die ihre herausgerutschte Kette hinter sich herzog.

Kamila sank auf die Knie und verbarrikadierte das Gatter mit ihrem Körper. Ihre Stimme hallte gegen die Klostermauern, setzte sich in den Spalten fest.

Es war Isabela, die Lipka aus dem Gehege holte. Von ihr ließ Rita sich anbinden, und ihr leckte sie die Hand ab.

Kamila stand unter Schock. Keuchend flehte sie, man möge den Jungen mitsamt dem Hund erschießen. Sie war einverstanden, daß man den Arzt rief, doch als sie feststellte, in welchen Körperteil er die Spritze zu setzen beabsichtigte, wehrte sie sich verzweifelt. Die Kinder waren verwirrt von dem Vorfall mit dem Hund. Jemand hatte sich unter sie geschlichen, der anders war.

Als sie nach der Mittagsruhe im Garten spielten, beteiligte sich Lipka nicht an ihren Spielen. Er bot ihnen keine Gelegenheit, ihn abzuweisen. Statt dessen setzte er sich an die Seite und beobachtete sie schweigend.

Es schien ihn zu unterhalten.

Die anderen amüsierte das Spiel jedoch nicht mehr.

Einige versuchten, ihn mit Spötteleien aufzuhetzen, doch es war, als würde er sie nicht hören. Sie nahmen sich vor, ihn zu verdreschen, sobald sich die beaufsichtigende Schwester entfernen würde. Kaum hatte er einen günstigen Augenblick abgepaßt, griff der neue Junge jedoch selbst an, und zwar so routiniert und flink, daß er sie auseinandergesprengt hatte, noch bevor sie sich zusammenrotten konnten. Die Schwester, die von dem Geschrei herbeigerufen wurde, erblickte bereits das Ende des Kampfes. Lipka trat gegen einen am Boden liegenden Jungen, der aus dem Mund blutete.

»Warum hast du das getan?«

»Er hat mich mit einer Nadel gestochen.«

Ohne Reue, ohne eine Spur von Mitleid angesichts seines malträtierten Opfers. Sie schlossen ihn ins leere Krankenzimmer ein und berieten darüber, wie sie seinen Willen brechen könnten. Durch Hungern, Schläge, Arrest? Der neue Junge fürchtete nichts davon. Sein eingerissener Ärmel hatte einen Arm entblößt, der voll beredter Spuren war.

Am Abend schlich Schwester Andrea sich in sein Gefängnis und brachte ihm einen Heidelbeerkuchen mit. Sie handelte entgegen der Klosterordnung und wider alle Methoden, die hier angewandt wurden.

Lipka verspürte jedoch keine Lust, mit ihrem Abendessen seinen Hunger zu stillen. Er sah sie fast ebenso flehentlich an wie sie ihn.

Sie faltete die Hände.

»Beten wir, daß Gott uns die Kraft zum Kampf gegen das Böse gibt.«

Lipka war überzeugt, daß er die Kraft zum Kampf gegen das Böse besaß.

»Willst du nicht beten?«

»Was wollen Sie von mir?«

Andreas Gesicht erstarrte. Die Frage hatte sie erschreckt. Es verstrich eine Weile, in der sie ihre Kräfte sammelte.

»Kennst du den Ingenieur Šelda?«

Vor Überraschung blinzelte er.

»Ja.«

»… ist er gesund?«

»Ja.«

»Siehst du ihn oft?«

»Es geht so. Soll ich ihm was ausrichten?«

»Nein, nein!«

Eine unangenehme Stille.

»Ich bin die Frau deines Onkels Michal.«

Das hatte er nicht erwartet. Nie hätte er geglaubt, daß er ihr einmal begegnen würde. Der Schlampe, die seine Großmutter so verflucht hatte und wegen der Michal so heruntergekommen war.

Er behielt seine Gedanken und Empfindungen für sich.

Sein Instinkt sagte ihm, daß er einen ungemein guten und – schutzlosen Menschen vor sich hatte.

Täuschte er sich?

»Ich bin von ihm weggegangen … vor langer Zeit.«

Was sie vorher gesagt hatte, hatte er wohl überhört.

»Ich weiß.«

»Und Líza? … Was macht Líza?«

»Sie studiert.«

Andrea fing an zu weinen. Sie sollte aufhören, liebe Güte! Was war denn dabei, daß Líza studierte! Ob es sie interessieren würde, daß Helenka sie für eine Fee hielt?

»Damals war sie noch ein Kind.«

Wann war damals?

»Vratislav, hast du daheim einen Hund?«

Lipka wußte, daß sie ablenken wollte, und das neue Thema kam ihm nicht unsinnig vor.

Er war nicht neugierig, im Grunde war es ihm egal, weshalb

Šeldas Name hier wiederholt genannt wurde und weshalb er soviel Aufregung verursachte.

»Einen Hund nicht. Nur eine Ziege. Und sie gehört auch nicht mir.«

»Wem gehört sie?«

»Den Bojars. Ich habe den Winter über bei ihnen gewohnt.«

»Die Bojarin kenne ich ... Sie ist eine liebe Frau.« Sie senkte ihre Stimme, jedes Wort stahl sich durch die Dämmerung und ertastete seinen Weg.

»Als ich in Želary gelebt habe, warst du noch nicht auf der Welt. Die Bojarin hatte Slávek und Ondra bekommen.«

»Die sind gestorben. Jetzt hat sie Helenka.«

»Helenka?«

Was war daran so merkwürdig?

»Geht sie schon zur Schule?«

»Ja. Sie ist die beste Schülerin der ganzen Klasse.«

Auf einmal hatte der Wildfang aus Želary das sanftmütigste Gesicht, auf einmal begann er wie von selbst zu erzählen.

»Schon bevor sie zur Schule ging, konnte sie ELEFANT schreiben. Sie ist klug. Aber ziemlich klein und dünn. Sie trinkt Lebertran.«

Vom Gang her war das Rascheln gestärkter Röcke zu hören.

»Erzähle in Želary niemandem davon, daß ich hier bin. Ich bitte dich, erzähle es niemandem!«

»Ich werd es nicht erzählen.«

Er erriet, daß vor allem der Ingenieur Šelda nichts davon erfahren durfte.

Andrea sprang auf, öffnete die Tür und stand der gegenüber, die sie erwartet hatte.

»Ich habe ihm das Abendessen gebracht.«

»So? Gehen Sie schon. Ich werde die Tür abschließen.«

Kein Wort des Tadels. Als sie durch den Gang liefen, fragte Isabela wie beiläufig: »Sie kennen Želary, Andrea. Wissen Sie, wer Lipkas Vater ist?«

»Ja. Hochwürden hat es mir gesagt. Er hieß Vilém Svojsík.«

Andrea sah Isabela ruhig an, in ihrem Blick lag nicht der Schatten eines Zweifels.

Isabela lächelte. Ihre Gebete waren erhört worden.

3

Vratislav Lipka stand am Fenster des Krankenzimmers – seines Gefängnisses. Es befand sich im ersten Stock, vielleicht gab es hier deshalb keine Gitter.

Durch den violetten Himmel schwammen Abendwolken, der Wind drückte gegen die Scheibe, von ferne war eindringliches Geflüster zu hören.

Heute würde er sich auf den Weg machen. Selbst wenn das Fenster noch höher säße, selbst wenn der Sprung hinaus den Tod bedeuten sollte.

Er konnte nicht atmen.

Die Fremde verschlang ihn, und alles in ihm bebte.

Der erste Stern wurde sichtbar.

Noch nicht.

In dem geräumigen Saal waren die Kinder am Einschlafen, Schwester Andrea machte ihre Runde, blieb hier und da stehen, ordnete eine Bettdecke.

Želary, dröhnte es in ihrem Kopf, Želary!

Wieder waren das Kloster und alle, die in ihm lebten, nackt bis auf die Knochen.

Mit Beklommenheit lauschte sie dem Atem der Kinder.

Sie empfingen, immer empfingen sie nur. Sie könnte sterben ... Stirb, Andrea, es ist so langweilig, wenn niemand stirbt, es wird eine Beerdigung geben, dann kommt eine neue Schwester, stirb, Andrea, dann geschieht etwas!

Ihnen habe ich mein Leben geweiht, und sie knabbern daran wie an Brot.

Jozífek wimmerte im Schlaf, dann riß er seine wachen Augen auf.

»Was ist, Jozífek?«

»Ich habe von einem Wolf geträumt.«

»Schlaf.«

»Ich habe Angst vor dem Einschlafen.«

»Schlaf nur. Jetzt wirst du von einem Schäfchen träumen. Einem kleinen Schaf mit einer roten Schleife.«

Jozífek schloß gehorsam die Augen.

Ein glückliches Lächeln erschien auf dem Gesicht der Schwester.

Daneben Vašek, seine Fußsohlen lugten unter der Decke hervor, schwarz vor Schmutz. Wo immer es ging, zog er seine Schuhe aus, er haßte sie.

Lojza. Von ihm besaß Andrea einen Rosenkranz aus trockenen Eicheln.

»Hier, für Sie!«

Seine Verlegenheit und sein Wegrennen. So konnten nur Kinder schenken.

Kleine Engel in Eisenbetten, rein, gebenedeit.

Böse, neidvoll, mißgünstig und feige!

Der Christus über der Tür wies mit seinen ausgebreiteten Armen in zwei entgegengesetzte Richtungen. Der Mond ging auf. Die Nacht war nicht schwarz, sie war dunkelrot wie böhmische Granaten. Andrea nickte auf dem Bettrand ein. Im anderen Flügel des Klosters lag Isabela wach. Aus dem leeren Gefängnis von Vratislav Lipka zog der Duft des unberührten Heidelbeerkuchens.

Der Junge war auf dem Weg zur Eisenbahnlinie. Er hatte sich die Richtung gemerkt, als sie zum Kloster gefahren waren. Die Schienen schimmerten von ferne gespenstisch. Tagsüber waren sie schwarz, nachts leuchteten sie.

In ihrem Gehege heulte Rita auf. Er kehrte um und löste ihre Ketten.

Er verschenkte großzügig Freiheit, von der er so viel besaß.

Die Hündin folgte ihm bis zum Bahndamm, beschnüffelte die Schwellen, pinkelte darauf, lief ein Stück des Weges mit ihm, dann drehte sie sich um, winselte kurz zum Abschied und machte sich auf den Heimweg. Fluchtartig und ohne sich umzuschauen.

Vratislav Lipka lief und lief. Er verspürte keine Müdigkeit, keinen Hunger.

Aus dem Wald erklang der Ruf eines Käuzchens. Er ahmte seine Stimme nach.

Ein paarmal sprang er den Damm hinunter, um einem Zug auszuweichen, und einige Male umlief er ein Bahnwärterhäuschen.

In der Morgendämmerung öffnete sich vor ihm der Schlund eines Tunnels. Er zögerte. Von dem Tunnel ging Gefahr aus. Die Schienenstreifen verloren sich in ihm.

Lipka berührte sie mit seinen nackten Füßen, und aus dieser Berührung schöpfte er Mut im ganzen Körper. Er tauchte in die schwarze Falle ein.

Anfangs flimmerte hinter ihm ein schwaches Lämpchen, das Licht wurde jedoch dünner und spärlicher. Er schüttelte seine Angst ab und setzte seinen Weg fort, grimmig, entschlossen, tastete sich mit den Händen vor und folgte weiterhin mit seinen Füßen dem Metall, das ihm Wegweiser war, er bibberte vor Kälte, denn durch den unterirdischen Gang zog der Nordwind, er ging schneller und schneller, gönnte seinem bedrückten Herzen keine Ruhepause, bis das Dunkel vor ihm aufbrach und ein schwaches Licht durch die gesprungene Schale schlüpfte, das zunehmend die Fluchten der Wände streckte.

Er lief aus dem Tunnel heraus und begann vor Freude zu pfeifen.

Die Morgensonne brannte in seinen Augen.

Wieder mußte er ein Wärterhäuschen umgehen. Dann erreichte er eine Haltestelle. Hier kam ihm ein Gedanke, der ihm bislang nicht eingefallen war. Sich in einen Zug setzen und losfahren. Er suchte sich eine bäuerliche Frau mit weiten Röcken und einem Korb heraus, hinter dem er wie hinter einem Schutzschild in den überfüllten Wagen stieg. Der Korb drängte ihn in eine Ecke, wo er sich nicht rühren konnte, aber das war ihm nur recht, so konnte er sich zusammenkauern und schlafen.

Er war unsichtbar.

Das Gerüttel, das durch seinen Körper fuhr, machte ihn selig.

Jedesmal, wenn der Schaffner sich durch die Reisenden zwängte und »Die Fahrkarten, bitte« rief, wachte er auf und hielt den Atem an.

Auf einmal löste sich der Korb von seinem Körper und bewegte sich schaukelnd zum Ausgang hin. Lipka sah sich erschrocken um wie ein unvorbereiteter Schauspieler, vor dem sich der Vorhang geöffnet hat.

Er versuchte, seinen sicheren Winkel zu verteidigen, doch der Menschenstrom riß ihn mit. Er schob ihn vorwärts.

»Steh nicht rum, beweg deine Flossen!« fuhr einer ihn an.

»Ich steige noch nicht aus.«

»Nein? Das hier ist die Endstation, mein Herr. Weiter geht's nicht.«

Lipka sprang aus dem Wagen und fand sich auf einem breiten Bahnsteig wieder. Von einer freien Trasse keine Spur. Über den Schienen waren riesige Buchstaben angebracht: BETRETEN DER GLEISE VERBOTEN.

Der Strom der Menschen zog ihn mit sich, gegen die überbordende Masse war er machtlos, doch als er feststellte, daß die Leute auf einen unterirdischen Schacht zusteuerten, bot er ihnen die Stirn und drängelte sich zurück. Er wurde von Koffern, Regenschirmen, Stöcken gestoßen.

Schließlich zerstreute sich das Gewimmel im Untergrund, und der Bahnsteig blieb leer zurück. Lipka sprang auf die Gleise. Jemand rief etwas hinter ihm, doch er drehte sich nicht um, rannte, stürmte weiter.

Die Gleise begannen sich zu vermengen, zu kreuzen, zu überschneiden. Hinter sich hörte er schrilles Pfeifen und zornige Stimmen. Er lief quer über das Schlangennest aus Metall, rannte auf eine Mauer zu und lehnte sich mit dem Rücken an sie. Hier und dort stand ein verirrter Waggon ohne Lokomotive herum, genauso verloren wie er. Von überallher riefen sie nach ihm, schwenkten Fähnchen. In seiner Verzweiflung schwang er sich auf die rissige Mauer hinauf. Er erklomm sie so überstürzt, daß er sich die Hände an den Glasscherben verletzte, die sich darauf befanden.

Auf der anderen Seite bot sich ihm ein unerwarteter Anblick. Vor ihm lag eine Stadt. Mit Türmen und hohen Häusern, leicht in Rauch gehüllt, so eine, wie sie in Želary an der Wand des Schulflurs hing.

Er wischte sich die blutigen Hände an seiner Hose ab und bog zögernd in die erste Straße ein. Die Häuser erschienen ihm unglaublich hoch, sie neigten sich, als würden sie kippen. Auf dem Fahrweg brausten Autos vorbei.

Zum ersten Mal sah er eine Straßenbahn, und fast wären ihm die Augen herausgefallen.

Die Leute, die an ihm vorübergingen, verströmten einen eigenartigen Geruch. Den Geruch der Stadt. Sie waren frisiert, fein gekleidet und alle in Eile. Jedesmal wenn er stehenblieb, versperrte er jemandem den Weg.

Ihm war, als würden sie ihn beobachten. Er wußte nicht, wo er sich verstecken sollte. Alle Orte waren voller Menschen. Die Stadt wimmelte von ihnen wie ein madiger Käse.

Als er sich ein wenig beruhigt hatte, nahmen ihn die Schaufenster gefangen. Er verschlang die unglaublichen Reichtümer mit seinen Augen. In diesem Moment dachte er: Helenka würde staunen!

Er wußte sehr gut, daß sie keine weichen Knie bekäme, ihr Atem nicht schneller ginge, daß sie stolz und selbstbewußt voranschreiten würde – durch ihr neues Märchen.

Und alles ringsum wäre ganz natürlich.

»Was ist denn mit dir passiert, Junge?«

Eine schöne Frau mit einem unerhörten Hut sprach ihn an.

Er wich zurück, die verletzte Hand, mit der er die Schaufensterscheibe betastet hatte, glitt an seinem Körper hinunter. Sie legte ihm ihre Hand auf die Schulter. Das war zuviel für seine Menschenscheu. Er entwand sich ihr und rannte davon, wie gewohnt Haken schlagend, obwohl er wußte, daß sie ihm nicht nachlaufen würde.

Als er sicher sein konnte, daß er entkommen war, sah er sich wieder nach ihr um und fand sie, schlich hinter ihr her, denn sie ließ ihn nicht los. Er nahm seinen Mut zusammen. Mußte sie ansprechen.

Ob sie erschrecken würde?

Nein. Sie wußte um seine Anwesenheit, hatte ihn hinter sich gehen sehen, in den unzähligen Spiegeln, die die Straße bot. Bei einem Zeitungsstand hielt sie an.

Er näherte sich ihr und flüsterte so leise, daß sie ihn kaum verstand: »Verzeihen Sie, wissen Sie, wie man von hier nach Želary kommt?«

Sie schüttelte den Kopf. Dann öffnete sie ihr drolliges kleines Täschchen und reichte ihm ein Fünfkronenstück.

Lipka umschloß die geschenkte Münze und sah die Frau davongehen.

»Bitte, warten Sie!« überwand er sich zu rufen, doch sie hörte ihn schon nicht mehr.

Ein Fünfkronenstück war ein Vermögen. Davon könnte er sich etwas kaufen, er hatte unbändigen Hunger. Doch er würde es nicht fertigbringen, einen Laden zu betreten und auf eine der ausgestellten Leckereien zu zeigen.

Ziellos irrte er umher und geriet unwillkürlich in Hast. Er hatte sich den Rhythmus der Stadt abgeschaut.

Da stieß er auf ein Grüppchen von Jungen. Er suchte sich den kleinsten heraus, faßte seine Hand und zog ihn in eine Toreinfahrt. Etwas seltsam fand er, daß der Junge sich nicht wehrte und die anderen davonliefen.

»Sag mir, wo hier ein Zug fährt!«

Der Junge starrte ihn an wie ein neugeborenes Kalb.

»Sag's mir!«

»Ich weiß es nicht.«

Lipka verpaßte ihm einen Schlag, und der Junge fing an zu heulen. Nach dem zweiten Schlag verfiel er in ein Geplärre, als ginge es ihm ans Leben.

»Ich gebe dir fünf Kronen!«

Mit seiner Faust verstopfte er den brüllenden Mund. Der Junge bekam keine Luft, lief rot an, dicke Tränen stürzten auf sein Hemd. Auf das feine, saubere Hemd mit den glänzenden Knöpfen.

Allmählich blieben Menschen bei ihnen stehen, und Lipka erkannte, daß ihm nichts weiter blieb, als erneut zu fliehen. Er riß zwei Knöpfe von dem schönen Hemd des brüllenden Schissers, wischte seine Hand am Kostüm eines Fräuleins ab, das zurückwich, als hätte er die Pest, und angeekelt aufkreischte, rannte los und schlug wieder seiner Gewohnheit nach Haken. Das glühende Pflaster brannte unangenehm unter seinen Fußsohlen, und Lipkas Füße waren an einiges gewöhnt.

Das Geld in seiner Hand wurde feucht.

Wie war es möglich, daß er in dieser riesigen Stadt gelandet war, wo sie doch auf dem Weg nach Douby über keinen vergleichbaren Ort gekommen waren?

Er wurde sich seines Fehlers bewußt und begann am ganzen Leib zu schwitzen. Auf dieser Trasse fuhren die Züge in zwei Richtungen. Gedankenlos hatte er die falsche gewählt, er, der einen solchen Orientierungssinn besaß!

Nicht einmal der Tunnel hatte zu seiner Strecke gehört. Was war nur mit ihm los?

Er mußte umkehren.

Aber wie?

Er gelangte in einen Vorort, die Häuser schrumpften, die Stadt verwandelte sich in ein Dorf.

Von einem unordentlichen kleinen Laden aus beobachtete ihn eine bärtige Krämerin. Er ging auf sie zu. Krämerinnen kannte er, vor ihnen schämte er sich nicht.

Er hielt ihr das geschenkte Geld hin.

»Was willst du dafür?«

Er sah sich in dem Lädchen um und wählte Kirschen aus. Bevor sie sie abwog, würgte er die Worte heraus: »Bitte, könnten Sie mir den Weg nach Želary sagen?«

»Nach Želary? Diesen Namen hab ich in meinem Leben nicht gehört.«

Sie kicherte über irgend etwas und reichte ihm das Tütchen. Dann gab sie ihm von sich aus noch zwei harte Hörnchen dazu.

Er setzte sich auf den Rand des Trottoirs und begann zu essen. Die Kerne schnipste er in den Himmel.

Als er satt war, befiel ihn Müdigkeit.

Er erhob sich schwer. Langsam schlenderte er durch die staubige Straße, auf der ein Wagen fuhr, der von einem alten Pferd gezogen wurde. Er folgte ihm.

Sie erreichten ein weites Gelände. In der Mitte ein Leinenzelt. Ein Zirkus. Das kannte er. Der hochwürdige Herr hatte ihm einmal eine Eintrittskarte gekauft, als die Zirkusleute in Šádova Hut' gastierten. Immer wenn er sich daran erinnerte, bekam er eine Gänsehaut. Ihn schauderte vor jener Kunstfertigkeit, über der die Peitsche knallte.

Ihm wäre es lieb gewesen, wenn er die Tiere nie gesehen hätte. Diese Tiere in ihren Käfigen, gebrochen, stinkend, auf niederste Weise versklavt.

Das Kloster erinnerte ihn an den Zirkus. Die Kinder, die er dort gesehen hatte, ähnelten den gefangenen Tieren.

Er schlich zwischen den Wohnwagen hindurch und wanderte an den Käfigen vorbei. Die Tiere schnaubten, knurrten, atmeten heiser, einige hatten sich ergeben, andere bewahrten sich noch ihren Haß.

Er versuchte, mit ihnen zu kommunizieren, doch sie nahmen ihn nicht zur Kenntnis. Sie lebten in einer anderen Welt als er.

Ein Pudel kam auf ihn zugehumpelt – er hinkte auf einem Vorderbein. Lipka sprach ihn an, der Hund antwortete mit einem verständnisvollen Winseln und leckte ihm über den Fußrücken. Offenbar um sich für die angebotene Freundschaft zu bedanken, machte er ein paar Purzelbäume, stellte sich auf die Hinterbeine und trippelte mit winzigen Schritten im Kreis.

Der Junge streckte ihm seine Arme entgegen, und der Pudel sprang in sie hinein. Aus der Nähe sah man, daß es ein alter Hund war, seine beiden Augen waren schon getrübt. Er berührte Lipkas Hals mit seiner kalten, feuchten Schnauze.

Der Junge war so mit ihm beschäftigt, daß er alle Vorsicht vergaß. Sein Instinkt warnte ihn jedoch rechtzeitig. Eine Sekunde bevor ihn zwei entgegenkommende Männer sehen konnten, duckte er sich in den Schatten eines buntbemalten Schuppens.

Vorsichtig kroch er zur Seite, in Richtung Raubtierpavillon. Im Schutz seiner Arme richtete sich der Pudel kriegerisch auf und knurrte den Löwen an. Der Junge lachte. Der Löwe hatte ihn gar nicht wahrgenommen, aber Lipka streichelte trotzdem lobend den grauen Kopf, der sich an seine Schulter drückte.

Es tat ihm leid, daß er den Pudel enttäuschen mußte. Der Graukopf ahnte nicht, daß ihre Kameradschaft, die sich so spontan entwickelt hatte und so viel für ihn bedeutete, ihrem Ende zuging.

Lipka fiel unwillkürlich die kluge Ratte in der alten Mühle ein. Sicher wartete sie auf ihn.

In dem kreisrunden Zelt war etwas im Gange.

Für Lipka war es ein Geringes, unbeobachtet den Stoff anzuheben und nach innen zu schlüpfen. Er kroch unter den hinteren Bänken hindurch und setzte sich mit gekreuzten Beinen an einen der Stützpfeiler.

Anfangs sah er ohne Interesse zu, aber dann kamen die Artistemnummern, und er lebte auf. Wohl als einziger im Publikum vermochte er die Schwierigkeit der Übungen einzuschätzen. Sie faszinierten ihn.

Ihm war jener tote Punkt gut bekannt, in dem es galt, seinen Halt loszulassen und weiterzufliegen, den Körper zu entspannen und mit der federnden Geschmeidigkeit einer Spirale im richtigen Augenblick an der richtigen Stelle aufzukommen.

4

Die Vorstellung war zu Ende, und Lipka verließ das Zelt. Er ging zusammen mit den anderen durch den Hauptausgang. Er sah sich um und begab sich in die Richtung, in der es am kürzesten nach Hause wäre. Nach einer halben Stunde wurden am Horizont Felder sichtbar und zwischen ihnen eine Aufschüttung.

Die Bahnlinie.

Er beschloß, ihr bis zur nächsten Station zu folgen und dort weiterzufragen. Er würde all seinen Mut dafür zusammennehmen müssen, aber er hatte keine andere Wahl.

Sie würden den richtigen Zug für ihn heraussuchen ... Doch was war, wenn sie fragten, ob er Geld besaß?

Die Sonne näherte sich den entfernten Berggipfeln und sank auf sie herab. Sie loderten auf.

In dem Dorf entlang der Bahntrasse läuteten die Abendglokken. Die Nacht kam heran, die freundliche, sichere und ermutigende Nacht. Der Junge sprang von Schwelle zu Schwelle, den Blick unverwandt in die Ferne gerichtet.

»Stehenbleiben!«

Aus dem Graben tauchten zwei Gestalten in Uniform auf.

Stehenbleiben!

Er beschleunigte seinen Lauf.

Da fuhr ihm etwas in die Hüfte, und der Schmerz riß ihn auf die Knie. Er breitete die Arme aus, um nach etwas fassen zu können, und während sich sein Kopf der Erde näherte, hörte er das Dröhnen eines Zuges. Er wälzte sich über die Gleise, krallte seine Hände zwischen die Schwellen, kroch zentimeterweise voran, gebannt von dem Rinnsal roten Bluts.

Der Zug dröhnte ihm entgegen, hungrig, wild – süß.

Die zwei Männer beugten sich über ihn und schrien beide auf.

»Aber das ist ja ein Junge!«

Einer von ihnen legte Lipka seine Hand auf den Kopf. Er brüllte auf, weil die Zähne des Jungen sich in sie hineinverbissen hatten. Wütend stieß er ihm gegen die verwundete Hüfte. Lipka trat Schaum vor den Mund, er röchelte, sah noch, wie Flammen aus der Erde schlugen, und verlor kurz darauf das Bewußtsein.

Sie trugen ihn zu einem Bahnwärterhaus und schickten nach einem Arzt.

Als Lipka zu sich kam, erblickte er über sich die Tochter des Bahnwärters mit ihren dicken Haarflechten, die über der Stirn zusammengerollt waren. Sie reichte ihm ein duftendes Getränk. Es roch nach Himbeeren.

»Nimm einen Schluck.«

Lipka trank.

Er ließ seine Blicke über die Wände wandern. Die Hüfte schmerzte so sehr, daß er sich nicht bewegen konnte. Der Arzt kam mit dem Auto angefahren, er betastete Lipkas Wunde und fuhr mit einer Sonde in sie hinein.

»Ihr habt Glück gehabt, es ist nur der Muskel.«

»Wir haben ihn für Kamínek gehalten, er ist vorgestern aus dem Gefängnis ausgebrochen.« Vratislav Lipka wurde zum zweiten Mal ohnmächtig. Draußen schwirrte ein Zug vorbei, er schwebte vorüber wie eine Ballettänzerin und pfiff wie ein Gassenjunge.

Die Bahnwärterstochter wusch seine Stirn ab.

»Schwester.«

»Was denn?«

»Ich komme aus Želary. Wissen Sie, wo das ist?«

»Nein.«

Der Art nach, wie sie es sagte, empfand sie Mitleid mit Lipka.

Die ganze Nacht hörte der Junge – halb wach, halb schlafend – das Donnern der Züge. Sie wiegten sein Bett hin und her. Gegen Morgen waren seine Gedanken wieder klar. Keiner weiß, daß ich aus dem Kloster weggelaufen bin. Hier werden sie mich nicht behalten. Sie werden mich nach Hause schicken. Es bleibt ihnen nichts anderes übrig.

Sein ermatteter Körper wollte schlafen. Lipka wehrte sich mit aller Kraft dagegen. Im Schlaf war man ausgeliefert. Er könnte etwas Fatales preisgeben.

»Du fährst nach Hause«, sagte die Tochter des Bahnwärters. »Ein Stückchen von hier wartet das Auto.« Lipka stieg das Blut ins Gesicht.

Ein Wunder.

Das Auto trug ihn die Landstraße entlang, die mehlbestäubt wie ein Mühlriemen war.

Zu Hause würde er sich unter eine Kiefer legen und unendlich lange die wechselhaften Wolken betrachten.

Helenka würde staunen.

Dafür hatte es sich gelohnt. Selbst die Strecke über die Gleise, selbst der Schuß in die Hüfte.

Das Auto hielt an, er wollte hinausspringen … doch kaum hatte er sich aufgerichtet, erblickte er durch das Fenster das abscheuliche Klostergebäude. Wie eine Geisterresidenz ragte es zum Himmel.

Er ließ sich zurückfallen und bohrte seine Finger in den Sitz. Sie mußten ihn hinauszerren.

Auf dem weißen Bett des Krankenzimmers dachte der Wildfang aus Želary darüber nach, wie es dazu gekommen war, daß sich die Erde wie ein Teufelskreis unter seinen Füßen gedreht hatte. Er wußte nichts von dem kleinen Stempel auf seinem Klosterhemd. Er wußte nicht, daß er eine Markierung auf dem Körper trug wie ein Hund.

Die scharfen Zähne des Schmerzes wollten ihm das lebendige Fleisch herausbeißen.

Wer weiß, wann er wieder die Kraft zum Fliehen haben würde.

Er schloß die Augen, preßte Tränen heraus. Unter seinen Lidern verharrte das Bild des gewölbten, schwach von der Sonne vergoldeten Raumes. Er wollte schreien und um sich schlagen ...

Alles war umsonst gewesen. Seine Reise und auch der Schuß in die Hüfte. Völlig umsonst.

»Vratislav.«

Er öffnete seine Augen nicht. Er wollte niemanden sehen.

Andreas Hand fuhr über seine Stirn, glättete seine verschwitzten Haare. Er hatte Lust, die barmherzige Hand anzuspucken.

»Er hat Fieber.«

Von wegen. Insgeheim lachte er höhnisch. Kein Fieber, Haß, Haß! Geh weg!

»Wenn er aufwacht, lese ich ihm etwas vor.«

Ich pfeife darauf.

Ein paar Sekunden, dann rauschte sie davon. Mit wem hatte sie geredet? Mit Isabela? Auf irgendeine Weise war er mit beiden von ihnen merkwürdig verbunden. Er wußte genau, was er aus ihnen herauskriegen könnte. Aus Andrea alles, aus Isabela nichts.

Und dennoch. Ein nicht zu benennendes Gefühl sagte ihm, daß gerade Isabela ihm auf eine besondere Weise nah war.

Ein unsichtbarer Faden verband sie miteinander.

Als würde sie ihn an der Hand halten.

Was hatte es damit auf sich?

Früher einmal, als er noch klein gewesen war, hatte er sich unendlich danach gesehnt, die Hand von jemandem zu halten. Er hatte sie nie gefunden, diese Hand.

Im Gegenteil. Ausgerechnet ihm war die Rolle des Beschützers zugewiesen worden.

Es begann mit den Küken, deren Mutter von einem Bussard erwürgt worden war. Sie hielten sich an ihn, liefen hinter ihm her, sobald er auftauchte. Er brachte ihnen bei, Körner aufzupikken, und sorgte dafür, daß Dulina sie bewachte, die Bernhardinerhündin, die er aus dem Schuppen der Kolíseks befreit hatte (Kolíseks fingen Hunde ein und verkauften Hundeschmalz). Er machte für die Tiere ein Versteck ausfindig in einer der eingestürzten Heuscheuern, wo er selbst in manchen Nächten schlief.

Schließlich liefen die Küken hinter Dulina her. Als diese sich so den Bauch verkühlt hatte, daß sie der Länge nach in den Schatten fiel und alle viere von sich streckte, bohrten sich die Kleinen in ihr Fell hinein, schön der Reihe nach, wie eine Kette aus lebendigen Korallen.

Damals war Lipka glücklich.

Er hatte die Begabung, über einfache Kleinigkeiten Glück zu empfinden, wie es allen Geschöpfen außer dem Menschen eigen ist. Er hatte Augenblicke erlebt, die nichts trüben konnte, in denen er frei atmete, in vollkommener Harmonie mit allem, was wie er lebendig war. Er begriff nicht, hinter was die Menschen sonst her waren, und es würde ihm sein Leben lang nicht gegeben sein, es zu begreifen.

5

Isabela setzte sich auf das Bett des Jungen, sie sahen sich schweigend an.

Wie ähnlich er ihm sieht, o Gott! Aber du selbst hast die Kugel abgewehrt, die ihm das Herz durchbohren sollte.

»Vratislav.«

Er antwortete nicht. Er wußte, daß die Schwester keine Antwort verlangte.

»Sobald du gesund bist, wirst du wieder abhauen.«

»Ja.«

»Und dann wieder.«

»Ich werde jedesmal abhauen.«

»Warum?«

Sie wußte doch, warum, weshalb fragte sie noch. Im übrigen erwartete die Schwester auch jetzt keine Antwort. Sie wollte ihn nicht hereinlegen, dessen war er sich sicher. Sie sprach aufrichtig mit ihm wie sonst niemand im Kloster. Als einzige wußte sie, daß Vratislav Lipka kein Kind war.

»Ich kenne einen Menschen, der so wie du auf niemanden gehört hat, und als er es doch tat …« Sie sprach nicht zu Ende.

Es war schlecht ausgegangen.

»Deshalb wirst du zurück nach Hause gehen.«

Sein Herz begann heftig zu klopfen. Es war ihm peinlich, daß die Schwester es hören konnte. Doch das Klopfen drang nicht bis zu Isabelas Ohren.

»Nach Želary?«

»Nach Želary«, bestätigte sie. Sie lächelte schwach – und noch lange, nachdem sie fort war, beschäftigte den Jungen, ob in ihrem Lächeln tatsächlich Zärtlichkeit gelegen hatte.

Seine Heimkehr konnte sie verhältnismäßig leicht durchsetzen, nur Andrea sprach sich dagegen aus.

»Dort bringen sie ihn um.«

»Das werden sie nicht tun, Schwester Andrea.«

In Lipkas Formular kam der Vermerk: unerziehbar.

Das Abfahrtsdatum war genau festgelegt. Lipka aß und trank gehorsam, schlief nachmittags auf Kommando ein. Das seltsame Geheimnis, das er von hier mitnehmen würde, erstickte ihn. Er haßte Geheimnisse.

Von dieser einen Sache würde er Helenka kein Wort erzählen.

Zehn endlose Tage.

In der Nacht wurde das Krankenzimmer nicht abgeschlossen. Niemandem wäre in den Sinn gekommen, daß der Junge, dem jede Bewegung Schmerzen bereitete, sein Bett verlassen und sich durch die dunklen Gänge schleichen würde, daß er nicht vor den steinernen Heiligen mit ihren überlangen Schatten erschrecken, sondern durch ein winziges Fenster in den Hof hinauskriechen und in der eisigen Nacht zum Wald hinüberlaufen würde.

Ein Stück des Weges kam wieder Rita mit ihm.

Er entdeckte eine Lichtung, setzte sich auf einen umgestürzten Baum und betrachtete den Mond.

Hier war er endlich er selbst, von jeglichem Druck befreit.

Sie würden am Morgen nichts bemerken. Er ging barfuß, mit aufgeschürztem Hemd, damit er nicht vom Tau naß wurde. Ein Geräusch störte ihn auf, das er mehr ahnte als hörte.

Er verschwand im Unterholz. Aus dem Dunkel des Waldes trat ein Mann auf die Lichtung, über der Schulter einen Rucksack und einen Spaten. Das, was er vergraben wollte, trug er offensichtlich in seinem Sack.

Behutsam suchte er nach einer weichen Stelle und fand sie, indem er den Spaten in die Erde stieß, bis er einzusinken begann. Während er die Grube vertiefte, hielt er gelegentlich inne und sah sich um.

Dann richtete er sich auf und warf den Spaten beiseite. Aus dem aufgebundenen Rucksack nahm er etwas in einem Frauentuch heraus, es sah aus wie ein Brotlaib. Ein Zipfel löste sich, er versuchte, ihn zu fassen, Lipka sah, wie seine Hände zitterten. Der Inhalt des Tuchs glitt auf die Erde. Es war ein winziges Kind.

Der Mann fluchte – und hörte das geräuschvolle Ausatmen des Jungen. Er machte einen Satz ins Unterholz.

Lipka wartete nicht ab. Der Erdwall und der Schmerz lähmten seine Füße, doch er überwand sie. Er wußte, daß er um sein Leben lief. Dreimal schlug er einen Haken, dann warf er sich auf die Erde und ließ den Mann vorbeilaufen, hielt den Atem an, daß ihm fast die Lunge platzte.

Der Mann kämmte das Gras mit seinem Spaten durch, er schnaufte laut, murmelte etwas Unverständliches. Doch allmählich verlor sein Gesicht den rasenden Ausdruck, er beruhigte sich, überzeugte sich davon, daß das Geräusch, das ihn aufgeschreckt hatte, vom Wind gekommen war. Er kehrte zu der Grube zurück.

Er wollte mit seiner Arbeit fortfahren, als er den Schatten auf der Erde bemerkte. Ein paar Schritte von ihm entfernt stand eine Frau.

»Das bist du gewesen?«

Sie antwortete nicht.

»Es ist tot geboren.«

»Von wem ist es?«

Diesmal war er es, der nicht antwortete. Er näherte sich ihr langsam, und jede seiner Gesten wirkte drohend.

Lipka, der fast hinter dem Rücken des Mannes stand, lief ein Schauer über die schweißnasse Haut. Begriff denn die Frau nicht, was hier unweigerlich passieren würde?

»Ganz ruhig«, sagte sie unerwartet, »ich bin nicht die einzige, die davon weiß.«

»Du bist die einzige.«

»Red keinen Unsinn. Hast du's selbst geboren?«

Über diesen Umstand hatte er offensichtlich noch nicht nachgedacht.

»Sie wird nichts erzählen«, antwortete er mit zitternder Stimme.

»Wie lange?«

Er ergriff den Spaten, und die Frau wich zurück. Bemerkte sie endlich, daß er verrückt war?

Lipka trat aus dem Gebüsch. Beide starrten ihn mit großen Augen an.

»Diesen Bastard hier hast du mitgebracht?«

Er holte aus, doch Lipka stand nicht mehr dort, wo er hinzielte. Der Spaten bohrte sich in die Erde. Es dauerte ein paar Sekunden, bis der Mann ihn aus der Wiese gerissen hatte und hinter dem flüchtenden Zeugen herstürmte. Die Angst verlieh seinen Beinen Flügel, Lipka wußte das, doch er kannte alle Kniffe des Hakenschlagens, und wenn da nicht die verfluchte Verletzung gewesen wäre, dieser rabiate Schmerz bei jedem Sprung, hätte er mit dem rasenden Mann sein Spiel getrieben, hätte ihn durch die dornigen Sträucher gehetzt – jetzt wich er ihnen aus, schnappte gerade noch so nach Luft und wurde immer schwächer. Sein Verfolger kam näher, es blieb ihm nichts anderes übrig, als auf einen Baum zu klettern und sich zwischen den Zweigen zu verstecken.

Er hatte eines nicht bedacht. Daß er in Richtung des Klosters gerannt war. Er erkannte seinen Fehler, als Rita heranstürmte. Sie sprang dem Mann an die Kehle, er konnte sie mit Mühe und Not abwehren, doch die Wolfshündin sprang ihn ein zweites Mal an.

Lipka rief nach ihr, kletterte vom Baum herunter und hielt die Hündin zurück, bevor sie den Mann zerfleischen konnte.

Wieder kamen die Gendarmen, und wieder verzögerte sich seine Abfahrt. Sie erklärten ihm nichts, und er fragte nicht nach. Nur zufällig erfuhr er, daß die alte Frau, die dem Mann gefolgt war, seine Mutter gewesen war.

»Komm!« Isabela reichte ihm die Kleider, die er bei seiner Ankunft getragen hatte.

Dann spannte sich die Welt wie eine bunte Leinwand auf, und der Horizont in der Ferne verdichtete sich auf einen Punkt.

Šádova Hut' überraschte Lipka. Die Stadt war inzwischen kleiner geworden. Jämmerlich versank sie zwischen den Wäldern.

Die Augen des Jungen, die den weiten Raum gesehen hatten, stießen auf ein schwarzblaues Gitter. Es dauerte nur einen kurzen Moment, aber es war ein eigenartiges Gefühl, so als wäre er irrtümlich woandershin zurückgekehrt.

Sie gingen schweigend die sandige Landstraße entlang, und nach zehn Minuten drang das Brausen des Flusses zu ihnen herüber. Lipka beschleunigte seinen Schritt, die Schwester konnte kaum mithalten. Gierig sog er die vertrauten Düfte ein, ließ seine Blicke über die Berghänge wandern.

Dort irgendwo weidete Helenka ihre Ziege.

Er fürchtete sich vor der Begegnung. Fühlte sich erniedrigt und gebrandmarkt.

Zuerst gingen sie ins Pfarrhaus, dann zu Michal. Der Junge erkannte in dem verlegenen Alten kaum seinen brutalen Onkel wieder. Er redete stammelnd, sah verschreckt über Isabelas Schulter hinweg, als befände sich hinter ihr eine Erscheinung, lud die Gäste hastig ein hereinzukommen und bat sie mit seinem Blick zugleich flehentlich, es nicht zu tun. Er klopfte Lipka auf die Schulter, es sollte vertraulich und freundschaftlich sein, doch seine Hand zitterte, denn die leuchtenden Augen der Schwester ließen seine Schauspielerei erkalten.

Zum Glück beschränkte sie ihren Besuch auf ein paar wenige Worte. Aber es waren Worte, bei denen der Alte sein Hemd durchschwitzte.

»Ich werde gelegentlich vorbeikommen, um zu sehen, ob Sie verstanden haben«, lauteten die letzten.

Michal schwankte.

Aber Lipka spürte wieder jenes Fädchen, das ihn mit dieser Schwester verband, der er zum ersten Mal in seinem Leben begegnet war, und dies nur durch Zufall.

Nachdem sie fort war, schickte der Onkel den Jungen Rum holen, ohne es für nötig zu erachten, ihm etwas zu essen anzubieten. Lipka verstand, daß die Dinge wieder ihren alten Lauf nahmen, es fiel ihm gar nicht ein, den Rum – übrigens auf Pump – zu besorgen, er nahm sich einen alten Brotknust vom Ofen und verschwand.

Ehe er den Brückensteg erreichte, lag das Brot in seinem Magen. Er machte an der Quelle halt, um Wasser zu trinken. Auf dem Weg fing er eine Eidechse mit korallenroten Augen, überlegte, was Helenka mit ihr anfangen würde – und ließ sie wieder frei.

Er ging über den Bergkamm, hielt Ausschau nach der Ziege der Bojars. Als er sie sah, erschrak er und trat den Rückzug an.

Die rutschenden Steine unter seinen Füßen machten ein Geräusch, die Ziege hob den Kopf, Helenka schrie auf.

Es gab kein Zurück.

Lipka wurde das Herz eng. Das Kind der Bojarin war wieder etwas magerer geworden, nur seine Stimme hatte das gleiche heisere Timbre. Die dunklen, widerspenstigen Locken bemühten sich, ihren Kopf größer zu machen, als er war.

Lipka konnte nur noch so tun, als wollte er nicht abhauen, sondern näher kommen.

»Wo bist du gewesen?«

»Im Kloster.«

»Fährst du nicht mehr hin?« vergewisserte sie sich.

»Nein.«

Jetzt sollte er eigentlich erzählen. Von den Schwestern, von seiner Prügelei, seiner Flucht, von dem Schuß in die Hüfte, dem toten Kind – aber er brachte keinen anständigen Satz heraus. Helenka fragte, und er gab eintönige, langweilige, steife Antworten.

»Gab es dort viele Jungen?«

»Ja.«

»Was haben sie gemacht?«

»Alles mögliche ... Nachmittags haben sie geschlafen ... und sonntags haben sie Schokolade bekommen.«

»War es ein großes Kloster?«

»Ja.«

»Wie sah es aus?«

Wenn er doch nur zu sagen vermochte, wie es aussah! Und dabei hatte er es vor Augen. Er sah es bis ins kleinste Detail vor sich. Er hätte es aufzeichnen können, aber das wollte Helenka nicht.

»Es lag auf einem Hügel ... drum herum war ein Feld ... und Wiesen ... und innendrin Gänge.«

»War es dunkel da?«

»Wo?«

»In den Gängen.«

Hier hatten wir es. Helenka sperrte ihre Augen in grausiger Erwartung auf.

»An manchen Stellen war es das, aber da durfte man nicht hin.«

»Hast du nicht nachgeschaut?«

»Doch.«

»Und was war dort?«

»Statuen.«

»Was für Statuen?«

»Von Heiligen.«

Sie war enttäuscht. Mit dem Satan hätte sie sich vielleicht zufriedengegeben. Lipka hatte das Gefühl, sie betrogen zu haben.

Was für unglaubliche Dinge sich derweil in Želary ereignet hatten! Zweimal hatte sie die Fee gesehen, einmal beim Fluß, das andere Mal an der Landstraße. Von Frau Maňasová hatte sie ein kleines Entchen bekommen, weil ihnen von neun Eiern nur ein einziges geschlüpft war. Es hieß Punt'a. Sie war dabeigewesen, als die Jungen den Zaun von Svojsíks demolierten und die alte Frau Svojsíková Venca am Ohr zog. Sie hatte sich mit Venda aus dem Jägerhaus gerauft, und der Herr Pfarrer hatte ihr dafür einen Ball gekauft. Sie habe ihn bei sich zu Hause.

Das Motiv für das Geschenk kam Vratislav merkwürdig vor. Sie las es in seiner Miene.

»Weil er mir den Daumen ausgerenkt hat.«

»Zeig mal.«

Helenka präsentierte stolz den angeschwollenen Finger.

»Marek Gorčík ist im Steinbruch verschüttet worden.«

Lipka blieb für einen Moment das Herz stehen. Zum Glück sah Helenka ihn nicht an. Ihr Blick und der ausgestreckte Arm wiesen zum Fluß hin.

»Ich werde dir zeigen, wie er schwimmt.«

»Wer?«

»Punt'a natürlich.«

Erst jetzt nahm er den grellgelben Bausch in ihrem kleinen Korb wahr.

»Du darfst ihn tragen.«

Er nahm die ehrenvolle Aufgabe an und hob den Korb hoch, allerdings war das Entchen inzwischen aufgewacht und drängte nach draußen.

»Laß ihn hinunter, er kommt hinter uns her.«

Sobald sie aufgestanden waren, setzte sich das Entchen in schaukelnde Bewegung, stolperte, kugelte hastig herum, und weil sie sich zu schnell entfernten, fiepte es verzweifelt. Helenka wartete auf das Tier und nahm es in ihre Schürze.

»Du wirst sehen, was er im Wasser kann«, verkündete sie stolz.

An einer seichten Stelle beobachteten sie mit unterschiedlichem Interesse das dreieckige kleine Hinterteil, das Entchen tauchte unter und angelte nach einer nichtexistierenden Beute. Wenn es schwamm, sah es aus wie ein plattgedrücktes Huhn.

»Siehst du?!« sagte Helenka strahlend.

Lipka fiel es gar nicht ein zu lachen. Anerkennend pfiff er.

Mit einem warmen Gefühl stellte er fest, wie sehr er die kleine Bojarová vermißt hatte.

Sie war seine einzige Verwandte (Michal zählte er nicht), seine Milchschwester nämlich (dafür schämte er sich schon lange nicht mehr) – und mit niemand anderem würde er sich je so wohl fühlen. Er hörte ihr zu, wie er immer zugehört hatte. Er schwieg – sie hielt es für Zustimmung und Interesse. Erneut erzählte sie von ihrem Streit mit Venda.

»Der ist eine elende Trophäe!«

Prüfend wartete sie ab, wie das Schimpfwort auf Lipka wirkte. Sie verdankte es einem Schulausflug zu einem Schloß nicht weit von Šádova Hut'.

»Da gab es ein großes Zimmer und an den Wänden die Schädel von Rehböcken und Hirschen und … solchen Tieren. Und unter den Schädeln stand auf einem kleinen Täfelchen der Name von dem Kerl, der sie umgebracht hatte.«

Helenka wurde bleich und mußte Atem holen. Sie zögerte, ob sie alles erzählen sollte. Wie ihr übel geworden war und sie sich hatte übergeben müssen.

»Aber erst auf dem Hof. Der hochwürdige Herr ist mitgegangen. Er hat gesagt, das sind Trophäen.«

Er hatte ihr zu erklären versucht, warum der Schloßherr so stolz auf die Köpfe war, doch eine solche Verderbtheit hatte sie ihm nicht glauben wollen. Noch am selben Tag probierte sie in einem Wortgefecht die Wendung aus: Du bist so blöd wie eine Trophäe!

Das pikante Schimpfwort zog bald eine Reihe blutiger Nasen nach sich.

»Venda hat mich eine bekotzte Trine genannt, und da hab ich ihm eins aufs Maul gepfeffert. Mit einem Stein. Dafür hat er mir den Daumen ausgerenkt. Der hochwürdige Herr hat mich dann zu dem Stand geführt, an dem sie Selters, kleine Bilder und so Sachen verkaufen, und hat mir einen Saft gekauft, Bonbons und den aufblasbaren Ball.« Sie blickte selbstbewußt den großen Jungen an, der ihr so ergeben war, daß er anerkennend grinsen mußte.

Die kleine Ente war inzwischen das Ufer heraufgekraxelt, hatte sich in Lipkas Hosenbein gewühlt und war eingeschlafen. Helenka hob sie hoch und setzte sie in das Körbchen.

»Joza aus der Schmiede hat Azors Kette durchgefeilt«, fiel ihr ein. »Sie war in sein Fleisch eingewachsen.«

Das wußte er.

Ein paar Minuten lang schilderte sie den Verlauf der Operation. Wie der Hund des alten Mánek vor seiner Hütte gelegen und sich traurig umgeschaut hatte, wie Joza an dem Eisenreif feilte, den Azor anstelle eines Hundehalsbands trug, wie er es an mehreren Stellen probierte, wie Azor geröchelt, sich aber nicht gewehrt hatte, weil er wußte, daß es zu seinem Besten geschah.

Unter dem abgezogenen Eisen waren Eiter und Blut hervorgequollen. Azor hatte gezittert und gehustet. Sie brachten ihn auf den Hof vor der Schmiede, wuschen ihn unter der Pumpe ab und gossen Schmalz auf seinen aufgerissenen Hals.

Joza behielt ihn bei sich, obwohl es in der Schmiede bereits Sultán gab, doch der gehörte Madlenka.

Azor schlief bei Joza in der Kammer.

Lipka war klar, daß die Kleine ihn dazu beschwatzt hatte.

Sie beschwerte sich, daß Joza es abgelehnt hatte, den alten Mánek zu verdreschen. Nur in ihrer Phantasie weidete sie sich am Anblick des bestraften Alten, sah ihn an die Hundehütte gekettet, in die es hineinregnete, voller Grind und Flöhe, mit vom Frost kahl gewordener Haut.

Der alte Mánek war kein böser Mensch. Nach dem Tod seiner Frau war er jedoch wirr im Kopf geworden, er ging von Haus zu Haus und fragte überall, wieviel Uhr es sei, weil Stáza ihn zum Mittagessen erwarte. Er lebte allein, sein Sohn, der sogenannte Schwangere Mánek, schämte sich für ihn. Die Nachbarn, auf deren Barmherzigkeit er angewiesen war, verhielten sich freundlich zu ihm, sie wußten, daß er den nächsten Frühling nicht erleben würde.

Joza aus der Schmiede besaß gleich zwei Spitznamen. Eisenbrecher und Schiefnase. Sein Nasenbein war früher einmal zerschlagen worden und krumm verwachsen.

Helenka hatte sich mit ihm bald nach Lipkas Verschwinden angefreundet. Sie war durch das Dorf geirrt, von Zorn und Kummer gequält, hatte die ganze Welt finster angesehen und mit unerhörter Dreistigkeit allen den Gruß verweigert. Gewöhnlich ging sie bis zur Kirche, lief um das Kriegerdenkmal herum und kam auf dem Rückweg am Wirtshaus vorbei. Dort saß sie dann auf einer entwurzelten Fichte und hörte dem Geprahle der Schnapsbrüder zu.

Auf der anderen Seite der Landstraße sah sie Joza auf den Amboß hämmern. Die sprühenden Funken faszinierten sie. Sie stellte sich hinter ihn und fragte, ob sie zuschauen dürfe.

»Darfst du«, sagte Joza, dieser unglaublich gutmütige Mensch, den alle für einen Trottel hielten.

Dann saß sie täglich in der Schmiede auf einem alten Dreibein, das sie in einer Ecke gefunden und sorgfältig abgewischt hatte. Sie interessierte sich für alles. Sie prüfte die Schärfe der Pflüge, Sicheln, Beile und Sensen, und als Joza es ihr verbot, beguckte sie sich wenigstens die Werkzeuge und wog unbearbeitete Eisenstücke in der Hand – soweit sie sie heben konnte –, am liebsten aber lungerte sie neben den Pferdehufen herum, die Joza auf sein Knie stützte.

Die Schmiedin – eine elende Trophäe – verscheuchte sie immer wieder, weil sie Joza von der Arbeit abhalte.

»Er schwätzt, und die Arbeit bleibt stehen.«

»Mit den Händen schwätzt er doch nicht«, versetzte Helenka frech.

»Ich werde ihn hinauswerfen, und dann ist es deine Schuld«, wetterte das Weib.

»Hinauswerfen?« mischte sich die gelähmte Madlenka ein. Sie nannten sie Lahmsuse, doch vor Joza hätte sich das niemand getraut. »Da wird sich der Vater aber nicht freuen. Da müßte er ja schuften.«

Die Schmiedin spuckte aus.

Gegen Abend sah Helenka, wie Joza Madlenka ins Haus hineintrug. Als er zurückkam, bat sie ihn, sie ebenfalls zu tragen. Er setzte sie auf seine Schultern und rannte mit ihr die Landstraße entlang. Die Säufer an den Wirtshaustischen tippten sich an die Stirn.

Helenka war zutiefst beleidigt, Joza nicht. Vergeblich drängte sie ihn, daß er jedem von ihnen mindestens eins aufs Maul gab.

Eisenbrecher Schiefnase war dem Kind dankbar für das Interesse, das ihm niemand zuvor entgegengebracht hatte. Er vertraute ihr Dinge an, die er vor den Leuten geheimhielt. Er erinnerte sich an seine eigene Kindheit, die er weit entfernt von hier auf einem Gutshof verbracht hatte. Seine Erzählungen waren so klar wie eine Gebirgsquelle. Er fand Worte, die Helenka in Staunen versetzten und von denen sie nicht genug bekommen konnte. Am liebsten sprach er von seiner Mutter. Die kleine Bojarová war hingerissen. Nie zuvor hatte sie ein so schönes Wesen erblickt, nicht einmal in der Fee von Želary. Jozas Mutter quoll über von engelhafter Anmut.

»Wenn sie lächelte«, schilderte Joza ihr, »hatte sie kleine Fächer von Falten um die Augen, und in ihnen leuchteten kleine Lichter. Und ihr Haar glänzte.«

Zu Hause besah sie sich im Dämmerlicht der Stube das Haar ihrer Mutter, das schweißverklebt herabhing und keinerlei Glanz von sich gab.

»Ich weiß von einer Frau, der die Haare geglänzt haben«, sagte sie.

»Meine haben früher auch geglänzt, als ich jung war.«

Jubilierend wiederholte sie es vor Joza. Ihre Freundschaft wurde dadurch noch tiefer.

»Sie schliefen auf dem Boden über den Ställen, er hörte die Kühe schnauben, und im Winter deckte ihn die Mutter von oben bis unten mit Heu zu. Sie nannte es ein Nest. Und bevor er einschlief, erzählte sie ihm verschiedene Geschichten ... so war das.«

Helenka seufzte. Sie beneidete Joza um seine glückliche Kindheit. Augenblicklich würde sie ihr Bettzeug aus Daunenfedern (die Bojarin hielt Gänse) gegen dieses Nest austauschen und das einschläfernde Rattern der Nähmaschine ihrer Mutter gegen das Erzählen.

»Ich sehe meiner Mutter ein wenig ähnlich«, bemerkte Joza einmal und errötete. Er sah, daß das Kind seine krumme Nase anschaute. »Die Nase haben mir die Söhne des Gutsherrn gebrochen.«

»Habt ihr euch geprügelt?«

»Nein. Ich war sehr stark. Meine Mutter sagte immer: Du bist stark, also tu niemandem etwas.«

Das leuchtete Helenka nicht ein. Vieles von dem, was Joza sagte, verstand sie nicht. Aber es machte ihr nichts aus. Sie liebte Geheimnisse.

»Die Milch und die Kartoffeln haben mir diese Kraft gegeben. Die Mutter arbeitete nur für Kost, weil sie auch mich ernähren mußte. Morgens beim Melken goß sie mir Milch in einen Blechtopf ab. Ich trank zwei davon. Und auf dem Feld steckte sie mir Kartoffeln in die Tasche. Ich habe sie mir auf einem kleinen Feuer gebacken. Am besten war der Herbst. Da rollten die Birnen, Äpfel, Reineclauden nur so in der Allee herum ... Ich habe gar nicht alles aufsammeln können. Also hat mir die Mutter einen Korb geflochten. Am Abend haben wir zusammen auf dem Boden all das Obst gegessen.«

Er schilderte ihr die Landschaft, in der er aufgewachsen war. Eine Landschaft so flach wie ein Tisch, mit einer schwarzen, fruchtbaren Erde, mit Obstgärten, Weinstöcken und geräumigen Scheunen, in denen sie Versteck spielten, mit Lichtungen, auf die sie die Kühe hinaustrieben, mit Luzernen-, Rüben- und Maisfeldern.

»Und im Winter?« fragte sie gespannt.

»Im Winter habe ich die Ställe ausgefegt, Heu und Streu getragen, auch Holz und Wasser, ich habe Körbe geflochten, Besen gebunden, Kochlöffel geschnitzt.«

»Kannst du das alles noch?«

»Ja. Das vergißt man nicht.«

»Aber Kartoffeln hast du dir keine gebacken.«

»Nein. Meine Mutter gab mir von denen, die sie für die Schweine abkochte. Sie suchte die ohne Flecken heraus.«

Helenka lief das Wasser im Mund zusammen.

»Und die Söhne vom Gutsherrn haben dich geschlagen?« kehrte sie zu dem Thema zurück, das ihr nicht aus dem Kopf ging.

»Der Gutsherr mehr. Es störte ihn, daß ich so stark war. Seine Söhne waren krank und starben. Ich blieb am Leben.«

»Aber dafür konntest du doch nichts!« schrie sie ihn an. Seine Demut gefiel ihr nicht. Ihr würde niemand ungestraft die Nase brechen.

Joza, der sich an Zurücksetzung und Erniedrigung als seine Lebensbestimmung gewöhnt hatte, vermochte ihr nicht zu erklären, warum er sich damals nicht gewehrt hatte und warum ihn obendrein wegen seiner unverdienten Kraft bis heute ein Schuldgefühl begleitete.

»Bist du zur Schule gegangen?«

»Ja, allerdings nicht lange. Nur bis ich zwölf war. Aber lesen und schreiben kann ich.« Ihm wurde die Kehle eng, er sprach nicht weiter.

»Verzeih mir, Junge«, hatte seine Mutter ihn gebeten, als er die Fiebernde während des Schlachtfests auf den Boden hinauftrug, in eine Pferdedecke wickelte, mit Heu zudeckte – und an ihrer Stelle im Hof die Därme waschen ging. Diese Erinnerung hatte sich ihm ins Fleisch geschnitten, sie brannte stärker als die Schmiedeesse und hörte nie auf zu glühen.

»Was soll ich dir verzeihen, Mutter?«

»Das Schicksal, das ich dir bereitet hab.«

»Ich würde doch gar kein anderes Schicksal wollen!« konnte er ihr noch sagen, und er meinte es aus tiefstem Herzen. Sie glaubte ihm, denn in ihren Augen leuchteten die kleinen Lichter.

Es war ihr letztes Gespräch.

Er war zwölf Jahre alt.

Davon sprach er nicht. Nicht einmal mit Helenka. Er hätte es nicht in Worte fassen können.

In der Dunkelheit und der Stille der Nacht streifte ihn manchmal dieser fürchterliche Tag, schlich sich hinterlistig in seine Träume, weckte ihn auf – und dann fing er an zu weinen.

Unvermutet vernahm er ein Aufstöhnen, das nicht aus seiner Brust drang.

Auf dem Lager zu seinen Füßen saß Azor mit erhobenem Kopf, jammerte, winselte und heulte, vom Kummer seines geliebten Herrn erfaßt.

»Joza wird dir den Hammer ausleihen«, versprach Helenka Lipka und fügte bitter hinzu: »Mir wollte er ihn nie in die Hand geben.«

Das wundert mich nicht, dachte Lipka.

Er griff sich an die Hüfte, wo er einen Stich verspürt hatte.

»Hat dich was gebissen?«

»Nein. Das kommt daher, daß ich angeschossen worden bin.«

»Zeig her!« Sie besah sich die Wunde eingehend. »Haben sie dort auf euch geschossen?«

»Nur auf mich.«

»Das war doch ganz sinnlos!«

Etwas Ähnliches murmelte auch der tobende Fluß, der seinen graugrünen Körper durch das steinerne Tal wälzte.

Am Abend stahl Lipka sich zum Häuschen der Gorčíks hin. Die Hütte stand dunkel da, nichts rührte sich in ihr, doch der Junge besaß den sechsten Sinn, mit dem die Natur nur Auserwählte beschenkt. Einer der nicht weit entfernten Schatten gehörte Zuzanka. Sie saß auf der Erde und sah zu den Bergen hinüber.

Der andere gehörte dem schwachsinnigen Arnoštek.

Lipka wartete geduldig, bis Zuzanka sich erhob und in die Hütte hineinging. Dann näherte er sich Arnoštek, richtete sich vor ihm auf, und der Schwachkopf erschreckte sich gehörig.

»Ich nicht, ich nicht«, lallte er.

»Was tust du hier?«

»Nichts. Ich tu nichts.«

»Komm mit und zeig mir, wo Marek verschüttet worden ist.«

»Nein, nein!«

»Warum nicht?«

»Ich habe Angst!«

»Wovor?«

»Vor Ma-Marek.«

»Mit mir zusammen mußt du keine Angst haben.«

Lipka wußte, daß Arnoštek nur mitkommen würde, wenn er ihn an der Hand nahm. Er ekelte sich vor seiner glitschig verschwitzten Haut, doch er hatte keine Wahl.

Der Weg war anstrengend. Arnoštek blieb immer wieder stehen und brabbelte vor sich hin; je näher sie dem Steinbruch kamen, desto unruhiger wurde er.

»Hier?«

»Ein Stein ist runtergefallen.«

»Warst du dabei?«

»Nein! Ich nicht!«

»Woher weißt du es dann?«

»Ich weiß nichts! Ich nicht!« Unvermittelt fing er an zu schreien. »Er hat sie geschlagen!«

»Still!« brüllte Lipka. Er umschloß fest die zuckende Hand. Ihm wurde schwindlig vom Verlangen, Arnoštek windelweich zu prügeln. Er wartete, bis sich sein Atem beruhigt hatte. »Niemandem davon einen Mucks. Verstehst du?«

»Ich nicht!«

»Ich hab dich gefragt, ob du verstehst, daß du niemandem einen Mucks sagen darfst!«

Arnoštek fing an zu schluchzen.

»Warum ist sie so unglücklich?«

»Weil du ein Idiot bist«, sagte Lipka nun ruhig. »Geh nach Hause.«

Bis tief in die Nacht blieb er allein auf dem Felsen sitzen.

Sie würden nicht darauf kommen. Was würde es auch ändern?

Wie lange dieser arglistige Schwachkopf wohl an dem Stein gerüttelt hatte – und wie geschickt!

Warum sie so unglücklich war?

Der Junge verstand schmerzvoll, weshalb.

Er entschied sich, in der Scheune der Pfarrei zu übernachten. Doch auf dem Weg dorthin traf er auf Alan, einen gutmütigen jungen Hund, und weil er es nicht übers Herz gebracht hätte, ihn alleine zu lassen, zog er zusammen mit dem Hund zu einem Heuhaufen. Alan leckte ihm vor dem Einschlafen das Ohr ab und schnarchte dann leise hinein.

Sie schliefen bereits, als Isabela vorüberkam. Auch sie fürchtete sich nicht vor der Dunkelheit. Sie wanderte über die verlassenen Berghänge, um den Besuch bei ihrem Bruder zu verarbeiten – in der Villa, vor der die Rosen in der Farbe von Kirchenkerzen blühten.

In dem Zimmer mit den tiefen Teppichen hatten sie einander gegenübergesessen, während das Dienstmädchen eine Erfrischung zubereitete.

»Ich danke dir, daß du vorbeigekommen bist«, sagte er ironisch.

»Ich erwidere nur deinen Besuch.«

Er kannte ihren Ton, trotzdem fuhr er ihm wie eine kalte Peitsche über den Rücken.

»Davon weiß ich nichts.«

»Du bist bis ins Kloster zu mir gekommen. Deine Schande.«

»Meine Schande?«

»Dein Sohn.«

Seine Überraschung drückte sich in einer geistesabwesenden Geste aus. Er wurde rot.

»Hat Pavlína einen Sohn bekommen?«

Er mußte eine Weile auf eine Antwort warten.

»Nein.«

»Dann weiß ich nicht, wovon du redest!«

Eine spöttische Grimasse tauchte um ihre blassen Lippen auf. Sie erhob sich.

Er stand ebenfalls auf. Er konnte seine Wut nicht unterdrükken.

»Setz dich. Wir haben uns etwas zu sagen. Die Köchin erwartet, daß du zum Abendessen bleibst.«

»Ich faste.«

»Aus Bußfertigkeit oder aus einer Laune heraus?«

»Aus Demut.«

»Hast du tatsächlich diese unerhörte Eigenschaft an dir entdeckt?«

»Ja, Bruder, und zwar gerade jetzt.«

Rauschend ging sie davon. Mit ein paar Schritten hatte er sie eingeholt.

»Was möchtest du?«

»Du weißt genau, was ich möchte.« Sein Atem ging pfeifend. Er sah, daß Isabela weitergehen wollte, und stellte sich ihr in den Weg.

»Erlaube mir, daß ich mit Pavlína spreche. Fünf Minuten. Und ich schwöre dir ...«

»Ich weiß nicht, wo sie ist.«

Mit dieser kaltblütigen Lüge hatte sie ihn erwischt.

»Nein?!« Er mußte sich beherrschen, nicht loszuwimmern. »Aber sie hat einen Sohn!«

»Pavlína nicht.«

»Ich kann keinen anderen haben! Warum willst du mich provozieren?!«

Er machte ihr nichts vor. Er erinnerte sich nicht an jene eisige Nacht, nach der er erst gegen Mittag aufgewacht war, nüchtern, aber mit rasenden Kopfschmerzen, weshalb er ein paar Tabletten geschluckt hatte und halb bewußtlos erneut in schwere Träume fiel.

In Isabelas Augen lag wütende Verachtung. Sie glaubte ihm nicht.

Šelda verstand nicht, weshalb.

»Gott sei mit dir, Bruder.«

Er hielt sie an ihrem Rock fest und sah mit tränenfeuchten Augen zu ihr auf wie ein bettelndes Kind.

Sie riß sich los.

Sie ging über den Waldpfad davon, holte über dem Fluß das kleine goldene Medaillon aus ihrer Börse und warf es ins Wasser.

Die Regeln des Spiels

I

»Mädchen und Jungen«, schnurrte der hochwürdige Herr leise und wehmütig, »bewahrt den Schuldigen nicht vor seiner Strafe, sonst werdet ihr Mitschuldige.«

Die stieren Kinderblicke waren wie verschlossene Muscheln. Das Zauberwort, das sie hätte öffnen können, war nicht gefallen. In den vor Anspannung rot angelaufenen Gesichtern lag ein verstocktes *Wir sagen nichts*.

Das Vergehen war schlicht. Jemand war auf den Kastanienbaum hinaufgeklettert und hatte von dort mit einer Schleuder in die Kirche hineingeschossen. Dafür hatte er einen Augenblick gewählt, in dem der Priester auf der Kanzel stand, und als Zielscheibe das sich bewegende Birett. Jeder wußte, wer es getan hatte. Der Herr Pfarrer wußte es, der Herr Lehrer wußte es. Es genügte jedoch nicht, daß sie es wußten. Der Täter war nicht gefaßt worden und mußte überführt werden. Daher das langwierige, aufreibende Verhör.

Der hochwürdige Herr blinzelte mit seinen brennenden Lidern, er war müde, fühlte sich unwohl, mit der kindlichen Bosheit hatte er sich längst abgefunden – und hier handelte es sich letztlich gar nicht um Bosheit, sondern um einen Ausdruck von Rebellion, die sich nicht gegen den Priester, sondern gegen die Welt richtete.

Er hatte sich nicht beschwert. Die Ermittlungen gingen auf das Werk eines Petzers zurück.

Dieser saß in der Klasse, alle kannten ihn, und niemand sah sich nach ihm um. Der Lehrer verschlang seine Finger ineinander, daß es knackte.

»Vratislav Lipka!«

Da war der Name, den die Kinder mehr fürchteten als das Höllenfeuer. Ihre Muskeln lösten sich, sie bewegten befreit aufatmend ihre Lippen. Die kurzsichtigen Blicke des Lehrers angelten unter den Kindern und saugten sich an einem Gesicht fest. Keine Angst lag darin. Nur rebellische Unverfrorenheit. Nur provozierende Ruhe.

Vratislav Lipka ging mit gesenktem Kopf die Stufe hinauf, hob ihn auf Kommando und blieb vor dem auf- und abhüpfenden Adamsapfel stehen.

»Hast du es getan?«

»Nein!«

»Wer war es dann?«

Die Bojarová, die Bojarová, die Bojarová. Ein vielstimmiges, haßerfülltes Geflüster.

»Bojarová, was weißt du darüber?«

Der Schulmeister hatte sich vertan und es gar nicht gemerkt. Bojarová wurde sie nur genannt, sie hieß eigentlich Helenka Haláková.

Er mußte also maßlos zornig sein.

Das kleine Mädchen blickte ihm direkt in die Augen.

»Nichts. Aber niemand weiß etwas.«

»Niemand weiß etwas?«

Der Priester erschrak über die angeschwollenen Adern an der Schläfe des Lehrers.

Zwei Schritte, und seine gekrümmten Finger krallten sich in das Haar des Mädchens. Sie zerrten sie aus der Bank, zogen sie durch den Klassenraum.

Der Priester betete lautlos.

Er verspürte einen größeren Schmerz, als wenn seinem eigenen Leib Gewalt angetan würde. Mit Entsetzen nahm er in den Gesichtern der Kinder eine freudige Gier wahr, den scharfen Blick von Raubtieren, die von dem grausigen Schauspiel nicht genug kriegen konnten. Er war unfähig, sich an die Hand des brutalen Mannes zu hängen, geschweige denn aufzuschreien.

Der Schulmeister versuchte, ein Büschel dunkler Haare loszuwerden, und sah verstört die Stelle an, auf die es niedersank. Ziellos irrte er durch die Klasse.

In seiner Kehle krächzte es, er mußte husten, und die Worte, die er herausbrachte, waren wie verwundete Vögel.

»Lipka, du kommst mit in mein Büro.«

Er sah den, zu dem er sprach, nicht an. Er ging aus dem Klassenzimmer und ließ die Tür hinter sich offenstehen. Lipka folgte ihm, den Blick auf den schmutzigen Boden gerichtet, als suchte er nach Fußstapfen, in die er seine nackten Füße setzen sollte.

Dem Priester zwickte es in den Augen, er schmeckte Salz auf der Zunge.

»Helenka«, sagte er zu dem zerzausten Kopf, »warum hast du den Herrn Lehrer so verärgert? Du wußtest doch, wer mit der Schleuder geschossen hat.«

»Ja«, gab Helenka stolz zu, »niemand anders könnte so gut treffen.«

»Der Herr Lehrer hat dich danach gefragt, und du hast gelogen.«

»Aber er hat mich doch dafür bestraft.«

Die Unerschütterlichkeit der beglichenen Rechnungen.

Warum gerade die beiden? Warum immer diese beiden?

Man muß sie auseinanderbringen, hatte der Schulmeister beschlossen und das letzte Wort zischend herausgepreßt.

Noch heute schmerzte die Erinnerung an diesen närrischen Versuch.

Sie hatten Vratislav Lipka zu sich gerufen. Hör mal, Lipka, du hast bei den Burdas die Zaunlatten herausgerissen. Leugnen ist zwecklos. Helenka Haláková hat es zugegeben. Die Worte eines Lehrers konnte man schließlich nicht anzweifeln. Seine unruhigen

Blicke suchten jedoch vergeblich nach Anzeichen von Rachegefühlen in dem erstaunten Gesicht des Jungen.

Sie riefen Helenka zu sich. Sie habe aus dem Zaun der Burdas Latten herausgerissen. Ob sie wissen wolle, woher sie das wüßten? Da werde sie sich aber wundern. Ihr verräterischer Freund Lipka habe es erzählt.

»Das stimmt nicht!«

Der Priester errötete und war mit einem Sprung beim Fenster, als wollte er sich die Holzfäller ansehen, die Baumstämme den Abhang hinunterzogen. Die Kinnlade des Lehrers bewegte sich und erstarrte in einer Grimasse, die unter anderen Umständen komisch gewesen wäre.

Die beiden auseinanderbringen?

Nur für den Versuch hatten sie den höchsten Preis gezahlt.

Auf dem Boden lag der dicke, dunkle Kringel von Helenkas Haaren.

Ich werde jetzt nicht daran denken.

Der Priester faltete seine Hände und forderte die Kinder mit einem Nicken zum Gebet auf. Mitten im Vaterunser wurde er sich bewußt, daß er noch nicht beten wollte, daß er den Unterrichtsbeginn aufschieben wollte, und als er eine helle Faser beobachtete, die flimmernd vor ihm schwebte, erkannte er, daß er auf Vratislav Lipka wartete. Er horchte, wann endlich Schläge zu hören sein würden, die unerklärliche Stille spannte ihn auf die Folter.

»Wer erzählt uns das Gleichnis vom Barmherzigen Samariter?«

Immer wenn Hochwürden aufgewühlt war, wünschte er sich, das Gleichnis vom Barmherzigen Samariter zu hören. Alle Kinder hoben die Hand, die Kleinsten spitzten wichtig ihren Mund.

Auch Helenka meldete sich, und ihre Augen glänzten sehnsüchtig.

»Pařízek wird es uns erzählen.«

In der letzten Bank stand der bullige Pařízek auf. Mit gerunzelter Stirn stümperte er holperige Sätze zusammen, die regelmäßig von dem Refrain »nich' wahr« unterbrochen wurden, er strich sich mit der linken Hand über die Haare, als würde ihn jedes Wort hinter den Ohren kitzeln, und drehte mit der rechten an seinem Hemdknopf herum. Nach der Hälfte seiner Erzählung ging der Knopf ab und wurde die Beute seines Nachbarn Varad'a, der schon auf diesen Moment gelauert hatte. Der Priester ging zwischen den Bänken hindurch, in denen jedes Kind sich unbefangen seinen eigenen Interessen widmete. Márinka Minaříková bastelte sich aus kleinen Fetzen ein Eichhörnchen und kicherte verschmitzt. Sie fand alles komisch. Das getroffene Birett, das Verhör – und vor allen Dingen Helenka Bojarová. Die saß da, als würde sie aufpassen, dabei wußte jeder, woran sie dachte. Sie hatte ihr die Bestrafung gegönnt. Sie gönnte sie auch Vratislav Lipka.

So wie jeder.

»'chwürden«, kreischte Varad'a mit hochgereckten Händen. »Pařízek hat mich getreten!«

Der Priester bemühte sich, den anwachsenden Lärm zu dämpfen. Vergeblich. Unter seinen Schülern war er nur ein wohlwollend geduldetes, fremdartiges Element. Er versuchte die Aufmerksamkeit auf sich zu lenken und die Kinder mit der Geschichte zu fesseln, die sie am liebsten hatten, dem Kampf zwischen David und Goliath.

Sein Blick fiel auf einen der Jungen, der seine Mitschüler schon durch bloßes Aufstehen beherrschen könnte.

Doch Vojta Juriga rührte sich nicht von seiner Bank. Er faßte den Priester samt Schulklasse mit einem einzigen Blick zu einer wertlosen kleinen Murmel zusammen. In dem unkindlichen Gesicht regte sich kein Muskel.

Der Priester blieb in Gedanken an diesem Jungen hängen, der sich nur selten raufte und dennoch eine Autorität ausstrahlte, von der selbst Lehrer nur träumen konnten.

Kaum einer würde sich ihm in den Weg zu stellen wagen, trotzdem stellte er seine Macht fast nie zur Schau.

Zwischen ihm und Lipka bestand entweder stummer Haß oder stumme Solidarität.

Einmal hatten die beiden ihre Kräfte gemessen, und keiner hatte gesiegt.

Den Grund ihres Streits kannten nur sie.

Das Getöse im Klassenraum verebbte mit der Rückkehr von Lipka. Die Kinder forschten nach Spuren von Schlägen auf seinem halbnackten Körper. Sie sahen alte, halbwegs verheilte Schrammen, alte Narben und blaue Flecken.

Lipka war nicht geschlagen worden!

Das Geheimnis dieses unerhörten Phänomens beschäftigte die unkomplizierten kindlichen Gemüter, enttäuschtes Schweigen machte sich breit, nur die Schritte des hochwürdigen Herrn, der zwischen Katheder und Fenster hin- und herwanderte, entlockten dem Fußboden ein unangenehmes Knarren.

Lipka war nicht geschlagen worden.

Er selbst hätte nicht sagen können, was geschehen war. Fast eine Viertelstunde lang war er im Büro gewesen. Er hatte die Tür hinter sich zugemacht und abgewartet.

Eine Wespe vor dem geschlossenen Fenster hatte seine Aufmerksamkeit gefesselt. Mit ihrem Ansturm auf das unbegreifliche Unsichtbare brachte sie sich allmählich um.

Wäre der Lehrer nicht dagewesen, hätte Lipka sie hinausgelassen.

Der Schulmeister verhielt sich, als wäre er alleine im Raum. Er sah irgendwohin nach draußen. In dieser Viertelstunde hatte er ein einziges Wort gesagt. In dem Wort lag eine solche Wucht, daß der Junge einen Schreck bekam. Anschließend trottete er durch den Flur, in einen unerklärlichen Panzer eingeschlossen, und vor der Tür des Klassenzimmers wäre er am liebsten zurückgegangen. Er hätte es getan, wenn es nicht dieses eine Wort gegeben hätte, das immer noch in den verlassenen Gängen zitterte – *geh!*

Er verstand, daß der Lehrer ihm nicht verziehen hatte, aber allein sein wollte, um nachdenken zu können.

Nachdenken!

Die adrige Hand, die frei auf dem Fensterrahmen lag, tippte ein fieberhaftes Allegretto vor sich hin.

Ich werde um Versetzung nachsuchen. Der Schulinspektor hat es mir selbst angeboten.

Sie sitzen hier schon so lange fest, Herr Kollege, Sie könnten eine bessere Anstellung haben.

Was wußte der Inspektor von der Schule von Želary! Was wußte er schon von der sinnlosen, verfluchten Arbeit in einem Bergdorf!

Sie haben eine vorbildliche Disziplin, Herr Kollege. Das ist auch das einzige, was ich mir mit meinen Tagelöhnerhänden sauer erarbeitet habe.

Vor der Tür steht Vratislav Lipka und wartet auf seine Tracht Prügel.

Vielleicht hätte ich seinen ausdauernden Trotz sogar verstanden. Vor zehn, zwanzig Jahren.

»Geh!«

Jetzt liegt etwas in seiner Miene, was ich dort noch nie gesehen habe.

Angst?

Vor der Schule spielen die nichtkatholischen Kinder Abklatschen. Eins, zwei, drei, Venca Potůček, eins, zwei, drei, es klingt noch in meinen Ohren, eins, zwei, drei, Helenka Haláková.

Diesen Namen hat Vratislav Lipka abgeklatscht.

Die schmächtige kleine Helenka, ein magerer Teufel, ein Schreihals, unduldsam, aufgeweckt, genial. Von solchen Kindern werde ich in meinem Leben nur wenige unterrichten.

Sechs Jahre älter, um zwei Köpfe größer, der krankhaft menschenscheue Vratislav.

Aus dem Klassenzimmer drang die jammernde Weise des Vaterunsers in sein Büro, danach das Gepolter des beendeten Unterrichts. Der freie Platz vor der Schule wurde zur Wegkreuzung. Unter den ersten stürmte Lipka aus der Tür. Er rannte in Richtung Berghang, pfiff laut vor sich hin. So wurden die Schule, die Kirche, das heimatliche Dorf und die ganze Welt von einem Kind verhöhnt, für das die Parzen keine einzige gute Gabe vorgesehen hatten.

Helenka kam unter den letzten heraus und sah sich nicht einmal nach Lipka um. Die Schultasche schwang auf ihrem Rücken wie die Deckflügel eines Käfers.

Warum habe ich sie nicht für mich gewinnen können?

Mein ganzer Stolz vor der Landesinspektion. Beachtliche Ergebnisse, Herr Kollege.

Der Mann, steif wie ein Lineal, beugte sich hinunter und strich über ihre struppigen Krauselocken. Er beehrte sie sogar mit einer Frage.

»Wie viele Geschwister hast du?«

»Nur einen Bruder«, antwortete sie ernsthaft und deutete auf Lipka. »Meine Mutter hat uns beide gestillt.«

Nicht nur im Gesicht des großen Jungen tauchte nun Röte auf, auch auf den trockenen Wangen des Landesinspektors.

Damals hatte der Lehrer Helenkas Wahl begriffen. Lipka war alleine, ebenso wie sie.

Heute weiß ich gut, daß nichts die beiden voneinander trennen kann, denn die kleine Bojarová macht niemals etwas nur halb. Meine Bemühungen sind verrückt, und trotzdem, meine Güte, wenn Lipka sich doch zu einem Banditen entwickelt!

Ich werde mit Frau Haláková sprechen. Und wenn es nichts hilft, suche ich den alten Michal auf. Der rückt den Jungen entweder zurecht oder er schlägt ihn tot.

Der Priester kam herein und machte Anstalten, etwas zu sagen.

Der Lehrer zog insgeheim eine spöttische Grimasse. Nie waren die Worte des Sämanns auf einen härteren Boden gefallen.

»Herr Kollege, ich habe ein wunderbares Plätzchen am Fluß entdeckt.«

Wozu diese Umschweife? Auf die Weise stoßen wir bis zum Abend nicht zum Kern der Sache vor. »Meiner Meinung nach gibt es da draußen keinen Quadratzentimeter, auf dem der Wind nicht wie ein Orkan pfeift. Das wäre, als wollten Sie mir weismachen, daß ich unter den hiesigen Kindern eines finden könnte, das nicht bereits wie ein ausgemachter Galgenvogel aussieht.«

»Und doch …«, freute sich der Priester über seine Taktik. Er ahnte nicht, wie durchschaubar sie war. »Und doch täuschen wir uns gerade in den Kindern am meisten. Die kindliche Seele ist eine noch nicht entfaltete Blüte.«

Der Lehrer lachte bitter.

»Da würde ich zu gerne wissen, zu was Vratislav Lipka aufblühen wird.«

»Vratislav Lipka verdient eher unser Mitleid.«

»Als eine Tracht Prügel? Sparen Sie sich Ihr Mitleid, heute habe ich ihn nicht geschlagen. Das wollten Sie doch wissen, nicht wahr?«

Der Priester ertrug die Schärfe des Lehrerblickes nicht und schlug schuldbewußt die Augen nieder.

Wenn ich dich so vor mir sehe, wehrlos, meinem aufgestauten Zorn ausgeliefert …

»Ich habe ihn nicht geschlagen, verflucht!«

Die Blicke des Priesters wanderten durch den Raum, als suchten sie nach Beweisen.

»Sehen Sie«, sagte er schließlich freudig gestimmt, »Gott kann nicht ein Kind verdammt haben, dem er eine Stimme geschenkt hat wie seinen Engeln. Haben Sie bemerkt, wie rein er intoniert?«

»Sagen Sie ihm mal, er soll auf der Empore singen, und danach finden Sie vielleicht einen geeigneteren Vergleich. Er wird sich alle Mühe geben zu grölen, daß Ihre Heiligen zu schlackern beginnen.«

Der Priester tat, als hätte er die Provokation nicht verstanden. Er lächelte mild.

»Kinder können die Erhabenheit eines geweihten Ortes noch nicht verstehen.«

»Der Teufel soll Lipka holen! Wenn nicht die kleine Bojarová wäre, wäre ich schon längst mit ihm fertiggeworden. Sagen Sie mir, was diese zwei verbindet!«

»Das wissen Sie doch. Ein einsames kleines Mädchen hat einen Bruder für sich gefunden.«

Natürlich weiß ich das.

»Ich habe beschlossen, mit Frau Haláková zu reden.«

»Weshalb?« In dem Wort lag eine dringende Bitte.

»Weshalb?!« Der Lehrer streckte ihm seine zitternden Hände entgegen. »Versuchen Sie, mit meinen Nerven zu unterrichten!«

Der Priester sah ihn mit sanftem Mitgefühl an.

»Wenn es nichts nützt, gehe ich zu Michal!«

»Das nicht! Das werden Sie doch nicht tun!«

»Doch, werde ich!« brauste der Lehrer auf. Er war sich sicher, daß er wieder davor zurückschrecken würde. Seine Augen bekamen einen fiebrigen Glanz.

»Michal wird ihn umbringen! Es ist auch so schon genug! Ihr Gewissen ...«

»Woher wissen Sie, daß ich ein Gewissen habe?« spottete der Lehrer über sich selbst.

»Versuchen Sie es im Guten«, drängte der barmherzige Samariter.

»Ich habe alles versucht. Meine Nerven liegen blank.«

»Herr Kollege«, klammerte sich der Priester an den letzten Halm, »Sie werden doch mit Ihren Schülern alleine fertigwerden!«

Der Lehrer zuckte zusammen, und als hätte er erst jetzt entschieden, schritt er zur Tür.

»Nein!«

Ohne Abschiedsgruß verließ er das Büro. Ihm schien, als würde der Priester hinter ihm etwas murmeln. Einige Sekunden später wurde ihm bewußt, was es gewesen war.

Vade retro, satanas.

2

Der Weg entlang dem Fluß war kurvenreich und schmal. Man stieß beinahe mit dem Ellbogen gegen die Felsen, ihnen auszuweichen war nicht möglich. Der Fluß wand sich, bahnte sich mühsam seinen Weg, bildete Strudel an den unterspülten Böschungen. An manchen Stellen still, bodenlos tief und träge, wälzte er sich woanders mit wilder Hast durch die steinernen Stromschnellen, wo das Wasser kaum bis zu den Knöcheln reichte und man dennoch nicht hinüberkam. Wenn er von den Frühlingshochwassern angeschwollen war, riß er Stege mit, wusch er den Fels aus, überflutete er die steilen kleinen Felder.

Der Lehrer fühlte den Wind im Haar und hielt seine Stirn den heilsamen Berührungen entgegen. Ringsherum plusterte sich das struppige Dorf. Die zusammengekleisterten Hütten kauerten auf der Erde wie Glucken mit gespreizten Flügeln, unter denen zitternde Nestlinge hockten. Es gab hier keine Straße, und nur ein einziger ausgetretener Weg führte zum Städtchen hinunter. Auf dem gegenüberliegenden Hang stand sperrig die steinerne Kirche, die von dem frommen Vermächtnis des aus Želary gebürtigen Matouš Šáda erbaut worden war. Den Namen konnte man auf einer Marmorplatte unter dem Eingang in die Sakristei finden. Die Jahre hatten ihn beinah unleserlich gemacht. Aus dem Gedächtnis der Leute war er längst gelöscht.

Die kleine Kirche hätte sich keinen besseren Ort wählen können. Woanders hätte sie mit ihren abgeblätterten Mauern und ihrem angeklebten Türmchen spöttisches Gelächter geerntet, hier sah sie prunkvoll aus.

Der Lehrer überquerte den Kirchpfad und eilte weiter. Er versuchte, im Geiste die Worte vorzubereiten, die er der Bojarová entgegenwerfen wollte, doch ihm fiel nichts ein. Er klopfte an die Tür ihrer Holzhütte und stellte fest, daß es ihm nicht unlieb wäre, wenn er Helenkas Mutter nicht zu Hause antreffen würde.

Zu seiner Enttäuschung wurde die Tür geöffnet.

»Guten Tag, Herr Lehrer, kommen Sie herein.«

»Guten Tag, Frau Haláková.« Er war schließlich dienstlich hier.

Seine Augen mußten sich erst an das Dämmerlicht der niedrigen Stube gewöhnen. Er musterte das Gesicht der Frau. Eine Strähne ihres ergrauten Haars war aus dem festgebundenen Kopftuch geschlüpft und fiel ihr in die Stirn. Helenkas krause Locken – ein halbes Jahrhundert älter.

»Frau Haláková, wissen Sie, daß Ihre Tochter mit Vratislav Lipka befreundet ist?«

»Ja, Herr Lehrer, natürlich weiß ich das, das weiß ja das ganze Dorf.«

»Haben Sie es ihr erlaubt?«

»Ich habe es ihr nicht verboten.«

Er wich ihrem Blick aus.

»Diese Freundschaft tut ihr nicht gut. Helenka ist ein intelligentes Kind, Vratislav kommt mit Ach und Krach durch … Außerdem ist er der größte Schlingel, ein frecher Raufbold, ein unverbesserlicher Tunichtgut. Er ist ein Kind, das …« Die Gebirglerin sah so streng drein, daß es ihn durcheinanderbrachte. Er verschluckte den Namen von Lenka Lipková, Vratislavs lediger Mutter, und fuhr verlegen fort: »… das ohne Vater aufgewachsen ist.«

Gleich darauf wurde er sich dessen bewußt, daß er von zwei Übeln das größere gewählt hatte. Helenka hatte ebenfalls keinen Vater. Eines glücklichen Tages war ein Wagen mit Holz auf ihn umgestürzt, und er war schneller tot, als er von seiner ewigen Betrunkenheit hätte nüchtern werden können. Nach seinem Tod legte der Wirt Haláks Frau eine Rechnung vor, und sie bezahlte sie, obwohl sie dafür die Hütte mit Schulden belasten mußte. Seit dieser Zeit sang ihre Nähmaschine die Bewohner von Želary in den Schlaf.

Der Lehrer sah nicht die verkrampften, eisigen Finger, mit denen die kleine Frau ihre Unruhe zerreiben wollte. Er sah nur ihre ruhigen, verschränkten Arme. Diese Ruhe machte ihn beklommen. Hatte er das Recht, etwas von dieser Frau zu fordern, der Leben und Tod schon soviel abverlangt hatten? Jedesmal, wenn ein böses Jahr zu Ende gegangen war, hatte in einem der neuen kleinen Friedhofsgräber ein Halák-Kind gelegen. Sechsmal hatte sie mit fest verschlossenen Lippen den gleichen Schmerz abzuschütteln versucht. Beim siebten Mal gab sie es auf. Helenka bekam Diphtherie, und sie überlebte. Als der betrunken verheulte Vater schon das Totenglöckchen für sie läuten ließ, als es niemanden gab, der noch Hoffnung besaß, hatte die Mutter ihr letztes Kind auf die Arme genommen und war mit ihm ins Städtchen hinuntergerannt.

Die Ärzte zuckten mit den Achseln.

Die einzige, die den Mut zu kämpfen besaß, war Helenka selbst. Verbissen klammerte sie sich an den dünnen Faden, den sie ihr absprachen. Das kleine Herz hielt den Kampf aus. Sie kehrte als eine Handvoll Knochen aus dem Krankenhaus zurück, doch alle spürten, daß gerade eine neue Bojarová geboren worden war.

Der Lehrer verglich unwillkürlich das unbewegte Gesicht der Mutter mit dem grimmigen kleinen Gesicht des Kindes.

»Helenka wird durch Lipkas Einfluß verstockt, dem guten Wort nicht mehr zugänglich.«

In diesem Satz lag ein Stück Komik, und die Bojarin lächelte kaum merklich.

»Es ist eher umgekehrt, Herr Lehrer.«

»Machen Sie sich klar, daß in Lipka ein Außenseiter heranwächst, ein Haudegen, ein Gauner ...« Er redete lieber nicht zu Ende. Innerhalb von einer Sekunde hatte sich zwischen ihnen ein Ozean aufgetan. Sie sahen einander nicht mehr.

»Wer von beiden ist besser, Herr Lehrer?«

»Sie sind wie Wölfe! Es ist ungeheuerlich! Worte, Schläge, man redet gegen eine Wand! Sie kennen die beiden nicht wie ich.«

Die Bojarin lächelte erneut, und später auf dem Rückweg kam ihm ihr Lächeln wieder in den Sinn, und er erkannte Nachsicht darin.

»Ich kenne sie, Herr Lehrer, glauben Sie mir, daß ich sie kenne. Schließlich sind es meine Kinder.«

Er verstand nicht, warum er so erfolglos gewesen war.

Auf dem Rückweg am Fluß entlang kam es ihm vor, als läge sein Besuch bei Frau Haláková Jahre zurück. Seine Erinnerungen daran waren vage, farblos, durchdrungen von dem Geruch des welkenden Salbeis, der zum Trocknen auf dem Fensterbrett gelegen hatte.

Der Mißerfolg seines Unternehmens brachte ihn nicht auf. Vielleicht wußte die kleine Frau von etwas Wundersamem, das ihm bisher entgangen war, denn sicher hätte sie nicht mit solcher Ruhe die Arme ineinander verschränkt, wenn sie nicht wüßte, daß sie sich um ihre Tochter keine Sorgen machen müßte.

Er nahm den ersten Pfad über den Hang. Der Wind unter seinen Fußsohlen nahm zu, seine Bronchien machten ein pfeifendes Geräusch, sein Herz schlug wie die Abendglocke. Er ging weiter, voller Hohn über sein Alter.

Todmüde setzte er sich in die letzte Bank des leeren Klassenzimmers, in dem es nach einer Mischung aus Wald und Kreidestaub roch, regungslos starrte er auf das verblichene Kreuz mit wie zum Gebet gefalteten Händen.

Was weißt du, Gott, von meinen Kindern!

3

Leere in der Seele. Das Herz klopft still, beinahe schwerfällig, weit und breit alles verlassen und wie ausgestorben.

So das Leben traumlos verdösen zu können, süß ermattet und erschöpft, zu schauen und nicht zu sehen, zu horchen, ohne zu hören, die Welt mit einem einzigen Sinn wahrzunehmen, den wir früher nicht hatten und der in uns erwacht, während der Kopf leer ist und es tickt in der Brust …

Licht und Dunkelheit reiben sich an meinen Händen, der

Raum ist voller grauer Flecken. Die Dinge verlieren ihre Gestalt, bewegen sich, wirbeln herum, die Eichenbänke, die Bilder, der Ofen. Das beruhigende Wogen der schwankenden Wände.

Die untergehende Sonne stach dem Lehrer in die Augen. Seine Lider senkten sich.

Sie vergeuden hier ihr Leben, hat mir der alte Schulmeister gesagt, als er mir die Hand reichte und zu den brüchigen Hütten hinübernickte, hinter deren Schornsteinen das Elend saß. Er verfluchte das Dorf mit seiner zittrigen Stimme, die längst die weichen Abstufungen verloren hatte und wie der Nordwind wimmerte.

Das hier ist eine Strafstation. Irgendwann werden Sie davonlaufen – und nicht davonkommen. Er fing an zu husten. Es sollte ein Lachen sein.

»Želary, Želary,
einsamer Hof.
Meine weißen Schwestern,
weiße Hände hatten sie,
ach, weiße Hände hatten sie.«

Ein Dorf, das sich auf keiner Landkarte befindet. Wann soll sich hier ein Hof befunden haben?

Es ist ein Kunstlied, ohne Zweifel, es paßt nicht hierher, es paßt verflixt noch mal nicht hierher, aber es ist uralt, eine lange Ballade von Liebe und Blut, die jemand aufgezeichnet hat, der sie nicht selbst erlebt hat.

Mit den Hütten an den steilen Hängen hat sie einzig den Namen gemein. Nicht mehr. Als ich aus dem Städtchen über die Landstraße hierherkam, stand die Augustsonne über der Landschaft. Ein Gebäude, ein Stück Wald, ein Gebäude. Hunde und Katzen liefen mir über den Weg, von irgendwo hörte man unsichtbare Ziegen meckern, aber keine Menschenseele habe ich gesehen. Auch im heißen rötlichen Sand gab es keine menschliche Spur. Es war wie ausgestorben, aber nicht still. Ein unaufhörliches Geräusch, vom Wind hin und her getragen – ich begann zwei Stimmen zu unterscheiden, die in meiner Nähe miteinander sprachen. Die eine hoch und nah, die andere dunkel und fern. Ich habe nichts verstanden, aber es war deutlich, daß sie über mich redeten. In einem hellsichtigen Augenblick wurde mir offenbar, daß ich in einem fremden Königreich herumirrte, daß ich jeden Moment über Wurzeln stolpern könnte, die sich wie lebendige Hände vor mir aus dem Boden recken würden.

Den ersten Fehler beging ich, als ich ein Kärtchen mit meinem Namen an der Tür anbrachte. Das kleinste Kind wußte bis zum Abend, daß der neue Schulmeister angereist war. Wozu einem Dorf zwei unnötige Wörter aufdrängen. Ich behielt das Kärtchen trotzdem an der Tür. Wenn ich es lese, habe ich den Eindruck, bei einem fremden Menschen einzutreten.

Er nennt sich Zdeněk Tkáč.

Die Kinder von Želary wiederholten meinen Namen mit duckmäuserischem Grinsen, stießen einander an, als wären sie mir auf irgendwelche Schliche gekommen. Das Gesicht des alten Schulmeisters hatte sich verfinstert, als er mir von ihnen erzählte. Seien Sie streng zu ihnen. Das ist das erste und letzte, was ich Ihnen rate. Er sah mich halb mitleidig, halb ironisch an. Und wieder fing er an zu husten. Er führte mich durch die leergeräumte – oder niemals eingerichtete – Schulwohnung und klopfte mit seinen trockenen Fingern gegen die Wände. Lassen Sie sich das richten. Mir ist es nicht so wichtig gewesen.

In der Küche befanden sich ein Eisenbett mit zwei grünen Militärdecken, ein paar Stühle, ein Kleiderständer, ein Regal, ein Tisch.

Möchten Sie das behalten? Ich nickte. Dann öffnete ich das quietschende Fenster und schaute auf den unkrautüberwucherten Hof hinaus, hinter dem sich ein kahler Streifen Land erstreckte, vielleicht der Garten. Er beobachtete mich.

Warum haben Sie die Stelle angenommen?

Er fragte, als hätten sie mir gleichzeitig ein Ministerium angeboten.

»Ich habe drei Jahre als Versicherungsagent gearbeitet.«

»Aha!«

Er war strafweise hierhergekommen. Er hatte es versäumt, vor dem Unterricht zu beten.

Davor brauchen Sie hier keine Angst zu haben, antwortete er auf meinen Blick. Sie werden das begreifen, wenn Sie den Pfarrer kennenlernen. Želary ist katholisch, die Umgebung aber rein evangelisch. Keinerlei Reibereien. Im Frühling und im Herbst behalten manche ihre Kinder zu Hause, das beachten Sie am besten gar nicht. Die heben Löcher für die Kartoffeln aus, bringen Heu ein und so. Nur falls sie einen zehn-, zwölfjährigen Schüler irgendwohin in Dienst schicken sollten, melden Sie es den Gendarmen. Mit der Zeit werden Sie schon selbst damit fertigwerden.

Seine Lippen zogen sich faltig zusammen wie eine gedörrte Pflaume – vor Spott?

Als wir Abschied nahmen, sagte er unvermutet zu mir: »Es wird Sie sicher überraschen, daß ich verheiratet war. Als ich Witwer wurde, war es mit mir zu Ende. Ich wünsche Ihnen mehr Glück.« Zögernd fügte er hinzu: »Versuchen Sie, nicht mit dem Trinken anzufangen.«

Am Abend saß ich auf dem Militärbett und sah aufs offene Fenster, durch das die feuchte Waldluft hereindrang. Ich dachte an die, deretwegen ich diese Stelle angenommen hatte. Und da ertönte die Orgel. Eine Melodie bebte auf, wie von einem Donnerhall begleitet. Ich lauschte, wie ein Sandkorn dem Geflüster der Gräser lauscht. In meinem reizbaren Herzen herrschte inniger Frieden.

So begegnete ich dem Priester von Želary.

Am nächsten Tag erblickte ich sein schmales Gesicht und ein Lächeln, wie ich es im Antlitz eines Mannes noch nie gesehen hatte. Ich wich seinen Augen aus, konnte nicht mit ihnen warm werden. Ich fragte ihn nach der hiesigen Gegend.

Eine schöne Gegend, Herr Lehrer.

Ich fragte nach den Dorfbewohnern.

Gute Menschen.

Es brachte mich auf, und seit der Zeit verachte ich ihn.

Als ich den Klassenraum betrat, standen die Kinder gewohnheitsmäßig auf.

Sie lauerten auf jede meiner Bewegungen.

»Was hast du da in der Hand? Ja, du.«

»Ein Klappmesser.«

»Gib es mir.«

Er sah mich herausfordernd an. Ich verdrehte ihm den Arm. Nachsichtig würde ich hier nicht sein. Böse würde ich sein.

Meine Studententräume rollten von mir weg wie Korallen, die ich von diesem schimmeligen Boden nie alle aufsammeln würde. Ich weinte ihnen nicht nach, war hart, eroberungslustig jung. Ich wünschte mir, die Welt in Staunen zu versetzen, mich zwischen Himmel und Erde mit dem Wind zu raufen. Oder meine Kräfte auf einem unfruchtbaren Feld zu vergeuden wie ein wahnsinniger Landwirt. Weil die, auf die ich gewartet hatte, nicht gekommen war.

Anfangs hatte ich an die nicht fertiggenähte Aussteuer und die kranke Mutter geglaubt. In der banalen Situation des Betrogenen verhielt ich mich dilettantisch unbeholfen und peinlich. Ich zuckte wie ein Schmetterling, der nicht begreift, was ihn durchsticht.

Schließlich erklärte sie sich deutlich. Ich hatte sie dazu gezwungen. Die einzige Genugtuung meines Lebens.

Der Geliebte, gegen den sie mich austauschte, besaß einen Galanteriewarenladen und eine Glatze.

Nein, das hier hatte ich nie gewollt. Doch meine Ohren verwandelten sich in Muscheln, in denen das Rauschen entfernter Wellen erklingt.

Mit dem Dorf wurde ich über eine Serie von Grotesken bekannt. Zuerst lernte ich Vilém Svojsík kennen. Er kam aus dem Wirtshaus getorkelt und stieß vor meinen Augen ein kleines Mädchen zu Boden. Er blieb über ihr stehen, und es sah aus, als würde er nach ihr treten. Er ließ seine schweren Blicke über mich gleiten, langsam, ganz allmählich begriff er.

Der Zorn, der mich meine Arme anspannen ließ, hätte sich in einem einzigen Druck entladen können. Doch der Mann wehrte sich. Ich war zu einer Keilerei gezwungen. Ich sah nichts, hörte nichts, und es war mir gleich, daß das ganze Dorf zusammenlief. Ich machte ihn fertig wie eine Stoffpuppe, bis er zu meinen Füßen fiel.

Der beste Athlet des Jahrgangs, meine Damen und Herren, am Reck ohne Konkurrenz. Želary verfolgte Svojsíks Fall mit abgestumpftem Blick.

Das Bröckchen Anerkennung war kaum der Rede wert.

Dann geschah etwas Unglaubliches. Das getretene, vergessene Kind beugte sich über den liegenden Körper, versuchte ihn anzuheben, zog ihn an den Händen.

Der Trunkenbold stand auf und stützte sich auf sie. Ihre staubigen Zöpfe schlugen ihm ins Gesicht. Am nächsten Tag wartete Svojsík vor der Schule auf mich. Er war gewaschen, rasiert, ordentlich gekleidet und unnatürlich. Alles an ihm war wie einer schlechten Komödie entliehen, die Stimme, die Gesten und auch seine Worte.

»Seien Sie mir nicht böse, Herr Lehrer … Ich bin betrunken gewesen.«

Im Gesicht hatte er blaue Flecken mit grünlichen Rändern.

»Das interessiert mich nicht, ob Sie sich betrinken.«

Er sah mich vorwurfsvoll an. Er begriff, daß ich mich nicht versöhnen wollte.

»Es tut mir sehr leid.«

Er zuckte mit seinen gefleckten Wangen, es war komisch und ärgerlich zugleich. Ich haßte ihn, und nichts auf der Welt konnte mich mit ihm versöhnen. Seine Befangenheit tat mir gut.

»Herr Lehrer, ich meine es aufrichtig. Verzeihen Sie mir.«

Schau einer an, wie Želary sich entschuldigen konnte. In mir kochte es aber. Ich hatte Lust, ihm die Fresse einzuschlagen. Ich hätte ihn erniedrigen, tottreten, erschlagen mögen! Alles an ihm war mir widerwärtig. Seine gekrümmten Schultern, die eingefallene Brust, die kleinen Verletzungen vom stumpfen Rasiermesser, mich ekelte seine plumpe Ehrerbietigkeit.

Wenn ich an das Kind dachte, das an seinem verschwitzten Kragen gehangen hatte, während ich, alberner Ritter und lächerlicher Held, wenige Schritte entfernt mit offenem Mund dastand und guckte ... Ich haßte ihn, und wenn er mir sein eigenes Leben als Geschenk dargeboten hätte. Nie würde ich das »Onkel Vilém« der Kleinen vergessen und sein »Líza«!

Ich hatte nicht existiert.

»Unsere Angelegenheit hat sich erledigt, Herr Svojsík.«

»Dann leben Sie wohl.«

Er ging davon. Das hatte ich nicht erwartet. Für mich war die Sache noch nicht zu Ende.

Er ging davon, der Wind bauschte sein Hemd auf und formte ihm einen Buckel auf den Rücken.

Das dritte Mal begegnete ich Vilém im Wirtshaus. Ich stand wie ein verlorenes Geißlein in der Tür, denn alle Tische waren besetzt.

Svojsík sah mich, stand auf und bot mir seinen eigenen Stuhl an. Er wischte den Sitz mit einem sauberen Taschentuch ab.

Für sich selbst holte er einen Stuhl aus der Küche, dann setzte er sich dazu. Wir saßen so eng, daß unsere Schultern sich berührten. Ursprünglich wollte ich nur zu Abend essen – Würstchen mit Senf und Schwarzbrot –, aber schließlich blieb ich bis Mitternacht in der stickigen Kneipenluft hängen.

Ich studierte Viléms schwarzen Kopf, seine schönen Hände mit den nicht zu beseitigenden Sprenkeln aus Bergmannsschmutz, ich lauschte seiner schwindsüchtigen Stimme, die wie eine zu stark geblasene Okarina klang.

Vilém trank nur wenig, er wollte sich vor mir nicht besaufen. Die übrigen genierten sich nicht.

Sie kippten Schnaps in sich hinein, lärmten, verfielen in krächzendes Gelächter. Bestimmt würden sie mir ausweichen, wenn sie mir am nächsten Tag begegneten. Ich erkannte das schreckliche Erbe, das mir mein Vorgänger hier hinterlassen hatte, dieser gehässige Alte, der dickköpfig vereinsamt und hochmütig war.

Ich hatte keine Lust, seine Schlacht weiterzuführen – und doch hatte ich es bereits getan.

Die verstockte Gehässigkeit der Kinder, das war Gewohnheitssache.

Ich war dabei, einen fremden Mantel anzuziehen, der mir zu eng war und mir gleichzeitig an den Leib wuchs. Die Tür knarrte, und Viléms Blick verkeilte sich in den Spalt, durch den uns Kälte entgegenwehte.

»Wer ist das?«

»Ingenieur Šelda.«

Ich verbarg nicht meine Überraschung. Ein Tagelöhner, Abenteurer, Glücksspieler.

»Lízas Vater?«

»Ja.«

»Er schaut zu uns herüber. Ich werde mich mit ihm bekannt machen.«

»Mit Šelda?«

Er machte eine Geste, wie wenn er mich zurückhalten wollte.

Ich ging schwankend zwischen den Tischen hindurch und hätte mich am liebsten gereckt und gestreckt.

»Ich bin der neue Schulmeister Tkáč.«

Der Ingenieur drückte meine Hand und ließ einen Blick auf mir ruhen, in dem unverhohlene Ironie lag. Er sah mich an wie einen Hund, der Männchen macht.

»Mein Name ist Šelda.«

Ich wurde rot. Šelda musterte mich gleichgültig, machte keinen Hehl daraus, daß ich ihn langweilte, und ich gab die leeren Phrasen von mir, mit denen man Bekanntschaften knüpft. Ich war völlig verschwitzt, als ich schließlich »auf Wiedersehen« stammelte.

Auf dem Gang draußen war das Geraschel der Putzfrau zu hören. Der Lehrer stand auf und machte ein paar Schritte zur Tafel hin. Ihm war kalt geworden, obwohl draußen feuchte Schwüle herrschte und Schweißtropfen auf seiner Stirn standen.

Aufgescheucht wie ein Kind, das etwas angestellt hat, überlegte er fieberhaft, womit er seinen Aufenthalt im Klassenzimmer vor der Frau rechtfertigen konnte. Er zog ein paar alte Hefte aus der Tischschublade und tat, als würde er sie korrigieren.

Die Alte rumorte auf dem Gang, zwischendurch näherten sich ihre Schritte, dann entfernten sie sich wieder, der Lehrer hatte seine vorgetäuschte Beschäftigung beendet und nicht die Geduld, von neuem zu beginnen. Mit aller Kraft umklammerte er eine Ecke des Katheders, und die schmerzende Hand tat ihm merkwürdig wohl.

»Guten Abend, Herr Lehrer.«

»Guten Abend, Frau Svojsíková. Ich bin gerade fertig.« Als sei er ihr eine Erklärung schuldig. »Ich muß noch mal hinüber ins Pfarrhaus.«

Was rede ich da?

Kaum hatte er es ausgesprochen, verspürte er tatsächlich den Wunsch, den Priester zu sehen.

Die Svojsíková entblößte ihre Zähne in schmeichlerischem Lächeln.

Er wandte sich ab. Seine widerwillige Geste hatte nichts mit der fettig glänzenden Haut zu tun, die die Zeit für ihre grotesken Zeichnungen zu Pergament verarbeitet hatte. Er wandte sich von den stechenden Erinnerungen ab. Bis zur Decke hin war der Raum mit der Gegenwart ihres Schwagers angefüllt, von dem nichts als ein verfallenes Grab auf dem Friedhof geblieben war.

Damals hatte er in die Flamme der Lichtmeßkerze geschaut, die die letzten Reste Wachs aus seinem Gesicht verzehrte.

Und es war ihm vorgekommen, als stürbe Vilém zu schwerfällig.

4

Über dem Wald schwoll die Sonne an und senkte sich kaum merklich zwischen die Zweige hinab, die ihren Untergang aufzuhalten schienen. Aus den Schluchten strömte feiner Abenddunst.

»Želary, Želary,
aschgraue Felsen.
Mit ihren weißen Händen
lösten sie ihr Haar,
ach, ihre Haare lösten sie.«

Líza Šeldová konnte dieses Lied singen, als sei es ihr aus dem Herzen gewachsen.

Vor vielen Jahren Líza Šeldová, heute Vratislav Lipka.

Beide besaßen ein absolutes Gehör.

Matouš Šáda hatte dem entstehenden Dorf seinen Namen gegeben. Die kleine Stadt wurde nach ihm Šádova Hut' benannt. Das Städtchen mit der berühmten Stahlhütte, die über dem Kohlebergwerk errichtet wurde. Vor Millionen Jahren gab es hier Urwälder.

Was hat sich hier vor ein paar Jahrhunderten befunden? An der Stelle, wo das Kirchlein steht, hatte man menschliche Knochen ausgegraben. Irgend jemand ist dort lange vor den Bergleuten vorbeigekommen. Die Menschen haben ihre Behausungen über die Berghänge verstreut und sich keine Fragen gestellt. Sie fürchten sich nur vor bösen Geistern, so wie sich ihre Väter vor ihnen gefürchtet haben.

Mir sind sie noch nicht erschienen, vor mir sind eher andere Dämonen aufgetaucht. Ich habe ihre Anwesenheit gespürt, als ich die feuchte, kalte Hand des schwarzen Vilém berührte.

Er glaubte an meine Freundschaft und drängte mir ein Stück seines Lebens auf. Er machte mich zum Zeugen von Augenblikken, die nur ihm gehörten.

Und überlistete mich durch seinen Tod.

Er verführte mich zu einer Rolle, die einem Heiligen bestimmt ist.

Eines Tages ließ er mir nämlich über meinen Schüler Kratochvíl einen Brief zukommen, in dem stand, daß er Lenka umbringen werde. Ich wendete den Streifen Papier in meiner Hand wie betäubt hin und her.

Dann eilte ich zu dem kleinen Laden der Lenka Lipková, denn das war die einzige Lenka, die ich kannte.

Meine Hand zitterte, als ich die Klinke hinunterdrückte, und ich konnte die Tür nur mit Mühe öffnen. Gleich in der Diele sah ich einen Körper auf dem Boden liegen. Ein weißes Hemd, ein weißes Gesicht, tiefschwarzes Haar.

Vilém.

»Was ist passiert?«

»Er hat einen Blutsturz bekommen. Großmutter ist unterwegs zu Lucka.«

Ich beugte mich hinunter, nahm Viléms Hand. Sein Puls schlug. Doch seine Lider waren blau wie die Blätter der Herbstzeitlosen auf den spätsommerlichen Wiesen.

Zwei Monate lag er dann in seiner Mansarde, in die es hineinregnete, und ich, dreifacher Idiot, saß bei ihm wie eine Mutter. Unterdessen wurde in Želary überall getratscht. Ich erzählte ihm, was über Lenka Lipková geredet wurde.

»Es ist mein Kind.«

Er tastete nach meiner Hand, als hätte er Angst, daß ich ihm nicht glaubte. Er richtete sich in seinem zerwühlten Bettlager auf, fürchterlich, ein knochiges Gespenst.

»Ich bitte Sie, bringen Sie sie hierher.«

»Wen?! Lenka?«

»Ich bitte Sie inständig darum!«

An dem Abend, der mir so schwül erschien, als sei die Beklommenheit der ganzen Welt in ihm enthalten, klopfte ich bei den Lipkas an.

»Er möchte dich sehen, Lenka. Er liegt im Sterben.«

Ich führte sie durch die Dämmerung und hielt sie bei der Hand. Sie war erst siebzehn. Ich öffnete die Tür zur Mansarde und blieb wie ein Wachhund draußen stehen.

»Vilém.«

Nur dieses Wort hörte ich deutlich und dann nichts mehr.

Drei Wochen später wurde Vratislav Lipka geboren, und Lenka starb am selben Tag. Nur Lucka Vojničová war bei ihr. Sie zog ihr ihr eigenes weißes Kommunionkleid an. Das Kind trug sie in zwei Handtüchern zur Bojarová, die nach einer schweren Geburt noch das Bett hütete. Sie legte es der Wöchnerin an die Brust.

Ich stieg die knarrenden Stufen zu der schmutzigen Mansarde hinauf. Ich nannte sie aus Gewohnheit so. Es war nur ein Stückchen Dachboden mit einem kleinen Fenster.

In der letzten Zeit kam es mir vor, als sei Vilém auf dem Wege der Besserung.

Er wußte von nichts. Gottlob.

»Herr Lehrer, ich möchte meinen Letzten Willen aufschreiben.«

»Wozu? So schlecht steht es nicht um Sie.«

Ich lächelte einfältig.

»Ich weiß, daß es mit mir zu Ende geht. Ich bitte Sie, schreiben Sie es für mich auf, sonst habe ich keine Ruhe. In meinem Sonntagsanzug, er hängt dort am Balken, ist meine silberne Uhr. Wenn Sie oben draufgreifen, ist dort ein Sparkassenbuch. Und eine Schachtel aus Muscheln.«

Ich holte seine Besitztümer herunter, häufte sie auf die schmuddelige Decke. Und danach schrieb ich: Als Alleinerbin bestimme ich Lenka Lipková.

Mir rutschte die Hand weg.

»Haben Sie es aufgeschrieben?«

»Ja.«

»Wie viele Zeugen sind dafür nötig?«

»Zwei.«

»Müssen die dort unterschreiben?«

»Ja. Ich werde jemanden holen, wenn Sie wollen, daß es noch heute geschieht.«

Vilém hatte keinen vergleichbaren Wunsch geäußert, aber ich brauchte frische Luft. Ich rannte die Treppe hinunter, als gäbe es noch etwas zu verpassen. Nur zwei Leute waren imstande, Viléms Letzten Willen zu unterschreiben, ich und die Hebamme Lucka Vojničová. Die Alte nickte bloß, als ich ihr sagte, worum es ging.

Unter dem Dach hörten wir Geschrei. Die Svojsíková war uns zuvorgekommen. Gierig blickte sie auf die Schätze auf Viléms Decke. Sie wimmerte und heulte.

Vilém schwieg.

Er schaute Lucka an. Mich sah er nicht. Ich ging neben dieser zierlichen Frau verloren. Als sie sich zu ihm setzte, fiel er über ihre Hände und brach in Tränen aus. Sie sah mit steinernem Blick über seinen Kopf hinweg.

»Nu nu, Vilém.«

Ich mußte mich auch setzen.

Noch nie war mir schwindelig geworden.

»Warum sie, warum sie«, rief Vilém und schlug seinen Kopf in Luckas Hände.

Die Svojsíková fing wieder an zu plärren.

Ich nahm mir vor, zwei Minuten zu warten, dann würde ich sie die Treppe hinunterstoßen.

Vilém hob den Kopf. Er sprach nur mit Lucka, als wäre außer ihr niemand anders da.

»Geben Sie alles dem Kind.«

»Ja, Vilém.«

Das bedeutete, daß Viléms Sohn bekommen würde, was ihm zustand, und wenn sich seine Schwägerin noch so auf den Kopf stellte.

»Wie heißt er?«

»Vratislav.«

»Vratislav?!«

Vilém wurde traurig.

Das Sparkassenbuch zog meine Blicke an. Es hatte den Wert von achttausend – einem Menschenleben.

5

Der Lehrer war beim Pfarrhaus angelangt. Es überraschte ihn, daß er schon da war. Er schaute das rissige Mauerwerk an, als wäre es vor ihm aus dem Erdboden aufgetaucht.

Er hatte gar nicht bemerkt, wie ihn die Legende umweht hatte. Als hätte er selbst, ähnlich dem dickbäuchigen Gürtelmacher, die Gestalt der Erscheinung erblickt, die Büßerin, wie sie in einem Regenschleier durch das verwüstete Tal schritt. Entlang der Wege ragten Galgen empor, und ein verkohlter Balken schwelte noch. Das Donnern der Hufe, das die Luft zum Erzittern gebracht hatte, würde hier nie verhallen.

Es hieß, daß die Bewohner von Želary damals bis auf einen ausgerottet worden waren. Über die Frevel, für die sie büßen mußten, war längst Moos gewachsen. Ein Histörchen von Rebellen, die die göttlichen Absichten nicht genug gewürdigt, seine Gnade geringgeschätzt und sich wie Vieh verhalten hatten, das das Ende seines eigenen Ruhms nicht absieht und zum Brandopfer wird.

Die Büßerin im grauen Tuch schritt über die Berghänge, und ein einziger Mensch sah sie, dessen Dickleibigkeit ihm nicht erlaubte, auf die Knie zu fallen. Er blickte ihr ins Gesicht und erkannte sie.

Die Kirche der heiligen Maria Magdalena war eine kleine katholische Insel in einer ketzerischen Umgebung.

Man konnte an dem Wunder zweifeln, das sich vor Jahrhunderten zugetragen hatte. Man konnte jedoch nicht an dem Wunder zweifeln, das der Priester hier ganz alleine und kraft seiner Demut vollbrachte.

Auch Nichtkatholiken schätzten den Pfarrer von Želary.

Am sechsten Juli wurden auf den Felsen Feuer entzündet, und die versammelten Menschen sangen mit wachsender Erregung:

»In Flammen steht der Scheiterhaufen
dort an des Rheines Ufer.
Auf ihm stirbt der fernen Heimat Sohn.
Rings um ihn voller Eifer laufen
die lästerlichen Rufer,
der feigen Mönche Bande, mit Gelächter und mit Hohn.
Und ihr fragt, wer's ist, der dort brennt auf dem Holz?
Es ist Meister Hus, der Tschechen größter Stolz.«

Der Pfarrer saß dann im Garten, sah in die von Feuerstreichen gepeitschte Dunkelheit hinaus und hörte zu.

Oft setzte er sich an die Orgel und begleitete das lästerliche Lied.

Der Lehrer setzte einen Fuß auf die abbröckelnde Stufe. Ein schwarzer Rock blitzte vor ihm auf.

»Der Herr Pfarrer ist im Garten. Soll ich ihn rufen?«

»Nein, ich gehe zu ihm.«

Auf diese Begegnung hätte er verzichten können. Er hatte keine Vorurteile, doch die Anwesenheit von Zuzanka Gorčíková in der Pfarrei störte ihn immer. Sie reizte ihn schon durch ihre Erscheinung. Seit dem Tod ihres Mannes hatte sie die Trauer nicht abgelegt, er sah sie nie anders als in Schwarz. Groß, schlank, mit einem starren Gesichtsausdruck, erinnerte sie an ein mittelalterliches Gemälde. Von ihr ging die feierliche Erhabenheit von Königinnen aus, die über die Richtstätte schreiten.

Vor wenigen Jahren hatte sie das Dorf in Aufruhr versetzt. Sie war aus dem Tal hierher zu Marek Gorčík gezogen, und die Verfluchung ihres Vaters folgte ihr auf dem Fuße. Marek heiratete sie zwar bald, doch es kam zu keiner Versöhnung. Die Trauung fand nämlich nicht in der evangelischen Kirche ihrer Vorfahren statt, sondern in der katholischen Kirche. Sie war vom Glauben abgefallen.

Als sie dann nach dem plötzlichen, unerwarteten Tod von Marek als Haushälterin in der Pfarrei auftauchte, sahen alle darin eine weitere Schamlosigkeit. Zuzanka war zu dem Zeitpunkt schwanger. Nach einigen Monaten brachte die blonde Frau das nachgeborene Kind zur Welt, ein kleines Mädchen mit pechschwarzem Haar.

Weshalb gerade dies das Dorf so aufbrachte, wo doch nicht einmal ein Verrückter die Gorčíková mit dem Priester in Verbindung gebracht hätte – ansonsten wurden die Gören von »Pfarronkeln« in dieser Gegend mit Verständnis aufgenommen –, blieb ein Rätsel.

Den Schlüssel zu diesem Rätsel trug Zuzanka in ihrem Gesicht, namentlich in ihren großen blauen Augen. Sie waren arrogant, verweigerten jede Annäherung.

»Bleiben Sie zum Abendessen, Herr Lehrer?«

Er schüttelte den Kopf. Die halbherzige Einladung erweckte Unmut in ihm.

Er ging über den mit zimtfarbenem Sand ausgestreuten Pfad. Blickte sich um.

Weit und breit gab es keinen solchen Garten. Vom Frühling bis zum Winter schuftete der Priester in ihm wie ein Tagelöhner. Die Ernte sammelten mit argloser Selbstverständlichkeit seine Schüler ein. Das Pfarrhaus blitzte vor Sauberkeit und Ordnung, es war jedoch ein Ort ohne Wärme. Die Witwe strahlte etwa soviel davon aus wie die Statue eines Grabmonuments.

Die einzige, die dies nicht empfand, war die kleine Markétka. Sie hopste um den Priester herum und sprang ihm vor die Füße, überzeugt davon, daß es seine Sache war, nicht zu stolpern. Sie erblickte den Lehrer und versteckte sich hinter einem Stachelbeerstrauch. Ausdruck kindlicher Koketterie und Verspieltheit, nicht der Angst.

»Guten Tag.«

»Guten Tag.«

Verschämt, mit rundem Hohlkreuz, näherte sich Markétka. Sie faßte den Pfarrer am Hosenbein. Er wischte sich die Hände an einem Taschentuch ab und strich ihr über die Haare.

Dem Lehrer lief ohne erklärbaren Grund die Galle über.

»Ich bin zum Beichten gekommen«, sagte er und wunderte sich selbst darüber.

Der Priester lachte weder noch wurde er böse. Er blickte ruhig in die nervösen, aufflammenden Augen.

»Ihr Herz ist nicht demütig genug, um Buße tragen zu können. Ich bin für Sie nicht genug Priester.«

So offen.

Dann war es, als würde er in der Seele des Cholerikers lesen und seine Reaktion voraussehen.

»Sie würden mich hassen, wenn Sie mir jetzt eine einzige Ihrer Sünden anvertrauen würden.«

Die Worte des Priesters waren behutsam, liebevoll, besänftigend.

Und unnachgiebig.

Zdeněk Tkáč schwieg. Er war sprachlos.

»Was immer Sie mir zu sagen gekommen sind, warten Sie bis morgen.«

Morgen, das bedeutete nie.

Ist es so leicht zu durchschauen, daß ich nicht beichten will, sondern um mich schlagen, weil mich sonst die zerstörerische Selbstverachtung umbringt?!

Sie lehnen es ab, meine Zielscheibe zu sein, Herr Pfarrer. Aus Achtung vor mir oder vor sich selbst? Der Lehrer spürte, daß er etwas tun mußte, wofür er sich verfluchen konnte. Es mußte in den nächsten Sekunden geschehen, es war unaufschiebbar. Er kämpfte mit den Worten, die ihm aus dem Mund purzelten.

»Sie haben recht. Mir fehlt die Demut. Ich habe mich an meine Schuld gewöhnt wie an einen treuen Hund.« Jetzt noch etwas ausspucken. »Ich beneide Sie um die Reinheit Ihrer Seele.«

Markétka stand mit halboffenem Mund da und glotzte. Die lebendige Quelle meiner Boshaftigkeit.

»Sie irren sich«, sagte der Priester leise, unaufgeregt, unberührt.

»Richtig. Auch ein Heiliger sündigt täglich – ich glaube, siebenmal.«

»So meinte ich es nicht.«

Das Kind hörte konzentriert zu, es ließ seine Blicke von einem Gesicht zum anderen wandern. Was für einen Zweikampf führen wir hier eigentlich auf, Hochwürden? Was gibt es zu gewinnen?

Ringsherum dufteten die Rosen, und es war an der Zeit aufzuhören.

Doch die Worte hatten sich verselbständigt, drängten sich unaufhaltsam hervor.

»Trotzdem beneide ich Sie. Um die Gebete, die erhört werden.«

»Ich wiederhole Ihnen, daß Sie sich irren, Herr Kollege.« Kollege? Warum nicht mein Sohn? »Von uns beiden bin ich der größere Sünder.«

Ein dummer Scherz? Oder hat er den Taktstock ergriffen, um mir seine Melodie aufzuzwingen?

»Gegen welches Gebot haben Sie gesündigt?«

»Wollen Sie es wirklich wissen?«

»Sicher.«

Natürlich will ich es nicht wissen, ich will es um nichts in der Welt wissen!

»Ich habe gegen das fünfte Gebot gesündigt.«

So ohne Zögern.

Es ist letztlich doch nur ein Scherz, wie ich es mir gedacht habe.

Ein morbider Sinn für Humor.

Denn das fünfte Gebot lautet: Du sollst nicht töten!

6

Die Dämmerung sank herab. Nebelschleier erhoben sich aus dem Tal und strebten in Richtung Himmel. Wenige Kilometer entfernt hörte man den Pfiff eines Bummelzugs. Die Felsen spielten mit dem Ton, das Echo zersplitterte und wiederholte ihn.

Am Horizont qualmte Šádova Hut', schwarz wie die Nacht.

Die Füße des Lehrers hatten wie von selbst den kleinen Pfad gewählt, den gangbarsten. Er führte zur alten Mühle. Zumindest wurde so das eingestürzte Gebäude in dem sumpfigen Terrain genannt, das vor Urzeiten einmal jemand errichtet hatte, das Werk eines Verrückten freilich, denn in dieser Gegend hatte es niemals etwas zum Mahlen gegeben.

Die alte Mühle saß im glitschigen Morast auf einem verfaulten Fundament, die Mauern von Feuchtigkeit durchdrungen, das poröse Dach moosüberwachsen, ein unzugänglicher Klumpen aus Schlamm, Ziegelsteinen und Sumpfvegetation.

Einmal hat man mir erzählt, es käme Rauch aus dem alten Schornstein, und ich tat es mit einem Lächeln ab. Da es allerdings keine Leute waren, die leicht in Panik verfielen, wollte ich mich doch selbst überzeugen.

Ich kam nicht näher als vier Meter an das Gebäude heran. Auch das war noch riskant. Um mich herum schaukelte das Wasser, und ich wartete darauf, daß es mir die Füße wegzog. Ich setzte mich auf einen Baumstamm, den ein Sturm umgerissen hatte, saß dort rittlings, unter mir der unschuldige Spiegel, der sich bei jeder Bewegung von mir trübte.

Das Moor umschloß die alte Mühle von allen Seiten. Ich hatte einen zwei Meter langen Stab zur Hand, doch er reichte nicht bis zum Grund. Ich holte mein Fernglas heraus. Die Ruine kam näher, ich konnte halbverfallene Deckenbalken erkennen, die sich auf die Wand stützten und sie durchbogen. Vom Boden her wuchs ein Jungwald empor, und dazwischen wucherte Efeu der Sonne entgegen.

Zwei Eichhörnchen spielten dort und demonstrierten ihre Sprungkünste. Ich dachte, die Anwesenheit eines Menschen müßte sie stören, und doch erhob sich aus dem einzigen Schornstein, der vom Verfall verschont geblieben war, ein dünner Rauchfaden, der Wind trieb ihn bisweilen zu mir her, und ich nahm seinen Geruch wahr.

Ich ging um die Ruine herum – wofür ich anderthalb Stunden brauchte – und überzeugte mich davon, daß es nirgendwo auch nur einen kleinen Steg oder die Andeutung eines Übergangs gab, den ein Mensch hätte benutzen können.

Die alte Mühle war unzugänglich. Derjenige, der ihre feuchten und gefährlichen Räumlichkeiten bewohnte – falls er es tat –, konnte dort nur im Winter hineingelangt sein, als sich der Sumpf mit einer Eisschicht überzogen hatte. Nun war er gefangen.

Er mußte Vorräte besitzen, um überleben zu können.

Die Leute erzählten sich von Vojta Zálešák, der aus dem Gefängnis zurückgekehrt und dann verschwunden war, sich in die Wälder zurückgezogen hatte. Niemand wußte seither etwas über ihn, nicht einmal seinen eigenen Schwestern hatte er eine Nachricht zukommen lassen. Um diese Zeit war auch der Förster um sein Gewehr gekommen. Er hatte es an den Zaun gelehnt und war nur für ein paar Sekunden ins Haus gegangen. Am meisten erschütterte ihn, daß sein Jagdhund, dessen tief in der Kehle artikuliertes Knurren einen jeden zehn Schritte vom Försterhaus entfernt hielt, keinen Laut von sich gegeben hatte. Er saß auf der Erde und knabberte sich die Flöhe aus dem Fell.

Als über der alten Mühle wieder Rauch auftauchte, meldete der Förster es den Gendarmen. Sie gingen dort auf Streife, traten aber erst im Winter in Aktion. Sie konnten niemanden fassen und fanden auch keinerlei Spur, die anzeigte, daß das eingefallene Gebäude bewohnt wäre.

Sie patrouillierten weiter, bis der vereiste Sumpf wieder auftaute. Kaum war es wärmer geworden und zartes Grün rankte über das Mauerwerk, da erhob sich ein grauweißes Wölkchen zum

Himmel, erwachte der letzte Schornstein zum Leben, trug der Wind den Duft von verbranntem Harz und Nadelreisig herüber. Eine Expertenkommission reiste an und benannte das Phänomen mit einem lateinischen Namen. Damit war die ganze Angelegenheit erledigt.

Der Rauch erhob sich nun schon einige Jahre lang über der alten Mühle. Die Menschen der von Aberglauben geprägten Gegend mieden den Ort.

Anfangs ließ es mir keine Ruhe. Zu allen Jahreszeiten umlief ich das Sumpfgebiet wie ein schnüffelnder Hund, versuchte es mit Ästen zu überbrücken, warf Steine auf die alte Mühle, die sie mit kurzem Schmatzen verschluckte, beobachtete, wie aus ihren rätselhaften Eingeweiden wilde Bienen emporflogen, die über ihr schwärmten, sich in die Büschel von Grün setzten und in ihnen verschwanden.

Am Abend erwachten in der alten Mühle die Jäger der Nacht, färbten sich schwarz über dem Moor und verschwanden im Wald. Die Fledermäuse sahen von weitem wie Vögel aus. Ich hörte das Schreien der Eule, die Stimmen der Wald- und Turteltauben – und einmal auch eigenartige hohe Töne, als würde dort jemand pfeifen. Diese einzige Spur ließ mich nicht ruhen.

Ich ließ mir die Geschichte von Zálešák erzählen, dem unbezähmbaren Sohn eines ebenso ungestümen Vaters.

Er war gekommen und wieder verschwunden. Das war jedoch nicht alles. An dem einzigen Tag und in der einzigen Nacht seiner Rückkehr hatte er jenem Menschen das Leben gerettet, den er eigentlich zu töten gekommen war.

Die Einzelheiten der unglaublichen Begebenheit kannte Lucka Vojničová.

Die traute ich mich nicht zu fragen.

Täglich saß ich in der Nähe des verfallenen Gebäudes, das mich in seinen Bann nahm, beobachtete die Eichhörnchen, die unentschieden hin und her sprangen, als ob irgend etwas in der Mühle sie zugleich anzog und abschreckte.

Außer dem fragwürdigen Pfeifen ereignete sich nichts Bemerkenswertes.

Die Hebamme und gefürchtete alte Hexe Lucka Vojničová pflückte dort einmal irgendein Unkraut und setzte sich zu mir. Sie roch nach Heilkräutern und Schnaps. Mir brannte die Frage auf der Zunge, aber bevor ich mich aufraffen konnte, meine Hemmungen zu überwinden, fing sie an zu reden, ohne – wie es mir schien – wahrzunehmen, daß sie einen Zuhörer hatte.

Sie sprach von Juriga, einem auffallend gutaussehenden Mann, dem weder Plackerei noch Trinkerei bisher etwas anhaben konnten. Die Zeit der Buße sei für ihn gekommen, sagte sie. Täglich schlug er Frau und Kinder und predigte ihnen von Moral. Seine Ehe, aus der fünf Kinder hervorgegangen waren, war nicht legitim. Die Jurigová – niemand sprach sie anders an – war eigentlich mit dem Hilfsarbeiter Antonín Stacha verheiratet, der als Rangierer am Bahnhof von Šádova Hut' arbeitete. Von Zeit zu Zeit wurde sich Juriga dieser Tatsache schmerzlich bewußt. Dann schimpfte er seine Frau Dirne und seine Kinder Bastarde.

Lucka ließ unerwartet ihre schönen, melancholischen Augen auf mir ruhen.

»Ich mußte ihm eins aufs Maul geben.«

Sie sah aus wie ein Häuflein Dürrholz. Ich stellte mir ihr gegenüber den hochgewachsenen Kerl vor.

Dennoch sagte sie die Wahrheit.

Auch ich hätte wohl nicht aufgemuckt, wenn sie ihre verhutzelte Faust gegen mich geschwungen hätte. Fragen Sie mich nicht, warum.

Es stimmte, daß sie etliche Menschen aus den Klauen des Todes befreit hatte. Durch Hexerei, wie die Leute glaubten. Und wenn Lucka erst einmal zwischen wütende Raufbolde sprang, war es mit der Vorstellung vorbei. Sie tat es nur ausnahmsweise. Meistens sah sie unbeteiligt zu. Blut oder krachende Knochen konnten sie nicht aufregen.

Mehrfach war ich schon nahe dran gewesen, sie um Hilfe zu

bitten. Etwa als die Stiefmutter von Jindřiška Judasová das Mädchen mit einem Beil in der Hand um die Hütte jagte.

»Herr Lehrer, verstehen Sie doch, das Kind schwitzt die ganze Nacht, und ich muß am Morgen das Bettzeug trocknen!«

Das hielt sie für ein Argument.

Jindřiška starb an einem Herzfehler.

Ihr Bruder wiederholte das zweite Schuljahr und entwickelte sich zu einem ausgewachsenen Dieb. Er hatte Varad'as Messer geklaut und in der Erde vergraben, und als Varad'a, der alles vom Fenster gesehen hatte, ihn mit ein paar Zeugen zum Tatort führte, gab er nichts davon zu und riß dem Bestohlenen obendrein das Ohr ein. In Šádova Hut' stahl er ein paar Bierflaschen und erdreistete sich kaltblütig, sie im selben Gasthaus zu verkaufen. Auch den Zigeunern schlug er ein Schnippchen, die während der Kirchweih hinter dem Dorf kampierten. Er eignete sich die einzige Sache an, die etwas wert war, einen kupfernen Suppenkessel.

Es war dunkel geworden. Der Lehrer befand sich jetzt im Wald über dem Fluß. Er bekam einen kleinen Schreck. Suchte mit den Augen nach einer Lichtung. Früher hätte er sich verirrt, inzwischen konnte er die Stimme des treuen Flusses verstehen. Das Brausen war stärker geworden, er stand über den Stromschnellen. Hier war sein Schüler Marian Skoch ertrunken.

Der Himmel über seinem Kopf war dunkelviolett. Auf der kahlen Fläche des beleuchteten Mondes erkannte er ein paar Flecken. Seine Füße suchten sich wieder automatisch ihren Weg. Er stieg bergan. Von oben wirkte die Szenerie mit dem aufgehenden Mond, dem Fluß und den Wolkengebilden wie reinster Kitsch.

Die steinerne Hütte, heute weiß getüncht, hatte Václav Jakubík den lokalen Gewohnheiten zum Trotz erbaut, das heißt entgegen der Tradition der Holzbaracken. Das Haus besaß einen frischen blauen Steinsockel.

Einmal hatte ich ihn zu mir eingeladen, um herauszukriegen, weshalb er Rozárka nicht zur Schule schickte. Er erschien tatsächlich, hatte sich allerdings Mut angetrunken und konnte sich kaum mehr auf den Beinen halten. Er hatte keine Angst vor mir, auch nicht vor den Gendarmen, er bangte um den Lohn seiner zwölfjährigen Tochter, die irgendwo in Diensten stand.

»Herr Jakubík, der Schulbesuch ist Pflicht.«

»Ich weiß, aber Tonda geht doch.«

»Ich spreche von Rozárka.«

»Die ist krank.«

»Was hat sie?«

»Ich weiß nicht, Herr Lehrer, Lucka kümmert sich um sie.«

Lucka war eine Beschwörungsformel.

»Lucka?«

»So ist es, Herr Lehrer«, bestätigte er zufrieden.

Ich ließ mir Zeit.

»Also gut. Ich werde bei Ihnen vorbeischauen.«

Diese Arglist hatte er nicht erwartet.

»Aber weshalb, Herr Lehrer?! Meine Frau wird sich aufregen.«

Er begegnete meinem Blick und verstand. Er stolperte an meiner Seite her und haspelte flehend herunter: »Morgen werde ich Sie abholen, Herr Lehrer. So wahr mir Gott helfe.«

»Bemühen Sie sich nicht, ich gehe heute. Ich weiß ja, wo Sie wohnen.«

Er gab es auf und ging ins Wirtshaus.

Noch nie hatte ich ein so leeres Haus gesehen. Eine Herdplatte mit einem einzigen Topf, eine Bank, ein Tisch, an der Wand ein Bord mit einigen Tellern. Frau Jakubíková versteckte unter der Schürze Hände mit dunklen Blutergüssen. Es war zwecklos. Die gleichen Flecken hatte sie im Gesicht.

»Ich möchte Rozárka sehen.«

»… sie ist bei der Tante.«

»Bei welcher Tante?«

Als Antwort fing sie an zu weinen.

»Schon gut, Frau Jakubíková. Es wäre nur gut, wenn sie morgen zur Schule kommen würde.«

»Sie wird kommen.«

Sie kam tatsächlich und ging dann einigermaßen regelmäßig zur Schule, bis sie vierzehn war. Ein begabtes Kind ohne Chance.

Nach der Schule wusch sie zwei Jahre lang Teller am Bahnhof in Šádova Hut', und von dem, was sie vor ihrem Vater verstecken konnte, kaufte sie sich eine Nähmaschine. Bis zum nächsten Morgen hatte Jakubík sie verzecht.

Diesmal lehnten die Frauen sich auf. Sie erstachen den Vater mit der Heugabel.

Die Mutter nahm alles auf sich und starb nach einem halben Jahr im Gefängniskrankenhaus. Sie hatte ihrer Tochter von dort geschrieben, sie erlebe die glücklichste Zeit ihres Lebens.

Rozárka lernte für sich daraus. Als sie ihre Geschwister großzog, hätte so mancher sie heiraten wollen, und einige Galane wechselten sich dort ab, doch jeden warf sie am Ende hinaus. Sie wurde Kokotte genannt, aber es war nicht geringschätzig gemeint. Mit einem verheirateten Mann hätte sie sich nicht kompromittiert.

Sie lebte nach ihrem Kopf, frei, zufrieden und nach hiesigen Maßstäben reich. Manche wäre ihrem Vorbild gefolgt, wenn sie den Mut dazu besessen hätte.

Sie war groß, mollig, mit einem breiten Mund in einem runden Gesicht, breit oben herum und in den Hüften. Die Näherei hatte sie an den Nagel gehängt und etwas Besseres gefunden. Sie war Schaffnerin im Zug von Šádova Hut', sammelte morgens die Arbeiter in der abgelegenen Berggegend ein und brachte sie nachmittags wieder zurück.

Ihre Liebhaber wählte sie sich selbst aus, umsichtig und genau. Es gab keinen Mann, der ihr widerstanden hätte, sobald sie ihn mit ihren leuchtenden Augen anlächelte, sobald sie den Lockruf ihrer Stimme ertönen ließ. Es war die Stimme der großen Mätressen, die Stimme, mit der im mohammedanischen Paradies die Huris flüsterten. Nur die Frauen fragten, was um Gottes willen an ihr dran sei.

»Guten Abend, Herr Lehrer, kommen Sie herein.«

»Danke, Rozárka, vielleicht ein andermal.«

Neben der jungen Frau stand ein schön gewachsener Bursche, ein Saisonarbeiter vom Sägewerk.

»Fráňa wird Ihnen ein paar Holzabfälle zum Heizen vorbeibringen, nicht wahr, Fráňa?«

Der Mann nickte. Er war einfältig, von liebenswürdigem Gemüt. Wie Rozárka.

Schräg den Hang hinauf führte sanft ansteigend der kleine Sandpfad, der von Pavel Juriga gut instand gehalten wurde. Um seine Hütte herum sprang von morgens bis abends ein Gewimmel von Kindern. Nur zwei von ihnen gingen zur Schule. Der schweigsame, allzu verschlossene Vojta, der nicht von Juriga stammte – ihn hatte die Stachová aus ihrer Verbindung mit dem Rangierer mitgebracht –, und der gutmütige Zappelphilipp Slávek.

»Kommen Sie herein, Herr Lehrer.«

»Danke, Pavel, vielleicht ein andermal.«

Der Weg führte weiter zur Hütte von Lucka Vojničová und zu der ehemaligen Heuscheuer, die sich auf beeindruckende Weise in das aparte Zuhause der Rechenkünstlerin Žeňa verwandelt hatte, der verwitweten Tochter des Revierförsters.

Damals hatte er die Rechenkünstlerin gefragt, warum sie sich eine Scheuer auf einer zwar ebenen, aber unfruchtbaren Wiese kaufe. Wegen der Aussicht natürlich, hatte sie strahlend gesagt. Der Blick von dort war tatsächlich prächtig, trotzdem kam ihm ihre Wahl angesichts ihres Charakters seltsam vor.

Žeňa verstand es, alles zu Geld zu machen. Sie besaß eine besondere Gabe. Was immer sie anfaßte, erblühte unter ihren Fingern. Die Handarbeitslehrerin hatte einmal gesagt: »Ich unterrichte Žeňa nicht. Sie unterrichtet mich.« Und es war keine bescheidene Lehrerin.

Žeňa hatte Rost'a den Krüppel geheiratet (die Spitznamen pflegten hier grausam zu sein), dem ein umgestürzter Baum die Beine zertrümmert hatte und der ihr nach dem halben Jahr einer merkwürdigen Ehe seine zweijährige Tochter Jiřinka mit einer Waisenrente von siebzig Kronen monatlich hinterließ. Wie es hieß, hatte sie an dieser Rente Gefallen gefunden. Žeňa ließ sich sogar von ihrer eigenen Schwester für eine abgelieferte Arbeit bezahlen wie von einem Fremden. Als Žeňas Großvater erkrankte und man sie bat, ihn für einige Zeit zu sich zu nehmen, lehnte sie es hartherzig ab.

Und doch hatte sie gerade vom Großvater ihre Vorzüge geerbt. Er hatte sich aus größter Armut zu einem reichen Mann heraufgearbeitet. Zwar war er durch Heirat in die Mühle gekommen, die war jedoch mit einer Hypothek belastet, und wäre nicht sein Geschick gewesen, wäre die prachtvolle Aussteuer seiner Frau unter dem Hammer gelandet. Er arbeitete sich aus den Schulden heraus und erntete allgemeine Hochachtung. Er war ein vortrefflicher Gesellschafter, berühmt für seinen schlagfertigen, schneidigen Witz. Die Frauen umschwärmten ihn, obwohl er sie nicht beachtete. Nicht nur sein Reichtum, auch sein Äußeres war nämlich anziehend. Er trank nicht, ging selten einmal ins Wirtshaus. Im Alter zog er dann zu seiner ältesten Tochter und führte dort mit tüchtiger Hand die Hauswirtschaft seines Schwiegersohns. Auch seine Enkel erzog er gut.

Mit nur wenigen Menschen unterhielt sich der Lehrer so gerne, so entspannt, gescheit und fröhlich.

Žeňa – als einzige – hatte sichtlich etwas gegen ihren Großvater. Als Kind hatte sie gestottert, und von seiner Seite war wohl ein unvorsichtiges Wort darüber gefallen.

Ihr war an niemandem aus ihrer Familie gelegen, mit Ausnahme ihrer Tante Anda, die ihr das Nähen beigebracht hatte.

Selbst der eigenen Mutter verweigerte sie ihre Hilfe, dafür pflegte sie mit Hingabe ihre kurzatmige Schwiegermutter. Es ging die Rede von einem Sparbuch, das nach ihrem Tod nicht gefunden wurde.

Žeňa war nun schon längere Zeit Witwe, doch sah sie sich nicht nach Männern um. Die Liebe ihres Lebens, den Hübschen Míla, hatte ihr die jüngere Schwester abspenstig gemacht, die anmutige und fröhliche Jitka. Die beiden besaßen im Tal das einträgliche Sägewerk.

Einmal hatte sich der junge Valchař im Wirtshaus vor seinesgleichen gebrüstet, er werde bis zum Morgen bei Žeňa bleiben. Er kam kaum eine Stunde später mit zerrissenem Hosenbein und durchgebissener Wade zurück. Lucka Vojničovás Rafan hatte ihn so zugerichtet, als er es gewagt hatte, ihm hinter der markierten Grenze eines mit dem Stock überzuziehen. Lucka öffnete bei dem Gerangel das Fenster und schrie in die Dunkelheit hinaus: »Da hast du, was du wolltest, Schwachkopf!« Darauf schloß sie das Fenster, ohne eine Antwort abzuwarten. Unlängst hatte jemand Rafan vergiftet. Jetzt besaß sie einen anderen Hund, ebenfalls einen Rafan. Noch war es ein harmloser Welpe.

Lucka hatte die Rechenkünstlerin liebgewonnen. Schwer zu sagen, was die beiden miteinander verband. Es verging kein Tag, an dem die Kräuterfrau nicht ein Weilchen in Žeňas Garten saß oder in dem weitläufigen Raum im Erdgeschoß, der phantasievoll eingerichtet war, mit breiten, herrschaftlichen Fenstern, die nach Osten und Süden hinausgingen. Er diente als Wohnzimmer, Küche und Waschraum. War raffiniert untergliedert, hell und behaglich.

Oben unter dem Dach befand sich eine hübsche kleine Kammer, in der die Betten standen. Von dort hatte man einen fast unwirklich bezaubernden Ausblick.

Die Kammer wurde vom Boden her geheizt. Milchfarbene Kacheln, kombiniert mit einem Schmuckgitter, gaben die Wärme weiter.

Auch der Dachboden sah wie eine Stube aus. Geschmackvolle Korbsessel und ein Tischchen standen dort. Die abschüssige Zimmerdecke wurde von drei kleinen Fenstern erhellt, unter einem befand sich die Nähmaschine.

Fast alles hatte Žeňa mit ihren eigenen Händen angefertigt. Sie sah zerbrechlich aus, besaß aber die Kraft eines Kerls.

Sie stellte Dinge aus Ton, Holz und Weidenruten her, aus Stoffen, Leder, Stroh und Metall.

Sie gestaltete die Muster von Spitzenüberwürfen, Schals, Vorhängen, entwarf die Formen von Töpfchen und Vasen, Körben, Strohschalen, Schmuckschachteln und Nadelkästchen.

In Šádova Hut' fanden ihre Produkte reißenden Absatz.

Sie wußte von klein auf Geld zu verdienen. Es hatte mit den Zehnhellerstücken begonnen, die sie fürs Austragen der Milch in Pfarrei und Schule erhielt.

»Das Geld lasse ich bei Ihnen, Herr Lehrer. In einem Jahr hole ich es ab. Dann bekomme ich dreißig Kronen, den Rest kriegen Sie für die Aufbewahrung.«

Er war der Meinung, daß ihre Großzügigkeit ein paar Ohrfeigen verdient hatte, beherrschte sich jedoch. Žeňa stammte aus reicher Familie – ihre Geldgier war unbegreiflich. Sie drängte ihm ihre Dienste auf, bis er nachgab und sie das Schulhaus putzen ließ, als Frau Svojsíková krank wurde. Er kannte kein anderes Kind, das so gewissenhaft bei der Arbeit gewesen wäre. Alles blitzte nur so.

In den Ferien schälte sie zusammen mit alten Arbeiterinnen Rinde, pflanzte Bäume, räumte Zweige beiseite, fegte in der Sägerei. Ihr Konto wuchs erfreulich an. Der Lehrer verriet sie nicht. Darauf verließ sie sich im übrigen.

»Was wirst du damit machen?«

»Ich werde mir die Scheuer auf der Pazdera-Wiese kaufen. Und drum herum lege ich einen Garten an.«

Er glaubte seinen Ohren nicht zu trauen.

»Einen Garten?! Auf Sand?«

»Ich werde Erde, Rasen und Torf dort hinbringen. Und Schlamm vom Fluß.«

Er lachte darüber.

Weil sie aus besserer Familie war, schickte man sie mit fünfzehn Jahren in die Haushaltsschule nach Šádova Hut'. Sie sollte nicht studieren, das hatte Jitka durchgesetzt, die nicht alleine dorthin gehen wollte.

Auch in der Knödelküche arbeitete sie hart und legte ihre Ersparnisse beiseite.

»Was ist mit der Heuscheuer«, erinnerte ich sie einmal.

»Ich werde sie kaufen, Herr Lehrer.«

»Auch wenn du heiratest?«

»Ja. Ich heirate Míla von den Moštkovýs. Die Wiese gefällt ihm.« Das konnte ich mir gut vorstellen!

Den Hübschen Míla, den wohlhabenden einzigen Sohn aus der Sägerei, heiratete sie freilich nicht. Nur schwer fand sie sich mit dem größten Schlag ihres Lebens ab.

Er hatte nicht das geringste Mitleid mit ihr.

Letzten Endes ging aber alles für sie auf. Die Heuscheuer, der Garten, sogar der Hübsche Míla, weil er fett geworden war und ihm die Haare ausfielen. Er war übrigens nie schön gewesen. Sein Charme bestand in seiner Jugend. Als der Funke der Jugend erlosch, fiel der Zauber von ihm ab, und ihm blieb nichts als sein Spitzname und ein aberwitziges Selbstbewußtsein.

»Kommen Sie und setzen Sie sich zu uns, Herr Lehrer.«

An dem kleinen Gartentisch saßen außer Žeňa Lucka und Doktor Beníček in Korbsesseln. Er konnte nicht ablehnen.

Zum Abendessen gab es knusprige Fladen aus Kartoffeln, Eiern und Brennesseln, in der Mitte ein Hügelchen aus in Öl gebratenen Champignons mit Salz und Kümmel.

Es redete vor allem Lucka – wie immer. Die Gäste wurden von Jiřinka und ihren zwei Freundinnen Buša und Aninka bedient.

Žeňas Finger bewegten sich, sie achtete jedoch nicht auf ihr Strickwerk. Sie blickte in die Landschaft. Daß sie dabei aufmerksam zuhörte, war daraus ersichtlich, daß ab und zu ein Lächeln in ihrem Gesicht aufzuckte und sich Grübchen auf ihren Wangen bildeten.

Hierher haben mich also meine alten Beine geführt. Weiß der Himmel, weshalb ich es mir unterschwellig gewünscht habe.

Irgend etwas an Žeňas Wiesengrund fasziniert und erschreckt mich zugleich.

Ich fühle, daß hier etwas Unfaßbares zum Greifen nah ist, das landläufig nicht existiert und keinen Namen hat. Es hat mit diesem Abendhimmel zu tun, mit dem Grasduft und dem Rauschen des Waldes.

»Entweder er rackert sich zu Tode oder er säuft sich zu Tode«, verkündete Lucka mit Nachdruck.

Die Rede war von Pavel Juriga. Seine Frau war von ihm weggelaufen, und zwar zu ihrem legitimen Ehemann. Er hatte in Šádova Hut' ein Haus gekauft.

»Warum will er ihr die Kinder nicht geben?«

»Weil er nicht auf den Kopf gefallen ist.«

»Der Jüngste ist erst ein Jahr alt.«

»Anderthalb«, tat die Alte die naiven Proteste des Arztes ab. »Was glauben Sie, worum es dieser Schlampe geht? Jetzt, wo sich ihr Trottel hübsch etabliert hat. Um ihre Bälger etwa?!«

»Sie kann sie doch nicht einem Mann aufbürden!«

Den Arzt schauderte es sichtlich bei der Vorstellung, in Pavels Haut zu stecken.

»Natürlich kann sie, Doktor, es ist so besser für die Gören. Pavel holt sich einfach eine Frau ins Haus.«

Der Lehrer saß neben Beníček und spürte erstaunt sein sekundenlanges Zittern. Der Tod griff nach ihm, wie man sagt.

»Was ist mit Vojta? Vojta ist nicht von Juriga.«

Das alte Weib lachte laut auf.

»Versuchen Sie mal, ihn daran zu erinnern. – Er braucht ein Arbeitstier«, murmelte sie dann weiter, »ein Arbeitstier, das Kinder gern hat. Juliška Gorčíková.«

»Juliška?« rief der Arzt aus.

»Juliška.«

»Sie wissen doch, was über sie geredet wird.«

Es hieß, sie habe etwas mit ihrem Schwager, und ihre ältere Schwester habe sie deshalb aus dem Haus geworfen. Jetzt arbeitete sie als Servierfräulein in Šádova Hut'.

»Das weiß ich. Viele Leute hier im Umkreis könnten mal eins

auf den Rüssel gebrauchen.« Sie bemerkte die Reaktion des Doktors und fügte versöhnlich hinzu: »Sie hab ich damit nicht gemeint.«

»Auch Juriga hat doch diese Gerüchte gehört.«

»Er ist kein Rindvieh.«

Das wiederum hielt sie nicht für eine Derbheit und sah dem Arzt freundlich in die Augen.

»Ich dachte, daß vielleicht Rozárka Jakubíková … sie könnte gesetzter werden.«

Lucka nahm den Unterton dieses Satzes mit fröhlichem Grinsen zur Kenntnis.

»Rozárka? Die würde ihn verputzen wie eine Himbeere. Pavel ist immer noch ein hübscher Kerl. Allerdings gibt sich die Rozárka nicht mit einem zufrieden.«

Buša und Aninka wurden von ihrer hinkenden Tante abgeholt, und Jiřinka mußte sich vor dem Schlafengehen noch waschen. Die Männer erhoben sich zum Aufbruch.

Der Lehrer begleitete den Arzt bis zu seiner Villa am Rand des Städtchens. Dort standen sechs kleine Villen verschiedener Baustile, sechs prächtige Residenzen in weitläufigen Gärten. Die von Beníček war am besten instand gehalten, Šeldas am stärksten heruntergekommen.

»Was sagen Sie dazu, Herr Lehrer?«

»Sie meinen zu Pavel? Vielleicht kommt seine Frau ja zurück.«

»Bestimmt nicht. Und wenn, Pavel würde sie hinauswerfen … Möchten Sie nicht noch auf ein Gläschen Sliwowitz mit hereinkommen? *Ipse feci.*«

»Das ist verlockend, aber nein … Ihre Frau …«

»Meine Frau ist mit den Kindern bei ihren Eltern. Mein Schwiegervater hat Geburtstag.« Er zuckte die Schultern mit gekünsteltem Bedauern. »Ich habe es lediglich geschafft, ein Telegramm zu schicken.« Schon im Vorraum entdeckte der Lehrer Žeňas Spuren. Und dann überall. An den Wänden, auf dem Tisch, auf dem Sekretär. Selbst der Papierkorb war ihr Werk. Aus der

Wanduhr im kostbaren Kasten ertönte das Ticken der Stricknadeln. In dem goldenen Rahmen eines Ölgemäldes lächelte darüber nachsichtig die wunderschöne Frau des Arztes.

Es war angenehm, auf den weichen Kissen zu sitzen, an dem köstlichen Getränk der irdischen Götter zu nippen und über Nichtigkeiten zu plaudern. Eine Stunde in behaglicher Stimmung war verstrichen, als sich des Lehrers lebenslanger Feind meldete, der tiefsitzende Splitter der Skepsis. Bin ich wirklich ein willkommener Gast?

»Ich werde nun gehen, Herr Doktor. Ich danke Ihnen.«

»Ich habe zu danken. Spielen Sie Schach?«

»Früher habe ich gespielt.«

»Dann kommen Sie doch bald wieder auf einen Abend vorbei. Ich würde mich freuen. Auf Wiedersehen.«

»Auf Wiedersehen.«

Wie soll ich diese unerwartete Einladung verstehen? Als höfliche Heuchelei oder etwa Mitleid?

Zdeněk Tkáč war aufgewühlt.

Die Nacht legte sich ihm eisig auf Gesicht und Hände, doch er nahm es nicht wahr. Er ging noch einmal die Sätze durch, die in reichlichem Überfluß ausgesprochen worden waren, und erst jetzt erhielten sie ihren angemessenen Sinn.

Ohne Lucka wäre ich hier gescheitert.

Ja, meine Frau ist schön und sehr lieb. Sie wollte nicht in Šádova Hut' wohnen, wo ich meine Praxis habe, und heute bin ich ihr dankbar dafür.

Die Kinder? Sie studieren beide in Prag.

Über Žeňa kein Wort, und doch war sie die ganze Zeit über anwesend.

Ich war beim Ursprung ihres seltsamen Verhältnisses dabei. Damals – da hatte sie schon ihr Knödelabitur hinter sich – hatte sie sich angeboten, den Dachboden der Schule aufzuräumen. Hundert Jahre lang hatte dort niemand einen Fuß hineingesetzt.

Sobald sie die Tür öffnete und die Spinnweben sich im Luftzug belebten, begann sie wie ein Marder in einem unbewachten Hühnerstall zu schnüffeln.

»Ich müßte nur das Gerümpel loswerden«, sagte ich. »Ich will die überschüssigen Regale aus dem Büro hier hochbringen.«

Žeňa sah kein Gerümpel. Sie starrte auf den Haufen nützlicher Dinge, auf die Berge von brauchbarem Material, aus dem sich unerhörte Dinge herstellen ließen.

Innerhalb von zwei Tagen transportierte Luckas Neffe Prokop den ganzen Plunder für sie zu ihrer Tante Anda, die ihr dafür den leeren Schweinestall zur Verfügung stellte. Im Laufe einer Woche war der Dachboden in Ordnung gebracht. Der Schmutz ausgefegt, die Balken gestrichen und der Ziegelboden mit farbigem Papier ausgelegt.

Der Lehrer bemühte sich vergeblich, Žeňa zu bezahlen. Stattdessen brachte sie ihm ein merkwürdiges Geschenk – einen stilisierten Strauß aus dem Kupferdraht, der in verwirrten Rollen auf dem Dachboden herumgelegen hatte.

Diesen Strauß erblickte der Doktor, als er während einer Typhusepidemie alle Schüler untersuchte, und war über das Gebilde vor Staunen ganz aus dem Häuschen. Der Lehrer schenkte es ihm sofort.

Seit dieser Zeit betrachtete der Arzt Žeňa als Künstlerin. Er kaufte von ihr, was sie ihm anbot. Er war ihre Goldader.

Heute habe ich erkannt – ungern –, was sie für ihn ist.

Eine gefährliche Illusion.

Letztes Jahr hatte Žeňa sich den Fuß gebrochen. Sie war unglücklich über das Frühbeet gestolpert. Der Doktor kam augenblicklich angefahren. Mit dem eigenen Wagen brachte er sie ins Krankenhaus.

Jiřinka setzte er bei Lucka ab, in der Überzeugung, daß sie dort bleiben würde. Gleich am nächsten Tag machte er bei der Kräuterfrau halt und stellte erschrocken fest, daß die Kleine nicht dort war.

»Was sollte sie hier, Herr Doktor? Ich kann sie doch nicht zu den Geburten mitschleppen.« Und auch nicht in die Kneipe, dachte er bei sich. »Ich hab sie in die Obhut von Juriga gegeben.«

»Von Juriga?« ächzte er.

»Na sicher. Da hat sie jemanden zum Spielen.«

Sechs wilde, unberechenbare, unbezwingbare Jungen!

Er eilte mit beklommener Brust zu Jurigas Hütte.

So viel Aufmerksamkeit hatte er noch nie jemandem hier gewidmet.

Jiřinka spielte das Stöckchenspiel mit Jakub und Zdeněk, die anderen standen um sie herum, sahen zu und feuerten sie an, unverhohlen auf Jiřinkas Seite.

Er atmete erleichtert auf. Morgen würde er mit der guten Nachricht ins Krankenhaus fahren. Die Anwesenheit des kleinen Mädchens hatte Kavaliere aus den Wildfängen gemacht.

In dieser irrigen Vorstellung gab er jedem von ihnen eine Krone. Was für die Lausejungen ein Vermögen darstellte.

Die Wahrheit erfuhr er nicht.

»Vojta«, hatte Juriga zu seinem ältesten Sohn gesagt, der nicht sein Kind war. Er wußte seit langem, daß er das Herz dieses Jungen nie gewinnen würde. Es war jedoch zwischen ihnen eine scheue, aber feste Freundschaft entstanden. Und Gott weiß, daß Pavel von beiden mehr Scheu empfand. »Vojta«, sagte er, »Žeňa ist im Krankenhaus, und Jiřinka kommt solange zu uns. Du paßt auf die Jungen auf.«

Damit war die Sache erledigt.

Vojta war in der Lage, seine Brüder an die Kandare zu nehmen und sie fest im Griff zu behalten. Mühelos, wie es schien.

Wo die Schreie der Mutter und die Schläge des Vaters ihre Wirkung verfehlten, genügten ihrem Sohn ein paar harte Worte. Denn Vojta scherzte niemals. Bei ihm konnte man mit Tränen nichts erreichen. Er gab um keinen Zentimeter nach.

Denn Vojta war mit zehn Jahren ein Mann.

Anders als Lucka und anders als Beníček empfand der Lehrer Žeňa gegenüber – er gestand es sich nicht gerne ein – einen instinktiven Haß. Seit dem ersten Tag, als er sie in der Klasse gesehen hatte. Sein Haß entsprang unterbewußten Quellen, war unlogisch, doch wer kümmert sich schon um Logik, wenn er von einer Emotion überschwemmt wird.

Es war eine Art von Haß, den er mehr oder weniger stark (es sich um Himmels willen nicht eingestehen!) fast allen Frauen gegenüber empfand. Er wurzelte in der unheilbaren Verletzung seines Herzens und verwandelte sich hier und dort in eine Leidenschaft, gegen die er machtlos war.

Er konnte den Frauen nicht verzeihen.

Noch in der erwachsenen Žeňa sah er das stotternde Kind mit den gierigen Blicken, die umherfuhren auf der Suche nach etwas, was man an sich reißen könnte. Die mit neidischer Habsucht an jedem Band, jedem farbigen Fädchen festklebten.

Ihr heutiges Lächeln, eher ein Grinsen mit zwei Grübchen, war nur die vollkommenere Ausführung ihres Kinderlächelns, das ihm unerträglich gewesen war. Mit diesem Lächeln hatte sie ihre Hellerstücke abgezählt, die sie mit dem Austragen der Milch oder der Erledigung von anderen kleinen Diensten eingenommen hatte, es war das Lächeln des erfolgreichen Börsianers, des Kaufmanns, dessen Wucher Blüten trieb, des zufriedenen Harpagon, ein Lächeln, das die Welt herausforderte und die Sonne verschlang.

Ihre bizarren Erzeugnisse waren ihm zuwider, ihre Strohkörbchen, Spitzentaschentücher, Püppchen, seltsamen Tiere, mit denen sie unter den Kindern einen Tauschhandel betrieb, immer auf der Jagd nach neuem Material. Ihr Handelskomplex zerrte so an seinen Nerven, daß er sich manchmal nur mit größter Willensanstrengung zurückhalten konnte, sie zu verdreschen.

Freilich wurde sie von ihrem Großvater verprügelt, und diesem gab er völlig recht.

Bei so einer Enkelin, die nur stammelnd sprach, keinen anständigen Satz zusammenbrachte und sich dabei so hochmütig gebärdete, als seien andere daran schuld, hätte auch er den Verstand verloren.

»Dieses Kind könnte ich erschlagen«, sagte der alte Zouhar einmal zu ihm.

Wie gut er ihn verstand!

Žeňa brachte sie beide mit ihrem bornierten Gesichtsausdruck so aus der Fassung, daß dieser ausgezeichnete Erzähler, witzige Esprit und schlagfertige Unterhalter sich von ihrer Gegenwart verwirren ließ und ganz grau im Gesicht wurde. Sie raubte ihm jede Energie mit ihrem teilnahmslosen Blick, der davon sprach, wie unfähig er war.

Manchmal glaubte der Lehrer, daß er das Kind deshalb so verabscheute, weil es ihn auf eine rätselhafte Weise verunsicherte. Er konnte sich jedoch nicht erklären, wodurch.

Verbarg sich etwa Hohn hinter ihrer stumpfen Schweigsamkeit?

Ihm war die offene Auflehnung eines Lipka lieber, hier hatte er guten Grund zu strafen. Žeňa bot ihm zu einer Bestrafung keinen vernünftigen Anlaß. Er konnte sie nicht allein für ihr blödes Glotzen drankriegen.

Das erste Jahr ließ er sie wiederholen, weil sie nicht zu schreiben gelernt hatte. (Sie war Linkshänderin, versuchte es jedoch verbissen mit der rechten Hand.)

Ihr Scheitern akzeptierte sie – wie er überzeugt war – mit provokativer Gleichgültigkeit.

Sie fand sich dadurch im selben Jahrgang mit ihrer jüngeren Schwester Jitka wieder, einem aufgeweckten Mädchen, das ihr in jeder Hinsicht überlegen war. Das Schreiben brachte ihr schließlich ihr Vetter Honza bei, und zwar ihrer Hartnäckigkeit wegen mit beiden Händen.

Alle wußten, daß der Lehrer Žeňa nicht leiden konnte.

Alle außer Žeňa.

Diese sah in ihm die Verkörperung der Gerechtigkeit (welche Ironie!) und später auch ihren Verbündeten bei ihrem Geschacher mit dem Geld, das sie bei ihm hinterlegte und – weiß der Himmel, warum – vor der ganzen Welt geheimhielt.

Mehrmals dachte er daran, sie zu verraten, mehrmals wollte er mit Žeňas Großvater über ihr Konto reden, doch er tat es nie.

Žeňa stotterte schon lange nicht mehr, aber sie hatte sich nicht verändert. Immer noch bewegten sich automatisch ihre Finger, auf schmuddeligen Gewinn aus.

Anstelle von Augen besaß sie immer noch diese ausdruckslosen Kleckse.

Eines befremdete den Lehrer jedoch. Wie kam es, daß die scharfsinnige und unbestechliche Lucka Vojničová so an ihr hing?

Bei den Gedanken an Žeňa fiel dem Lehrer sein Vorhaben ein, mit dem alten Zouhar zu sprechen, diesmal nicht über seine Enkelin, sondern über sich selbst.

Bei jener Sache, die ihm über den Kopf wuchs und ihn aus der Ruhe brachte, benötigte er die Hilfe eines Freundes. Schon eine Woche lang schickte er sich an, ins Forsthaus zu gehen, und schon eine Woche lang zögerte er. Er blickte in den Nachthimmel hinauf und stieß alibihaft einen Seufzer aus: Heute ist es dafür zu spät.

Zouhar würde begreifen, dessen war er sich sicher. Es galt nur, den Mut zusammenzunehmen, das erste Wort auszusprechen.

Das Problem hieß Běta Látalová. Die hübsche, arbeitsame Tochter des Schankwirts, des hiesigen Geldesels. Eine frühere Schülerin von Tkáč.

Leider eine Dirne.

Er ging seit je zum Mittagessen ins Wirtshaus, und nie war sie ihm sonderlich aufgefallen. Er hatte nicht bemerkt, daß sie erwachsen geworden war und anstelle der Mutter zu servieren begonnen hatte. Auch als sie eines Abends kam, um ihren Neffen zu entschuldigen, der vom Baum gefallen sei und sich die Rippen angebrochen habe, widmete er dem keine besondere Aufmerksamkeit.

Er machte eine Bemerkung in dem Sinn, daß er es zur Kenntnis nehme.

»Ach je«, sagte sie und zeichnete in einer flattrigen Gebärde seine Küche nach, »das hier könnte eine Säuberung vertragen. Ich komme morgen bei Ihnen vorbei«, fügte sie hinzu.

Seinen Protest ignorierte sie, und am nächsten Tag erschien sie mit einem Korb, dessen Inhalt – Lappen und Reinigungsmittel – ihm einen Schrecken einjagte.

Er wendete ein, daß er zu tun habe. Lächelnd empfahl sie ihm, für ein Stündchen in sein Büro zu gehen. Dort ging er natürlich nicht hin. Er wanderte bis zum Einbruch der Dunkelheit durchs Dorf.

Als er zurückkehrte und die Petroleumlampe anzündete, stellte er fest, daß er auf gescheuertem, noch feuchtem Boden stand und sich von der Tür her seine Fußspuren abbildeten. Er zog die Schuhe aus und blieb in seinen löchrigen Socken stehen.

Auf dem Tisch, dessen Oberfläche die jahrelang unter einer fettigen Schmutzschicht verborgene Farbe wiedererhalten hatte, standen eine Kanne Tee und ein Teller mit Kartoffelpuffern. Es war gelüftet worden, der Ofen angeheizt. Die gesprungenen Kacheln leuchteten.

Mechanisch setzte er sich an den gedeckten Tisch. Gleichzeitig bemerkte er das gesäuberte Waschbecken und den Topf voll warmem Wasser auf der Herdplatte. Er stand auf, goß Wasser ins blecherne Becken und wusch sich gründlich die Hände. Er tat dies mit einer Selbstverständlichkeit, als handelte es sich um ein gewohntes Ritual.

Als er gegessen hatte und sich hinüber ins Schlafzimmer begab, im guten Glauben, daß Bĕta längst weggegangen sei, fand er sie in seinem Bett vor. Panik befiel ihn, in einer unbeherrschbaren Wut zog er sie an den Haaren heraus und verabreichte ihr einige harte Schläge, bis er sich besann und erkannte, daß er einen nackten Körper schlug.

Er flüchtete in die Küche, wo er sich mit zitternder Hand einen weiteren Tee eingoß.

Dann lief er in die Nacht hinaus.

Er gab Bĕta Zeit zu verschwinden.

Halbwegs zur Ruhe gekommen, kehrte er zurück und fand sie wiederum in seinem Bett vor. Anstatt zu weinen und ihm Vorwürfe zu machen, streckte sie die Hände nach ihm aus. Das setzte ihm zu. Da er sich kein zweites Mal so grob verhalten konnte, unterlag er schneller, als die Schlacht begonnen war.

Im nachhinein gestand er sich ein, daß er gerne unterlegen war.

Einige Tage lang ärgerte er sich über die dumme Frage, mit der er sich von Běta getrennt hatte.

»Was willst du von mir?«

Die Antwort lautete: *nichts*.

Er begriff überhaupt nicht, daß er sie für das Putzen und die Kartoffelpuffer bezahlt hatte und die Rechnungen beglichen waren.

Wenn er sich einmal dazu entschloß, mit Zouhar darüber zu reden, würde dieser es sofort verstehen. Die Frage war, ob er es auch sagen würde.

An der Wegbiegung tauchte Ingenieur Šelda auf. Sie grüßten einander kühl. Schürzenjäger Šelda führte mit niemandem Gespräche. Ein-, zweimal die Woche betrank er sich schweigend, hörte jedoch rechtzeitig auf, bevor er die Kontrolle über sich verlor. Seinen Beinamen hatte er sich durch seine Leidenschaft für Pavlína erworben, die liederliche Frau von Michal Lipka, die ihren Mann verlassen hatte und mit Komödianten herumgezogen war, bis man sie mit dem Brandzeichen der Diebin und Herumtreiberin zurück in ihr Geburtsdorf gebracht hatte. Látal, der Wirt, nahm sich ihrer an und ließ sie für Kost und Logis seine bespuckten Böden scheuern.

Eines Tages holte Šelda sie sich als Haushälterin in seine Villa, wofür er mit Gespött und Verachtung überschüttet wurde. Seine provokante Geste empfand das Dorf als Schlag ins Gesicht.

Nach einiger Zeit war Pavlína dann aus Šeldas Villa verschwunden, niemand wußte, wohin.

»Springen Sie auf, Herr Lehrer.«

Der Schwangere Mánek hatte den späten Wanderer eingeholt

und bot ihm einen Platz neben sich auf dem Kutschbock an. Zwei starke, gut genährte Pferde zogen den mit Holz beladenen Wagen. Mit seinen Pferden ging Mánek gut um. Dafür kannte er kein Erbarmen mit seiner Frau. Noch in hochschwangerem Zustand hatte er ihr keine Verschnaufpause gegönnt, bis Lucka ihn anschrie: »Wirst du gebären oder Pepina?!«

Der lästige Spitzname war früher auf der Welt als das Kind.

»Danke, Mánek, ich gehe noch ein bißchen spazieren.«

Lipkas heruntergekommene Hütte kam in Sicht, die seit Jahren nicht ausgebessert worden war.

Früher war es ein sauberes, wohnliches Häuschen gewesen, vor dem sich Zwerghühner tummelten. Zwischen den Geranien im Fenster hatte man den wackelnden Kopf einer Greisin sehen können, Vratislavs hundertjährige Urgroßmutter. Sie hatte jeden Vorbeigehenden gegrüßt.

Der Lehrer blieb stehen und horchte. Dann beschleunigte er seinen Schritt.

Er hatte sich nicht getäuscht, da war eine Schlägerei im Gange. Der alte Michal lag auf dem Boden, über ihm stand Vratislav Lipka und trat ihm in die Seite. Der Alte röchelte, versuchte aufzustehen, doch weitere Fußtritte warfen ihn wieder zu Boden.

»Lipka!«

Vratislav Lipka sprang zur Seite – und verschwand im Nebel.

»Herr Lehrer«, lallte Michal.

Der Lehrer stützte seinen altersschwachen Körper.

Sie sahen einander an und hatten sich nichts zu sagen.

So war das also. Einmal mußte es dazu kommen.

Eines Tages war der Junge stärker.

Wie ein Bläuling

1

Die Sauerkirsche hatte endlich Blüten bekommen. Fünfzehn weiße Knöpfe, die von Grün überflutet wurden. Žeňa musterte sie wie ein anmutiges Detail, das sich harmonisch in die Umgebung fügte.

Auf ihre Arbeit mußte sie sich nicht konzentrieren. Ihre Hände bewegten sich automatisch. Sie strickten ein Tuch für Jiřinka.

Am Ende des Gartens erhob sich jenseits des Tals die Kette der gezackten Felsen, die in den Himmel stachen. Und dahinter erstreckten sich wiederum Schluchten und Grashänge.

Unten rauschte der Fluß. Der Wind trug sein grimmiges Tosen von dort herauf, wo er gegen die Steine ankämpfte, die ihn in seiner Hast bremsten.

Die Luft war graublau, Schmetterlinge flatterten vorüber.

»Mutter, schau mal, was ich gefunden habe.«

Žeňa mußte den funkelnden kleinen Stein bewundern.

»Sehr hübsch.«

»Wir werden damit Kästchenhüpfen spielen.«

Žeňa pflichtete ihr bei, wie klug und wichtig das sei.

Jiřinka, Aninka, Buša. Das Quieken der Kinder tat ihrem Herzen gut. Alles war in Ordnung. Alles war in bester Ordnung.

Nach einer Weile tauchte Honza auf, und Jiřinka flog in seine Arme. Sie kannte keine Scheu. Sie kannte nicht die Angst, die Žeňa durch ihre Kindheit begleitet hatte. Dafür bewunderte Žeňa sie.

Obwohl es auch wieder nicht viel Mut verlangte, sich an Honza zu wagen. Sein Haar stand in alle Richtungen ab, und er würde niemals anders aussehen als ein kleiner Junge, der gerade etwas angestellt hat.

Wenn sie damals so einen Onkel gehabt hätte … aber nein, sie hätte sich nicht getraut. Onkel Franci war schließlich nicht anders gewesen.

Jeden Moment würde Pavel von der Arbeit kommen. Sein Haar war glatt, dicht, metallisch glänzend.

Ich liebe Pavels Schönheit. Genauso wie ich damals die verräterische Schönheit von Míla geliebt habe. Es ist nicht in Ordnung, aber ich habe keine Lust, dagegen anzukämpfen, das Vergebliche daran würde mich nur erschöpfen.

Das Vergebliche.

Ich sitze hier tagtäglich wie ein Gartenzwerg, um nicht zu verpassen, wie er zu Juliška nach Hause kommt, die am Fenster nach ihm ausschaut, eine saubere Schürze umgebunden.

Wenn sie vors Haus hinausgeht, verspüre ich einen heimlichen Stich und bin glücklich.

Juliška hat Pavel. Ich für ein paar Minuten am Tag seine Schönheit.

Gleich werde ich mit dieser Schönheit alleine sein.

Bis seine Familie ihn bemerkt, bis seine acht Kinder zu johlen beginnen. Žeňa senkte ihren Kopf, geblendet von der glühenden Scheibe, die ein schwarzer Wolkenlappen frisch poliert hatte.

Ein heftiges Berggewitter war im Anmarsch.

2

Das Bergaufsteigen fiel Žeňa schwer, sie fühlte sich wackelig. Mühsam arbeitete sie sich durch die silberne Luft, die sich vor ihr teilte. Jeder Strauch beugte sich zu ihr hin und lachte hämisch.

Sie holte tief Luft, und das Ausatmen stärkte sie. Sie ging leichter – und das Ziel war nah. Mit zunehmender Entspannung tauchte eine Erinnerung in ihr auf.

»Du bist auf der Welt wie eine Hummel, Blaženka«, hatte Cilka gesagt, ihre wesentlich ältere Schwester. »Du bist wie Moos, wie ein Gänseblümchen.«

»Wie ein Pläuling?«

»Wie ein Bläuling.«

Vielleicht erinnerte sie sich dieses Augenblicks wegen der großen Glückseligkeit, von der er durchdrungen war. Sie hatte nicht gehofft, daß sie etwas so zerbrechlich Schönem ähneln könnte, wie es der himmelblaue Schmetterling war.

Jetzt empfand sie ein vergleichbares Glücksgefühl, das sie schaudernd überlief.

Sie erreichte die Scheuer auf der Pazdera-Wiese, und ihre Knie wurden weich. Sie fing an zu zittern.

Nicht vor Angst, nur aus einer seltsamen Müdigkeit heraus, Angst hatte sie schon lange nicht mehr. Sie war in dem Moment vergangen, als sie ihren Entschluß gefaßt hatte. Hätte sie sich besser konzentrieren können, hätte sie sich gewundert. Ihre Angst hatte die Eigenschaft besessen, allgegenwärtig zu sein. Vor ihr begann der Abgrund. Sie würde springen – und direkt in den Himmel fallen.

Nach den Ferien sollte sie in die dritte Klasse kommen und konnte nicht einmal anständig lesen. Die eigene Scham war jedoch nichts gegen das Gefühl der Schuld. Honza hatte sich um sie gekümmert – und was hatte es genützt! Mit jedem Stottern würde sie ihn verraten. Ein Knäuel aus kleinsten Schlangen schwirrte in ihrem Kopf herum, kreuz und quer schnellten klebrige Zungen daraus hervor. Enge Bänder schnürten ihr den Hals zu.

Linkshänderin! Eine schwachsinnige Linkshänderin!

Zwei ganze Jahre hatten sie sich mit ihr abgegeben, um ihr das Schreiben mit der rechten Hand beizubringen. Der Lehrer ließ sie kein zweites Mal sitzenbleiben, weil sie die Tochter des Revierförsters war und die Schule unentgeltlich Holz erhielt.

Die Bänder umschnürten auch ihren Brustkorb, daß sie nach Atem rang.

Zum ersten Mal war es aufgefallen, als sie sich Brot abschneiden wollte.

»Liebe Güte, wie hältst du das Messer!«

Ohrfeigen und Geschrei.

Mit der rechten Hand! Guter Gott, womit haben wir das verdient! Dieses Kind ist ein Linkshänder! Ihre Mutter sah sie mit wütenden, anklagenden Blicken an. Ihre Geschwister lachten. Mit kindlicher Grausamkeit führten sie ihr vor, wie sie es anstellen mußte.

Aber das Messer fiel ihr aus der rechten Hand.

Sie musterten sie wie eine Mißgeburt. Eine unsichtbare Staubwolke zwickte ihr in Nase und Augen.

Ein Albino, der am hellichten Tag auf der Weide stand.

»Dieses Mädchen hat uns noch gefehlt«, sagte der Großvater und bleckte die Zähne – es waren die eines Werwolfs.

»Sie kostet nur Geld.«

Die Förstersfrau hatte drei Mädchen und nur zwei Jungen geboren.

Žeňa stand stumm mit großen Augen da, wer weiß, wie sie aussah, daß die Mutter so böse wurde und die anderen lachten!

Bis auf Cilka. Ihr Kinn war erstarrt, und ihrer Miene sah man an, daß sie nicht einverstanden war.

Still, Cilka, ich bitte dich, sag nichts, sonst kriegst du es nur meinetwegen ab!

Seit diesem Tag war etwas in Žeňa zerbrochen. Alles, was sie anrührte, ging kaputt. Sosehr sie sich auch anstrengte – kaum bemerkte sie, daß sie beobachtet wurde, und es war vorbei.

Sie warf den kleinen Krug hinunter. Du weißt doch, wie teuer er war!

Feg den Hof, putz die Stiefel, geh Holz holen!

Kein Lob. Niemals ein Lob. An Weihnachten die wenigsten Geschenke. Sie fürchtete sich vor Weihnachten. Da mußte sie sich bedanken und Hände küssen. Sich für Dinge bedanken, aus denen sie sich nichts machte, und Hände küssen, ohne Dankbarkeit zu empfinden.

Wenn ihr niemand zuschaute, war sie ruhig und konnte, was die anderen konnten.

Aber es sollte nicht sein!

Sie pflanzten Bäume, und ihr Vater hatte jedem eine Reihe zugewiesen. Ihre war schnurgerade. Die Bäumchen saßen fest, der Abstand zwischen ihnen war gleichmäßig – und sie war als erste fertig.

Sie setzte sich an den Feldrain und flocht sich einen Kranz aus Gras.

»Das nennst du Arbeiten?!«

Anfangs war ihr nicht bewußt, daß der Vorwurf ihr galt. Erst als ihr Vater sie wie ein Karnickel hochhob und zu der Reihe hinschleppte, die sich zickzackförmig schlängelte und deren Bäumchen sich wie betrunken neigten, begriff sie, daß sie für die Schlamperei eines anderen büßen mußte. Ihre Geschwister waren verschwunden. Auch derjenige von ihnen, der so feige und gemein gewesen war.

Wer war es?

Sie bemühte sich nicht zu protestieren, sie wußte, daß es nichts nützen würde, denn ihr Vater war unerschütterlich und wäre nur noch zorniger geworden.

»Du bleibst hier, bis du das in Ordnung gebracht hast! Ohne Mittagessen!«

Seine Stimme zitterte vor Wut.

Sie machte sich an die Arbeit und weinte dabei.

Wenn ich groß bin, wiederholte sie sich ihre Beschwörungsformel, wenn ich erst einmal Geld verdiene, dann werde ich sparen und mir ein kleines Haus kaufen. Dort werde ich mit Cilka wohnen. Sonntags laden wir Tante Anda und Onkel Franci ein. Sie werden staunen, wie sauber es bei uns ist und wie gut wir haushalten.

Die süße Vision trocknete ihre Augen. Die Arbeit wurde leicht und machte Spaß.

Unser Haus wird große, herrschaftliche Fenster haben, ich werde Gardinen dafür nähen und sie mit kleinen Sternchen besticken ... Nie werde ich so sein, wie der Großvater sagt! Nie werde ich sein wie die Wiehernde Tonka!

Ich werde mich davor hüten, drei Kinder zu bekommen und nicht zu wissen, von wem, wie Mutter immer sagt, obwohl Tonka es vielleicht doch weiß und nur niemandem sagt, womöglich ist es gar nicht so schlecht, Kinder zu haben. Tonka erzählt dauernd von ihnen, und wer nicht rechtzeitig flieht, bereut es bald, weil sie nach jedem Satz in brüllendes Gelächter ausbricht.

In ihre seligen Betrachtungen versunken, begradigte Žeňa alle Reihen, setzte sich dann auf die Wiese, wo das Heu trocknete, lehnte sich zurück und schlief ein.

Sie erwachte völlig steif, die Sonne stand niedrig, zu Hause würde es etwas setzen. Es setzte nichts. Besuch war gekommen. Eine Tante aus Hradec war da.

Cilka nahm Žeňa in den Stall mit, wusch sie dort im Krautkübel und zog sie ordentlich an.

Die Tante bedachte Žeňas stammelnde Begrüßung mit einem leicht verzögert ausgesprochenen Lob – es galt ihrem neuen Kleid – und gab ihr eine Krone. Žeňa küßte ihr die Hand.

Diese Tante, eine Doktorengattin, war sich bewußt, welche Ehre sie ihren ländlichen Verwandten bewies. Obgleich sie gekommen war, sich Geld auszuleihen. Nur der Großvater sprach unbefangen mit ihr. Sie kicherte über seine Scherze und drückte sich ein kleines Taschentuch an den Mund.

Alle anderen standen kopf. Der Vater hielt auf Verwandtschaft, und wehe, wenn etwas nicht klappte!

Die Mutter schlachtete in aller Eile Hühner ab, die die Magd in der Diele rupfte.

Kaum begegnete Žeňa dem Blick der Tante, der sie lebendig häutete, fing sie zu schlottern an. Cilka bemerkte es.

»Ich gehe mit Žeňa Selters besorgen.«

Ihr Vater nickte schnell. So schnell, daß der Großvater keine Zeit hatte zu widersprechen, obwohl er Žeňa als Paradenummer vorgesehen hatte.

Den ganzen Weg über übte Cilka mit ihrer jüngeren Schwester die Bedienung bei Tisch ein und wiederholte mit ihr immer wieder den einen Satz: »Bedienen Sie sich, Tante!«

Es kam genauso, wie Žeňa befürchtet hatte. Obwohl sie den Satz wie das Vaterunser beherrschte, brachte sie ihn nicht heraus. Ihre Beine wurden wie immer starr, ihre Hände begannen zu zittern, die engen Bänder wanden sich um ihren Leib. Mit Mühe und Not konnte sie noch das Tablett mit dem Kuchen auf dem Tisch abstellen. Ein Zuckerwölkchen setzte sich auf den Faltenrock der Tante. Ihre Augen funkelten vor Unmut, doch ihr Mund spitzte sich süß zu anerkennenden Worten.

»Ich danke dir, Blaženka.«

Die Mutter holte Žeňa in die Küche und beauftragte sie damit, Holz nachzulegen.

Sie passe nicht unter die Leute.

Sie werde ihnen zur Last.

Nein. Žeňa hatte sich geschworen, niemandem zur Last zu fallen.

Sie würde ihren eigenen Unterhalt verdienen. Die anderen würden schauen, wie mühelos sie sich selbst ernähren konnte.

Doch dann hatte sie sich anders entschieden. Bevor sie erwachsen sein würde, erwarteten sie so unglaublich viele endlos lange Jahre.

Ihr Entschluß war während des Mittagessens gefallen.

»Was stocherst du so im Essen herum?«

»Mir tut der Hals weh.«

»Falls du dir davon etwas versprichst, bist du an der falschen Adresse. Im Hof werden die Fenster gewaschen.«

»Ich bin doch nicht an der Reihe.«

»Hat dich jemand danach gefragt? Und wenn dir der Hals weh

tut, gehst du heute abend nicht zum Fluß.« Die sehnige Hand des Großvaters schubste sie von der Bank.

»Wenn du keinen Hunger hast, dann iß nicht! ... Wohin gehst du?!«

»In den Hof.«

»Du gehst Bier holen.«

Normalerweise tat das die Dienstmagd.

Auf der Bank saßen Žeňas vier Geschwister, und nur Cilka lächelte ihr aufmunternd zu.

Sie erwiderte das Lächeln.

»Was gibt's denn da zu feixen?« Der Großvater griff nach dem Riemen. »Geh in den Flur.« Dort wurden die Strafen verabreicht.

Dann rückte sie einen Schemel herbei, holte aus dem Schrank den Krug heraus und hielt die Hand für das – auf den Heller abgezählte – Geld hin.

Auf dem Berghang verfiel sie ins Rennen. Es machte ihr nichts aus, den Sonntagnachmittag beim Fensterputzen am Stall zu verbringen. Sie besaß die unglaubliche Gabe, sich an jeder Arbeit zu erfreuen. Zum Glück hatte sie dessen niemand in Verdacht.

So viele Jahre, und jedes von ihnen hatte dreihundertfünfundsechzig Tage. Die engen Bänder drückten unerträglich.

»Bitte ihn einfach!« riet ihr ihre jüngere Schwester Jitka manchmal, die es verstand, dem Großvater abzulocken, was sie wollte.

Žeňa konnte nicht bitten.

Als sie aus Látals Wirtschaft herauskam, teilte sie sich ihren letzten Tag auf: Sie würde das Bier abliefern, die Fenster waschen und vom Felsen springen. So einfach war das.

Nun saß sie am Rand der Pazdera-Wiese und starrte in die Landschaft. Von dem entscheidenden Moment trennten sie ein paar Augenblicke eines eigentümlichen Zustands.

Von der rechten Seite her war ein glucksender Laut zu hören. Sie hatte ihn schon wahrgenommen, als sie den Hof verlassen hatte, und dann zwischendurch unterwegs. Sie schaute sich nicht um, war dazu nicht fähig.

Früher war auf dieser Wiese das Gras gemäht worden, jetzt kümmerte sich niemand mehr um sie. Im Frühling hatte hier die Ziege der Kräuterfrau geweidet, bis die Wiese verdorrte und sich in sandige Hügelchen verwandelte, die vom Wind verweht wurden.

Ein weiteres Gurren, und auf Žeňas Schoß ließ sich ein staubbedecktes Knäuel nieder.

Čapula!

Die alte Henne machte es sich bequem. Als Žeňas Hand auf ihren Kopf sank, fiepte sie selig.

Die Luft wurde dünner und verlor den silbrigen Glanz. Die Landschaft trat aus dem Dunst hervor, die unwirkliche Stille wurde von Insektengesumm abgelöst.

»Čapulka!«

Die Henne hatte bereits ihre letzten Kräfte verbraucht und war kurz vor dem Einschlafen.

Das Kind war ganz fassungslos über die staksige alte Glucke. Sie hatte sie vor drei Jahren von Tante Anda bekommen und ihr ein Plätzchen auf dem geräumigen Hof erkämpft, weil sie in der Hühnerschar verlorenging. Sie legte schon lange nicht mehr. Allerdings war sich die Henne ihrer Schäbigkeit nicht bewußt. Žeňas Freundschaft hielt sie für eine Grundsicherheit dieser Welt. Jetzt schlief sie, und ihr kam gar nicht in den Sinn, daß das Kind sie hinunterschubsen könnte. Oder daß es sie gar verlassen könnte.

Der Sprung vom Felsen erschien plötzlich in einem anderen Licht.

Der tödliche Panzer zerschmolz unaufhaltsam.

Žeňa wiegte die Henne mit dem spärlichen Federkleid, die engen Bänder waren fort, in ihrem Gemüt war es wie in einem aufgeräumten Kämmerchen.

Nur durch ein Wunder hatte sie nicht die größte aller Torheiten begangen. Dem Großvater zum Gefallen. Sie geriet ins Lächeln über ihren Haß, der wunderbar rein und strahlend war wie ein Schmuckstück. Es war deutlich, daß sie geradewegs auf die

Hölle zusteuerte, doch sie konnte sich zu nichts anderem aufraffen als zu tiefer Befriedigung.

Am Himmel zog eine Wolke auf, und die Landschaft darunter färbte sich dunkel. Die Aussicht ließ Žeňa erschauern. Es gab keinen Zweifel, daß sie auf den schönsten Ort der Welt blickte.

Hier würde sie ihr Haus hinbauen.

»Was machst du denn hier?«

»Guten Tag, Gevatterin.«

Lucka war zwar nicht Žeňas Patin, aber alle Kinder nannten sie so, denen sie auf die Welt geholfen hatte.

»Wo hast du dir diesen Ausschlag geholt?«

»Mich hat was gestochen.«

»So so. Zeig deine Zunge her!« Mit erfahrener Hand tastete sie ihren Hals ab. »Tut es weh?«

»Ein bißchen.«

»Du hast Scharlach, Mädchen. Du mußt ins Krankenhaus.«

»Ich kann nicht, Gevatterin«, brachte Žeňa fest hervor, »wegen Čapula.«

»Meinst du diese Fledermaus da? Die hat doch hundert Jahre auf dem Buckel!«

»Nur drei. Bitte, Gevatterin, sagen Sie meinen Eltern nichts.«

»Natürlich nicht. Du bleibst bei mir, bis der Krankenwagen kommt.«

»Nein! Bitte nicht, Gevatterin!«

»Wir werden jemanden zum Arzt schicken. Er muß die Formulare ausfüllen.«

»Gevatterin!«

»Um diesen gesprenkelten Kadaver hier mach dir keine Sorgen. Ich kümmere mich um das Vieh.«

»Sie?!«

»Siehst du hier noch einen anderen Esel?« Die Alte zwinkerte verschwörerisch. Sie traf in Žeňas Blick auf solche Dankbarkeit, daß es sie überwältigte. Dann faßte sie sich und nahm das Mädchen bei der Hand.

»Komm, du kriegst einen Tee mit Honig. Mehr kann ich nicht für dich tun.«

Žeňa zog rasch ihre verschwitzte Hand zurück.

»Was ist, wenn Sie sich anstecken?«

»Fällt mir gar nicht ein.«

Als erste kam ihre Mutter angelaufen, und sie sah ängstlich aus.

»Sie hat die Fenster vom Stall geputzt!« sagte sie schluchzend zu Lucka, die sie nicht über die Schwelle ließ. Sie machte erst Doktor Beníček auf, einem blutjungen Arzt, der gerade seine Praxis eröffnet hatte und Lucka für ein Orakel hielt.

Die Mutter stand vor der Hütte herum, bis die Kräuterfrau sie verscheuchte.

»Verschwinde! Stell dich darauf ein, daß bei euch desinfiziert wird.«

Žeňa hörte es und bedauerte, daß sie das Desinfizieren verpassen würde.

Ihr tat nichts weh, sie hatte nur den Eindruck, wie auf einer Schaukel auf- und abzusteigen.

Der Krankenwagen kam angefahren, und aus ihm stieg ein Mann, der nach Medizin roch. Sie machte sich auf den Weg.

»Warte, ich trag dich, Prinzessin.«

Ihr Leben lang würde sie nicht diese wenigen Schritte vergessen, als sie in den Armen eines Menschen schwebte, den sie nie zuvor gesehen hatte, an den sie sich jedoch augenblicklich schmiegte, wie sie es immer bei ihrem Vater hätte tun wollen.

Das Krankenhaus blendete sie. Man wurde dort von Ordensschwestern gepflegt, und zweimal täglich beteten alle gemeinsam. Sie kam sich vor wie im Himmel.

Sechs Wochen lang unterwarf sie sich begeistert der Ordnung, mit der viele Mühe hatten. Als sie sich ein wenig erholt hatte, erlaubten ihr die Schwestern, beim Tischdecken zu helfen. Sie hatten das Mädchen liebgewonnen. Sie brachten ihr ein Körbchen mit Stoffresten, und Žeňa begann, aus ihnen Puppen, Blumen, Taschentücher, Nadelkissen, Spitzen herzustellen.

Sie staunten über ihre Geschicklichkeit und Phantasie.

Žeňa verschenkte ihre kleinen Werke und freute sich, daß sie angenommen wurden.

Auf dem Nachttisch nebenan erwartete sie eine schicksalhafte Begegnung.

Das Buch gehörte einem etwas älteren Mädchen, das das Fräulein spielte und dem nichts recht war. Sie murrte über das frühe Aufstehen, den Lebertran, die Gebete, über den großen, unfreundlichen Saal mit den unzähligen Betten.

›Winnetou der Rote Gentleman‹.

Das Buch hatten ihre Eltern ihr mitgebracht, aber es langweilte sie.

Žeňa las es in dieser Zeit dreimal, und der Text prägte sich ihr ins Herz. Sie war hingerissen von den Bildern der weit entfernten Länder und dem Betragen der tapferen Männer, sie kannte bis ins Detail jede Figur, ihre Kleidung, ihre Gesten. Sie las in ständiger Anspannung, doch ohne Angst, weil sie den Autor schon im zweiten Kapitel durchschaut hatte. Schließlich tauschte sie das Buch gegen sechs Spitzentaschentücher ein, die ihr fast nichts bedeuteten, weshalb sie den ›Roten Gentleman‹ als großzügiges Geschenk betrachtete.

Ihre Nachbarin mit dem Schmollgesicht wurde zweimal pro Woche von ihren Verwandten besucht, zu Žeňa kamen ihre Mutter und Cilka einmal und sagten ihr, es sei das letzte Mal, da es im Wald Windbruch gab und sie die Arbeit nicht im Stich lassen könnten.

Öfter kam Tante Anda zu Besuch und erstaunlicherweise Lucka Vojničová. Sie standen hinter der Scheibe, hinein durften sie nicht. Die Tante brachte ihr Brombeermarmelade mit, Lucka ein Gläschen Honig – und Nachrichten von Čapula.

Als sie entlassen wurde, holten sie sie zu dritt ab: ihre Mutter, Lucka und Doktor Beníček, der dafür sein eigenes Auto mitgebracht hatte.

Žeňa, die mit dem Krankenhaus verwachsen war, war unterwegs nicht nach Sprechen zumute. Ihre Mutter kam ihr gealtert und wie aufgeschreckt vor, so als wollte sie sie auf etwas Gefährliches aufmerksam machen. Vor Beníčeks Villa dankte sie für die Freundlichkeit und kündigte an, mit Žeňa zu Fuß weiterzugehen, was der Arzt, wie sie erwartet hatte, ablehnte. Lucka fügte hinzu, daß er sich für die Freundlichkeit ein Abendessen verdient habe.

Zu Hause trafen sie nur Cilka an, die anderen waren im Wald.

Das Abendessen war ein Festmahl. Frisch geräucherte Bratwürste.

Cilka wärmte sie auf und weinte.

»Was hast du?«

»Nichts. Nur daß du so dünn bist.«

Žeňa sah sich im Spiegel an. Ein ausgemergeltes Gesicht mit riesigen Augen.

»Ich werd schon wieder dicker.« Sie ging zu einem Rundgang in den Hof und kehrte erschrocken zurück.

»Wo ist Čapulka?«

»Immer noch bei mir.« Lucka zwinkerte ihr zu wie damals vor sechs Wochen.

»Ich begleite Sie nach Hause, Gevatterin«, sagte Žeňa und machte sich auf den Weg, ohne um Erlaubnis zu fragen. Sie wußte, daß man sie ihr nicht gegeben hätte.

Ihre Mutter überging die Dreistigkeit mit Schweigen.

Im Haus der Kräuterfrau aß Žeňa ein zweites Mal zu Abend. Kartoffelpuffer mit Himbeermarmelade. Čapula hielt sie dabei auf ihrem Schoß.

»Gevatterin, kann ich ein Buch bei Ihnen lassen?«

»Kannst du.«

»Es ist ein schönes Buch. Lesen Sie es.«

»Hm«, sagte Lucka und stellte den ›Roten Gentleman‹ ins Regal.

Als Žeňa mit Čapula in den Armen nach Hause ging, machte

sie sich auf eine Abreibung gefaßt. Sie setzte Čapula auf der Erde ab, sobald sie ihre Mutter sah, und ging ihr entschlossen entgegen.

Die Mutter warf ihr ein Wolltuch über die Schultern.

»Du darfst dich nicht erkälten.«

Unglaublich.

»Bist du nicht böse?«

»Nein.«

Wie elend sie aussehen mußte, wenn die Mutter so nett zu ihr war. Sie hob die Henne hoch und gönnte auch ihr einen Zipfel des Tuchs.

Jetzt war die Küche voller Leute.

Sie grüßte den Vater und den Großvater, grinste ihre Geschwister an, lächelte der Dienstmagd Madla zu. Cilka schob ihr einen Teller hin. Žeňa war schon so vollgestopft, daß sie kaum schlukken konnte, doch sie zwängte den Hirsebrei in sich hinein, um ihre Schwester nicht traurig zu machen.

Der Großvater tat, als würde er sie nicht sehen, doch aus den Augenwinkeln musterte er sie hämisch, zufrieden über ihre klapperdürre Erscheinung.

Er hatte keine Ahnung, was mit ihr im Krankenhaus geschehen war. Nicht nur ihr Körper war dort gesund geworden, auch ihre Seele. Sie selbst hatte die behandelnde Ärztin darauf aufmerksam gemacht, daß sie Linkshänderin sei.

»Und was ist dabei?«

Vier Wörter, die sie in Verzückung gebracht hatten. Sie wurden ihr Schutzschild – und ihre Waffe.

Mit ihrem Blick hatte sie das Kruzifix über der Tür gestreift. Der Teufel brachte sie in Versuchung.

Niemals etwas tun, was den Großvater erfreuen könnte.

Sie beobachtete ihn so verstohlen wie er sie und wägte nüchtern ihre Möglichkeiten ab.

Er war verletzlich. Es genügte, ihm die erwartete Gunst zu verweigern.

Alle krochen vor ihm auf dem Boden, aber sie würde ihm zeigen, daß ihre Knechtschaft beendet war.

Sie erwiderte seine Blicke mit so gieriger Freude, daß er einen Moment lang verwirrt war.

Nach dem Abendessen wusch sie mit Cilka das Geschirr ab und erzählte ihr leise. Niemand anderes interessierte sich für ihre Erlebnisse.

Ihr fiel auf, daß in der Küche die alte Kuckucksuhr fehlte. Sie war von Holzwürmern völlig zerfressen heruntergefallen und zerbrochen. Trotzdem bewahrten sie sie auf dem Dachboden auf, weil sie noch von der Großmutter stammte.

Gleich am nächsten Tag brachte Žeňa die Uhr zu Tante Anda. Onkel Franci besah sich das Gerät, sagte, daß sie noch gehe, und säuberte sie. Žeňa suchte geeignetes Holz heraus und begann einen Kasten genau wie den alten zu zimmern. Sie sägte, brannte aus, schliff und polierte.

Das fertige Werk brachte sie an einem Kirchweihtag nach Hause, als es in der Hütte von Gästen wimmelte. Die Bewunderung nahm sie mit scheinheiliger Bescheidenheit entgegen.

»Von wem hat das Mädchen diese Geschicklichkeit«, begeisterte sich Tante Marča, die am schmeichlerischsten war, aber bevor sie ihre Folgerung aussprechen konnte, vom Großvater, meldete sich Žeňa zu Wort und sagte, von Tante Anda, und daß auch der Großvater das immer sage, was stimmte, nur daß er dabei nicht von Geschicklichkeit sprach.

Der alte Müller haßte seine Tochter Anda. Žeňa wußte lange nicht, weshalb, bis sie einmal etwas von einem Jungen namens Jakob aufschnappte, dem ihr Großvater, noch als geachteter Dorfschulze, das Rückgrat gebrochen hatte, als er ihm einen Sack Mehl auf den Rücken warf. Der Junge hatte gejammert, er könne die Last nicht tragen, und das Ganze war vor Zeugen geschehen.

Die Angelegenheit wurde mit Geld geregelt, die Sache vertuscht.

Anda, damals schon erwachsen, stellte sich als einzige gegen den Vater.

Darauf ging sie von zu Hause weg – in eine nicht abgesegnete Ehe.

Einige Tage nach dem Triumph mit der Kuckucksuhr versetzte Žeňa ihrem Feind einen weiteren Schlag.

Die Witwe Císařová kam nach ihr fragen und bat, sie möge ihrer Enkelin beim Sticken helfen. Žeňas freudige Bereitschaft verwirrte den Großvater so, daß er mit lauter Aufgaben aufwartete, die sie noch nicht erledigt habe. Augenblicklich erkannte er an ihren funkelnden Augen, daß er einen Fehler gemacht hatte, konnte seine Worte jedoch nicht mehr zurücknehmen. Die beleidigte Witwe drehte sich auf dem Absatz um, und vom Flur her war ihr Geschrei zu hören.

»Was glaubt dieser alte Dickschädel eigentlich, wer er ist?!«

Žeňa tat, als könnte sie kein Wässerchen trüben, und ging gehorsam hinaus, den Hof zu fegen.

Sie zeigte deutlich, daß ihr die offensichtliche Schikane nichts ausmachte, und steigerte sich da so sehr hinein, daß sie ihr tatsächlich nichts ausmachte, wodurch die empfindliche Strafe ihren Sinn verlor.

Ihre Geschwister fühlten sich betrogen. Sie war nicht mehr das Dummerchen, auf dessen demütigem Rücken sie ihre Untaten abladen konnten.

Am härtesten traf es sie, als Žeňa sich unter ihren Augen aus ihrer Minderwertigkeit herausschälte wie eine Schlange aus ihrer alten Haut. Auf einmal konnte sie lesen. Nicht nur lesen, sie trug jeden Satz vor. Sie befolgte Honzas Ratschläge, arbeitete mit dem Atem, verlangsamte und beschleunigte das Tempo, wie es erforderlich war. An den richtigen Stellen machte sie eine Pause, einigen Wörtern verlieh sie leichten Nachdruck.

Sie schrieb mit der rechten Hand, und es bereitete ihr keine Mühe.

Hätte sie nicht so leicht vor Publikum den Kopf verloren, wäre sie in Honzas Ensemble noch die beste Schauspielerin geworden. Aber vom Lampenfieber konnte er sie nie befreien.

Am schlechtesten ertrug die Mutter Žeňas Verwandlung. Žeňa konnte das nicht verstehen, denn in der Zeit ihrer Krankheit und kurz danach war es anders gewesen.

»Hör auf, dich so aufzublasen«, schrie ihre Mutter sie anstelle eines Lobes an, als sie der Magd Manda ein sechseckiges Schächtelchen aus Pappe schenkte, das mit dunkelrotem Samt besetzt war, goldbestickte Kanten hatte und einen goldenen Knopf auf dem Deckelchen. Mit dem Geschenk hatte nicht Žeňa geprahlt, sondern Manda. Sie legte ihre Schmucksachen dort hinein: eine Schnur mit grünen Korallen, einen Blechring mit einem blauen Stein, vergoldete Ohrringe und die Hochzeitsphotographie ihrer Eltern.

Die Schachtel war so hübsch, daß sie von Hand zu Hand wanderte.

Schließlich wollte Manda sie nicht mehr weiterzeigen, damit sie nicht zu abgegriffen wurde. Sie lud Žeňa und Cilka in ihr Kämmerchen zwischen den Ställen ein und bot beiden Bärendreck und Traubenzucker an – Leckereien aus der Trafik von Želary.

Die dortige Verkäuferin war eine geschickte Geschäftsfrau. Ihr kleiner Laden war bis obenhin voll mit Flitterkram und Süßigkeiten, die sie spottbillig erhielt, wenn die Kirmesbuden am Ende der Kirchweih zusammenpackten.

Bei der Gelegenheit zeigte Manda den Mädchen die Photographie in dem gesprungenen Rahmen. Žeňa vermaß ihn und brachte ihr zwei Tage später einen neuen, festen – aus gewöhnlichem grobem Gras. Sie hatte ihn sogar mit einem Ringlein zum Aufhängen versehen.

Damit hatte sie Manda endgültig für sich gewonnen.

Die Verwandlung des Dummerchens Žeňa hatte Lucka Vojničová bewirkt.

»Ich hab keine Brille, lies du!« hatte sie befohlen, als das Kind sie bestürmt hatte, sie solle doch den ›Roten Gentleman‹ lesen.

Žeňa begann vorzulesen, und erst nach ein paar Seiten wurde sie sich bewußt, wie glatt es ging, und fing an zu stottern.

»Was stotterst du?« fuhr Lucka sie an. »Atme ordentlich und mach Pausen.«

Žeňa holte Luft und begann von neuem, es ging wieder, sie verlangsamte das Tempo und machte Pausen, sie schwitzte vor Freude und las und las und las.

»Für heute ist's genug«, entschied Lucka, »du hilfst mir jetzt beim Kräuterschneiden.«

Žeňa hatte noch niemandem so gerne gehorcht wie Lucka, für sie war sie die Verkörperung menschlicher Vollkommenheit.

Sie schnitten Kräuter klein und bereiteten sie zum Trocknen vor.

Lucka beobachtete Žeňas huschende Hände. Sie konnte selten etwas in Erstaunen versetzen.

»In dem Buch sind auch Bilder«, kam Žeňa wieder auf ihr Liebstes zu sprechen. »Zum Beispiel vom Tafelberg. Und das, was aussieht wie eine Kuh, ist ein Bison.«

»Vergackeierst du mich auch nicht?«

»Nein«, beteuerte das Kind, erschüttert über Luckas Worte, »ich würde Sie nie anlügen.«

Das alte Weib verstand, daß es sich diese Art von Scherzen verkneifen mußte.

Sie schnitten schweigend weiter.

»Soll ich Ihnen etwas erzählen?«

»Warum nicht.«

»Ich erzähle Ihnen, was Winnetou gesagt hat, nachdem Old Shatterhand seinen Vater niedergeschlagen hatte.« Žeňa holte Luft und veränderte ihre Stimme: »Du hättest ihn doch töten können!« Ihre Augen glühten. »Und Old Shatterhand sagte«, die Kinderstimme nahm Tiefe an, »auch einen Feind töte ich nicht, wenn es nicht unbedingt sein muß. Schon gar nicht einen Mann, der Winnetous Vater ist«, sie artikulierte deutlich jeden Konsonanten, »und den ich deshalb ehre.« Ihre Stimme zitterte vor Ergriffenheit. »Hier nimm! Nimm seine Waffe! Du wirst selbst entscheiden, ob ich gesiegt habe!«

Der Blick des Kindes war so entrückt, daß die Kräuterfrau es für nötig hielt, sie ein wenig auf den Boden zu holen.

»Und Winnetou nahm sich die Waffe und haute sie ihm über den Schädel. So, Mädel, geht's auf der Welt zu.«

»Ach wo!« schrie Žeňa. In ihrer Welt ging es nicht so zu. Sie holte Luft: »Er nahm den Tomahawk entgegen, den er ihm reichte, und schaute ihn lange an.« Žeňa schaute ebenfalls lange. »Sein starrer Blick wurde allmählich weicher und zerschmolz immer mehr, bis er schließlich in Erstaunen gipfelte. Verwundert schüttelte er den Kopf«, Žeňa schüttelte ebenfalls den Kopf, »und rief aus: Was für ein Mensch ist Old Shatterhand!« Sie verhaspelte sich vor Aufregung.

»Das macht mich ja völlig fertig, Mädchen«, bemerkte Lucka beinahe aufrichtig, »darauf muß ich erst mal einen Schnaps trinken.«

»Weiter wird es Ihnen erst richtig gefallen«, jubelte Žeňa. »Du gibst mir also die Waffe«, trug sie mit Pathos vor, »auch wenn du nicht weißt, ob ich mich an die Abmachung halte. Weißt du überhaupt, daß du dich dadurch in meine Hand begibst?!«

»Und wußte es dieser Gimpel?«

»Er wußte es! Er wußte, daß Winnetou gerecht ist!«

Darauf goß sich Lucka ein weiteres Gläschen ein.

Sie hatten fertiggeschnitten, und das Kind fragte: »Gevatterin, würden Sie mich vielleicht einmal zum Kräutersammeln mitnehmen?«

»Selbstverständlich. Gerade wollte ich es dir sagen.«

»Und wird es Sie nicht stören, daß ich es bin?«

»Was redest du da? Warum sollte es mich stören? Wir haben es verabredet, oder? Herrgott, Blažena, ich sehe, daß wir beiden uns ins Auge gesprungen sind!«

Diese Ehre machte Žeňa sprachlos.

In der Folge ließ Lucka immer öfter nach Žeňa schicken, und

das Kind war verblüfft, daß der Großvater nichts dagegen einzuwenden hatte.

»Sie hat dir das Leben gerettet, wir sind ihr zu Dank verpflichtet«, rechtfertigte die Mutter seine unbegreifliche Nachgiebigkeit. Sie wußte gut, daß es für jeden in den Bergen verhängnisvoll wäre, Lucka einen Wunsch – eine Anweisung – zu verwehren.

Ihre Mutter wurde für Žeňa ein immer größeres Rätsel. Sie war sich nicht sicher, ob sie sie liebte oder haßte. Bei ihren jähen, unerwarteten Wutausbrüchen fragte sie sich immer wieder: *Warum?*

Alles vertraute sie Lucka an, auch, wie nett der Großvater auf einmal war.

»Laß dich nicht hinters Licht führen«, warnte die Kräuterfrau, »insgeheim spuckt er Galle.«

»Ich weiß, aber zu Ihnen erlaubt er mir zu gehen, obwohl ...« Žeňa wurde rot.

»Obwohl er mich sonst nur als alte Hexe bezeichnet«, vollendete Lucka ruhig den Satz. »Er geht mir aus dem Weg, das ist alles. Er weiß, daß ich imstande wäre, dich persönlich bei euch abzuholen – und das fürchtet er wie der Teufel das Kreuz.«

Žeňa konnte ihren Großvater verstehen, die Kräuterfrau würde innerhalb von fünf Minuten sein gesamtes Selbstbewußtsein zertrümmern.

»Aber meine Mutter ...«, flüsterte sie.

»Ja, damit finde dich ab. Sie wird dir nie verzeihen, daß du dich von der Kette losgerissen hast.«

Luckas selbstsichere Hellsichtigkeit war für die Tochter des Revierförsters eine harte Nuß. Sie wußte nicht genau, was die Kräuterfrau meinte, doch sie hatte keinen Zweifel an der tiefen Weisheit eines jeden Wortes.

Zwischen dem Kind und der Alten war eine unzerstörbare Freundschaft entstanden.

3

Žeňa musterte Honzas gescheitelten Haarschopf, der ihm auf beiden Seiten in die Stirn fiel. Sie überlegte, was man damit anfangen könnte. Honza hatte wie Tante Anda ein zu rundes Gesicht, nur daß Tante Anda einen Haarknoten tragen konnte und er nicht.

Ein Vollbart könnte es ausgleichen, allerdings würde das komisch aussehen, weil der jungenhafte Gesichtsausdruck ihm bleiben würde.

Er spielte mit Jiřinka ›Mensch, ärgere Dich nicht‹. Jiřinka lachte dabei und erinnerte Žeňa an jemanden.

An Cilka.

Bei dem Gedanken an ihre tote Schwester befiel Žeňa eine solche Zärtlichkeit, daß sie sie abschütteln mußte.

»In zehn Minuten gibt es Abendessen.«

Es klang unnötig schroff, weshalb die beiden das Spiel sein ließen und den Tisch zu decken begannen.

Den Rest der unerwünschten Rührung atmete Žeňa in den Dampf über dem Herd. Trotzdem entkam sie der Erinnerung an Cilka nicht.

Sie begann, die Quarkknödel mit Erdbeermarmelade auf den sahnefarbenen Steinguttellern zu verteilen. Sie selbst hatte die Teller gestaltet wie beinahe alles in der Hütte.

Du könntest reich sein!

So und ähnlich hatte sich damals die Besitzerin des Modesalons in Šádova Hut' bei ihr eingeschmeichelt, Frau Buchlovická, die von allen nur die alte Buchla genannt wurde. Freilich redete man sie mit Gnädige Frau an und grüßte sie mit Küßdiehand.

Sie wollte Žeňa partout ihren geleckten Sohn Renda aufschwatzen. Er machte ihr auf widerwärtigste Weise den Hof und war überzeugt, daß sie auf seine geifernden Küsse erpicht war. Als sie kündigte, wuchsen seine eingefallenen Augen vor Verblüffung fast auf normale Größe an.

Als Rendas Frau hätte sie zwei Häuser gehabt, einen etablierten

Salon, Geld wie Heu – und von morgens bis abends Langeweile und Ärger.

Geschmacklosigkeit konnte die sonst so ruhige Žeňa derart reizen, daß sie gelegentlich explodierte. Eine Madam mit riesigem Hinterteil wollte sich zum Beispiel ein ganz hautenges Modell schneidern lassen. Žeňa sagte ihr wahrheitsgemäß, daß sie darin wie ein Plumeau aussehen würde, und sie hatten eine Kundin verloren.

Klügere Damen ließen Žeňa freie Hand. Dann erregten sie Bewunderung und Mißgunst, und in der Folge erschienen weitere Modenärrinnen im Salon der alten Buchla.

Nicht nur die Buchla, auch andere Schneiderwerkstätten, sogar Hutmacher und Friseure boten Žeňa goldene Berge an.

Zu dieser Zeit hatte sie bereits die Nase voll, sie kehrte nach Želary zurück und heiratete Rost'a den Krüppel.

Ich hätte reich sein können!

Aber was hätte ich davon!

Vor der alten Buchla hatte Marenas Irča sie in ihrem Kaffeehaus beschäftigt. Žeňa war von zu Hause weggegangen, um es dem Großvater recht zu machen, der unbedacht wiederholt hatte, daß sie so zahlreich wie die Raben seien, und dabei nicht hinzuzufügen vergaß, wie er in seinen jungen Jahren habe schuften müssen. Er hatte freilich nur im Sinn, seine Enkelin zu demütigen, nicht, sie hinauszutreiben.

Die ergriff die Gelegenheit und handelte so rasch, daß sie sie nicht zurückhalten konnten. Allen war bewußt, wie schmerzlich sie sie entbehren würden.

Für Žeňa erfüllte sich ein Lebenstraum.

Sie ging mit einer Leinentasche davon, die sie sich selbst genäht hatte, und in einem Kleid von Tante Anda, alles Übrige ließ sie zurück, und dennoch wußte jeder, daß sie für immer wegging.

Sie suchte als erstes Irča auf und wurde mit offenen Armen aufgenommen. Es gab keine Tätigkeit, für die sie sich nicht eignete. Sie kochte, putzte, nähte, pflasterte den Hof, strich die Ställe an, errichtete eine Räucherkammer und rotierte im Lokal wie der Wind. Sie beendete ihre Arbeit dort an dem Tag, als sie einem Gast auf seine zudringlichen Hände schlug.

Mit Irča ging sie im Bösen auseinander.

Juliška, die in der Küche Teller wusch und das überhebliche Gebaren ihrer Schulkameradin mit Bescheidenheit ertrug, versuchte vergeblich, die ehemaligen Freundinnen auszusöhnen.

Bei der alten Buchla gefiel es Žeňa zunächst. Vor allem die Tatsache, daß sie dort mit einer selbständigen und interessanten Arbeit alle Hände voll zu tun hatte.

Mit Juliška traf sie sich weiterhin. Sonntagvormittags, wenn beide freihatten.

Die äußere Erscheinung ihrer Freundin kränkte Žeňas unfehlbares Auge, doch sie schreckte lange davor zurück, sie mit einem kritischen Wort zu verletzen.

Schließlich hielt sie es nicht mehr aus.

»Du mußt dein Haar aufmachen«, sagte sie eines Tages und ging gleich zur Tat über.

Das zierliche Gesicht, die wulstige Stirn, hinter der die Halme von strohblondem Haar streng zurückgekämmt waren, das alles verlieh Juliška das Aussehen eines häßlichen Kindes. Žeňa spielte ein wenig mit ihren Haaren, ließ sie locker um den Kopf fließen, drehte sie hinten zu einem Knoten zusammen und steckte von unten Spangen hinein, von denen eine aussah wie ein Kämmchen mit metallenem Spitzenrand.

Eines ihrer effektvollen Gebilde.

Sie nähte Juliška ein geschmackvolles Kleid und brachte ihre Anmut zum Vorschein.

Geduldig und ausdauernd unterwies sie sie, bis das langsame Mädchen fähig war, sich selbst zurechtzumachen.

Die anderen Kellnerinnen machten nur große Augen, doch ihre Befürchtungen, daß die nun verschönerte Juliška ihnen die Freier wegschnappen könnte, erfüllten sich nicht. Sie drückte sich weiterhin an ihre schützende Wand, an die alte Johanna.

»Gib acht, Mädchen, wenn du erst einmal strauchelst, dann ist es vorbei mit dir«, belehrte sie die ehemalige Dirne, »ich als ausgediente Hure kann's dir garantieren.«

Der züchtigen Juliška mußte sie das nicht wiederholen.

Die Mädchen begannen, sich um Žeňas Gunst zu bemühen, und die zögerte nicht, sich auch an ihnen zu versuchen. Sie fischte sich die ansehnlichste heraus, doch als sie ihre mit Zichorienpapier gefärbten Wangen sah, ihre gezupften Brauen, die mit einem abgebrannten Zündholz überzeichnet worden waren, die mit Puder eingemehlte Nase, trieb sie die Kokette ans Waschbecken.

»Du siehst aus wie ein Flittchen«, rief sie, zum unbeabsichtigten Vergnügen der anderen, denn die gerügte Schöne war als Leichte Liesl bekannt. Ein Mädchen, das wegen seiner Figur Nudel genannt wurde, pfiff laut, aber nicht einmal das war für Žeňa ein verständliches Signal. Sie stürzte sich auf die Leichte Liesl wie auf ein verblichenes Bild, das restauriert werden mußte. Das Ergebnis war atemberaubend. Das verwirrte Mädel verlor seine Selbstsicherheit, begann sich schicklich zu verhalten, weshalb sich ein junger Bäcker in sie verguckte und sie heiratete. Ein weiteres Wunder ereignete sich nicht, aber die Rede von Žeňas Fähigkeiten verbreitete sich.

Als sie dessen überdrüssig wurde, zog sie sich in ihr Heimatdorf zurück, heiratete und erwarb die Pazdera-Wiese – jenen Ort, von dem sie seit ihrer Kindheit geträumt hatte.

Nach dem Abendessen durfte Jiřinka noch ein Weilchen mit Aninka und Buša spielen. Sie spielten Hampelmann und das Stöckchenspiel, warfen einen Stoffball gegen die Wand, schnippten Steinchen auf eine alte Decke.

Honza und Žeňa sprachen über die Ausstattung des neuen Theaterstücks. Es würde eine großartige und sicher erfolgreiche Vorstellung werden.

Diesmal hatte er das Opernlibretto ›Die Teufelskäthe‹ fürs Theater bearbeitet.

Aber er hatte sich auch schon an andere Sachen gewagt, von denen Žeňa überzeugt war, daß sie durchfallen würden.

Zum Beispiel an ›Im Schatten der Linde‹ von Svatopluk Čech.

Die ersten Proben sahen schrecklich aus. Dann begannen die Schauspieler zu verstehen, worum es ging, und es entstand etwas Unglaubliches.

Die Leute lachten und bekamen feuchte Augen, gebannt von dem bis in die Tiefe nachempfundenen Dichterwort.

Honza rezitierte den Schluß: den Müller. Tante Anda fing an zu weinen, er hörte sie, und seine Stimme begann zu zittern. Nach ihr fing auch Joza aus der Schmiede an zu weinen. Und dann schämte sich niemand mehr für seine Tränen.

Das Münchener Abkommen war noch weit, die Neutralitätsgarantien erschienen unerschütterlich, und doch regte sich unter der ruhigen Oberfläche eine uralte Angst – die andauernde Ahnung möglicher Katastrophen.

Honza war ein hervorragender Schauspieler und ausgezeichneter Regisseur. Als Junge hatte er sich den Spitznamen Harlekin erworben, und in der Lehrerbildungsanstalt war er die wichtigste Person der Theatergruppe. In seiner Heimat hatte er dann ein Laienensemble zusammengestellt, das immer noch anwuchs, besonders seit die einklassige Schule von Želary eine weitere Klasse führen durfte und er dort als ständiger Hilfslehrer angetreten war.

Er besaß ein sicheres Urteil für die Begabung anderer und traktierte jeden erbarmungslos, bis er alles aus ihm herausgeholt hatte, was in ihm steckte.

Žeňa besaß Talent, und einmal hatte er versucht, eine Mahulena aus ihr zu machen. Sie litt jedoch an solchen Hemmungen, als müßte sie sich auf der Bühne öffentlich ausziehen. Er gab sich alle Mühe mit ihr, wie früher, als er ihr beizubringen versuchte, mit der rechten Hand zu schreiben, er erklärte, führte vor, redete auf sie ein. Schließlich konnte sie etwas Annehmbares aus sich herausbringen, aber erst nachdem er auf ihre unausgesprochene Bedingung eingegangen war, daß er selbst den Radúz spielen würde. Er wußte, daß sie die Rolle in dieser Liebesballade von Zeyer wegen des Schönlings von Želary, Míla, angenommen hatte, verstand jedoch das scheinbar Unlogische an ihrem Verhalten und gab nach.

Noch auf der Bühne konnte er sie anstacheln, so daß sie sich entspannte und ihre Leistung sich sehen lassen konnte. Ein zweites Mal versuchte er etwas Vergleichbares nicht mehr.

Žeňa blieb jedoch eine unentbehrliche Künstlerin, sie entwarf das Bühnenbild, nähte die Kostüme, schminkte die Darsteller.

Heute kam ihr unglaublich vor, was sie damals empfunden hatte, als der Hübsche Míla sie nach Hause begleitete. Die wissenden Blicke ihrer Freundinnen störten sie kein bißchen, und über Honzas erschrockenen Blick hatte sie lachen müssen.

Wenn sie heute einen Tag ihres Lebens rückgängig machen könnte, dann wäre es jener, an dem sie restlos glücklich gewesen war.

Sein kupferfarbenes, gewelltes Haar, die riesigen, weit offenen blauen Augen mit den langen Wimpern, die Figur eines Jánošík.

Ein prächtiges Kästchen, leider leer.

Außer Žeňa täuschte er niemanden. In der Bergwelt, die keinen verzärtelte, waren die durch Generationen gefestigten Abwehrinstinkte stärker als anderswo sonst.

Žeňa besaß sie nicht.

Sie war ihren Gefühlen ausgeliefert, sie war Míla ausgeliefert wie ein Schaf dem Fleischer.

Das auffällige Hofieren eines Mädchens, das von niemandem umschwärmt wurde, dieser durchsichtige Trick blieb nur ihr verborgen – bis ihr mit einem Schlag die Augen geöffnet wurden.

Der Hübsche hatte es auf eine andere Beute abgesehen. Auf Žeňas weiblich reizvolle und fröhliche Schwester Jitka.

Seine Taktik bewährte sich, die Eifersucht tat ihr übriges.

Žeňa wünschte sich zu sterben.

»Du wirst dich doch nicht wegen diesem Idioten grämen?« sprach Lucka die giftige Wahrheit aus.

»Bin ich sehr dumm, Gevatterin?«

»Strohdumm.«

Lucka blinzelte ihr zu.

»Aber mach dir nichts draus. Das passiert jedem. Je früher, desto besser.« Sie lachte ihr heilsames Gelächter.

»Auch ich hätte einmal für einen Quadratschädel alles gegeben, bevor ich ihn durchschaute.«

Žeňa trank Luckas rauhe Worte wie bittere Medizin.

»Die Zeit wird deinen Kummer in die Gosse fegen, das wird nicht lange dauern.«

So richtig vermochte sie es nicht zu glauben. Ein Leben ohne Míla konnte sie sich nicht vorstellen.

Nachdem er sich mit Jitka verlobt hatte und täglich zu ihnen kam, brauchte sie ihre ganze Kraft, um nicht irgend etwas Dummes anzustellen, das sie ihr Leben lang bereuen würde. Sie ging jeden Tag zu Lucka, um sich eine Portion Heilkräuter für ihre Seele abzuholen.

Heute lag dies alles weit zurück, sehr weit. Lucka hatte völlig recht gehabt – wie immer.

Hinter dem Fenster kamen die Zweige in Bewegung. Ein Abendwind fegte durch die Landschaft.

Der Kirschbaum bebte, öffnete sich und schloß sich.

»Mädchen, es ist Zeit.«

Sie kamen sofort angelaufen. Weil sie nicht verschwitzt waren, durften sie Himbeersaft trinken.

Gemeinsam brachten sie Aninka und Buša nach Hause. Auf dem Rückweg lief Jiřinka zwischen Honza und Žeňa und freute sich über die Buckelstellen, über die sie sie an ihren Händen hinüberschwangen.

»Könntest du morgen zur Probe kommen?«

»Sicher.«

Dekoration, Kostüme, Masken. Sich etwas ausdenken, herumsuchen, alte Schachteln, Kisten, Pappstücke zusammentragen, farbiges Papier, Stroh, Stoffreste, abgelegte Kleider.

Diese aufgeregte Geschäftigkeit ließ sich durch nichts ersetzen. Honzas schmeichelhafter Dank.

Er präsentierte den Gebirglern ein Schauspiel, in dem auch die wechselnden Lichter und Schatten im Hintergrund ihre Rolle spielten, Tanz, Geige und Zimbel, die Lieder der Gegend. Erben, Vrchlický, Wolker.

Tyl, Bozděch, Stroupežnický.

Die wohlklingende Stimme des Schwangeren Mánek und die von Hedvička Vlkošová.

Zum Muttertag hatte er mit unglaublichem Erfolg auch Otokar Březina ins Programm aufgenommen. Die Hälfte des Textes rezitierte er selbst. Sein Vortrag war schlicht, natürlich, voll innerer Spannung, als hätte er die Verse gerade geschaffen. Sie waren wie eine Quelle, die zum ersten Mal aus den eisigen Innereien der sich widersetzenden Felsen ans Tageslicht drang.

Er rezitierte ›Für ein wenig Liebe‹ von Jaroslav Vrchlický, und Lucka sprach aus, was alle dachten: »Dieser Mistkerl hat mich gerührt.«

Die Bergler von Želary, die halbe Analphabeten, aber ungemein aufnahmefähig waren, kannten ihre Dichter besser als die Studenten in Šádova Hut'.

Der Wind beruhigte sich, langsam wurde es dunkler. Mit der heranziehenden Nacht verwandelte sich die Landschaft in eine schwindende Vision, die im Finstern versank.

Nur der Stoß gehackten Holzes strömte einen freundlichen Atem aus.

In der Tür von Luckas Haus breitete sich ein Lichtteppich aus.

Ein zierlicher Schatten bewegte sich über den Berghang.

Er eilte zu den Severs, die alte Frau dort war krank. Eine von Luckas letzten Schulkameradinnen.

Žeňa wurde bewußt, wie alt Lucka war. Aus ihrem Leben würde sie nie verschwinden, aber eines Tages würde sie vergeblich nach ihr rufen.

Die Luft war herb geworden, der Himmel hatte sich aufgebauscht und zersprang, aus einzelnen Ritzen drang grauer Schein, man konnte nicht hineinsehen.

Die Waldränder glühten.

Žeňa umfaßte Jiřinkas Hand, und Jiřinka guckte sie fragend an.

Sah sie Rost'a ähnlich? Nein. Sie glich ihrer Mutter.

Luckas Schatten stieß mit einem anderen Schatten zusammen. Jiřinka erkannte ihn als erste.

»Omama!«

Omama war Tante Anda. Das bedeutete, daß Onkel Franci seine Quartalsphase hatte. Es bedeutete, daß Žeňa ein spätes Abendessen zubereiten würde, das sie ihrer Tante aufnötigen würde. Jiřinka würde in Omamas Armen einschlafen, und Omama würde sie ins Schlafzimmer hinauftragen, mit dem bedächtigen Ausdruck einer Schatzhüterin. Denn Tante Anda liebte ihre Stiefenkelin – Großnichte – noch vor allen anderen. Es war das einzige kleine Mädchen, das sie hatte und das sie sich immer gewünscht hatte.

Žeňa wärmte die Milch von Juliškas Kühen auf, die teilweise auch auf ihrem Grundstück weideten. Jeden Tag brachte ihr eines von den Juriga-Kindern die Milch vorbei, es gab immer genug für Sauermilch, Quark, Käse, Butter und auch Sahne.

»Mach dir meinetwegen keine Umstände«, lautete der erste Satz des Rituals.

»Mache ich nicht, Tante Anda.«

4

Von der vierten Klasse an gingen Žeňa und Cilka regelmäßig zu ihrer Tante, um nähen zu lernen. Anda nähte zum Gelderwerb, denn sie unterstützte ihre vier Söhne im Studium. Sobald Cilka und später Jitka sich eine Schürze, eine Bluse oder ein Hemd nähen konnten, blieben sie wieder weg. Žeňa machte weiter. Sie durfte helfen, weil die Tante auch für die Familie des Revierförsters nähte. Für einen Topf Schlachtfleisch, für einen Sack Kartoffeln, für eine Schüssel Erbsen. Es war ihr so recht.

Žeňa begeisterte sich für die Stoffreste. Sie drehte aus ihnen farbige Schnüre, nähte Geldbörsen, kleine Taschentücher, Puppen. Bei Anda lernte sie Häkeln, Sticken, Stricken, Knüpfen und Klöppeln.

Sie dachte sich Muster aus, und jedes war anders.

Beim Aufräumen des Dachbodens fand sie eine Töpferscheibe. Franci reparierte sie ihr und brachte ihr bei, damit umzugehen. Sie entdeckte den Ton als Material und war sofort davon fasziniert. Ihre freien Stunden verbrachte sie damit, die Töpfermasse zu kneten, zu formen, zu trocknen, zu brennen und anzumalen. Sie war besessen davon.

Zu Hause mußte sie ihr Steckenpferd verheimlichen, sie machte sich keine Illusionen darüber, daß man es ihr erlauben würde.

Onkel Franci besaß eine attraktive Stellung, er war Buchhalter im Sägewerk. Doch wenn es ihn einmal packte, bewegte er sich tagelang nicht aus dem Wirtshaus heraus. Die Tante ging ihn nicht holen. Er kehrte von alleine zurück, eingefallen, verstört und reumütig. Auf Knien bat er seine Frau weinend um Vergebung.

Žeňa verachtete ihn für diese Schwäche.

»Leg dich ins Bett, Franci«, sagte ihre Tante dann sanft.

Dafür verachtete sie auch die Tante.

Der Onkel wusch sich, rasierte sich, aß etwas und ging schlafen. Schlafen?

Einmal lief sie wegen einer vergessenen Schere in die Stube hinein, und Franci hatte die Augen weit offen.

»So einer bin ich, Blaženka«, sagte er mit gedämpfter Stimme, und es war, als würde er sich auch bei ihr entschuldigen.

Sie nannten ihn den Deutschmann, weil seine Mutter eine Wienerin war, die sein Vater, ein Schreiner, von seiner Wanderschaft mitgebracht hatte und die nie ordentlich Tschechisch gelernt hatte. Ihre Schreinerei prosperierte, sie war die einzige weit und breit, außerdem verdienten sie sich mit Kohleverkauf etwas hinzu. Alles erbte der älteste Sohn, ein Dummkopf und Weichling, aber ein gerissener Geschäftsmann.

Franci war ein kluger Kopf, also ließen sie ihn studieren.

Niemand ahnte, daß er mit Anda ging, bis er den Müller aufsuchte und um ihre Hand bat. Der hochmütige Müller, der zu der Zeit gerade seine Tochter aus dem Haus werfen wollte, war wütend darüber, daß sie sich ohne seine Erlaubnis getroffen hatten. Er behauptete, Anda habe nichts für eine Mitgift angespart, was Franci jedoch nichts ausmachte. Also fuhr ihr Vater damit auf, daß er sie dem Wirt versprochen habe, der gerade Witwer geworden war. Der sonst so friedliche Franci konnte sich nicht beherrschen, und eine Weile brüllten sie einander an.

Damit war der Weggang der Müllerstochter besiegelt.

Die Hochzeitsfeier war leidlich, und eine Mitgift erhielt sie tatsächlich nicht. Sie redete davon, als wäre es ein Glück.

Ich schulde ihm nichts und hab ihn nicht im Nacken sitzen.

Žeňa dachte für sich zu Ende: nicht so wie meine Mutter – wie die arme Emča.

Dann brach der Krieg aus, und Franci rückte ein. In der Wiege lag ihr vierter, jüngster Sohn.

Vor dem Krieg hatte er keinen Tropfen angerührt, nach dem Krieg wurde er zum Alkoholiker. Ab und an ließ er eine Bemerkung fallen, die einen Mann betraf, den er den Marchese nannte. Gedankenverloren erwähnte er, daß der Marchese ihn habe adoptieren wollen, auf Žeňas Nachfragen antwortete er jedoch nicht. Ihre Tante wußte alles – und verriet nichts. Manchmal redete der Onkel so lästerlich, daß es das Mädchen, das von Familie und Schule zu einer romantischen Vaterlandsliebe erzogen worden war, empörte.

»Es gibt keine ruhmvollen Schlachten und ruhmvollen Siege, Blaženka. Es gibt kein Kriegsheldentum. Es gibt nur den arroganten Stumpfsinn der Befehlshaber.«

Geschichte war Žeňas liebstes Fach. Dort wurde es wesentlich anders dargestellt.

»Auf dem Kriegerdenkmal steht DEN HELDEN«, widersprach sie.

»Ich weiß, Blaženka«, blinzelte er schuldbewußt.

»Die waren alle Helden.«

»Nicht alle.«

»Wieso?«

Er antwortete ungern, aber er antwortete.

»Ein Held ist immer allein ... Aber alle waren Opfer des Krieges, das ja.«

Sie eilte damit zu Lucka.

»Er hat recht«, sagte die Kräuterfrau abschließend unerwartet. »Ein Held ist immer allein. Und in so einer Schweinerei wie dem Krieg verschwindet er völlig.«

»Gibt es also gar kein Heldentum?« piepste das Kind, dem auf einmal die Luft knapp wurde.

»Massenhaft«, beruhigte Lucka sie. Dann bemerkte sie ihren Gesichtsausdruck.

»Ich weiß, was dich verwirrt. Heldenhaft zu sterben ist verhältnismäßig leicht. Schwer ist es, heldenhaft zu leben. Das wirst du verstehen, wenn du trocken hinter den Ohren bist.«

Žeňa wünschte sich, das möge gleich morgen geschehen. An Luckas unbedingter und bisher unerreichbarer Weisheit hatte sie keinen Zweifel.

Onkel Franci hatte von der italienischen Front ein Bild mitgebracht – ein Ölgemälde auf Holz –, es stellte einen Mann in einem bunten Anzug dar, der mit einer Laute auf den Knien auf einem Dreibein saß. Der Marchese hatte es ihm zur Erinnerung geschenkt.

Franci und Aninka. Sie redeten sich an wie in jungen Jahren. Bei ihnen zu Hause war es völlig anders als bei Žeňa.

Von Manda erfuhr sie, daß die Tante sie gerne zu sich genommen hätte.

»Du brauchst wohl eine Dienstmagd?!« hatte die Revierförsterin sie angeschrien.

»Eine Tochter.«

»Dann hättst du selbst eine kriegen sollen!«

Erst da verstand Žeňa, warum die Tante sie in die Arme genommen hatte, als sie sich beklagte: »Ich bin allen nur eine Last, Tante, ich koste nur Geld. Ich esse ihnen das Brot weg.«

Von allen Kindern war Žeňa ihrem Vater am ähnlichsten. Auch vom Charakter her. In was sie sich einmal verbissen hatte, das ließ sie nicht los. Die Revierförsterin nahm es nicht wahr.

Er hatte seine Seele dem Wald verschrieben. Wenn Unwetter aufzogen, konnte es ihn um den Schlaf bringen, dann trieb er Arbeiter und Familie zu den gefährdeten Stellen, gab schroffe Befehle, als würde er mit der Peitsche knallen, aß nicht, ruhte nicht, bis die Gefahr gebannt war. Auch die Mädchen mußten Hand anlegen und zeigten sich heimlich ihre blutigen Schwielen. Im übrigen kannte er seine Töchter nicht. Als Nachkommenschaft betrachtete er nur seine Söhne.

In der Hütte überließ er die Herrschaft dem Großvater.

Der alte Müller war ein guter Wirtschafter. Er verschaffte sich Respekt, war großzügig, bezahlte die Leute auch dafür, daß er sie erniedrigte. Über jeden spottete er, er selbst hätte jedoch nicht die kleinste Spöttelei ertragen. Schon der Verdacht genügte ihm, sich zu rächen.

Er drückte seine Umgebung auf die Erde und ragte darüber wie ein Obelisk.

Von Lucka erfuhr Žeňa, daß er einer der ärmsten Burschen gewesen war und die Mühle nicht geerbt, sondern erheiratet hatte. Dann wurde er hochmütig und herrisch, und seine Macht nahm zu.

Nichts konnte seine rücksichtslose Grausamkeit aufhalten.

Wenn sie im Forsthaus geahnt hätten, was ihre minderwertige, stotternde Tochter erfuhr!

Durch die Offenheit der Kräuterfrau wurde das Kind sogar in die Frauengeschichten des Altmüllers eingeweiht. Nach dem Tod seiner zweiten Frau hatte er mit einer jungen Magd zusammengelebt, und die hatte ihm seine Sünden heimgezahlt. Kaum machte er zwei Schritte aus der Mühle, da stürzten schon ihre Mutter und zwei uneheliche Kinder herein. Sie klauten wie die Elstern, doch der selbstbewußte Müller schöpfte keinen Verdacht. Es schmeichelte ihm, wie augenfällig das Mädchen an ihm hing, wie sie ständig um ihn herum war, wie sie freudig kichernd auf seine derben Scherze reagierte, auf ein Kopfnicken von ihm wartete und die Unterwürfigkeit eines gut dressierten Hundes an den Tag legte.

Diese Beziehung währte Jahre. Jenůfa Okáčová nahm sich schamlos, was ihr für die erlittenen Kränkungen rechtmäßig zustand. Sie zögerte nicht, ihn mit den auf Wanderschaft befindlichen Müllerburschen zu betrügen, die sich in der Mühle die Hand reichten.

Eines Nachts ertappte er sie und warf sie auf der Stelle hinaus, doch die Wunde im Herzen blieb ihm.

An der Untreuen hatte er aufrichtig gehangen.

Immer wieder rächte er sich dann an anderen Frauen für ihren Verrat.

Žeňa hörte mit kaum zu unterdrückendem Beben zu, denn sie stellte sich vor, was ihre Mutter dazu sagen würde.

»Er war ein hübscher Kerl, die Frauen flogen auf ihn. Ich selbst bin eine Weile mit ihm gegangen, da war er noch ledig«, setzte Lucka ihren Erinnerungen die Krone auf.

»Sie, Gevatterin?!«

»Ich war ein Luder. Aber kein Mistvieh.« Den Unterschied verstand Žeňa nicht ganz. »Die Narbe auf seinem Dickschädel hat er von mir.«

Am Abend spähte Žeňa neugierig auf Großvaters Narbe, die die Kinder von klein auf interessiert hatte. Sie hatten sie mit seiner Kraft und seinen siegreichen Schlägereien in Verbindung gebracht.

Die Eltern ahnten nicht, durch was für eine Schule Žeňa ging und wie wichtig Lucka für sie geworden war.

»Wenn ich groß bin, Gevatterin, werde ich mir ein Haus neben Ihrem auf der Pazdera-Wiese bauen.«

»Ja sicher«, nickte die Alte, aber sie glaubte ihr kein Wort.

Mit dem Sparen begann die Rechenkünstlerin beim Herrn Lehrer. Sie erhielt einen Fünfer für die Zustellung der Milch. Aber sie hatte auch andere Quellen. Wenn sie Tante Anda zum Abliefern der Näharbeiten nach Šádova Hut' begleitete, bot sie auch eigene Waren an. Kleine Töpfchen, Körbchen, Netztaschen, Taschentücher, Puppen. Sie verlangte einen Spottpreis dafür, weshalb sie Erfolg hatte und ihr heimliches Vermögen anwuchs.

Wie die anderen Kinder auch trieb sie sich vor dem wohlriechenden Lädchen der Trafikantin herum, kaufte aber kaum etwas. Sie wollte sich nicht verraten.

An Weihnachten brachte sie Lucka ein dunkelbraunes Kaschmirtuch, an dessen Saum in hauchfeinen Schattierungen der Grundfarbe Rosen hervortraten.

»Wo hast du das her?«

»Das habe ich eingetauscht, Gevatterin. Für kleine Teller.«

Den Tauschhandel hatte sie schon lange entdeckt, eigentlich schon in der Schule.

Luckas Kopftuch war von Motten zerfressen, ein Fetzen zum Wegwerfen. Sie besserte es mit aufwendigen kleinen Stichen aus, ersetzte die Fransen, gab ihm seine Schönheit zurück.

»Žeňa, du hast einen erstaunlichen Geschmack!«

Sie errötete vor Freude, und kleine Grübchen erschienen auf ihren Wangen. Sie war hungrig nach Anerkennung.

Auch zu Hause fertigte sie zu Weihnachten für jeden ein Geschenk an. Dabei unterlief ihr ein Fehler, der als Beleidigung aufgefaßt wurde. Sie hatte Manda und ihrer Mutter für die windigen Tage die gleichen Haarnetze gehäkelt. Unter dem Weihnachtsbaum konnte sich die Förstersfrau beherrschen, doch am nächsten Tag fand Žeňa ihr Netz weggeworfen im Stall.

Žeňa rollte die Palatschinken nicht zusammen. Sie bestrich sie auf einem flachen Teller mit Marmelade, verzierte sie mit Schlagsahne und gab ein paar Tropfen Rum darauf. Honza aß zwei Portionen, dabei mochte er nicht gerne Süßes. Er liebte Kartoffeln. Die gelben, schmackhaften Kartoffeln der Bergfelder. Er behauptete, sie würden eine Delikatesse der feinen Herrschaften sein, wenn sie nicht so leicht erschwinglich für die armen Leute wären. Žeňa wußte sie auf hunderterlei Arten zuzubereiten. Als Brei, als Salat, mit Knoblauch geröstet, als Puffer, Gulasch, Plätzchen, gekocht, gebacken, mit Soßen, mit Gemüse, mit Milch …

Honza war ein Küchenmensch, er kochte gerne für seine Mutter, wenn sie krank war. Das war eher selten. Žeňa kam dann auf einen Sprung bei ihnen vorbei, roch an der fertigen Speise, lobte sie, sagte: Geben wir dem Ganzen noch ein bißchen Geschmack – und es wurde etwas völlig anderes daraus.

Honza schämte sich nicht. Er erkannte Žeňa als Autorität an. Er war ein großer Esser, und besonders für Salat nahm er sich keinen Teller, sondern eine Schüssel.

Nach dem Abendessen legten sie die Entwürfe der Kostüme und Dekorationen auf dem Tisch aus.

Anda kam auf Zehenspitzen von der schlafenden Jiřinka herunter und unterbrach die beiden. Sie setzte sich an den Tisch, faltete die Hände und fing an, die seidigen Haare auf dem Kissen zu schildern, die geballten kleinen Fäuste, den atmenden kleinen Mund … Sie ließen die Arbeit ruhen und hörten ihr aufmerksam zu, obwohl sie es auswendig kannten. Nur für die liebende Großmutter war es immer wieder neu und aufregend.

»Ihre Stirn ist kühl, und sie schwitzt nicht«, endete Tante Anda. Mit einem Kuß hatte sie sich davon überzeugt. In ihrem tiefsten Innern hörte sie nie auf, um das bleiche Kind zu bangen. Wenig hatte gefehlt, und sie wären sich nie begegnet.

Als Žeňa zu den Pazderas ging, weil sie die Wiese kaufen wollte, fiel ihr Rost'as Tochter überhaupt nicht auf. Sie bot ihnen für den kargen Hügel mit der eingefallenen Heuscheuer die unglaubliche Summe von achthundert Kronen an.

Der Schuster Pazdera war unheilbar an Tuberkulose erkrankt, seine ebenso alte, abgearbeitete Frau an einer Nierenentzündung.

Zu Žeňas Entsetzen schüttelten sie die Köpfe.

»Wir können die Wiese nicht verkaufen. Sie gehört Jiřinka.«

Erst da blickte sich Žeňa nach der ausgemergelten Kleinen um, der Eigentümerin jener Bruchbude auf der unfruchtbaren Brache. Žeňa ließ verschämt die Schultern hängen.

»Ich zahle tausend dafür, überdenken Sie es noch einmal. Ich komme wieder nachfragen.« Sie spürte, daß sie ihre Meinung nicht ändern würden. Dennoch kam sie wieder, finster und grimmig. Die Wiese hatte sie sich schon so lange innerlich angeeignet, sie konnte nicht auf sie verzichten. Ihre Träume waren zerstört. Sie wurde ganz verzweifelt.

»Überlegen Sie es sich gut. Ich werde für diese einfache Bude wie für eine Hütte bezahlen. Sie bekommen es von mir vergolten.«

Sie packten die fürstliche Gelegenheit nicht beim Schopf, die sich ihnen bot, sie feilschten hin und her, bis sich der alte Pazdera zu fragen traute: »Würdest du Rost'a heiraten?«

Es war heraus.

Sie war nicht beleidigt. Sie hatte gesehen, wie mühsam sich die Frage aus seiner kranken Kehle gewunden hatte, wie schuldbewußt sie auf seinen bläulichen Lippen zitterte.

Die beiden versuchten, das erwartete *Nein* für ein paar Sekunden hinauszuzögern.

»Vielleicht wird er wieder gesund«, behaupteten sie ohne eine Spur von Überzeugung. »Er wird noch einmal operiert. Und selbst wenn … Es war ein Dienstunfall, Jiřinka wird eine Waisenrente kriegen.« Der Schuster erhob seine Stimme – und sie sprachen gleichzeitig: »Siebzig Kronen im Monat.«

Das zweijährige Kind für siebzig Kronen guckte Žeňa mit großen Augen an.

Darum ging es also.

»Ich sage Ihnen morgen Bescheid.«

Sie ging sich bei Lucka Rat holen, und am darauffolgenden Tag kam sie, ihr *Ja* zu geben.

In den verhärmten Mienen der beiden zuckte Hoffnung auf. Auf einmal waren sie schön.

Žeňa schoß es durch den Kopf: Die Schönheit hat eine Seele.

Rost'a der Krüppel mit der verschlissenen Decke auf den reglosen Knien sagte während der Eheverhandlung kein Wort. Ihm war nicht danach.

Als alles vereinbart war, begleitete der alte Pazdera sie bis zum Städtchen, wo sie bei der alten Buchla wohnte.

»Wir müssen dir etwas erzählen, Blaženka, die Mutter und ich. Sag bitte nichts.«

Sie sagte nichts.

»Wir haben die Skelette verkauft.«

»Welche Skelette?«

»Unsere. Damit Rost'a studieren konnte.«

Sie mußte sich zusammennehmen, um nicht aufzuschreien. Sie holte tief Luft, und ihre Stimme klang natürlich.

»Und was ist dabei?«

Sie brachte es fertig, weil sie dabei mit aller Kraft an die Ärztin im Kinderkrankenhaus dachte.

Ich bin Linkshänderin, Frau Doktor.

Und was ist dabei?

»Rost'a weiß nichts davon, bitte sag ihm nichts.«

Sie nickte.

»Die Leute mögen uns nicht, weil wir etwas Besseres geworden sind. Ich bin Schuhmacher, die Mutter ist Flechterin ... und Rost'a Ingenieur.«

Trotz allem Elend klang aus seinen Worten Stolz. Žeňa machte sich bewußt, daß sie eine Frau Ingenieur werden würde, und mußte ein unsinniges Gelächter zurückhalten.

»Du als gebildete Person kannst das verstehen, Blaženka. Meine

Frau und ich haben immer gerne gelehrte Bücher gelesen, und Rosťa hat es geerbt. Jiřinka wird intelligent sein.«

»Sicher«, stimmte Žeňa eifrig zu. Ihr ging bereits eine andere Sache durch den Kopf.

»Ob Ihre Frau wohl ... einen Sessel flechten könnte?«

»Und ob sie das kann.«

»Einen Schaukelstuhl?«

»Auch den. Wir werden dir einen flechten.«

»Nein, nein, ich möchte nicht, daß Sie mir einen flechten, ich möchte, daß Sie es mir beibringen.«

Pazdera geriet in Verlegenheit.

»Das ist eine schwierige Arbeit ... also recht mühselig ... Ich meine damit, daß man eine gewisse Handfertigkeit braucht ...«

Er redete weiter, doch sie hörte nicht mehr zu. Sie bebte vor Ungeduld. Eine neue Leidenschaft eroberte ihr Herz: geflochtene Möbel.

Die verrückte Heirat erweckte allgemeinen Unmut. Weil niemand Žeňas wirkliche Beweggründe kannte und sie auch niemand geglaubt hätte, wollten die Verdächtigungen kein Ende nehmen. Siebzig Kronen waren nicht wenig. Wer siebzig Kronen besaß und ein Dach über dem Kopf, konnte nicht Hungers sterben.

Aber für die Tochter des Revierförsters?!

Vermutungen tauchten auf und umschwirrten Žeňas Entscheidung wie Fliegen einen weggeworfenen Knochen. Man sprach vom Erbe eines entfernten Onkels, von einem Sparbuch mit vielen Tausendern.

Žeňa war es gleich. In Luckas Schule hatte sie sich abgewöhnt, auf fremde Meinungen zu achten.

Für die Mutter bekam der Name der Tochter einen bitteren Beigeschmack, der Großvater triumphierte, und der Vater blieb gleichgültig, er interessierte sich nur für seine Söhne.

Als Schwiegertochter konnte man Žeňa nichts vorwerfen. Den alten Pazderas ging es gesundheitlich besser, und wenn etwas sie hätte retten können, hätte Žeňa es versucht. Sie beide überlebten Rosťa, der bei einer weiteren Operation an einer Embolie starb. Da stand anstelle der Heuscheuer bereits ein Holzhaus auf der Wiese. Auf Anraten des Arztes zogen Žeňa und Jiřinka gleich dorthin um.

Das Enkelkind wurde jedoch nicht um die Liebe seiner Großeltern betrogen. Žeňa und das Kind besuchten sie täglich mit einem Essenspäckchen und gewaschener Wäsche.

Zum Ende ihres Lebens war ihnen das Glück begegnet und begleitete sie bis ins Grab. Jiřinka hatte Žeňa augenblicklich als Mutter akzeptiert. Ohne Scheu rieb sie ihr weiches Schnütchen an ihrem Gesicht, so natürlich wie ein Tierjunges.

Žeňa staunte über das, was sich in dem Kind regte. Es war das gleiche, das sie früher fasziniert in einer Hundehütte beobachtet hatte, im Kaninchenstall oder bei den Kühen – und was sie selbst immer so schmerzlich vermißt hatte.

Das stärkste Gefühl ihrer Kindheit war nicht Liebe gewesen, sondern Haß. Durch ihn hatte sie gelebt.

Mit jedem Tag wurde ihr deutlicher bewußt, was ihr zuteil wurde, mit jedem Tag liebte sie Rosťas Kind mehr.

Ihre Kehle wurde eng, wenn sie daran dachte, daß sie dies alles einer jungen Frau verdankte, die gestorben war, kaum daß sie das kleine Mädchen auf die Welt gebracht hatte.

»Maťa hat geschrieben.« Ihre Tante reichte Honza einen Brief. »Er ist zum Major ernannt worden. Nach der Kirchweih kommen sie alle hierher.«

Honza hing sehr an seinem ältesten Bruder. Auch Žeňa mochte Maťa gern. Sie sah mit Ehrfurcht zu ihm auf, weil er mutig war, gerecht und sich ihr gegenüber immer wie ein ritterlicher Beschützer verhalten hatte. Dafür konnte sie Ludva und Vincek, die beiden mittleren Brüder, überhaupt nicht leiden. Vor allem Vincek nicht.

Einmal hatte sie sich bei Maťa beschwert, daß er sie ungehörig angefaßt habe, und der Unverschämte bekam eine ordentliche

Abreibung. Sie erzählte es ihrer Mutter und bekam selbst eine Tracht Prügel. Mat'a setzte sich zeit seines Lebens für die ein, die Hilfe brauchten. Es lag in seinem Wesen.

»Sie kommen mit dem Wagen und nehmen euch dann für einige Tage nach Prag mit. Fahr du mit Žeňa. Für mich wäre es zu anstrengend.«

Žeňa wurde rot vor Freude. Sie wußte, welches Opfer die Tante ihr brachte, Prag liebten sie beide gleichermaßen.

»Jiřinka nehme ich solange zu uns.«

Jetzt wurde wiederum die Tante rot.

In Prag war Žeňa schon mehrfach gewesen, doch sie konnte nie genug davon bekommen. Stundenlang ging sie zu Fuß herum, und ihre Beine schwollen an, weil sie das Pflaster nicht gewohnt war, sie stieg den Petřín und den Vyšehrad hinauf und prägte sich die malerischen Bilder ins Gedächtnis, um sie jederzeit wieder aufrufen zu können.

Sie spazierte durch mittelalterliche Gassen, schaute in Toreinfahrten hinein, machte am Flußufer halt, besichtigte Paläste, Galerien, besuchte unzählige Theateraufführungen. Mit eigenen Augen hatte sie die beiden Schauspieler gesehen, die Honza vergötterte, Jiří Voskovec und Jan Werich, und im Nationaltheater hatte sie sich die ›Rusalka‹ angehört.

Selbst einen Prager Ball hatte sie erlebt. Damals lud Mat'a auch Jitka ein. Während Žeňa unbemerkt blieb und nur mit Honza, Mat'a und ein paar höflichen Freunden von ihm ungeschickt tanzte, wanderte Jitka von Arm zu Arm. Sie sah prächtig aus in dem Modell der alten Buchla, das Žeňa entworfen hatte, benahm sich ungezwungen, strahlte und blendete.

Selbst Mat'as schöne Frau konnte nicht mit ihr mithalten.

Nach dem Ball gingen Žeňa und Honza zu Fuß nach Hause – sie wollten kein Taxi nehmen. Die Stadt offenbarte ihnen ihr zweites Gesicht. Es war so still, daß sie beide den Atem anhielten, verträumt, unwirklich, voller langer Schatten. Über ihren Köpfen erhoben sich die Türme in schärferen Umrissen als bei Tageslicht – es brauchte Mut, um in die Gassen zu gucken oder hineinzugehen, die am Ende von der Dunkelheit abgeschlossen wurden.

»Prag ist die Perle Europas«, hatte Honza gesagt.

Žeňa hatte geschwiegen.

Anda und Honza wollten aufbrechen. Žeňa warf sich ein Wolltuch über die Schultern und begleitete sie ein Stück. Dann setzte sie sich vor die Hütte, um auf Lucka zu warten. Sie beobachtete den abnehmenden Mond, wie er hinter Wolken verschwand und wieder auftauchte. Licht, Schatten – Licht, Schatten.

Ein Gefühl von kosmischer Stille und Frieden.

In diesem Augenblick zeigte sich später Besuch.

»Jitka! Was machst du denn hier?!«

»Großvater liegt im Krankenhaus. Seine Beine sind offen.«

Dieser Nachricht wegen war sie nicht gekommen. Žeňa wartete.

»Mutter ist ganz erledigt deswegen. Sie hat soviel Arbeit ...«

Da war es.

»Ich werde ihr helfen.«

»Du würdest ihr am meisten helfen, wenn du den Großvater für einige Zeit zu dir nehmen könntest. Wenn er entlassen wird, wird er Ruhe brauchen. Bei uns geht es, wie du weißt, das ganze Jahr drunter und drüber.«

Wie soll ich nein sagen?

»Wann wird er entlassen?«

»Morgen.«

Also habe ich keine Zeit zum Nachdenken.

»Honza hat eine Rolle für dich gefunden«, lenkte Žeňa ab. »Du wirst die Höllenfürstin spielen. Roter Brokat mit Schwarz.«

Eine Rolle fast ohne Text, lange, schleppende Schritte über die Bühne, eine wunderbare Robe, perlendes Lachen.

Riesiger Erfolg. Applaus.

Die hiesigen Burschen hatten sich gemeinsam ein Opernglas gekauft, damit sie ihr in den Ausschnitt gucken konnten.

Míla verliebte sich immer wieder von neuem leidenschaftlich in sie. Sie selbst hatte ihn nie geliebt, doch die Rolle der hingebungsvollen Gattin spielte sie meisterlich.

»Wir würden den Großvater morgen gegen Mittag zu dir bringen«, drängte Jitka ungeduldig und fügte schnell hinzu: »Es wäre auch nicht umsonst. Bist du einverstanden?«

»Nein.«

6

Žeňa ging als letzte zur Beichte und zögerte noch, ob sie ihre banalen Sünden aufzählen sollte. Ich habe zu Hause widersprochen, ich bin neidisch gewesen, ich hab den Jungen Prügel gewünscht, ich habe jemanden verspottet. Bei der letzten Sünde stutzte sie. Ihr Gewissen machte sie darauf aufmerksam, daß dies eine schwere Sünde war.

»Ich habe über Líza Šeldová gespottet, als sie sich die zerlumpte Puppe von Alenka Svojsíková aus der Schlucht geholt hat. Ihr hat die Puppe leid getan ... Alenka hatte sie schmutzig gemacht und in die Schlucht geworfen und gesagt, sie hätte sie verloren, damit ihr Onkel ihr eine neue kauft.« Žeňa redete, wie ihr die Gedanken durch den Kopf flossen, nie redete sie so viel wie während der Beichte. Der hochwürdige Herr fragte nicht nach. Er stellte nie Fragen. Und er unterbrach sie nie. »Líza hat sie aus der Schlucht geholt und ihr ganz häßliche Kleider genäht, sie hat sie in Seifenlauge gewaschen, dann ist sie mit ihr im Wald über die kleinen Pfade gelaufen und hat mit ihr geredet, und ich habe sie dort gesehen und es in der Klasse erzählt, und Alenka wollte sofort die Puppe wieder, und Líza ist gar nicht laut geworden, sie hat nur geschaut ...«, den stummen Aufschrei in ihrem Blick würde Žeňa ihr Leben lang nicht vergessen, »und gesagt, daß sie die Puppe nicht hergibt ... und alle waren gegen sie, auch ich ... aber dann habe ich ihr schöne Kleider für die Puppe genäht und ihr einen kleinen Stock fürs Stöckchenspiel geschnitzt …«, Žeňa wurde lauter, sie wollte sich selbst niederschreien, ihre Vorwürfe, ihre nicht wiedergutzumachende Schuld, »wir nennen sie Laubfrosch, denn so sieht sie aus, wenn sie eine Brille trägt … aber jetzt lachen wir nicht mehr soviel über sie.«

Der hochwürdige Herr schwieg.

Alle Sünden, auch diese letzte, waren nichts gegen jene, wegen der sie gekommen war und die sie nicht überwinden würde.

»Und dann hasse ich den Großvater!«

»Du haßt?« unterbrach sie der Priester ganz gegen seine Gewohnheit.

»Ja.«

»Warum?«

In einem Atemzug sprudelte es aus ihr heraus, und sie endete außer Puste, aufgeregt. Sie erzählte, wie grausam er schlug, wie ungerecht er zu ihrer Mutter war, wie er sich über die schwache, hochsensible Cilka lustig machte. Sie zögerte, doch dann rückte sie auch noch mit der Geschichte auf dem Kartoffelfeld heraus. Cilka hatte sich mit ihrem Mittagessen zwischen die Säcke gesetzt, das taten alle, die Säcke dienten als Sitzgelegenheit. Sie hatte fast nichts gegessen, dafür legte sie den Kopf zurück und schlief auf der Stelle ein. Da hatte er sich klammheimlich mit dem Wasserkrug an sie herangeschlichen, in dem sie sich immer die Hände wuschen, und das kalte Schmutzwasser über ihr ausgekippt.

Sie war jäh aufgewacht und hatte aufgeschrien. Die nassen Kleider klebten ihr schamlos am Leib. Die Scherze des Großvaters waren berühmt, die Männer konnten sich totlachen. Žeňa, der seit ihrer Krankheit alles egal war, warf ihre Kleider von sich, bis sie im Höschen dastand. Sie zog die starre Cilka ins Gebüsch und streifte ihr dort ihre Oberkleider über. Sie wunderte sich, daß sie Cilka genau paßten. Die nassen Kleider hängte sie über die Äste.

Sie kehrte halbnackt zurück, aber darüber lachte niemand. Nur die Mutter zischte ihr zu: Du Schamlose!

Darauf nahm Žeňa einen löchrigen Sack, schob Kopf und

Hände durch die Löcher hindurch, zog um ihre Taille eine Schnur und schürzte den Sackstoff so darüber, daß sie nicht über ihn stolperte. So ausstaffiert arbeitete sie bis zum Dunkelwerden weiter, ohne daß irgend jemand eine Bemerkung machte. Selbst der Großvater hatte geschwiegen.

»Der Haß ist ein sündiges Gefühl, Blaženka, so etwas wie eine Krankheit. Du mußt davon genesen.«

»Ich weiß, aber es geht nicht.«

»Hast du einmal bemerkt, wie alt dein Großvater ist? Wie grau? Wie abgehärmt?«

Sie hatte es bemerkt, und es war ihr piepegal.

»Er könnte auch ein Einsehen haben«, sagte sie und meinte es nicht frech.

»Du bist noch jung, Blaženka, du kannst die Sorgen der Erwachsenen nicht verstehen.«

»Er hat kaum welche. Er befiehlt immer nur.«

»Das kommt dir so vor. Er kümmert sich um euch alle. Und warum? Weil er euch gern hat.«

In Žeňas Gesicht zuckte es. Sie lächelte nicht nur dem Priester zuliebe. Er kannte den Großvater überhaupt nicht, so war das.

»Selbst wenn du vielleicht denkst, daß er dir Unrecht getan hat« – ihm wurde bewußt, daß sie nicht von sich gesprochen hatte – »... oder jemand anderem, solltest du nicht an Rache denken.«

»An Rache denke ich nicht. Das wäre noch eine Sünde.«

»Also wirst du folgsam und lieb sein?«

»Folgsam ja, aber lieb nicht.«

»Warum nicht?«

»Weil ich ihn nicht mag ... Auch wenn er mein Nächster ist.«

Der Priester spürte, daß dem Kind noch etwas anderes durch den Kopf ging.

»Was quält dich noch, Blaženka?«

»Die wahrhaftige Reue.«

Er wartete ab, daß sie es ihm erklärte.

»Ich schaffe es nicht, richtig zu bereuen. Ich gehe beichten, daß ich den Großvater hasse, und ich tue Buße, aber in Wirklichkeit bereue ich es nicht. Weiß der liebe Gott, daß ich es nicht bereue?«

»Ja, das weiß er.«

»Also betrüge ich ihn.«

»Gott kannst du nicht betrügen, Blaženka, du betrügst dich selbst. Du bringst dich um seine Vergebung.«

»Auch wenn ich Buße tue und bete?«

Der Priester fand keine Antwort. Seit Jahrhunderten sündigten die Menschen, indem sie sich auf die Barmherzigkeit Gottes verließen, seit Jahrhunderten versuchten sie, sich aus ihrer Schuld herauszuschlawinern. Und nur eine Handvoll von ihnen war bereit, es zuzugeben, wie dieses Kind hier.

»Auch wenn ich die Absolution erteilt bekomme?«

»Indem du dir deine ungenügende Buße bewußtmachst, indem du dich zu deiner menschlichen Schwäche bekennst …« Er verstummte. Ich kann nicht mit Kindern reden, sie sind zu geradlinig. »… machst du die ersten kleinen Schritte auf dem Wege zur Besserung … und irgendwann wirst du deinen Haß loswerden.«

»Ich glaube nicht, daß ich ihn loswerde, Hochwürden.«

»Und bekümmert dich das?«

»Ja.«

»Dann warte es ab. Warte ab, und eines Tages wird dir Gott die Kraft schenken. Dann überwindest du dich selbst.«

Worte, Worte.

Tausende von Jahren.

Tausende von Jahren die gleichen Heucheleien.

Leere Worte, selbst wenn es die Worte von Gebeten sind. Aber das werde ich dir nicht auch noch sagen, Kind. Ich könnte dir nicht einmal den Unterschied erklären zwischen einem Gebet, das aus dem Mund kommt, und einem, das aus dem Herzen kommt.

Weil du, und das glaube ich dir, nur mit dem Herzen zu beten verstehst.

»Wird dieser Tag kommen, Hochwürden?«

»Er wird kommen, Blaženka.«

»... also warte ich ab.«

Sie sagte es zögernd, aber aus ihrem Ausatmen hinter dem letzten Wort klang Erleichterung.

Ein unkindliches Kind.

»Er ist nicht nur dein Nächster. Er ist dein Großvater.«

Beinahe wäre er ins Stottern geraten. Es gelang ihm nicht, sich in Žeňas Gedanken hineinzuversetzen, und das bedrückte ihn. Er spürte, daß ihre Argumente stärker waren als seine. Dieser Mensch, der die Erwachsenen so vollkommen verstand, konnte nicht die Seele eines Kindes verstehen. Als wäre seine eigene Kindheit aus seinem Leben gelöscht. Er versuchte, aus der heißblütigen, unbezähmbaren Žeňa so etwas wie ein anämisches Engelchen mit einem grünen Zweig in der Hand zu machen.

»Streng dich an, und du wirst ihn gern haben.« Žeňa dachte bei sich, daß der Großvater sich anstrengen sollte. »Von den alten Verwandten hast du nur noch ihn. Er liebt dich sicher.«

Das versetzte ihr den letzten Schlag. Aber sie schluckte ihre Einwände hinunter. Der hochwürdige Herr war so fern von aller Schlechtigkeit, daß sich nicht mit ihm reden ließ. Sie machte ein ergebenes Gesicht und bat um die Absolution. Der Priester trug ihr ein paar Vaterunser auf, in dem niederschmetternden Bewußtsein, wie lächerlich es war.

»Denke über meine Worte nach, Blaženka, und wenn du dir keinen Rat weißt, komm.« Er hatte nicht erwartet, daß sie gleich am nächsten Tag auftauchen würde, und dann auch noch in der Pfarrei. Er stutzte gerade die jungen Bäume im Garten und bemerkte sie erst, als sie anfing, die dünnen Zweige aufzulesen.

»Was ist denn passiert?«

»Nichts. Ich bin gekommen, um zu fragen, ob Gott alles weiß, was wir denken.«

»Alles, Blaženka«, sagte der Priester und machte eine kleine Verschnaufpause.

»Das ist gut«, sagte sie zufrieden aufatmend. Sie lächelte. Kindlich, mit Grübchen in den Backen. Er überlegte mit Sorge, wonach sie ihn eigentlich gefragt hatte und worin er sie bestärkt hatte.

»Werden Sie das Reisig hier verbrennen?«

»Erst wenn es trocken ist.«

»Wohin soll ich es tragen?«

Ihre Dienstfertigkeit war ihm unangenehm. Trotzdem vertrieb er sie nicht, sondern wies mit der Hand auf einen trockenen Haufen.

»Ist es das gleiche, ob ich in Gedanken fluche oder laut?«

»Beinahe das gleiche. Laut zu fluchen ist darum schlimmer, weil es Anstoß erregt.«

Žeňa kannte keinen einzigen Menschen, bei dem es Anstoß erregen würde.

»Da hat Ihnen jemand Blumen ausgerupft.«

»Das war ich, Blaženka, das Beet ist so dicht.«

»Was machen Sie mit ihnen?«

Er bemerkte die Begehrlichkeit in ihrer Stimme.

»Möchtest du sie haben?«

»Ich jäte Ihnen dafür Unkraut«, schlug sie schnell vor, damit er keinen Rückzieher machen konnte.

Sie nahm die Blumen zur Pazdera-Wiese mit, wo sie ein Stückchen Erde umgrub und sie dort hineinsetzte. Am Sonntagnachmittag, in der fürs Spielen freigegebenen Zeit, kam sie angerannt, jätete das Unkraut aus den Beeten und verschwand wieder.

Eine Woche später teilte sie dem Priester mit, daß die Blumen Wurzeln gefaßt hätten.

Verschämt erkundigte sie sich, ob er nicht noch irgendeine Arbeit für sie habe. Er verneinte. Er glaubte, ihr damit eine Freude zu machen, in Wirklichkeit enttäuschte er sie. Sie hätte gerne noch andere Blumen gehabt.

Auch wenn sie nicht zum Märtyrertum neigte, auch wenn sie nicht bitter wurde, sammelte sich das erlittene Unrecht wie Schimmel in ihr an. Unvermittelt konnte sie Verzweiflung überfallen. Dann war der Pazdera-Wiesengrund an der Reihe und die Beschwörungsformel: Wenn ich erst einmal Geld verdiene!

Oft mähte sie sonntags zusammen mit den Waldarbeiterinnen das Gras in der Baumschule. Die anderen erhielten dafür einen Arbeitslohn. Sie sagte: »Ich habe auch gemäht, Vater.« Ungeduldig fertigte er sie ab: »Schön.« Sie wurde vor den Arbeiterinnen erniedrigt, schämte sich für ihre Bemerkung, als hätte sie sich etwas erbetteln wollen, was ihr nicht zustand. Cilka spürte, daß sie gleich weinen würde, und lud sie zum Spielen ein. Schroff gab sie ihr eine Abfuhr. Gleich darauf tat es ihr leid, aber sie konnte sich nicht entschuldigen. Einige Tage lang brannte es wie ein eingetretener Dorn.

Cilka machte ihr keinen Vorwurf.

Wäre ihre kluge Schwester nicht gewesen, jeden Augenblick hätte unter Žeňas Füßen die Erde gebrannt.

Wenn ich erst einmal Geld verdiene!

Wenn ich erst einmal Geld verdiene!

7

Rechts die glänzende kleine Perle des Juriga-Fensters, schräg links der scharfe Schatten von Luckas Haus.

Manche Menschen würden sich nie die Zeit nehmen, den Mond zu betrachten.

Ihre Hände lagen bewegungslos in ihrem Schoß, unter ihnen die unfertige Strickerei.

Ich konnte den Großvater nicht in meine Obhut nehmen. Alles hätte sich hier verändert. Zur Hölle ist es immer nur ein kleiner Schritt.

Mutter wird ihn wieder am Hals haben. Immer die Mutter. Jitka wird nicht auf die angenehme Bequemlichkeit ihres Zuhauses verzichten. Keiner bringt ein Opfer.

Die Mutter.

Für nur kurze Zeit, bis er sich ein wenig erholt hat?! Aus dieser Schlinge würde ich mich nie wieder herauswinden.

Ich werde nicht daran denken. Nicht jetzt.

Mat'a kommt und wird uns nach Prag mitnehmen. Die große, schöne Wohnung. Ein Architekt hat sie eingerichtet. Das Gartenbassin.

Sylva ist lieb. Sie läßt sich ihre Herkunft nicht anmerken. Dabei ist sie die Tochter eines Generals. Niemanden wundert es, daß sie Mat'a aus den mährischen Bergen geheiratet hat. Mat'a ist ein schöner Mann mit einem Benehmen wie ein Fürst.

Sylvas Eltern laden uns nicht ein, eigentlich kennen wir sie nicht. Sicher ist es Zufall. Die Entfernung.

Einmal in ihrem Leben hatte Žeňa den General gesehen, und zwar in Šádova Hut', wohin sie mit Lucka gekommen war, um Juliška von der Heirat mit Pavel zu überzeugen. Ihr hatte gefallen, daß sie diesmal als Gast zu Marenas Irča kommen würde. Sie würde sich ans Fenster setzen, um auf den Platz hinauszuschauen, und sich einen türkischen Kaffee bestellen.

Vor dem Kaffeehaus sank ihr Selbstbewußtsein, und sie begann sogar, etwas zu zittern, doch ihr blieb nichts anderes übrig, als hinter Lucka über die Schwelle zu treten.

Das Haus, das im Städtchen nicht zu übersehen war, stellte gleich auf den ersten Blick eine Quelle des Wohlstands dar. Spießbürgerlich aufgequollen und robust wälzte es sich mit seiner Veranda samt prunkvollem Geländer, Sonnenschirmen und Marmortischchen in den angrenzenden Park hinein.

Zu Žeňas Bestürzung war es vollständig besetzt, aus den Innenräumen drangen die schmetternden Blechtöne einer Tanzkapelle in die ganze Stadt hinaus. Auf dem Parkett schwang ein Haufen aufgeputzter Kadetten das Tanzbein, in den anliegenden Räumen betranken sich unauffällig die Chargen.

Šádova Hut' brüstete sich mit seiner Garnison.

Lucka nickte Irča zu, die hinter der Bartheke stand, erkundigte sich, wo Juliška bediente, und fegte ab in die Richtung.

Vor der Tür des Séparées versuchte ein beschwipster Leutnant, sie aufzuhalten. Er hob sein Glas, rief: »Sperrzone!« und schwankte.

Spielend huschte Lucka hindurch, und es war nicht ihre Schuld, daß ihm das Glas aus der Hand fiel.

»Alte Weiber führen wir hier nicht!«

Weitere geistreiche Witze blieben den Gästen erspart. Lucka rammte ihm ihre geübte Rechte unters Auge. Sie kannte keine Scheu, im Wirtshaus zwischen rasende Kerle zu springen, selbst wenn dabei die Messer flogen. Das wußte der Leutnant freilich nicht. Töricht versuchte er, mit der Alten zu verfahren, wie es ihm seine Ehre gebot, und er war nicht der einzige, der vor Erstaunen aufquiekte, als sie ihn zu Fall brachte.

Bevor sich der Spaß ausweiten konnte, erschien der General in der Arena. Žeňa kannte sich mit den Rängen nicht aus, sie entnahm die Katastrophe nur den verdutzten Gesichtern.

»Leutnant!« Seine Stimme besaß den richtigen Schmiß. »Was geht hier vor?!«

»Zu Befehl, Herr General!« Der Leutnant versuchte erfolglos, einen Fersenschluß hinzulegen. »Ich habe diese Person des Raumes verwiesen, und sie ...«

»Welche Person?!« Der General ließ den Blick eines hungrigen Tigers über ihn gleiten. Er erblickte einen Knopf, der am unpassendsten Ort nicht zugeknöpft war. »Gehen Sie und bringen Sie ihre Kleidung in Ordnung!« brüllte er.

Der niedergeschmetterte junge Mann zog sich in den Waschraum zurück, die anderen wagten sich nicht zu rühren.

»Erzählen Sie«, nickte der General mit dem Kinn ins Unbestimmte. Nach zwei Sekunden meldete sich ein Kadett, der die schwächsten Nerven besaß.

»Zu Befehl, Herr General«, stammelte er, »der Leutnant hat die Person aus dem Raum gewiesen ...«

»Das habe ich schon gehört. Mich interessiert, weshalb er sich dabei auf dem Boden herumgewälzt hat.«

»Sie hat ihm die Beine weggezogen.«

»Diese Dame hier?!« Sein Gebrüll wurde zu einem drohenden Flüstern.

Alle blickten auf Lucka. Anstelle einer schäbigen alten Vettel stand dort die Verkörperung verletzter Unschuld, wehrloser Weiblichkeit und Zartheit. Žeňa kannte viele von Luckas Gesichtern. Bei dieser Verwandlung überlief sie dennoch ein Schauder.

»Wiederholen Sie mir das!« kreischte der General.

»Ich wollte sagen, der Leutnant stolperte ...«

»Weil er sich kaum noch auf den Beinen halten konnte«, zischte der General und sah sich um. Auf allen Mienen zeichnete sich eifrige Zustimmung ab, die Speichellecker nickten mit dem Kopf.

Darauf reichte der General Lucka den Arm, und die Dinge nahmen ihren natürlichen Lauf. Zum ersten Mal trank Žeňa Champagner. Er schmeckte für sie wie Selters.

Keiner der Männer war so nüchtern, um sich darüber aufzuhalten, was Lucka in sich hineinschüttete. Die Alte in den Bundschuhen wurde die Zielscheibe galanter Höflichkeit, Zentrum der Aufmerksamkeit, ihre zynischen Bemerkungen wurden als scharfsinnige Geistesblitze bewertet. Von einer echten Königin unterschied sie nur ein bißchen unwesentliches Flitterwerk, wie es Ringe und Perlenketten waren. Als vom großen Saal ein Walzer herüberklang, fragte der General mit einer Verneigung, ob Lucka ihm die Ehre erweise. Sie machte eine zustimmende Kopfbewegung. Dann schwebte sie in seinen Armen wie eine Fee, und die anderen Herren bemühten sich der Reihe nach um das gleiche Vergnügen. Gegen Mitternacht kamen wildere Rhythmen an die Reihe, Lucka drehte sich wie ein Kreisel, und der General blieb keine Figur schuldig.

Zum Abschied küßten die Männer Luckas Hand.

Žeňa saß schweigend an der Seite wie ein Bestandteil des Mobiliars.

»Gevatterin«, erinnerte sie sie, »Sie wollten mit Juliška sprechen.«

»Das ist erledigt. Nächste Woche wird das Aufgebot gemacht.«

Es gab Fertigkeiten, die Žeňa niemals erlernen würde.

Auf dem Rückweg nach Želary im Morgengrauen nahmen sie eine Abkürzung zwischen den Steilhängen. In der trüben Dämmerung war der Pfad kaum zu erkennen.

»Gib mir deine Hand«, sagte Lucka unvermutet, »ich bin sturzbesoffen.«

Žeňa beneidete Juliška nicht. Sich auf einen Mann mit sechs Kindern einzulassen, hätte sie sich nicht getraut. Ihre bescheidene Schulfreundin würde sie jedoch alle liebhaben, sich für sie abschuften – und von ihnen tyrannisiert werden. Sie war wie geschaffen dafür.

Eine Woche nach der Trauung, die ruhig und still verlief, erschien Juriga bei Lucka.

»Was soll ich machen, Gevatterin? Juliška hat noch nie einen Mann gehabt.«

Sie schlug ihm mit aller Kraft auf die Schulter, daß ihm ein blauer Fleck davon zurückblieb, und brach in Gelächter aus.

Die Ehe entwickelte sich über Erwarten gut. Pavel verlor sein Interesse am Wirtshaus, die Tränensäcke unter seinen Augen glätteten sich, sein Gesicht sah jünger aus. Mehr als je zuvor glich er einer edlen Holzskulptur. Zum ersten Mal in seinem Leben hielt er eine redliche Frau in seinen Armen. Er behandelte sie mit Respekt, der durch ihre Hingabe noch vervielfältigt wurde.

Seine ehemalige Gefährtin und die Mutter seiner Kinder hatte bei dem Rangierer Stacha nicht das gefunden, was sie sich erhofft hatte. Er ertappte sie eines Morgens in der Küche, wie sie den jüngsten Sohn an sich drückte.

»Was suchst du hier, du Hure?«

»Ich darf vielleicht meine eigenen Kinder besuchen.«

»Hau ab, bevor ich mich vergesse!«

Sie kannte Pavel gut. Zum Diskutieren blieb keine Zeit. Sie wagte gerade noch, die Türe zuzuschmettern, die es dabei beinahe aus den Angeln hob. Auf den Knall hin kam die verweinte

Juliška angelaufen, und Pavel begriff, was sich vorher abgespielt hatte.

»Du bist hier die Herrin, merk dir das!«

Weil sie weiterschluchzte, nahm er sie in die Arme, und nachdem sich Juliška beruhigt hatte, küßte sie ihm die Hand.

Sie küßte ihm häufig die Hand, er hatte sich inzwischen daran gewöhnt. Anfangs hatte er sich unbehaglich dabei gefühlt und auf dem Rückweg von der Arbeit ihre Angewohnheit verflucht, ihm vom Haus aus entgegenzugehen. Sauber, zurechtgemacht, lächelnd, küßte sie ihm vor aller Welt die Hand, also vor den Augen seiner konsternierten Jungen.

Sie sagte: »Willkommen zu Hause.«

Die gefegte Küche und der gedeckte Tisch versöhnten ihn dann mit der Situation.

Daß sie nicht zur Sklavin verkam, war das Verdienst des ältesten Sohnes Vojta. Am Anfang hatte er sie am meisten von allen gehaßt, und die jüngeren Geschwister hatten ihm ausgiebig dabei geholfen. Aber noch bevor sie dazu kamen, ihr das Leben zur Hölle zu machen, begannen sie, an ihr zu hängen. Mit Kindern umzugehen, das war ihre angeborene Gabe. Geduldig hörte sie sich ihre täglichen Erlebnisse an, die wie große, manchmal geheime Abenteuer erzählt wurden, sie vergaß nicht, zu staunen, zu loben und sich zu freuen. Mit den Kleinsten spielte sie endlos lange Verstekken, und obwohl sie hinter dem Schrank oder unter dem Bett ihre Köpfe oder Füße hervorgucken sah, fand und fand sie sie nicht. Erst wenn sie riefen: »Hier sind wir, Mutter«, stürzte sie zu ihnen hin und hob die Lachenden und Siegreichen in die Höhe.

Augenscheinlich ohne Ermüdung wusch sie die schmutzigen Hemden, flickte sie die an den Knien zerrissenen Hosen. Am Abend setzte sie sich zu ihnen und erzählte ihnen, was ihre Mutter ihr früher erzählt hatte. Einer nach dem anderen schliefen sie mit einem glücklichen Lächeln ein.

Sie lobte – schimpfte nicht.

Sie nannte sie nicht Gierhälse oder Quälgeister wie ihre leibliche Mutter, sie ohrfeigte sie nicht, trieb sie nicht zur Arbeit an, sie jammerte nicht darüber, wie sie das Blut aus ihr saugten, beschwerte sich nicht bei ihrem Vater.

Anfänglich fühlten sich die Kinder durch ihre Fürsorge verwirrt und gekränkt, später dürsteten sie nach ihr. Nur Vojta konnte sich mit ihr nicht anfreunden. Er sah sie nicht an, redete nicht mit ihr, lächelte nicht.

Das änderte sich, als er von einem Baum fiel und sich am Schenkel einen Muskel prellte. Tage- und nächtelang hartnäckige Schmerzen. Wann immer sie konnte, saß Juliška an seinem Bett, nahm seine Hände in ihre und drückte sie fest.

Er spürte, wie der Schmerz in ihre Hand überlief, mit der Zeit stellte sich Erleichterung ein, seine verkrampften Kiefer lockerten sich, und er konnte allmählich tief ausatmen.

Kaum war er wieder gesund geworden, suchte sein Vater das Gespräch mit ihm.

»Die Mutter erwartet ein Kind, Vojta. Sie darf nichts Schweres heben und so … Wenn ich nicht zu Hause bin, achtest du darauf.«

Für die Juriga-Jungen begann ein Krieg.

Mit den Geschwistern fertigzuwerden war ein Kinderspiel. Die harte Nuß war die Stiefmutter selbst.

Juliška protestierte, als sie ihr mit unerwünschter Diensteifrigkeit die Kübel aus der Hand nahmen, sie stellte verblüfft fest, daß der Hof ständig gefegt war, die Ställe ausgemistet, das Gras gemäht, das Futter vorbereitet und daß neben dem Ofen ein nicht abnehmender Holzstapel bereitlag. Sie ahnte nicht, wessen Hand die Kinder so geformt hatte, verdächtigte den Vater, die eiserne Disziplin eingeführt zu haben.

Gegen Vojta war Pavel jedoch ein sanftes Lamm.

Zufällig kam Žeňa den Dingen auf den Grund, behielt es aber für sich. Ihr war aufgefallen, daß der siebenjährige Jarouš in der Küche Reisig schichtete, während die anderen Abklatschen spielten.

»Warum gehst du nicht hinaus, Jaroušek?«

»Ich darf erst, wenn ich das fertiggeschichtet habe. Sonst regnet's Ohrfeigen.«

»Schlägt eure Mutter euch denn?!«

»Die Mutter doch nicht«, empörte sich Jarouš. »Vojta.«

Juliška brachte zwei Mädchen zur Welt. Pavel war trunken vor Glück. Er hob Lucka hoch, kaum daß sie sich die Hände gewaschen hatte, trug sie vor die Hütte hinaus und lief mit ihr über die Berghänge.

Endlich hatte er legitime Kinder!

Er sägte eine wunderschöne Wiege aus, Žeňa nähte dazu kleine Kissen und kaufte Flanelldecken.

Jurigas sechs Jungen platzten fast vor Stolz.

Auch das machte sich Vojta zunutze. Die Wiege schaukeln durften sie nur gegen Entgelt.

Ich kann mich nicht vor der Sache drücken. Ich habe keine Wahl.

Er wird in der Küche schlafen, und ich werde ihm kein Gehör schenken.

Žeňa, als einzige der Kinder, liebte ihre Mutter wirklich.

8

Ihr neues Spiel vertraute sie nur Cilka an: Auf jeden Satz vom Großvater antwortete sie in zweifacher Weise. Einmal laut und dann in Gedanken.

»Bring mir den Hammer!«

»Ich geh schon, Großvater.« (Hol ihn dir doch selbst, du blöder Alter!)

»Halte den Nagel fest!«

(Du wirst ihn mir auf den Finger hauen und dann breit darüber grinsen, was für ein Tolpatsch ich bin!)

»Wie hältst du ihn denn, du Trampeltier! … Was heulst du! Brüll nicht so!«

Žeňa lutschte an dem blutenden Zeigefinger und schrie, als hätte er ihn zerschmettert. Sie würde der Mutter alles Blut vor die Füße spucken, das sie heraussaugen konnte. Der Blick, mit dem die Förstersfrau ihren Vater durchbohrte, war es wert.

Sehr bald begriff er. Er versuchte, mit List vorzugehen, doch Žeňa war dauernd auf der Hut. Das ging so weit, daß er in ihrer Anwesenheit den Sinn für seine berühmten Scherze verlor. Sie sah ihn mit solchem Unverständnis an, daß er sich wie ein Clown vorkam.

Sie kämpften schweigend, verbissen, mit ihren geheimen Waffen.

Er erwog schon, sie zum Krüppel zu schlagen – Žeňa wußte, daß es ein Kampf auf Leben und Tod war –, aber sie hütete sich davor, ohne Zeugen mit ihm allein zu bleiben. Die Bandbreite der Fähigkeiten, mit denen sie ihn übertrumpfte, hatte sich gefährlich ausgeweitet.

Sie machte seinen Hochmut und oft auch sein Selbstbewußtsein zunichte. Er beherrschte sich mit letzten Kräften. Nach außen hin hatte er keinen Anlaß zum Zorn.

Es gelang ihr, all seine Absichten gegen ihn zu wenden.

Cilka und sie schliefen hinter einem Vorhang in der Küche. Ohne Rücksicht auf die beiden Mädchen saß er bis spät in die Nacht am Küchentisch, holte Freunde dazu, mit denen er zusammen Sliwowitz trank, Karten spielte, rauchte und lärmte.

Žeňa begann zu schnarchen.

»Wer schläft da?« hörte sie den alten Eliáš fragen.

»Die Kinder.«

»So schnarchen doch keine Kinder!«

Das ungläubige Gesicht schob sich hinter den Vorhang, eine tastende Hand faßte nach ihm und zog ihn auseinander. Žeňa hatte auf diesen Augenblick gewartet. Sie fing an zu schreien.

Der Großvater sprang herbei und zischte ihr ins Ohr: »Irgendwann erschlage ich dich, du Balg!«

Die Mutter kam in die Küche gestürzt.

»Was ist los?«

»Jemand hat sich zu uns geschlichen«, sagte verschlafen die unschuldige, nichtsahnende Cilka.

»Bist du noch recht bei Trost?!« wandte sich die Mutter an ihren Vater. Es war das erste Mal, soweit sich Žeňa erinnern konnte, daß sie ihn vor fremden Leuten anfiel.

»Du halt's Maul«, fuhr er sie an. »Du hast eine Verrückte zur Welt gebracht!«

Die Gäste verzogen sich nach und nach.

Sie wußte, daß er ihr das nicht so einfach durchgehen lassen würde, und war doppelt wachsam. Als sie den Boden über den Ställen putzte, fühlte sie die Gefahr, noch ehe sie die tappenden Schritte auf den steilen Stufen hörte. Sie nahm einen Armvoll Stroh und warf es dem unwillkommenen Gast an den Kopf. Der Großvater hinkte eine Woche lang.

Unten war sie in Sicherheit. Der treue Hund folgte ihr auf den Fersen.

In der geschäftigen Vorweihnachtszeit durfte sie Tante Anda helfen, die Zuckersachen für die ganze Verwandtschaft buk – genauso wie zur Kirchweih, an Fasching und an Ostern.

Zu Heiligabend kamen die Söhne der Tante angereist. Der gutaussehende Mat'a in seiner Feiertagsuniform, auf der immer wieder neue Sterne auftauchten. Er war seiner Liebe wegen beim Militär geblieben, der Tochter des Generals. Ludva hatte sein Theologiestudium beendet, und es hieß, daß er Kaplan in der Pfarrei von Želary werden würde. Während des Kirchfests hatte er bereits ausgeholfen. Sein duckmäuserisches Gesicht zwang sich zu feierlichen Grimassen, er ließ sich einen Vollbart wachsen, sprach mit einer schleppenden, tiefen Stimme (wie ein erhabener Greis), wanderte durch das Dorf, in die Lektüre von Büchern versunken, die goldene Kreuze auf ihrem Einband hatten. Er ließ sich grüßen und antwortete auf eine Weise, als sei er gerade aus frommen Meditationen erwacht. Einige alte Frauen küßten ihm die Hand – etwas, was der Pfarrer ihnen nie erlaubte.

Um Lucka Vojničová machte er einen großen Bogen.

Sein Steckenpferd waren die Pilze. Mit ihnen kannte er sich aus. In der Schule hielt er Vorträge über sie, bewundert von den jungen Frauen.

Er rauchte Pfeife, aber nur heimlich.

Vincek hatte bei seinem Onkel im Galanteriewarenladen gelernt, ein tüchtiger Geschäftsmann war aus ihm geworden. Voller falscher Ehrerbietung und gewinnsüchtiger Zuvorkommenheit. Wegen dieser Eigenschaften hatte er sich trotz seiner Jugend die Achtung der Kundschaft erworben.

Dem Herzen der Mutter am nächsten lag ihr jüngster Sohn Honza. Vielleicht deshalb, weil sie seine Geburt beinahe mit ihrem Leben bezahlt hätte. Schon als Kind hatte er sich Theaterstücke ausgedacht und mit einer Gruppe von Mitschülern kleine Szenen einstudiert, und als er sein Puppentheater geschenkt bekam, spielte er einen Sonntag im Monat zunächst in Látals Wirtshaus, später in der Schule.

Das Theater hatte er in seinem ersten Jahr auf der Lehrerbildungsanstalt zu Weihnachten bekommen. Franci, seine Mutter und Žeňa hatten einen ganzen Monat lang an der Bühne gearbeitet, die Kulissen gemalt, Möbel hergestellt und Puppen genäht.

Anfangs schrieb er die Stücke selbst und erfand attraktive Figuren. Zum Beispiel das Schreckhafte Muttchen und den Schwerhörigen Onkel. Die Kinder wollten sie in jedem Stück sehen. Während der Vorstellung riefen sie sich untereinander immer wieder mit der piepsigen Stimme des Schreckhaften Muttchens zu: »Huch, was hab ich mich erschrocken!«

Die Anzahl begeisterter Mitarbeiter nahm zu. Hinter der Bühne war Joza aus der Schmiede zugange, er rasselte mit einer Kette, pfiff oder zischte.

Schließlich spielte Honza regelmäßig an jedem ersten Sonntag im Monat. Und es kamen nicht nur die Kinder. Hinten drängten sich die Erwachsenen, von denen viele ihren Nachwuchs von weit her auf Leiterwagen oder sogar Kutschwagen ankarrten.

Die Fahrzeuge bildeten ein Spalier vor der Schmiede, und Joza hatte nicht nur hinter der Bühne alle Hände voll zu tun.

Die praktische Žeňa kam auf die Idee, daß sie freiwillige Eintrittsgelder einsammeln könnten. Für das zusammengekommene Geld kochten Anda und sie Tee und verteilten ihn in kleinen Papierbechern aus Žeňas Fabrikation. Die kleinen Becher waren in der Bergwelt eine solche Kostbarkeit, daß die Kinder sie mit nach Hause nahmen.

Einige spendeten sehr großzügig, namentlich der Priester und der Doktor. Nach der Erntezeit unternahm Honza zum ersten Mal mit seinem Publikum einen Ausflug nach Brünn ins Ballett ›Von Märchen zu Märchen‹. Dann wurde aus den Stadtbesuchen eine Tradition.

Er wußte, daß die Feld- und Wiesengören, die noch nie eine Straßenbahn gesehen hatten, bei der ersten Kreuzung in Angstschweiß ausbrechen würden. Deshalb bekam jeder einen kleinen Zettel mit dem Namen seines Heimatdorfs und der Abfahrtszeit um den Hals.

Erstmals vergaß er anzuweisen, daß während der Vorstellung nicht geredet werden darf. Bei der ersten lauten Frage: »Wohin fließt denn das Wasser, Onkel?« schickte er die Anordnung als stille Post in die Runde.

Eine andere ernsthaftere Komplikation ergab sich, als die Kinder es sich bequem machten und ihrem Vordermann die Füße auf die Schultern legten.

Im dritten Jahr versammelte Honza eine Gruppe von Erwachsenen und begann, abends richtige Theatervorstellungen zu geben. Zunächst nur in den Ferien, später jeden Monat.

Gleich zu Beginn entdeckte er zwei herausragende Sänger und Tänzer: Hedvička Vlkošová und den Schwangeren Mánek. Die wesentlichen Liebhaber-Rollen waren wie gemacht für den Hübschen Míla, Žeňas Schwester wiederum war konkurrenzlos als vornehme Fürstin. Auch Joza aus der Schmiede machte sich nützlich. Er spielte Kraftmenschen, Waffenträger, Diener, immer ohne

Text. Nur einmal hatte ihm Honza eine kurze Sprechszene zugedacht, sie aber schnell wieder gestrichen.

»Im Wald sind Räuberbanden, wir müssen uns still verhalten«, hatte der Schmiedegeselle gebrüllt, völlig verschwitzt von der Anstrengung, so leise wie ein Täubchen zu sprechen. Während der Proben hatte er noch geflüstert. Bei der Aufführung war er dafür zu nervös.

9

Wenn dem Menschen etwas Schicksalhaftes widerfährt, ist er in der Regel nicht darauf vorbereitet.

Das ist gut so.

Cilka bekam eine Grippe, die alle halbe Jahre einer aus der Familie bekam, es war eine banale Angelegenheit, und es genügte, sich kräftig auszuschwitzen.

Doch es kam anders.

»Dieses Mädchen kämpft nicht«, sagte Lucka.

Sie erschien jeden Tag zusammen mit dem Doktor bei ihnen.

Die blasse, mager gewordene Mutter kochte entweder Luckas Kräutertees oder saß bei der Kranken. Cilka verweigerte mit einer Handbewegung das Essen, und wenn man sie zwang, fing sie an zu schreien. Sonst so still und bescheiden, fiel sie den Großvater mit aggressiven Worten an, daß sie nicht wiederzuerkennen war.

Žeňa begriff lange nichts. Sie erzählte ihrer Schwester kleine Begebenheiten, und Cilka lachte dazu.

Nach Cilkas Tod kam sie sich vor wie ein Käfer, auf den man wie aus heiterem Himmel draufgetreten hatte. Sie war überzeugt, daß auch sie nicht weiterleben würde. Doch ihr Selbsterhaltungstrieb kämpfte in ihr wie ein Raubtier, obwohl die engen Schnüre ihr kaum zu atmen erlaubten. Ihre Gewissensbisse knurrten sie an wie ein wütender Hund.

Sie ist so schwach gewesen – und hat morgens für uns alle das

Frühstück bereitet, unsere Betten gemacht, damit wir weiter auf der faulen Haut liegen konnten, unsere verdreckten Stiefel geputzt, in denen wir die matschigen Rutschbahnen hinuntergeschlittert sind –, ich bin stärker gewesen als sie, und das, was sie umgebracht hat, war für mich eine Kleinigkeit!

Diese nicht wiedergutzumachende Schuld zermürbte Žeňa bis ins Mark. Die Schuld war ein Werwolf, der sich von menschlichem Fleisch ernährte, und körperliches Leiden war nichts gegen das seelische.

Sie schlug ihren Kopf gegen Cilkas Bett.

»Hör auf damit, sonst endest du wie sie!«

Sie starrte ihre Mutter mit aufgerissenen Augen an. Die Mutter zog sie hoch und nahm sie mit in die Küche, um ihr das blutverschmierte Gesicht abzuwaschen. In Wirklichkeit stützten sie beide einander. Die Angst um ihre Mutter half ihr schließlich dabei, den eigenen Schmerz zu überwinden.

Die Revierförsterin gebärdete sich wie eine Wahnsinnige.

»Das ist die, die dir ein Dorn im Auge war?« griff sie den Großvater an. »Das ist die, die dir nicht in den Kram paßte?«

Er ging ihr lieber aus dem Weg.

Er war ganz zusammengefallen, erschrocken, Žeňa hätte sich darüber freuen können, aber es kam ihr gar nicht in den Sinn. Das eigene Vergehen nahm sie zu sehr in Anspruch, röstete sie langsam am Höllenspieß, zermalmte ihre Knochen wie ein Märchendrachen, und wenn sie versuchte, wieder zu sich zu kommen, zischte es ihr seine Verdammung ins Ohr.

Sie wagte sich niemandem anzuvertrauen, nicht einmal Lucka. Obwohl sie einige Zeit lang von keinem kontrolliert wurde und gehen konnte, wohin sie wollte, saß sie meistens auf der kleinen Mauer hinter der Scheune, wo niemand sie suchte. Sie starrte das Kartoffelfeld an – und sah es nicht.

Auf dem Gipfel ihrer Verzweiflung suchte sie den hochwürdigen Herrn auf. Sie umging das ganze Dorf, denn sie wollte niemandem begegnen.

Der Priester arbeitete mit gesenktem Kopf im Garten und sah sie nicht. Seine Nähe gab ihr Kraft. Im stillen wiederholte sie für sich, was er einmal auf der Kanzel gesagt hatte, etwas, das sie erregt hatte wie eine erhabene Botschaft und was sie wortwörtlich behalten hatte.

Wenn ihr aufhört, euch zum Sklaven der Welt zu machen, wenn ihr das Glück in der Bescheidenheit sucht, wenn ihr der selbstlosen Liebe fähig werdet, wenn der Glaube für euch keine Fessel lästiger Pflichten mehr ist, sondern Glück und ein Geschenk, dessen ihr nicht würdig seid, erst dann werdet ihr zu Christen.

Früher nicht, und wenn ihr den ganzen Tag lang betet.

Sie grüßte ihn und kam gleich zum Kern der Sache.

»Hochwürden, ich habe eine Todsünde auf mir. Ich bin nicht zu selbstloser Liebe fähig.«

Der Priester straffte seinen Rücken.

»Was hast du denn angestellt?«

Er hatte es zu leicht gesagt. Ihre Hoffnung auf Vergebung war dahin. Sie wünschte sich, an seiner Stelle den evangelischen Pastor aus Vydří vor sich zu haben, der dem Hören nach nicht sparsam mit dem Rohrstock umging. Wie der sie schlagen würde, und wie dankbar sie ihm wäre! Ihr schien, daß man von dem hochwürdigen Herrn überhaupt nichts erwarten konnte. Sie wiederholte düster: »Ich habe eine Todsünde begangen.«

»Was für eine?«

»… ich habe Cilka geschadet.«

»Inwiefern hast du ihr geschadet?«

»Ich habe sie Arbeit machen lassen, die ich selbst hätte machen können.«

»… und hat sie dir das übelgenommen?«

»Nein, so war sie nicht … Sie war die älteste von uns und hat sich immer um alles gekümmert … Nur daß ich dann stärker war als sie.«

Der hochwürdige Herr blickte völlig verständnislos drein. Der

Pastor aus Vydří ging ihr nicht aus dem Kopf. Ob er sie anhören würde?

»Hattest du sie gern?«

War er schwer von Begriff oder wie?

»Ich hatte sie sehr gern!«

»Erzähle mir schön langsam, was du auf dem Herzen hast, Blaženka. Komm, setzen wir uns. Ich weiß, daß deine Schwester gestorben ist.« Wie sollte er es auch nicht wissen, wo er sie doch beerdigt hatte! »Du grämst dich deswegen, und es scheint dir ...«

»Es scheint mir nicht nur so! Es ist die Wahrheit! Ich habe eine Todsünde auf mir!«

Niemals in ihrem Leben war sie je so unverfroren zu jemandem gewesen.

»Denke einmal nach, Blaženka. Welches Gebot hast du mißachtet?«

»Diese Sünde hat keinen Namen!« fuhr sie ihn an.

»Jede Sünde hat einen Namen.«

Wollte er sie damit hereinlegen? Machte er sich über sie lustig? Ja, er machte sich über sie lustig, wie sich ihr Leben lang alle über sie lustig gemacht hatten.

»Wenn sie einen Namen hat, dann sagen Sie ihn mir«, brauste sie auf. »Sie können es nicht, weil Sie nichts wissen! Sie wissen nichts von der Schlechtigkeit der Menschen!« Ihr fielen nur überspannte Worte ein. So hatte sie noch nie gesprochen. »Sie haben zu uns über Gewissensbisse geredet, und Sie selber kennen keine Gewissensbisse! Ich habe Ihnen alles gesagt. Ich bin nicht zur selbstlosen Liebe fähig! Genügt das denn nicht?«

Sie atmete gehetzt.

Er streckte seinen Arm aus, als wollte er sie bei der Hand fassen, führte die Geste aber nicht zu Ende. Er sah sie erstaunt an, und in seinem Bewußtsein tauchten Erinnerungen auf an einen Kummer, der ihn damals zerrissen hatte, wie er jetzt dieses elende Kind zerriß.

Ein Gewissen zu haben bedeutete zu leiden.

»Ich verstehe dich, Blaženka, glaube mir. Ich weiß, was du mir sagen willst.«

Sie schüttelte in trauriger Verzweiflung den Kopf.

Und der Priester vertraute ihr an, was er noch nie jemandem anvertraut hatte – außer seiner Mutter.

»Als ich vierzehn war, habe ich mit Freunden zusammen das Hackspiel gespielt, falls du das kennst – mit einem Messer. Mein bester Freund ist gestolpert und in das offene Klappmesser gestürzt, das ich mit der Schneide nach oben hielt. Ich habe ihn erstochen. Ich habe ihn umgebracht.«

»Sie haben ihn umgebracht?!« wiederholte Žeňa wie im Traum.

»Ja.«

»Sie konnten nichts dafür.«

»Ich habe das gleiche durchlebt wie du – vielleicht war es noch schlimmer.«

Er saß schweigend auf der Bank aus weißer Birke. Žeňa nahm den Duft der Reseda wahr. Sie waren sich auf unglaubliche Weise nahegekommen. Alle zukünftigen Tage würde diese traurige Gemeinsamkeit sie begleiten.

»Gott hat Ihnen vergeben, Hochwürden«, versicherte das Kind ihm, denn der Mann, der an ihrer Seite saß, trug eine schwerere Last als sie.

»Gott ja, Blaženka. Aber den Frieden erreichen wir erst, wenn wir uns selbst vergeben.«

Wie gut sie ihn verstand!

»Und haben Sie sich vergeben?«

Er hörte die Anspannung in ihrer Stimme, begriff die Wichtigkeit seiner Antwort und sprach bewußt eine Lüge aus.

»Ja, Blaženka. Nach langer Zeit.«

Erst einige Jahrzehnte später konnte Žeňa diesen Menschen vollkommen verstehen, der als Jugendlicher, beim Spiel und aus Zufall, seinen Freund getötet hatte. Seine problematische Schuld büßte er mit dem Leben eines Heiligen in tiefer Sühne. Tausendmal begnadigt durch die Gerechtigkeit Gottes und der Menschen, trug er demütig das Kreuz, das er sich selbst auf die Schultern geladen hatte.

Sie redeten noch lange weiter, aber wichtig war nur die Geschichte von der alten Weide. Eine alltägliche Geschichte, dennoch besaß sie für beide die gleiche tiefe Bedeutung.

Die Weide stand oberhalb des Bachs, sie war uralt und hohl, der Wind hatte ihre Zweige abgebrochen, die das Wasser fortgeschwemmt hatte. Es war eine abgestorbene Weide.

Dann geschah das Wunder.

Aus der vernarbten Seite schlug ein lebendiger kleiner Zweig aus. Er wurde grün und blühte auf. Jeden Tag gingen Cilka und sie ihn bewundern. Das Zweiglein war schon von weitem als farbiger kleiner Fleck zu sehen.

Eines Tages hatte ihn jemand abgebrochen und auf die Erde geworfen.

Dort irgendwo irrte Cilkas Weinen herum.

10

Bei ihrer Mutter war noch Licht, es war also noch nicht zu spät. Žeňa war froh, daß sie sich entschieden hatte. Ihre Ablehnung lastete auf ihr wie ein Baumstamm. Sie klopfte an die Tür.

»Du bist das? Was willst du?«

»Ich bin gekommen, dir zu sagen, daß ich den Großvater zu mir nehme«, teilte Žeňa ihr freudig mit.

»Wozu?«

»Jitka hat mir von ihm erzählt.«

»Niemand hat sie geschickt. Ich kümmere mich selbst um ihn.«

Sie schloß die Tür. Sie hatte nicht einmal abgewartet, daß ihre Tochter ihr eine gute Nacht wünschte.

Honza kam ihr entgegen, als sie mit weichen Knien den Weg zurückwankte. Unwillkürlich straffte sie sich, und gleich darauf überfiel sie die Wut. Sie wünschte sich, mit ihrer Erniedrigung alleine zu sein.

»Ich wußte, wie es ausgehen würde. Deshalb bin ich zurückgekommen.«

Er wußte immer alles über sie. Bei ihm würde sie niemals etwas anderes sein als das Kind, das nicht mit der rechten Hand schreiben konnte. Sie haßte ihn.

Er legte ihr eine Hand auf die Schulter.

Am liebsten würde ich ihm die Nägel ins Gesicht krallen und ihm diesen verletzend mitleidigen Ausdruck herunterreißen!

Sie wollte etwas sagen, brachte jedoch nur einen röchelnden Laut zustande.

»Weine dich aus!« befahl er.

»Ich will nicht!«

»Wein dich nur aus!«

Laß mich doch in Frieden, laßt mich alle in Frieden!

Die Tränen flossen ganz gegen ihren Willen.

»Mutter hat mich hinausgeworfen!«

»Ich weiß. Denk jetzt nicht daran. Weine ruhig!«

Er weiß alles. Er weiß von den engen Bändern, er weiß einfach alles. Auch von Cilka. Ich schlage mich mit meiner Schwäche herum, aber die ist stärker als ich, selbst Honza ist stärker. Ich halte mich an seinen Schultern fest und schluchze ihm ins Gesicht.

Ich jammere ohne jeden Grund, dabei kann ich nur froh sein, wenn mir der Großvater nicht in mein gemütliches Zuhause hineinschneit, das ich mir allen zum Trotz und mit solcher Mühe aufgebaut habe, mein Gott ... habe ich es gut, wie kommt es, daß ich mich auf einmal so gut fühle?! Warum hat sie mich hinausgeworfen? Weil sie nichts anderes kann. Kaum ist sie erwachsen gewesen, hat man sie mit einem alten ungeliebten Mann verheiratet, der in einer Frau einen Packesel sieht. Ihre Mitgift hat sie nicht anrühren dürfen. Ihre Kinder liebt sie mit einer bitteren, unverständlichen Liebe, und sie sind das einzige, was sie noch liebt. Auch mich liebt sie, ich weiß es genau, auch mich.

»Komm mit rein, Honza. Laß uns noch einen Tee trinken.«

Ihr fiel nicht auf, daß sie sich an der Hand hielten wie Kinder.

»Leg etwas Holz nach, ich gehe nachschauen, ob Jiřinka nicht wachgeworden ist.«

Honza zog sein von Žeňas Tränen feuchtgewordenes Hemd aus, hängte es auf die Stange über dem Herd und legte im Ofen Reisig nach.

Žeňa sah durch das Fenster in die schwarze Nacht hinaus.

»Wenn du nicht zurückgekommen wärst, Honza, ich weiß nicht, was mit mir geworden wäre.« Sie bemerkte seinen unrasierten Stoppelbart, und das lenkte ihre Gedanken ein wenig ab.

Er setzte sich und legte die Hände auf die Knie. Sie zitterten.

Als sie zurückkam, setzte sie sich neben ihn.

Schließlich kenne ich ihn genausogut wie er mich!

»Sag es mir, Honza.«

Er sah nicht zu ihr auf.

»Ich liebe Hedvička Vlkošová.«

Hedvička gehörte zu Jura Machala.

Eine Minute besaß sechzig unglaublich lange Sekunden.

Lucka kam wie gerufen zur Tür herein.

Einen Bruder haben

I

Vratislav Lipka schüttelte sich nach der rasenden Tracht Prügel, mit der der alte Michal sich regelmäßig vom Trübsinn seines verpfuschten Lebens ablenkte. Er wußte nie genau, wann sein Onkel vom Wirtshaus zurückkehrte, wo er die Hütte vertrank, die der Junge von seiner Urgroßmutter geerbt hatte – Michal verstand es als Erziehungsentgelt.

Heute hatte er seine Schritte zu spät gehört (Michal konnte sehr heimtückisch und vorsichtig sein), er war gerade dabei, sich Pfefferminztee zu kochen und vier Eier aus dem Pfarrhühnerstall zum Frühstück zu braten, wobei er vor sich hin pfiff und das Gefühl hatte, daß der Tag gut begann.

Als im Vorraum die Tür knallte, war es zu spät. Sein Onkel stand schon auf der Schwelle, ein altes Lenkseil in der Hand.

Lipka warf mit dem kleinen Löffel nach ihm, doch er riß nur Michals zottige Augenbraue auf. Dafür beschrieb das Seil den richtigen Bogen und riß die Füße unter ihm weg.

Jetzt kaute Michal das Essen des Jungen und sah sich um, womit er es hinunterspülen könnte, den Pfefferminztee betrachtete er nicht als Getränk.

Sein Hemdsärmel war zerrissen, darunter hatte er eine blutende Schramme, ohne zu wissen, woher. Er fühlte die Verletzung nicht, er spürte nur ein Brennen in den Augen, und seine angeschwollenen Lider wollten ihm dauernd zufallen, er konnte sich gerade noch aufrappeln, um über die Schwelle hinauszutreten und Wasser zu lassen – beide Hosenbeine bekamen es dabei ab –, dann machte er schwankend kehrt, warf sich mit ausgestreckten Armen quer über den Strohsack und fing an zu schnarchen, sobald er lag.

Lipka trat vorsichtig mit seinen nackten Füßen auf, in seinen Augen blitzte es böse. Er ging aufrecht, auch wenn sich bei jedem Schritt der Schmerz meldete. Er durfte sich keine Schwäche erlauben, überall konnten die Augen des Spötters lauern. Früher hatte ihm der Haß in solchen Fällen den Atem geraubt, hatte in seinen Eingeweiden gelastet wie ein Stein, von dem er wußte, daß er ihn einmal in einer blutigen Rache ausspeien würde. Der Gedanke an Vergeltung hatte all seine Träume begleitet.

Jetzt konnten sie ihm nichts mehr antun – diese aufreibenden, ohnmächtigen Träume. Mit erhobenem Haupt hatte er sie abgestreift, hatte Boden unter den Füßen gewonnen.

Er bezwang seine zitternden Lippen und entlockte ihnen eine Melodie.

Es war ein Singsang, ein Triller, ein farbiger Ton, etwas, was er in sich fand und was niemand auf der Welt ihm wegnehmen und verzechen konnte.

Eine mysteriöse Freude durchdrang ihn, und alles um ihn wurde licht. Das war das Rätsel, das war das Geheimnis. In einem fort sang die Welt, anders wäre sie nicht zu ertragen.

Er probierte den Ruf der Drossel aus, und nach einer Weile antwortete ihm der Vogel.

Er mußte lächeln.

Im letzten Herbst hätte er auf diese Weise ums Leben kommen können, als er mit den Hirschen in der Brunftzeit röhrte. Einer tauchte auf, um sich mit ihm zu raufen. Im letzten Moment hatte er sich aufgerichtet. Es verwirrte ihn immer noch etwas. Ich bin nur wenig größer. Wie hat er erkannt, daß ich kein Hirsch bin?

Innerhalb von einer Sekunde waren sein Schrecken und seine Bezauberung von damals wieder da, als sich ein paar Meter über ihm ein Geweih so mächtig wie eine Baumkrone entfaltet hatte.

Er machte sich auf den Weg Richtung Fluß. Oberhalb der Böschung gab es eine kleine Quelle, wo er sich ausruhen würde. Dort würde er unter den Zweigen des schwarzen Holunders verschwinden, sich im trockenen Gras ausstrecken und hinaufschauen in die Bläue der schattigen, schwankenden Blätter, lange, den ganzen Vormittag lang.

Sein Magen knurrte, und seine Gedanken wandten sich dem Essen zu. Er überlegte, ob er sich Bachschmerlen backen oder nach Erdbeeren suchen sollte.

Alles war zu anstrengend, den Vormittag über würde er nichts unternehmen, dann konnte man weitersehen.

Vielleicht würde er einschlafen.

Er konnte es gar nicht erwarten, zu der kleinen Quelle zu kommen, ihrem eiskalten Wasser, dem Schatten und der angenehm warmen Erde.

Als er der Wegbiegung folgte, tauchte ein unerwartetes Hindernis auf. Am Brückensteg befand sich ein Menschenauflauf. Lipka schlich sich durchs Gebüsch näher und blieb einige Schritte von dem Ort des Tumults entfernt stehen, im letzten Unterholz, in dem er sich noch verstecken konnte.

Sie zogen den alten Judas aus dem Wasser. (Es war ein Spitzname, eigentlich hieß er Kudlička.) Er war auf der lehmigen Rutschbahn ausgeglitten, die sich die Kinder dort gemacht hatten. Er zitterte am ganzen Körper, klapperte mit den Zähnen, verfluchte seine Retter und schlug auf seine zehnjährige Tochter Fanča ein, denn er mußte seine Wut an jemandem auslassen. Fanča arbeitete für den besoffenen Vater in den Ferien im Wald. Sie war mager, schwindsüchtig, hatte tiefliegende fiebrige, hungrige Augen. Sie beschummelte den Förster, wo sie nur konnte, verscharrte gleich ganze Hände voll von Baumsetzlingen in der Erde, um die Erledigung der Aufgabe vermelden zu können und mehr zu verdienen. Für das, was sie ergaunerte, kaufte sie sich dann bei der Trafikantin eine Zuckerstange.

Sie war nicht die einzige.

Michals Auffassung nach sollte auch Vratislav Geld verdienen, die Hütte war bereits mit Schulden überfrachtet.

Darauf konnte er jedoch lange warten.

Die Szene am Brückensteg zog sich hin. Lipka lehnte sich an einen Stein. Er betrachtete das Wasser, das Richtung Wehr strömte. Es sah wie gebügelt aus, bevor es beim nächsten Felsblock auseinanderriß.

Der Junge schaute, wie er schon tausendmal geschaut hatte. Er konnte geduldig die Natur beobachten und war an Einsamkeit gewöhnt. Er hätte es nicht fertiggebracht, an den lärmenden Menschen vorüberzugehen. Das hatte nichts damit zu tun, daß er sein Elend nicht fremden Blicken aussetzen wollte, er hätte sich auch versteckt, wenn er keine aufgequollenen Striemen am Körper gehabt hätte. Er hatte sich die Gesellschaft von Menschen einfach abgewöhnt, scheute immer mehr vor ihr zurück.

Seine wenigen Freunde aus früher Kindheit hatte er nach und nach verloren, noch bevor die Freundschaften sich festigen konnten. Er hatte keinen Grund zur Beschwerde, denn die Ursache war sein eigener Stolz gewesen. Im Vorschulalter war er der Anführer einer gefürchteten Bande gewesen.

Sein Selbstbewußtsein war zeitgleich mit der Macht angewachsen.

An einem einzigen Tag ging alles in die Brüche. Er verfing sich in einem geschickt ausgelegten Netz, zunächst einem Verdacht ausgesetzt, später des Verrats überführt.

Ein fremder Junge – ein Zugezogener – hatte sich mit Glasmurmeln und unbekannten Zaubertricks eingeführt, die mit einem Ritual verbunden waren, das allgemeines Staunen hervorrief, denn es war gespickt mit magischen Wörtern, Gebärden und anderen Verrichtungen – Geheimnissen.

Er focht mit ihm einen vergeblichen und blutigen Kampf aus – und wurde zum Geächteten.

Das Ganze währte einige Monate lang, also eine Etappe seiner Kindheit.

Während dieser Zeit vertiefte sich der Graben, den er heute nicht mehr überspringen würde.

Er war aus der Welt der Menschen herausgetreten und hatte sich woanders eingefügt. Er verstand sich mit den Tieren. Er war zusammen mit ihnen auf dem Hof aufgewachsen, unter der Obhut einer hundertjährigen Greisin, hatte sich mit ihnen in den Bergen herumgetrieben und ihre Abenteuer erlebt.

Die Tiere hatten ihn Menschenscheu und Geduld gelehrt und ihn die Freiheit als Grundprinzip des Lebens erkennen lassen.

Sie förderten in ihm Widerstandskraft und Mut bis zur Selbstvernichtung, brachten ihm bei, daß das erste Gesetz darin bestand, sich auf sich selbst zu verlassen – in dieser überfüllten Welt, in der jeder Jäger und Beute zugleich ist und in der eine Falle die unschuldigste Gestalt haben konnte.

Sein Schicksal hatte ihn mit den Tieren verbrüdert.

Wie sie besaß er keine Chance, daß man ihn gerecht behandeln würde. Unter den Kindern war er von Anfang an schlechter dran als der einarmige Véna – der wußte sich bei den Stärkeren einzuschmeicheln und sich zu unterwerfen. Lipka konnte sich nur prügeln.

Gerade von Véna wurde er jedesmal am heftigsten geschlagen.

Einmal hatten sie ihm den Arm ausgekugelt, daß er ohnmächtig wurde. Sie wälzten ihn vorsichtig mit ihren Füßen herum wie einen Kadaver, er kam wieder zu sich, ließ sich aber nichts anmerken. Da dachten sie, er sei tot, und rannten auseinander.

Lange lag er regungslos da, selbst das Atmen bereitete ihm Mühe.

Lovka aus dem Forsthaus kam ihn ablecken. Mit ihrer Hilfe schleppte er sich hinüber in ihre Hundehütte, lag dort einen Tag und eine Nacht lang, trank aus der Hundeschüssel, und Lovka bewachte und wärmte ihn mit ihrem großen warmen Leib.

Nach diesem Erlebnis veränderte er sich.

Die Kinder, denen er als Spielball gerade recht war, fanden es nur lustig, daß er sich versteckte. Mit Spötteleien versuchten sie, ihn aus seinen Schlupfwinkeln herauszulocken.

Vergeblich.

Sie wurden wütend, schrien: »Hosenschisser!« Er ließ sich nicht provozieren. Nur wenn er einem Jungen allein begegnete, rächte er sich an ihm für die noch nicht getilgte Schmach. Allmählich begannen sie, ihn zu fürchten.

Der Radius seiner Einsamkeit wurde immer größer, obwohl einige sich mit ihm versöhnen wollten.

Er nahm sie nicht zur Kenntnis.

Es war zu spät.

Er verzichtete auf vieles, was den anderen unentbehrlich erschien, dafür offenbarte sich ihm manches, was anderen verborgen blieb. Er kannte das Tal von Želary in seiner ganzen Blöße, die nichts verschönern, aber auch nichts entstellen konnte.

Die felsigen Berghänge, die Bäche, die Wälder, das alles gehörte ihm ebenso uneingeschränkt, wie es den Vögeln, Insekten und Wildtieren gehörte.

Lipkas Urgroßmutter war hinfällig geworden und brachte alles durcheinander. Sie ahnte nicht, daß ihr Urenkel die Nächte durchstreifte, daß er schlief, wo es ihm paßte, daß er alle Dachböden und Heuscheuern kannte, alle Gärten und Höfe. Sie freute sich, daß keine Beschwerden mehr über ihn kamen, und erklärte es sich damit, daß er ihre Ermahnungen beherzigt hatte.

Die Schar an dem Steg zerstreute sich, nur ein paar Kinder blieben zurück. Sie kletterten ins Wasser hinunter und patschten dort mit den Händen herum. Zuerst hatte Lipka den Eindruck, daß sie den alten Judas nachahmten, dann erkannte er, daß ihr Spiel einen anderen Inhalt besaß. Sie hatten ein Igelnest gefunden, die Tiere an Fäden gebunden und brachten ihnen jetzt Schwimmen bei. Eins der Gören war damit sichtlich nicht einverstanden.

Die kleine Bojarová.

Lipka hörte es Schimpfwörter hageln, worunter »verfluchte

Rotznasen« am komischsten war, weil das wütende Kind manchen kaum zur Schulter reichte.

Die anderen hatten bald genug und warfen sie ins Wasser.

Sobald die Kleine das Ufer hinaufgekraxelt war, begann sie zu Lipkas Erstaunen von neuem mit ihrem Gezeter. Sie wuselte zwischen den anderen Kindern hindurch, glitt unter ihren Händen weg, so daß sie sie nicht fassen konnten. Es gelang ihr, die Fäden durchzureißen, an die die Igel gebunden waren. Dann warf sie die halbertrunkenen Tiere ins Gebüsch.

Sie bewegte sich schnell wie eine kleine Schlange, jetzt hatte sie einen in die Hand gebissen, daß er aufschrie, war den Hang hinaufgelaufen und warf von dort mit Steinen. Ihre Schimpfkanonade ebbte nicht ab. Die anderen kesselten sie ohne Eile ein, der Anblick ihrer Tobsucht war für sie zum Totlachen. Lipka sah gebannt zu.

So einer war er selbst gewesen. Vor ewig langer Zeit.

»Was ist denn hier los?«

Wie durch ein Wunder wurde Helenka vor einer grausamen Abreibung bewahrt. Von Pavel Juriga konnte man nicht erwarten, daß er die Dinge nach den Regeln der kindlichen Welt beurteilte. Die Bengel verschwanden Hals über Kopf aus seinem Blickfeld.

Nur Helenka nahm die Anwesenheit des Erwachsenen nicht wahr.

»Bastarde! Saukerle!«

Um sie soweit wie möglich zu demütigen, streckte sie ihr braungebranntes kleines Hinterteil in ihre Richtung.

Juriga lachte.

Lipka griff nach der Schleuder in seiner Tasche. Mit ihr konnte er einen Vogel im Flug treffen, ein Eichhörnchen vom Baum schießen und selbst ein Blatt runterholen. Er pickte ein kleines Steinchen aus dem Sand. Helenka quiekte auf und griff sich an den Hintern.

»Was ist los?« wollte Juriga wissen.

»Mich hat was gebissen.«

»Fang auf!« Er warf ihr ein Säckchen mit sauren Drops zu, das er gerade seinen Kindern abgeluchst hatte.

Lipka zog es die Kehle zu. Er erinnerte sich an den türkischen Honig, den Juriga ihm einmal auf der Kirmes gekauft hatte, einfach so, ohne irgendeinen Grund. Der Vater, nach dem er sich verzweifelt gesehnt hatte, als er klein war, hatte ausgesehen wie Juriga.

Helenka stellte fest, daß niemand mehr zum Beschimpfen da war, sah sich verwirrt um und machte sich auf in die Richtung von Lipka. Sie ging vorüber, ohne ihn zu bemerken. Über ihre braune Haut rann ein kleiner Blutfaden.

Einige Minuten verstrichen, ehe sich Lipka zum Weitergehen entschloß. Die ersten Schritte waren unerträglich, sein Körper war in der Zwischenzeit steif geworden, und jeder Muskel feuerte einen anderen Schmerz ab, wenn ihn der Befehl zum Bewegen erreichte. Er schleppte sich zu der matschigen Rutschbahn hinüber, betrachtete sie gedankenlos, ohne sie wirklich wahrzunehmen. Er rutschte sie nicht hinunter, was er unter anderen Umständen getan hätte, sondern ging auf den Steg hinauf und schaute versunken flußaufwärts.

Er sah Helenka an einer seichten Stelle sitzen und sich die verwundete Stelle kühlen. Lipka stampfte auf dem brüchigen Holz auf, das zu schwanken begann. Vor einem Jahr noch hatte es hier eine kleine Brücke mit eisernem Geländer gegeben, doch ein Sommergewitter hatte sie fortgerissen.

Mit diesem Eisengeländer verband ihn ein heikles Erlebnis. Er war über den zugefrorenen Fluß geschlittert, es war Nacht, er erwartete, niemanden zu treffen, und die zwei taumelnden Männer hatten ihn unangenehm aufgestört.

Toňa Bartek und Jan Zálešák.

Sie waren keine notorischen Trinker, vermutlich hatten sie etwas miteinander gefeiert. Mitten auf der Brücke gaben sie sich die Hand und gingen auseinander, jeder wohnte auf der jeweils anderen Seite. Bartek entfernte sich, Zálešák lehnte sich ans Geländer und schaute auf den Fluß. Da fiel er in sich zusammen, brachte seinen Mund ans Eisen, und Zunge und Lippen froren an dem Metall fest.

Er versuchte loszukommen, doch es war vergeblich, er hätte ein Stück seines Gesichts wegreißen müssen. Das bringt kein Mensch fertig. Nur ein Raubtier in Eisenfesseln schafft so etwas. Das Mitleid mit Säufern war Lipka längst von seinem Onkel ausgeprügelt worden. Trotzdem lief er Bartek nach und teilte ihm mit, was geschehen war.

Bartek rieb sich Schnee über die Stirn, um nüchtern zu werden, es war jedoch eine gekünstelte Bewegung, dieser Mann war nicht betrunken.

Lipka dachte darüber nach, während er sich zur Heuscheuer des Pfarrhauses verzog, denn mit dem Vorfall wollte er nichts weiter zu tun haben. Er kletterte nach oben, wühlte sich ins Heu und schlief ein.

Es geschah, was er vermutet hatte. Bartek hatte Zálešák erfrieren lassen. Der frische Schnee hatte die Spuren verwischt.

»Hier ist niemand entlanggegangen«, sagte Lucka Vojničová, nachdem sie zu dem steifen Körper gerufen worden war.

Lipka wußte mehr darüber und behielt es für sich. Er interessierte sich nicht für das Warum. Ein Mensch war nicht mehr als jedes andere Geschöpf auch, das der Winter verschlang. Der Junge kannte den Tod in hundertfacher Gestalt und hatte keine Angst vor ihm. Er selbst war einmal nur eine Handbreit von ihm entfernt gewesen. Von zwei Möglichkeiten war jedoch die bessere eingetreten, irgendeiner hatte noch ein paar Tage oder Jahre mehr auf seine Waagschale geworfen.

Aber nie würde er vergessen, was so zum Greifen nah gewesen war.

Es hatte mit Halsschmerzen begonnen, mit Schwitzen und zunehmendem Schwächegefühl, und innerhalb von ein paar Stunden hatte die Krankheit ihn in ihrem Würgegriff, ließ seine Glieder zittern, kroch über seinen Leib, brannte in seinen Eingeweiden und brauste in seinem Kopf. Er lag auf der Tenne in Michals Pferdedecke gewickelt und trank nur Wasser. Ihm wurde übel davon. In der Nacht flatterten die Fledermäuse um ihn herum, tagsüber schimmerten die Spinnweben über ihm, alles atmete und lebte, und niemanden kümmerte es, daß Lipka in den letzten Zügen lag.

Er schloß die Augen, wollte die Krankheit durchschlafen, doch der Schlaf, der sich meist wie auf Bestellung näherte, verwandelte sich in einen heimtückischen Dämmerzustand. Verschwommene, unheilvolle Visionen tauchten im Zwielicht der Tenne auf und bewegten sich in ihren Winkeln als wabernde Schatten.

Er konnte es nicht abwarten, von der schimmeligen Pferdedecke wegzukommen, von den Spinnweben und den herumjagenden Mäusen, die keinerlei Scheu vor ihm zeigten. Langsam schlurfte er in den grellhellen Tag hinaus, sammelte alle Eier ein, die er im benachbarten Hühnerstall finden konnte, zwang sich dazu, sie roh auszutrinken, überwand seine Übelkeit und trottete durch den Wald bis zur alten Mühle. Wie er in sie hineingelangt war, wußte er bis heute nicht.

Deutlich erinnerte er sich nur daran, wie er neben dem erloschenen Backofen gelegen hatte – und dann an jenen Morgen, als er aufgewacht war und gespürt hatte, daß er gesund war.

Etwas war jedoch mit ihm geschehen, er hatte sich in Gelee verwandelt.

Bäuchlings kroch er zu dem kleinen Balken, an den ein Blechtöpfchen gebunden war. Er ließ es hinunter, schöpfte ein wenig Wasser und konnte es gerade so wieder heraufziehen. Er trank das Wasser aus und erbrach es gleich wieder. Hunger begann ihn zu quälen.

Er hielt seine Schleuder bereit, lauerte in liegender Stellung den Vögeln auf, ein paar von ihnen traf er, doch sie flatterten an Stellen herab, an die er sich nicht hinwagte. Er durchkroch alle Winkel, fand sechs trockene Bucheckern, die sich nicht zerbeißen ließen, also schluckte er sie einfach hinunter. Ihm kam nicht vor, als hätte er etwas gegessen.

Vor seinen Augen flimmerte es, und er wollte nur noch schlafen.

Er wußte, was das bedeutete, und Bitternis machte sich in ihm breit. Er hatte das Gefühl eines Unrechts und schmeckte Salz auf der Zunge, nichts war schneller dem Untergang geweiht als etwas, was nicht kämpfte, nicht lebte, so war das Gesetz.

Vom Morgengrauen an spähte er nach Beute. Hin und wieder trank er einen Schluck von dem trüben Wasser, gleich darauf begann er zu schwitzen. Er war entschlossen, bis zum letzten Rest seiner Kräfte zu kämpfen.

Gegen Mittag gelangte er ermattet zu den Zweigen, die ihn immer über den schlammigen Tümpel hinweg zu einem festen Fleckchen Erde getragen hatten, dem Beginn eines kleinen Pfades, den nur er kannte. Er griff nach einem der Äste, schaukelte, es ging nicht. Sein Versteck, das ohne diesen Sprung unerreichbar war, hatte sich in eine Falle verwandelt.

Da sah er das Eichhörnchen. Er wartete lange und rührte sich nicht. Es ließ sich täuschen, sprang gleichsam vor seiner Nase herum. Dann schoß er. Es zuckte zusammen und fiel hinunter ins Wasser. Er preßte seine Lider zusammen vor Enttäuschung. Als er sie wieder öffnete, kraxelte seine Beute gerade auf einen benachbarten Balken hinauf. Tappend versuchte sie, sich eilig in Sicherheit zu bringen. Er schoß ein zweites Mal.

Dann entzündete er ein Feuer, briet das sehnige kleine Tier, zupfte das Fleisch heraus, kaute jeden Bissen gründlich. Ihm war furchtbar schlecht, er hatte Krämpfe im Bauch, doch als sie nachließen, schlief er ein.

Am nächsten Tag schwang er sich über den schlammigen Tümpel hinüber.

Nie hatte er ein vergleichbares Gefühl bei dem Flug durch die Luft gehabt, als er den Flugbogen hinauszögerte, um mit Gewißheit auf festem Boden aufzukommen. Er stand auf, schwankte, straffte seinen Rücken und machte vorsichtig ein paar Schritte.

Der Schweiß floß ihm nur so hinunter. Er durchquerte das Dikkicht, das den kleinen Pfad verbarg, sprang freudig auf einen moosbewachsenen Stein hinauf, ließ seinen Blick umherschweifen, und alles war ihm neu. So neu, daß er, als er aus dem Sumpf herausgelaufen kam, vergessen hatte, sich vor Lucka Vojničová zu verstecken. Sie saß auf einer flachen kleinen Lichtung und beobachtete ihn.

»Wie siehst denn du aus«, brachte sie ihm seine Erbärmlichkeit in Erinnerung. Ihr Echsenblick blieb auf ihm haften wie die Berührung eines glühenden Eisens.

Er eilte – so schnell es ihm möglich war – zum Fluß und versuchte, auf der Wasserfläche in seinem Gesicht zu lesen.

Um sich zu rächen, kletterte er durchs Fenster in Luckas Holzhaus, aß den ganzen Zucker, den er in einem Tonschälchen fand, nahm sich von Rafans Teller den Rest eines hartgewordenen Pfannkuchens, spülte ihn am Brunnen ab, rupfte ihn in kleine Stücke und schluckte sie hinunter. Luckas Hund hatte nichts zu tun, deshalb legte er sich zu ihm.

Abends schlich er durch den Pfarrgarten, stopfte sich mit halbreifen Früchten voll und kletterte auf den Boden hinauf, ins frische Heu. Er war süß ermattet und nach langer Zeit einmal vollständig satt.

Die Krankheit war eine kostbare Erfahrung für Lipka. Er hatte am eigenen Leib die verzweifelte Entschlossenheit des ausgehungerten Wildtiers kennengelernt, das auf seinen entkräfteten Beinen etwas wagte, was es bei vollen Kräften nie wagen würde.

Er hatte auch die selbstmörderische Sehnsucht nach Schlaf kennengelernt.

Das alles lag zugeschüttet in ihm und würde ihm zu Hilfe kommen, wenn es nötig wäre.

Lipka näherte sich einer der kleinen Quellen, von denen er überzeugt war, daß sie nur ihm gehörten. Mechanisch griff er in seine Tasche. Dort war ein Loch, das er zunähen oder mit einer Sicherheitsnadel zusammenstecken mußte.

Die Erinnerung an Michal streifte ihn, und ein mörderischer Zorn wallte in ihm auf. Nicht wegen heute. Sondern weil er damals auf ihn hereingefallen war. Dieser laute, fröhliche Onkel, dessen Anwesenheit alles auszufüllen schien – Lipkas verwaistes Herz war ihm ohne Arglist entgegengekommen.

Er blieb plötzlich stehen und hielt den Atem an. Vor der Quelle kniete eine junge Frau. Sie war am Wasserschöpfen und benahm sich anders als die Frauen aus dem Dorf. Er erkannte sie, Marek Gorčík hatte sie vor nicht langer Zeit zu sich geholt. Lipka hatte die beiden ankommen sehen, mit Bündeln auf den Rükken, und hatte sich gleich gedacht, daß die verwahrloste Hütte jetzt aufleben würde, nachdem sie ein ganzes Jahr leergestanden hatte und viel stärker heruntergekommen war als die anderen Hütten im Umkreis. Marek hatte zwar ab und zu etwas ausgebessert, aber nur so, daß es nicht durchs Dach auf den Fußboden tropfte.

Lipka war überzeugt gewesen, daß das Paar ein paar Tage lang hier übernachten und dann weiterziehen würde. Am gleichen Abend hatte er durchs Fenster hineingeguckt, um zu sehen, ob sie sich einrichteten. Sie saßen sich gegenüber mit den Händen auf der Tischplatte und taten nichts.

Am nächsten Tag flatterten vor dem Haus die Scheuerlappen, und zwischen ihnen lief die junge Frau hin und her. Sie putzte den Schuppen, den kleinen Hof und den Keller, die beiden wollten sich niederlassen, daran gab es keinen Zweifel.

Herrgott, jetzt verschwinde schon mit deinem Wasser!

Die Frau krümmte sich, als seien ihr die Kübel zu schwer, dann setzte sie die Füße so ungeschickt, daß sie ausglitt.

Sie blieb sitzen und stand nicht auf. Ihr Fall war offenbar ernster gewesen. Die Kübel rollten hinunter, Steinchen, auf die das Wasser spritzte, sprangen mit ihnen auf.

Lipka überwand seinen Groll und seine Schüchternheit und näherte sich der Frau.

Sie hatte ein nasses Gesicht.

»Junge«, sprach sie ihn an, worauf er wie angewurzelt stehenblieb, »... geh Marek holen. Er ist im Steinbruch.«

Sie sagte noch etwas, aber da war er schon losgelaufen. Er hatte alles vergessen, seine Schmerzen und seine Müdigkeit, und konzentrierte sich auf den einen Satz, den er aussprechen mußte, sortierte die Wörter und wandelte sie ab, in der Angst, Marek könnte ihn nicht begreifen und er müßte es ihm lange erklären.

Gorčík verlangte jedoch keine Erklärung, er begriff schneller, als er sollte. Schon mehrmals hatte Lipka ein Gesicht gesehen, aus dem vor Schreck alles Blut gewichen war, aber in noch keinem hatte sich eine solche Veränderung vollzogen wie in diesem.

Marek sagte kein Wort. Er eilte so schnell davon, daß der Junge kaum hinterherkam.

Bei der Quelle befand sich niemand.

»Hier i-ist sie gefallen.« Wohl zum ersten Mal in seinem Leben geriet Lipka ins Stottern.

Sie gingen zur Hütte, wo die junge Frau im Flur lag.

»Lauf«, krächzte Gorčík, als würde etwas in seinem Hals stekken – und seine Augen waren weit aufgerissen. »Hol schnell den Arzt.«

Lipkas Menschenscheu wurde auf eine harte Probe gestellt. Er sagte jedoch nicht nein. Während er sich entfernte, trug der Mann die Frau in die Stube hinein.

Der Arzt war für den Jungen Lucka Vojničová. Nachdem er sie direkt vom Wirtshaus hergeholt hatte, erkannte er an Mareks Miene, daß er etwas falsch gemacht hatte, aber es war nicht mehr zu ändern. Die Alte beauftragte Lipka, reichlich Wasser zu holen, und Marek, im Ofen einzuheizen. Im gleichen Augenblick stürzte sie sich auf die junge Frau, ohne sich darum zu kümmern, ob ihre Anweisungen befolgt wurden.

Der Junge ging zum Brunnen in den Hof, schöpfte rostbraunes Wasser und wußte sofort, warum er die junge Frau an der kleinen Quelle angetroffen hatte. Er goß das Schmutzwasser wieder aus und stieg eilig zwischen den Felsen hinab. Die Traglast, mit der er zurückkehrte, war zu seiner Verwunderung ganz leicht.

Vor der Hütte hörte er Luckas zänkische Stimme.

»Ich bring dich ins Zuchthaus!« kreischte sie.

»Sie ist bei der Quelle gestürzt«, verteidigte sich der Mann matt. Offensichtlich wollte er die Tür zur Stube öffnen, denn die Alte brüllte: »Hiergeblieben!«

»Ich möchte nur ...«

»Nichts da!«

Obwohl Marek sie mit einer einzigen Bewegung hätte beiseite fegen können, rührte er sich nicht.

»Sagen Sie mir wenigstens, was los ist«, flehte er kleinlaut.

»Ach, das weißt du nicht, ja?« Sie versetzte ihm mit ihrer runzligen Handfläche einen Hieb. Lipka wartete darauf, daß er sie in Stücke riß, doch er stand noch immer wie leblos da.

»Du weißt nicht, wer ihr die Rippen gebrochen hat?!« wurde die Kräuterhexe noch lauter. »Hol schleunigst den Doktor, bevor es zu spät ist!«

Marek bewegte stumm seine Lippen.

»Sie ...«, brachte er gerade noch heraus.

»Was ist mit ihr?!«

»Sie ist hingefallen.«

»Das soll ich dir abkaufen?« fragte sie ihn mit Abscheu. »Lauf schon los!«

Marek taumelte in der Tür wie Onkel Michal, wenn er betrunken war.

»Beweg dich«, brauste die Alte. »Und du wirst einheizen«, teilte sie Lipka mit und setzte sich.

Lipka kochte vor Wut.

»Sie sollten etwas tun!«

»Und was?« Jetzt lachte sie auch noch! »Gibt's hier nichts zu trinken?«

Lipka fühlte seine feuchten Handflächen starr werden.

»Ich habe Ihnen Wasser gebracht«, preßte er aus sich heraus, seine Stimme würgend, weil er nicht den Mut hatte, Lucka zu würgen. Er fing an zu zittern.

Luckas Gesicht fältelte sich vor Heiterkeit.

»Hier hast du was. Spring mal eben zu Látal rüber.«

Er nahm das Geld nicht entgegen. Er sah ihr ins Gesicht und überlegte, ob er es mit ihr aufnehmen könnte.

»Was bist du für einer?« begann sie sich für ihn zu interessieren. Sie kniff die Augen zusammen. »Du bist der Knirps von Lenka Lipková!«

Es war, als hätte sie ihm ins Gesicht gespuckt.

Ohne seinen Blick zu beachten, deutete sie auf einen Teller mit Kartoffelpuffern.

»Bedien dich.«

»Das sind nicht Ihre!«

Wieder bleckte sie die Zähne.

Ihr einen Puffer auf das gefräßige Maul klatschen!

Vermutlich würde er es nicht mit ihr aufnehmen können.

Er ging grußlos davon.

Hinter der Hütte traf er den schwachsinnigen Arnoštek. Der nickte mit seinem spitzen Kopf, und sein dreieckiges Gesicht glänzte vor Fett. Verschwörerisch blinzelte er dem Jungen zu und wollte ihn offensichtlich mit irgendeiner Derbheit in ein Gespräch verwickeln, wie er es immer tat. Er war über dreißig, und hätte es nicht seine Mutter gegeben, die ihn beschützte, würde er die Hölle auf Erden durchleben.

Lipka lag nichts daran, mit Arnoštek zu reden, er wollte an ihm vorübergehen wie an einem krummen Baum, Arnoštek hielt ihn jedoch an der Hand fest.

»S-Sie hat mich gefragt, wo es Wasser gibt ... Ich h-hab mit ihr gesprochen, m-mit Zuzanka.«

Er leckte sich über die Lippen. Es störte Lipka nicht, daß er dumm war und stammelte, es störte ihn, daß er ihn belästigte.

»S-sie ist sch-schön«, fuhr der Idiot von Želary fort. Er schob seine Unterlippe vor und neigte den Kopf, wodurch er aussah wie ein Huhn, das nachdachte. »I-Ich hab ihr g-gesagt, daß es da-dahinten eine k-kleine Quelle gibt.« Stolz kostete er den Beweis seiner Wichtigkeit aus, riß dabei weit die Augen auf. Die junge Frau hatte mit ihm gesprochen wie mit jedem anderen und ihn nicht einfach geduzt.

Lipka interessierte sich nicht dafür.

»L-Lucka ist zu ihnen g-gekommen«, ließ der Tropf sich nicht abwimmeln.

»Sie ist krank, Marek hat ihr die Rippen gebrochen«, stieß Lipka hervor, damit er ihn endlich vom Hals hatte.

Arnoštek blickte starr über ihn hinweg, öffnete halb den Mund, fragte aber nichts mehr.

Endlich konnte Lipka sich unter den schwarzen Holunder legen. Im Halbschlaf hörte er das Geräusch eines Motorrads. Marek kam mit dem Arzt angefahren.

2

Helenka Bojarová baute sich eine Burg aus Steinchen, Zweigen und Moos. Etwas abseits graste ihre Ziege, nagte die spärlichen kleinen Grashügel ab, spuckte den Sand aus und schnaubte unzufrieden.

Diese Stelle war nichts wert.

Sie blinzelte mit ihren gelben Augen das Kind an und wartete, daß sich das Menschenjunge seines Irrtums bewußt wurde. Sie machte ein paar Schritte in Richtung Fluß, blieb stehen, leckte sich übers Maul, kehrte wieder zurück, betrachtete eine Weile Helenkas Bauwerk, meckerte auf und wiederholte ihr Manöver von vorne.

Auch diesmal schenkte das Kind ihr keine Aufmerksamkeit. Die Ziege meckerte langgezogen und herausfordernd, gab zu verstehen, daß sie jetzt zum dritten und endgültigen Mal weggehen und das ihrem Schutz anvertraute Junge ganz allein lassen würde.

»Warte doch mal«, redete Helenka ihr zu, »nur noch den Turm, dann haben wir eine Burg.«

Bleib mir mit Burgen weg, antworteten die Ziegenaugen.

»Nur ein kleines Türmchen«, verhandelte das Kind.

Die Ziege war ein ganzes Jahr älter als die kleine Bojarová. Außerdem war das Menschenjunge mit ihrer Milch aufgezogen worden. Deshalb machte sie ihre Drohung nicht wahr und ging nicht weg, statt dessen meckerte sie ausdauernd und unnachgiebig.

»Mit dir kann man nicht spielen.«

Helenka schaute dem zotteligen Tier in die Augen, in denen sie ihr winziges Abbild aufflackern sah, umschlang beschwichtigend den rauhen Hals, und die Ziege, die diese weichen Hände für ihr Leben gern hatte, rieb glücklich ihre Haut an ihnen.

Plötzlich umklammerte das Kind den Ziegenhals mit aller Kraft. Der Grund war eine junge Frau, die nicht weit entfernt vorüberging.

»Siehst du sie?!«

Es dämmerte, die Sträucher lebten auf, und über ihnen erhob sich ein leichter Schleier.

»Hast du gesehen?!«

Die Ziege stieß ihren Kopf unzufrieden gegen Helenka. Sie sah nichts.

»Die Goldhaarige!« flüsterte ihr das aufgeregte Kind ins schmutzige Ohr.

Das Ziegengemecker weckte Vratislav Lipka unter seinem Holunderbusch auf. Er kam auf die Beine.

Helenka sah ihn an wie einen lebendig gewordenen Stein. Erst als er näher trat, verschwand der Schreck aus ihrem Gesicht.

»Gib acht auf die Burg!« sagte sie streng.

Aus dem mageren kleinen Gesicht blickten Lipka zwei Augen entgegen, in denen sich jeder Lichtstrahl zweimal brach wie ein Blitz. Er wäre über das jämmerliche Bauwerk hinweggestiegen, doch Helenkas Ton machte es ihm unmöglich. Die Burg gab ein knirschendes Geräusch von sich wie frischer Schnee.

Er ging weiter, ein wenig gespannt, was die Kleine hinter ihm herbrüllen würde.

Statt dessen verspürte er einen Schlag.

Verwundert drehte er sich um. Noch nie hatte ihn jemand so Ohnmächtiges herauszufordern gewagt.

Zum ersten Mal im Leben fürchtete er sich davor zuzuschlagen, er wehrte lediglich mit den Händen die Schläge ab, die nicht weh taten. Das ausgemergelte Gesicht, in dem zwei Flammen brannten, erschreckte ihn, er sah ihre Stirn, über die sich deutlich ein Netz aus violetten Adern zog … und ergriff die Flucht.

Das Mädchen atmete heftig. In ihrem kühler werdenden Kopf tauchte die Sorge auf, daß sie das hier noch teuer würde bezahlen müssen.

Sie zog die Ziege zum Fluß, nahm Reißaus vor ihrer eigenen Angst.

Vratislav Lipka spürte immer noch die Berührung von Helenkas winzigen Händen.

Ein Welpe, der mit selbstmörderischer Naivität auf einen ausgewachsenen Hund losging. Er hatte noch nie erlebt, daß einer zurückbiß. Jetzt wußte er, warum.

Er war beschämt, fühlte sich unbehaglich. Er brach sich eine Weidenrute ab und peitschte damit einen unsichtbaren Peiniger.

Helenka hatte unterdessen den Steg überquert und lief in Richtung Brombeerhag. Sie ahnte nicht, daß sie damit Lipka zuvorkam, der die Flußbiegung durchwatete.

Als sie erneut aufeinandertrafen, blieben beide erschrocken stehen.

Die Kleine stürmte ins Strauchwerk hinein, die dornigen Zweige behinderten sie jedoch in ihrer Flucht, sie kam immer langsamer voran, das Gestrüpp umschloß sie allmählich. Schließlich ragte nur noch ihr umzingelter Kopf aus den Brombeeren, obwohl sie auf einen Stein gestiegen war.

»Lipka!« rief sie lauter als nötig. Für ihr Alter besaß sie eine tiefe und fast heisere Stimme.

Der große Junge fuhr zusammen.

»Wenn du mich verhauen willst«, bemerkte das Kind praktisch, »mußt du mich aus den Dornen herausholen.«

Lipka schob die stacheligen Triebe auseinander und kam lässig näher. Helenka musterte seine Arme mit den blauen Flecken, sein verschlissenes, schmutziges Hemd mit dem abgerissenen Ärmel.

Lipka sah ihre feuchte Nase an.

»Heul nicht.« Er gab ihr zu verstehen, daß er nicht kam, um sie zu verprügeln.

»Ich heule nicht«, versetzte sie wütend. »Aber heute ist Sonntag!«

Der Zusammenhang war ihm unklar.

Er schob das Gestrüpp für sie zur Seite, spürte sie hinter sich, blickte sich aber nicht um und ahnte deshalb nicht, wie sehr sich die Kleine beeilen mußte, während er gemächlich ausschritt.

Am Fluß zeigte das Kind ihm sein wundes Hinterteil.

»Schau mal, was ich da habe.«

Die Wunde war recht tief, es steckten immer noch das Steinchen und ein wenig Schmutz darin. Er kratzte es mit einem kleinen Zweig heraus, und die Stelle begann wieder zu bluten. Mit Besorgnis verfolgte er den roten Faden auf dem braungebrannten kleinen Bein.

Helenka teilte seine Ängste nicht. Sorglos hüpfte sie herum, und bei jeder Bewegung quoll eine kleine rote Koralle aus der Wunde.

»Das waren die Jungs. Sie wollten Igel ertränken, aber ich habe sie vertrieben.«

Sie hatte es als bloße Mitteilung gesagt, doch augenblicklich steigerte sie sich wieder in die siegreiche Rangelei hinein und bedachte ihre Gegner mit Schmähungen. »Diese Hohlköpfe!« Sie sah selbstbewußt zu Lipka hinauf. »Onkel Juriga hat mir dafür Bonbons gegeben.« Mit aufrichtigem Bedauern fügte sie hinzu: »Ich habe sie schon gegessen.«

Der verwirrte Lipka, der Zeuge eines völlig anderen Geschehens gewesen war, zog aus seiner Tasche eine kleine Tüpfelfarn-Wurzel hervor.

»Wo hast du die gefunden?«

»Bei der alten Mühle.«

»Das ist furchtbar weit.«

»Nicht so sehr.«

»Spukt es dort?«

»Nein.«

Natürlich wußte Helenka, daß es dort spukte. Sie war sich dessen sicher. Sie brach die süße Wurzel auseinander und gab Lipka die Hälfte zurück. Sofort begann sie, an ihrem Teil zu saugen.

»Schreib mal Elefant!« befahl sie ihm und spuckte eine Faser aus.

Er brach einen kleinen Zweig ab und zeichnete, so gut er konnte, das Rüsseltier in den Sand. Helenkas Zorn überraschte ihn. Seine Zeichnung entsprach nicht ihren Vorstellungen, außerdem hatte sie nicht gewollt, daß er einen Elefanten zeichnete, sondern Elefant schrieb.

»Das ist ein Bild«, schrie sie unzufrieden. »Du sollst Elefant schreiben!«

Er war verblüfft, wie schnell sie wütend wurde und daß sie so mit ihm umzugehen wagte, als würden nicht Kontinente sie voneinander trennen, als würde der himmelweite Unterschied in Kraft und Alter nicht das geringste bedeuten. Er könnte sie einfach hochheben und wegschleudern wie eine Maus. Weiß der Teufel, warum er es noch nicht getan hatte!

»Schreibe Elefant!« forderte sie energisch.

»Das hier ist ein Elefant!«

»Das stimmt nicht! Ein Elefant hat ein Geweih!«

Das Kind verwechselte vermutlich einen Elefanten mit einem Hirsch. Er wollte sie davon überzeugen, doch sie schrie ihn nieder. Sie verwechsele überhaupt nichts. Frau Burdová hatte in ihrem Beisein über den alten Burda gesagt, er trample wie ein Elefant. Da war sie neugierig geworden und hatte sich die Sache erklären lassen. Bald stand der Elefant wie lebendig vor ihr. Die Stoßzähne ragten über seiner Stirn empor wie ein riesiges Geweih.

Er griff wieder nach dem Stöckchen. Er wußte selbst nicht, was ihn dazu trieb. Vielleicht die schlängelige Spur geronnenen Bluts auf dem kleinen Bein, vielleicht die anfängliche Schrecksekunde darüber, daß das Kind verbluten könnte.

Er schrieb ELEFANT, und Helenka war außer sich vor Freude.

E-l-e-f-a-n-t, buchstabierte sie, obwohl ihr das niemand beigebracht hatte, nahm das Stöckchen in die Hand und begann, selbst im Sand zu kratzen. Sie schrieb fünf holperige Elefanten nieder, dann zehn, fünfzehn. Sie konnte nicht genug von ihnen kriegen.

Lipka schnitt ihr geduldig weitere Stöckchen ab, er kam kaum nach, denn in ihrem hastigen Eifer brach sie sie fortwährend entzwei.

Auf dem Steg tauchte Lucka Vojničová mit einem Korb im Arm auf.

»Gevatterin!« schrie Helenka und stürzte zu ihr hin. Sie ritzte vor ihr den Namen des exotischen Tiers in den Staub.

»Elefant«, las Lucka.

Helenka errötete ergriffen, ihre Augen wurden ganz groß, und auf einmal brachte sie keinen Mucks mehr zustande.

Lucka ziepte sie anerkennend an den Haaren.

Das Kind sah sich nach Lipka um, der an dem Triumph teilhaben sollte, doch der Junge war verschwunden. Aufgeschreckt lief sie zu der Stelle, wo er eben noch gesessen hatte.

»Lipka«, ihre Stimme erbebte vor Schluchzern, »Lipka!«

Er erhob sich aus seinem Versteck ein paar Schritte von ihr entfernt. Er brachte nicht fertig, es nicht zu tun.

»Wo bist du gewesen?« erkundigte sie sich vorwurfsvoll.

»Hier.« Er zeigte auf eine kleine Mulde zwischen den Steinen. Sie besah sich die Stelle gründlich.

»Ich hab schon gedacht«, sagte sie stockend und zog die Nase hoch.

Auf einmal sah sie so elend aus, daß er gegen seinen Willen

Mitleid empfand. Wie ein gerupftes mageres Hühnchen. Lange würde sie nicht am Leben bleiben. Niemand würde sie auf fünf Jahre schätzen.

Die Svojsíková hatte über sie gesagt: »Sie wird dumm werden, ihr Vater ist Alkoholiker.«

Vielleicht war sie dumm, aber anders als Arnoštek.

»Ich war mal in Šádova Hut'.«

Nun sollte er pflichtschuldigst darüber staunen. Er verzog keine Miene, aber sie dachte sich seine Bewunderung hinzu.

Auf irgendeine Weise unterschied sich dieses Kind nicht nur von allen anderen Kindern, sondern überhaupt von allen Leuten, die er kannte. Er betrachtete sie wie einen seltenen Käfer.

»Weißt du, was ich dort gesehen habe?« bestürmte sie ihn.

Das ist mir völlig wurst.

»Einen Schwan!« hauchte sie wie betäubt. Sie schilderte ihm, wie der Schwan geschwommen war, so still und leicht, daß er kaum das Wasser bewegt hatte. Er hatte mit den Flügeln gewedelt, und unter einem hatte er ein goldenes Federchen gehabt. Dann war er im Schilf verschwunden, hatte sich in ein Fischlein verwandelt, war wieder zurückgeschwommen und hatte die Krümel verschluckt, die sie ihm hingeworfen hatte.

Sie ist tatsächlich dumm, beschloß Lipka für sich. Dabei trat sie mit einer Sicherheit auf, als würde ihr die Welt gehören. Am meisten verwunderte ihn die Tatsache, daß noch niemand sie halb totgeschlagen hatte.

»Lipka, wie kommt es, daß du ein Waisenjunge bist?«

Er wurde rot.

»Der hochwürdige Herr hat mit Frau Burdová darüber gesprochen. Aber er hat gesagt, daß du nichts dafür kannst.«

Ich hätte gehen sollen. Ich hätte schon längst weggehen sollen. Was zum Teufel hält mich hier!

Vom anderen Ufer sausten Steine herüber. Helenka hob einen Kiesel auf, in dem ein silberner Kern glitzerte, und warf ihn in die Mitte des Flusses.

Der zweite Stein wurde ihr aus der Hand geschossen.

Lipka brauchte nur einen Augenblick, das Feld zu räumen. Er sprang seitlich ins Unterholz.

Die Kleine bot der Schar die Stirn, die über den schwankenden Steg heranstürmte und sich auf sie stürzte.

Da kam Lipka wieder aus dem Dickicht gerannt. Er griff in den Kampf ein, obwohl er es ursprünglich nicht gewollt hatte, handelte ganz unsinnig, gegen seine Gewohnheiten. Mühelos trieb er den Haufen von Bälgern auseinander, die nur wenig größer waren als Helenka.

»Rotzlöffel!« keuchte das niedergewalzte Kind. »Stinktiere!«

Sie schob ihre abgeschürfte Faust in Lipkas Hand. Eine Geste, mit der sie der ganzen Welt zu verstehen gab, wer hinter ihr stand und mit wem sie von heute an rechnen mußten.

Lipka drängte ihre feuchte Hand nicht weg und verpaßte so seine letzte Gelegenheit. Ihm war nicht bewußt, daß die Kleine ihn gerade für immer in die Landschaft ihrer Seele aufgenommen hatte, in der unter einem strahlenden Himmel der Wind rauschte.

Eine unglaubliche Freundschaft war entstanden. Sie war im Grunde aus nichts heraus entstanden, wie alle großen Dinge.

Helenkas inständiger Wunsch hatte sich materialisiert.

Sie hatte einen Bruder gefunden.

»Sie haben Angst vor uns!« verkündete sie stolz. Und dann ohne jedwede Art von Übergang: »Ich zeige dir einen riesengroßen Ameisenhaufen.«

Lipka kannte ihren Ameisenhaufen längst, und es war nicht der größte. Der Haufen wimmelte und wogte von weitem wie Samt.

»Schau mal, wie sie das Stöckchen schleppen. Als hätte es Beinchen.«

»Ich kenne einen kleinen Stock, der bewegt sich ebenfalls selbst, und er wird nicht von Ameisen getragen.«

»Er bewegt sich von selbst?«

Lipka wußte, daß es sie interessieren würde. »Genau. Nur ist drinnen ein Wurm.«

Augenblicklich wünschte sich die Kleine, das Stöckchen mit dem Wurm zu sehen. Der Junge führte sie zur Flußbiegung. Zu dem stillen, über das Ufer getretenen Wasser.

»Hast du schon einmal einen Schmetterling gefangen?« fragte sie ihn unterwegs.

»Nein. Aber einmal hat sich ein Trauermantel auf meine Hand gesetzt.«

»Von alleine?«

»Ja. Im Frühling kann man Schmetterlinge fangen, bevor sie ordentlich fliegen können. Auch Hummeln. Sobald sie ausschlüpfen, kannst du sie in die Hand nehmen.«

»Haben Hummeln Beine?«

»Natürlich.«

Er lief ein Stück weit in den Sumpf hinein.

»Hier hast du das Stöckchen.« Er brach es auseinander, und ein Wurm kroch daraus hervor.

Helenka war begeistert von dem schlauen Wurm. Und auf einmal geriet sie wie aus heiterem Himmel in Wut.

»Du hast ihm das Stöckchen zerbrochen! Was wird er jetzt machen?!«

»Er sucht sich ein anderes.« Er bemerkte, daß sie mit der Hand ausholte. Wollte sie ihn wirklich hauen?

Sie vergaß den Wurm, denn über ihren Köpfen ertönte das seltene Gebrumm eines Flugzeugs.

»Ein Flieger!« machte sie ihn mit zurückgelegtem Kopf aufmerksam. »Aber wo ist er?«

»Er fliegt in den Wolken. Gleich taucht er wieder auf.«

»Ich weiß von einem Menschen, der sich auf diese Weise verirrt hat.« Sie holte Luft. »Am schlimmsten ist es, wenn der Flieger auf Eis stößt. Das Eis ist noch höher als die Wolken. Wenn es sich der Sonne nähert, dann schmilzt es, und das regnet dann.« Nachdem sie ihm die Naturerscheinung erklärt hatte, kehrte sie zu der Geschichte zurück. »Das Flugzeug von diesem Menschen ist am Eis zerschellt, und er ist hinuntergefallen, genau in das Nest eines riesigen Vogels. Dieser Vogel hatte gerade Junge, hielt ihn für eines von ihnen und fütterte ihn.«

Lipka lachte.

»Es ist wahr«, sagte sie gekränkt. »Er hat sich dann einen der Vögel gezähmt und ist auf ihm geflogen. Hättest du Angst vor dem Fliegen?«

»Nein.«

»Ich auch nicht«, versicherte sie eilig.

Sie blieben am Rand des Sumpfs, bauten sich dort einen Tunnel, unter dem das Wasser hindurchfloß, hoben einen kleinen See aus, befestigten seine Wände mit Lehm, und weil Helenka ein Schiff auf dem See haben wollte, schnitzte Lipka ihr eines aus Rinde. Es war das erste Mal nach vielen Jahren, daß er spielte.

Helenka beobachtete eine Weile seine Hände, dann bat sie ihn, ihr das Messer zu leihen, und schnitt sich in den Daumen.

Wer weiß, was diesen Knirps noch erwartet, dachte der große Junge. Nichts Gutes.

In einem war er früher genauso gewesen wie sie. Er kannte nur zu gut diese gefährliche Welle der Wut, die einen überschwemmte wie Brei, so daß man nichts mehr hörte und keinen Millimeter mehr vor sich sah.

Es war nicht sein Selbsterhaltungstrieb gewesen, der ihn damals gerettet hatte, das redete er sich nur ein. Ihn hatte etwas gebremst, das dieses Kind vielleicht gar nicht kannte: Angst. Sie hatte ihn ganz plötzlich befallen, seine Beine gelähmt und ihn in Schweiß gebadet.

Davor hatte er mit den anderen Jungen in einer Art rauflustiger Freundschaft gelebt. Mit zunehmenden Kräften hatte er auf den Königsthron gedrängt.

Bis die Vařechs mit ihrem Sohn Dolfa nach Želary zogen.

Dolfa mit den schmalen Augen, der so gutmütig aussah – ein bedeutungsloser Tölpel, ohne Mut, ohne eine einzige bewundernswürdige Eigenschaft. Dennoch brachte er es fertig, eine ordentliche Bande um sich zu scharen – jeder für sich war keinen Katzenfurz wert, zusammen jedoch stellten sie eine Kraft dar.

Vratislav Lipka war an ihnen gescheitert.

Er hatte es nicht fassen können.

Bis er die Angst kennenlernte.

Er ließ es jedoch nicht zu, daß sie ihn zum Abtreter für fremde Füße machte.

Er fügte sich nie, sondern lernte, sich zu verstecken, sich Finten auszudenken. Die Kunst abzuhauen, wie ein Hase Haken zu schlagen – sie ging ihm ins Blut über.

Sein freiwillig gewähltes Exil währte nicht lange, doch als die Zeit zum Umkehren kam, brachte er die ersten Schritte nicht fertig.

Nach zwei Jahren bekam Dolfa Kinderlähmung, er wurde völlig verkrümmt, begann zu hinken und zu zittern. Bald darauf zogen die Vařechs weg.

An jenem Vormittag des Umzugs, als Dolfa verlassen neben einem Haufen von Säcken saß, kam Lipka angerannt, hüpfte vor ihm, schlug Purzelbäume in der Luft und lief auf den Händen. Dolfa warf ihm einen mörderischen Blick zu, und aus seinen Augen traten Tränen, von denen er nichts wußte. Wie weißer Schaum bildete sich das Wort Bastard auf seinen Lippen.

Es war eine klägliche Rache, Lipka wußte es genau, doch er hätte sich nie von Dolfa freigemacht, wenn er nicht diese Niederträchtigkeit vor ihm begangen hätte.

Die Ziege gab ihrer Unzufriedenheit über den gewählten Aufenthaltsort Ausdruck, der Junge bemerkte es und ging los, um ihr ein paar Akazien- und Holunderzweige abzubrechen.

»Du fällst!« schreckte Helenka ihn auf, als sie ihn oben über dem Wasser balancieren sah. »Komm schnell herunter!«

Sie streckte sich nach ihm aus und faßte seine Hosenbeine, als er schon fast auf der Erde war. Zufrieden bildete sie sich ein, sie habe ihn vom Baum heruntergezogen. Die Ziege kaute die Köstlichkeiten, ihr erfahrenes Maul warf das Holzgewächs ab und umging geschickt die Dornen.

»Man kann überhaupt nicht mit ihr spielen«, beklagte sich Helenka, »sie würde am liebsten immer nur fressen.«

Der Junge schwieg, in seine Arbeit vertieft, die die Kleine ihm aufgetragen hatte. Er wünschte sich, daß sie sich freute und jubelte, er wußte selbst nicht, woher er die vielen Einfälle nahm und was er eigentlich alles konnte.

»Wir gehen nach Hause«, sagte die Kleine plötzlich. Sie sah den Abendhimmel an, wo die Sonne zwischen die Felsen abtauchte.

Vor allem dieser ruhige, nüchterne Ton prägte sich ihm ein.

Helenka brachte die Ziege in den Stall, wusch sich das Gesicht, zog sich im Flur die Hausschuhe an und ging in die Küche.

»Lipka ist mein Freund«, verkündete sie auf der Schwelle.

Ihre Mutter strich ihr übers Haar, holte einen Löffel aus der Tischschublade und goß Lebertran darauf.

»Er ist dein Milchbruder.« Langsam und bedächtig erklärte sie ihr alles. Den ganzen nächsten Tag lungerte das Bojar-Kind am Fluß herum. Lipka tauchte erst gegen Abend auf.

»Wo warst du?«

Er konnte ihr nicht sagen, daß er die ganze Zeit in der Nähe gewesen war, daß er die ganze Zeit ihre verzweifelte Suche beobachtet – und schließlich nachgegeben hatte.

An dem Tag beschloß sie, ihm ihre Schätze zu zeigen.

Sie führte ihn auf den Dachboden, auf den sie über eine Leiter und durch das kleine Fenster in der Frontseite des Hauses gelangten. Sobald sie in die Dämmerung unter dem abgeschrägten Dach tauchten, spürte der Junge Helenkas Furcht. Sie nahm ihn bei der Hand und trat leise auf, als hätte sie Angst, jemanden oder etwas aus dem Schlaf zu wecken.

Die Schatztruhe erwies sich als ein schwarzer Koffer, den ihr Vater aus dem Krieg mitgebracht hatte.

Er half ihr, den Deckel anzuheben.

Funkelnde Kieselsteine, kleine Muscheln, trockene Eicheln, grotesk geformte Zweige, bunte Federchen, trockene Blätter …

Sie legte eines nach dem anderen auf dem Fußboden aus.

Dann war sie fertig und stand mit angehaltenem Atem und weit offenen Augen da. Ihn beeindruckte mehr ihre Haltung als die präsentierte Ausbeute. Er kniete sich auf den Boden, senkte seinen Kopf und berührte einzelne Dinge mit vorgetäuschtem Interesse, damit sie ihm nicht ansehen konnte, was er von ihrer Sammlung hielt.

»Ich habe das noch nie jemandem gezeigt.« Ihre Stimme zitterte vor Ergriffenheit.

Er hob einen kleinen Stein mit schimmerndem Kern hoch und legte ihn auf seine Handfläche. Das steinerne Äuglein blinkerte ihn verschmitzt an.

Von solchen Steinen hätte er ihr ganze Taschen voll anschleppen können.

Aber dann erkannte er, daß, auch wenn er es täte, sie nie den Wert dieses einen besitzen würden. Er konnte diese unerwartete Entdeckung nicht in Worte fassen, ihm blieb nur das Gefühl, daß der Wert der Dinge nicht in ihnen selbst liegt, sondern in uns.

Er richtete sich auf, und die Schöpferin der Wunder konnte sich sicher sein, daß sie dieses Mal nicht nur sich selbst bezaubert hatte.

3

Es war eine klare und helle Septembernacht. Der schneidende Wind verlieh ihr einen würzigen Geschmack. Vratislav Lipka nahm sie mit allen Sinnen wahr. Die Schritte, die vom Fluß her kamen, das Weinen eines Säuglings, den Gesang eines Betrunkenen, ein schallendes Frauenlachen. Die Düfte der Abendlevkojen, die zaghaften Lichter in den Fenstern und die Schatten in den Gärten.

Er machte beim Pfarrgarten halt und zögerte. Hierher kam er

mehr aus Pflicht denn aus Lust. Die Beete und Bäume bewachte und plünderte er zugleich. Es war seine Rache an dem hochwürdigen Herrn, der auf dem Weg der Tugend wandelte und nichts so sehr liebte wie Taten der Barmherzigkeit. Lipka war eines seiner Opfer. Er wollte ihn partout ins Kinderheim kriegen und versuchte es ihm ständig aufzuschwatzen, so als verstünde er nicht, was Freiheit bedeutete, ohne die man nicht leben konnte, die Freiheit der Vögel unter dem weiten Himmel.

Im übrigen mochte er den Pfarrer ganz gern.

Manchmal sehr gern.

Wenn er in einer Sommernacht mit seinen Armen über dem Kopf ausgestreckt auf dem Berghang lag und aus der Kirche die Orgel erklang, schlief er berauscht von der Musik ein, die wie Nadelreisig roch und zitterte wie die Sterne.

Er sprang über den flachen Graben, der die Pfarrdomäne begrenzte, und Brennesseln peitschten gegen seine Waden. Mit seinem Kopf streifte er eine Birne. Er riß sie ab.

»Lipka.«

Er drückte sich gegen den Baumstamm. Stellte fest, daß er vor sich hin gepfiffen hatte.

In dem erleuchteten Fenster sah er den Kopf des Pfarrers.

»Lipka! Komm her!«

Es ging darum, wer länger ausharrte.

»Komm her. Ich weiß, daß du da bist.«

Heute nicht, Hochwürden, heute werden keine barmherzigen Taten vollbracht. Der Junge schlich sich weg. Er würde zum Forsthaus gehen. Auch dort gab es Heu auf dem Dachboden.

Vom Kirchhügel aus sah er Želary in grauviolettem Dunst liegen. Auf den Dächern glänzte weißer Schein wie eine dünne Schneeschicht. Vom Fluß zog kalte Luft herauf. Lipka ging am Wirtshaus vorbei, wo es nach sauerem Bier stank. Durch das offene Fenster waren Menschenstimmen zu hören.

Er blickte in den Wirtsraum wie in eine Pestgrube. Am Tresen saß Toňa Bartek mit bläulichen Schatten unter den Augen.

Die heiseren Rufe. Das Aufklatschen der schmierigen Karten. Verkorkstes Leben.

Früher hatte es Lipka interessiert. Er hatte ganze Stunden am Fenster zugebracht. Mit eigenen Augen hatte er gesehen, wie Mat'a Pořízek mit einem Bierglas erschlagen wurde. Er bedauerte Mat'a allerdings etwa so sehr wie einen zertretenen Käfer.

An den Sonntagmorgen sah er die zertrümmerten, blutverschmierten Stühle vor dem Wirtshaus. Wenn es richtig schlimm war, riefen sie nach Lucka.

Hinter dem Wirtshaus befand sich der Schuppen, in den Běta Látalová mit ihren Galanen ging. Der Wirt verdrosch seine Tochter pflichtbewußt und machte den Kerlen Beine, doch immer konnte er sie nicht erwischen. Auch das hatte Lipka früher interessiert. Er hatte sich in die Rückwand des Schuppens einen Spalt gebohrt.

Ein Stück hinter dem Wirtshaus verschluckte das Brausen des steinernen Wehrs alle Geräusche. Der Junge lief schräg zum Steg hinunter, hinter ihm der schwarze Gürtel des Waldes. Über dem mit Lichtern gesprenkelten Wasser blieb er stehen. Sie eilten in alle Richtungen und rührten sich dabei nicht vom Fleck.

Die Hütte der Gorčíks hatte sich wieder merklich verändert. Marek hatte das Dach repariert.

Auch die Umgebung des Hauses war hergerichtet worden. Tagelang hatte Gorčík hier unermüdlich gegraben, als wollte er einen Schatz aus dem sandigen Boden heben. Er hatte Dornen ausgegraben, Beete angelegt, um die Beete eine Steinmauer gegen die Hasen errichtet und sie so dem Haus angeschlossen.

Was er da schützen wollte, war Lipka nicht klar. Auf diesem Hang wuchs seit je nur kümmerliches, ewig durstiges Gras, das im Sommer von der Sonne verbrannt wurde.

Der Junge kannte die Methoden, mit denen die Leute sich von ihren Schulden freizukaufen versuchten, Mareks Tätigkeit konnte ihn nicht befremden. Ihn überraschte lediglich die nicht bedachte Sinnlosigkeit seiner fieberhaften Schufterei.

Nachdem Zuzanka aus dem Krankenhaus zurückgekehrt war, saß sie meistens in der Sonne, in eine alte Decke gewickelt, und blickte starr in die Gegend. Nur der dumme Arnoštek besuchte sie. Ab und zu stand sie auf, um irgendeine Arbeit zu erledigen – dann kämpfte Lipka mit der Versuchung, fand aber nie den Mut, ihr seine bescheidene Kraft anzubieten.

Die Gorčíks zogen ihn an. Er fühlte sich mit ihnen durch die wenigen Augenblicke verbunden, in denen sich ihre Schicksale gekreuzt hatten.

Selber unbemerkt, lag er oft unmittelbar hinter ihnen und beobachtete sie.

Einmal kam die Großmutter von Zuzanka angefahren und versuchte sie zu überreden, mit ihr nach Hause zu kommen. Er hörte ihr ganzes Gespräch mit an, begriff es aber nicht richtig.

»Was willst du dir ertrotzen, Mädchen?«

»Ich habe, was ich habe, Großmutter. Und ich habe dafür bezahlt.«

»Gebe Gott, daß du es nicht bereust.«

Zuzanka lächelte ihr eigenartiges Lächeln, das er nur zu gut kannte. Sie wollte nicht von ihrem brutalen Kerl loskommen, wollte nicht von ihren Fesseln befreit werden – sie war eine freiwillige Leibeigene. Viele Berglerinnen wählten dieses für Lipka unverständliche Schicksal.

»Du hast deinen Glauben abgeleugnet.«

Wieder dieses Lächeln, nur ein wenig müde. Vermutlich hatte sie das schon hundertmal gehört.

»Irgendwann wird er dich umbringen.«

»Aber nein, Großmutter.« Jetzt kam ihm Zuzankas Ton höhnisch vor. »Sag dem Vater, daß ich euch jetzt sowieso keine Hilfe wäre, ich bin zu nichts nütze.«

»Deswegen hat er mich nicht geschickt.«

»Und sag ihm auch, daß ich mich, wenn ich ein zweites oder drittes Mal entscheiden könnte, wieder genauso entscheiden würde.«

»Für den Papisten?«

»Für den Papisten.«

Die Alte stand auf und verschattete den Himmel.

»Du verzichtest also auf den Segen deines Vaters?«

Die junge Gorčíková zuckte kaum merklich mit den Achseln. In dieser Bewegung oder diesem kurzen Beben lag kein provokativer Trotz, nur Gleichgültigkeit, als würden die schneidenden Worte der alten Frau sie nicht betreffen.

»Du hast kein Gewissen.«

Es war vergeblich, und die Alte begriff es. Zwischen ihnen hatte sich ein Abgrund aufgetan, und ihre Enkelin hatte sich mit dem letzten Zollbreit unter ihren Füßen von ihr entfernt. Lipka konnte sich Zuzankas Verhalten nicht erklären. Er wußte, daß sie ihre Großmutter wissentlich gekränkt hatte.

So etwas geschah gewöhnlich aus Verzweiflung. Nur daß sich in der Miene der jungen Frau deutlich innerer Frieden und unbegreifliches Glück widerspiegelten.

Jetzt saß die Hütte der Gorčíks wie ein schwarzweißer Würfel auf dem Hang. Aus dem Schornstein stieg dünner Rauch, in den Fenstern flimmerte ein schwaches Licht.

Lipka ging an die Steinmauer heran, bemühte sich zu erkennen, was dahinter eingepflanzt war. Es waren Himbeersträucher.

Inmitten der Umfriedung stand ein Tischchen, das nach frischem Holz roch, daneben zwei Schemel.

Er sprang über die Mauer. Als er auf der Erde aufkam, stieß er auf einen Hund. Im Leben hatte er keine größere Dummheit begangen. Er wehrte sich gegen das angreifende Tier, hoffte nur, daß es nicht bellte. Aber da kam schon ein Mann aus der Tür gelaufen.

»Wer ist da?«

Lipka antwortete nicht, er versuchte, über die Mauer zu kommen, und kümmerte sich nicht darum, daß ihm die wütende Bestie die Kleider zerriß.

Gorčík hatte Mühe, den Hund zu bändigen.

»Wir haben ihn erst seit zwei Tagen.«

Er zog den Jungen in die Hütte und überredete ihn, sich die Bißwunden auszuwaschen.

»Sie heißt Dona und ist scharf. Sie fällt einen ohne Warnung an. Sie sollte schon getötet werden, da hab ich sie genommen.«

Lipka dachte, daß er ihm das nicht zu erzählen brauchte. Irgend jemanden sollte Dona in gehörigem Abstand halten.

Bestimmt nicht Vratislav Lipka.

Zuzanka kam aus dem Schlafzimmer, sie wollte gerade zu Bett gehen. Das offene Haar fiel ihr über Schultern und Brust, ihr Gesicht verschwand in der rotgoldenen Pracht.

Schnell wandte er seine Augen ab. Ein Schweißtropfen rann ihm kalt über die Rippen. Mareks Frau war von jener Schönheit, die Männer ergreift.

Lipka wehrte sich mit allen Kräften dagegen, aber auf einmal war er ganz ausgetrocknet vor Durst, einem Durst, der sich nur mit Blicken stillen ließ. Marek hätte sich nicht so freundlich verhalten, hätte er in seine Seele schauen können.

Dann kam er wieder zu sich. Machte sich seine Situation bewußt. Gebissen, halbnackt.

Er hätte unter den Ofen kriechen mögen wie eine Schabe.

Zu allem Überfluß kam Dona hereingestürzt und warf den Wasserkübel um, in dem er sich wusch. Gorčík griff schnell nach dem durchgebissenen Rest ihrer Leine.

Es war eine große, häßliche Hündin voller Schorf.

»Dona«, sagte Lipka zu ihr und sah ihr in die Augen.

Sie spitzte die Ohren.

»Dona«, wiederholte er. Er streckte die Finger nach ihr aus. Sie schnüffelte an ihnen und knurrte schwach.

»Dona.« Er legte seine Hand auf ihr struppiges Fell. Sie erbebte unter der Berührung.

»Dona«, flüsterte er so leise wie möglich. Sie konnte seiner Stimme nicht widerstehen. Wedelte mit dem Schwanz.

Du Gute. Wenn ich schon vorher von dir gewußt hätte!

Er übernachtete bei den Gorčíks unter einem Federbett, das

ihn fast erstickte, tatsächlich blieb er eine unendliche Nacht lang wach und brach jedesmal in Schweiß aus, wenn er auf den hellen Streifen unter der Tür sah.

Die junge Gorčíková flickte in der Küche seine Hosen.

4

Helenka war noch nie nachts im Wald gewesen. Sie zitterte vor Angst, als sie den kleinen Felsenpfad hinaufstiegen und unter ihnen der Fluß wie ein Metallstab schimmerte. Sie hielt sich an Lipkas Hand fest, drückte sie mehr oder weniger fest, je nachdem, ob ihre Angst sich verstärkte oder nachließ.

Sie beugte ihren Kopf zurück zum Mond, der direkt über ihnen stand. Sie sah in das runde Fenster aus Milchglas hinein.

»Wer ist da oben?«

»Niemand.«

»Er schaut uns an.«

»Das ist das Mondmännchen«, dachte er sich einen beruhigenden Unsinn aus.

»Und dort?!« Sie zeigte mit dem Finger zwischen die Steine, wo sie deutlich den Schatten eines Riesen unterschied.

»Keine Sorge, da ist niemand. Ich gehe vor dir, halt dich an meinem Hemd fest.«

Lipka hatte nie ein vergleichbares Grausen kennengelernt. Nacht oder Tag, das war für ihn dasselbe. Sie gingen hintereinander, jeder durch eine andere Landschaft.

»Da fiept etwas.«

»Der Wind.«

»Der Wind fiept nicht.«

Vor ihnen stieg ein Kiefernschwärmer empor, ein samtiger Falter. Sie schrie auf.

Er rollte ihre Hand zu einer Faust und umschloß sie mit seiner Hand.

»Keine Angst, außer uns ist niemand hier.«

Da waren sie. Nicht nur eines, Dutzende Augenpaare saugten sich an ihrer Haut fest. So weit hinter dem Dorf, im unbekannten Wald, in tiefer Nacht. Hier ächzten die Bäume, vibrierte die Dunkelheit, ihre Füße sanken im Moos ein, das weich und warm war wie der Pelz eines struppigen Hundes.

Die Erde strömte einen fremden Geruch aus.

»Nur noch ein kleines Stück, dann sind wir auf der Lichtung«, munterte der große Junge sie auf, als er sah, daß sie kaum noch ihre Füße heben konnte.

Die Vorfreude ließ Helenka die durchlebten Schrecken vergessen. In einem Augenblick würde sie Rehe grasen sehen.

»Hier setzen wir uns hin.«

Er zog seinen Mantel aus und breitete ihn über das feuchte Gras. Die Kleine strengte ihre Augen an – die Wiese war leer.

»Wo sind sie?«

»Am anderen Ende. Du kannst sie noch nicht sehen, aber sie kommen näher. Der Wind geht aus ihrer Richtung, so daß sie uns nicht riechen können.«

»Werden sie dann hier grasen?«

»Werden sie.«

Die Lichtung glänzte wie ein kostbarer Stein.

»Wo sind sie?«

»Noch einen kleinen Moment.«

»Kommen sie?«

»Sie kommen.«

»Und dann grasen sie«, stieß sie glücklich aus und schlief ein.

»Siehst du sie?« flüsterte er, als er die Rehe mitten auf der Lichtung erblickte. »Helenka! Siehst du sie?«

Sie hörte ihn nicht, sie schlief fest, ihre Nase in seinen Mantel gebohrt.

Er hob sie hoch und trug sie nach Hause. Er ging schwer, von der ungewohnten Last ermüdet, als würde sich Želary am Ende der Welt befinden. Er klopfte an die Tür der Bojar-Hütte. Helenkas Mutter stellte keine Fragen. Sie nahm die Schlafende entgegen, die nicht einmal jetzt aufwachte.

»Sie wollte die Rehe grasen sehen.« Er hätte heulen können, weil sie sie nicht gesehen hatte.

Am nächsten Tag hörte er sie von ihrer Mitternachtswanderung erzählen, obwohl sie am späten Abend stattgefunden hatte, von dem Mondmännchen, von zischelndem Strauchwerk, ungeheuer großen Faltern, von Riesen zwischen den Felsen und vor allem von den Rehen auf der Waldlichtung, die Gras gerupft hätten und so nah gewesen seien, daß Helenka sie habe streicheln können.

An der Schulmauer tauchte eine schmachvolle Aufschrift auf, Lipkas Schulkameraden schnitten Grimassen und flüsterten in ihre Fäuste: Gspusi!

Er wand sich unter der Schande, konnte sie aber nicht loswerden. Jeden Nachmittag weidete das Kind seine Ziege an derselben Stelle und wartete vertrauensvoll auf ihn. Er brachte es nicht fertig, sie zu enttäuschen.

Er konnte niemanden verletzen, der so klein und so ausgemergelt aussah, dessen Tage ohnehin gezählt waren.

Helenka kannte seine Beweggründe nicht, sie fühlte sich gesund und stark. Ihr war es nicht peinlich, mit einem Jungen befreundet zu sein. Auf jede Beleidigung wußte sie zu antworten, und das mit einem Erfindungsreichtum, der schwer zu überbieten war. Ihren Vorrat an groben Wörtern ergänzte sie beim Wirtshaus, um das sie gerne herumlungerte. Der Kneipenradau zog sie an.

Am liebsten mochte sie Schimpfwörter, die sie nicht verstand. Lipka hätte ihr manches erklären können, doch die Scham hinderte ihn daran, ein Erbe seiner ihm unbekannten Mutter. Er selbst fluchte nie. Derbe Wörter widerstrebten ihm. Helenka nahm er sie freilich nicht übel, denn seiner Meinung nach trug sie keine Verantwortung für sie.

Eigentlich beunruhigte ihn nur eine Sache an ihr. Wie sich bei ihr die Welt der Vorstellungen mit der Wirklichkeit vermischte, wie sie jeden Augenblick in ein Märchen tauchte. Er selbst hatte nie von jenen Quellen getrunken, die diese bitter wahrhaftige Welt verwandelten. Es erschreckte ihn, wie das Kind seine knochigen kleinen Hände nach dem trügerischen Schattenspiel im Zauberspiegel ausstreckte.

Was es ihn für Mühe kostete, sie davon zu überzeugen, daß Šeldas Tochter Líza keine verzauberte Fee sei, sondern eine Studentin, die nur in den Ferien nach Hause kam!

»Es gibt keine Feen!« wiederholte er hartnäckig, während er zusah, wie sie aufgeregt ihre steif gefrorene kleine Faust anhauchte.

»Ich weiß.«

Gleich darauf versuchte sie, ihn zu überreden, mit ihr im Wald nach Lízas goldenen Haaren zu suchen. Vergeblich schleifte er sie zu Šeldas Villa hin.

»Hier wohnt sie.«

Helenka starrte mit großen Augen den verlassenen Balkon und das rostige Geländer an. Als sie die Dienstmagd Berta mit ihren Einkäufen erblickte, reckte sie sich zum Ohr des Jungen hoch und flüsterte ihm den Namen der Zauberin zu.

Eine Hexe!

Der Faden des Gespinstes spulte sich sachte ab, das Wunderspinnrad schnurrte.

Vratislav Lipka erkannte, daß es über seine Kräfte ging.

Er konnte das Unkraut nicht ausrupfen, Helenkas unnötige Ängste nicht zerstreuen.

In den nächsten, unruhigen Tagen, geschah das Unvermeidliche.

Es fing harmlos an: Helenka wurde zufällig Augenzeugin, als er geschlagen wurde – einmal mußte sie es ja erfahren.

Sie krümmte sich, als würden die Hiebe ihren eigenen Leib treffen.

Aber dann richtete sie sich auf, ihre Bestürzung verflog und wurde von Zorn abgelöst. Schon hatte sie einen Stein ausfindig gemacht, schon stürzte sie sich auf Lipkas Onkel. Sie traf ihn mit dem Stein am Hinterkopf, dann griff sie nach seiner Wade und schlug ihre Zähne in das zähe Fleisch.

Darauf war er nicht gefaßt gewesen und fiel hin. Mit einem Fußtritt schleuderte er sie weg.

Wild geworden kniete er auf dem Rücken des Jungen und drückte ihm das Gesicht in die Erde.

Sobald Helenka wieder auf die Beine gekommen war, verlegte sie alle Kraft in ihre Stimme. Sie brüllte so fürchterlich, daß die Leute zusammengelaufen kamen, sie brüllte auch dann noch, als der befreite Lipka neben ihr stand und ihr die Hand auf den Mund legte, sie brüllte, bis nur noch ein heiseres Krächzen aus ihrer Kehle drang.

Sie zog die erschrockenen Dorffrauen an ihren Röcken und bettelte, sie möchten Onkel Michal festhalten, damit sie ihn mit einem großen Messer erstechen könne.

Lipka schleifte sie weg, doch sie lehnte sich noch ein letztes Mal auf.

»Und Sie kriegen ihn doch nicht!« pfiff ihre Stimme aus dem letzten Loch. Sie suchte nach dem schrecklichsten Schimpfwort. »Sie Saufsack!«

Lipka eilte in Richtung Fluß. Ein kleines Stück trug er Helenka, die nicht mithalten konnte und hinterherstolperte. Er tauchte sein anschwellendes Gesicht ins Wasser.

Helenka berührte die aufgedunsenen Lider.

»Geht das wieder weg?«

Vielleicht hatte sie es gesagt, vielleicht auch nicht. Ihre Kehle war wie ausgedörrt.

Lipka saß im feuchten Sand, hörte den Fluß, sah ihn aber nicht. Er sah nicht die von der Sonne wie mit einem Messer kleingehackte Wasseroberfläche. Er sah nicht den Fleck in der Flußbiegung. Er war weit entfernt davon, sich irgend etwas anzusehen.

»Wem gehört das Boot, Lipka?«

Lipka konnte die Bewegung ihrer Lippen nicht verstehen.

Wieder und wieder wusch er sein Gesicht. Helenka trippelte zur Biegung hin.

Sie sah sich um. Gerne hätte sie Lipka zugerufen – wenn sie die Stimme dazu gehabt hätte –, daß sie hier einmal mit ihrem Vater eine Forelle gefangen hatte.

Sie wollte schon kehrtmachen, als sie bemerkte, daß Ingenieur Šelda ihr entgegenkam.

So laut sie konnte, grüßte sie ihn. Er lächelte sie an.

»Hättest du gerne so ein Boot?«

Er konnte ihre Gedanken lesen. Er sah zwar aus wie der Ingenieur Šelda, aber wer konnte das wissen … Noch bevor sie eine Antwort herausbrachte – was ohnehin nicht gehen wollte –, sprach er aus, was sie erwartet hatte.

»Ich verkaufe es dir.«

Er lächelte nur mit den Augen, und diese Augen waren stechend. Helenka wünschte sich dieses Boot jedoch so sehr, daß sie keine Zeit hatte, sich zu ängstigen.

»Was wollen Sie dafür?«

»Du gibst mir die Ziege.«

»Das geht nicht, die Ziege gehört nicht mir.«

Seltsam, daß sie wieder reden konnte. Aber sie hatte eine sonderbare hohe Stimme, vielleicht war es gar nicht ihre.

»Das macht nichts, dann verlierst du wenigstens nichts.«

Sie sah ihn voller Verachtung an.

Jetzt kommt es, dachte sie. Doch er schwieg. Beide schwiegen.

»Ich gebe Ihnen etwas anderes dafür.« Sie hatte sich entschlossen.

»Was?«

»Na … meine Seele.«

Er sah verwirrt aus.

»Deine Seele würdest du hergeben?«

»Ja.«

Schon war sie von einem Wirbel erfaßt, der sie dem Abgrund zutrieb.

»Wie heißt du?«

Was interessierte ihn das? Sie antwortete jedoch.

»Bojarová.« Jetzt, da sie entschlossen war, hatte sie keine Lust, noch Zeit zu verlieren. »Wollen Sie die Seele gleich haben?«

Ihr Blut, mit dem sie die Verschreibung würde besiegeln müssen, gefror in ihren Adern.

»Nein, was würde ich damit anfangen?« Wieder lächelte er. »Du kannst es dir ja noch einmal überlegen.«

Sie schüttelte den Kopf.

Er machte eine Bewegung mit der Hand, wollte sie streicheln. Sie wich zurück.

Er sah sie an, als täte es ihm leid.

Doch er konnte sie nicht täuschen.

Sie stand reglos da, bis er zwischen den Bäumen verschwunden war.

Dann lief sie zu Lipka zurück.

Aber an der Stelle, an der er gesessen hatte, befand sich nur eine flache Vertiefung.

Sie rief nach der Ziege mit einer Stimme, die keinen Widerspruch duldete, und machte sich auf den Weg nach Hause. Sie sah sich nicht um, denn sie wußte, daß hinter ihr schwarze Schlangen aus dem Wald gekrochen kamen.

In der Küche roch es nach Kartoffeln. Ihre Mutter goß gerade das Kochwasser ab und verscheuchte mit ihrem Unterarm eine Haarsträhne von ihrer Stirn.

»Ich habe ein Boot gekauft, Mutter.«

Ihre Mutter sah nicht auf, vielleicht hörte sie auch nicht zu. Weshalb fragte sie nicht nach, was für eines?!

»Ich kann noch mal darüber nachdenken«, haderte Helenka mit sich selbst, und ihre Kehle wurde eng.

Am Abend war Badezeit. In den Kübel wurde so viel Wasser gegossen, daß es Helenka bis zur Körperhälfte reichte. Sie wusch sich selbst, zuerst das Gesicht, dann die Hände, zum Schluß die Füße. Mit einer Wurzelbürste scheuerte sie ihre harten Fußsohlen. Dann hob sie die Hände über ihren Kopf, ihre Mutter zog sie heraus und wickelte sie in ein Tuch.

Sie wusch sich gerne. Besondere Mühe gab sie sich, wenn sie ins Städtchen zum Herrn Doktor sollte. Seit der Diphtherie war sie zwar nicht mehr richtig krank geworden, trotzdem ging sie regelmäßig zur Untersuchung, weil sie so dünn war. Der Doktor tat sich kleine Drähte in die Ohren und hörte sich ihr Inneres an. Gerne hätte sie es sich selbst angehört, doch sie hatte es noch nicht über sich gebracht, den Wunsch zu äußern.

Einmal hatte sie dem Arzt einen Schrecken eingejagt. Glühend und grün wurde sie zu ihm gebracht und mußte sich dauernd übergeben. Das war, als sie das halbe Glas Korn von ihrem Vater ausgetrunken hatte. Der Doktor erkannte es, sobald sie ihn anhauchte.

Die Sache mit dem Schnaps gehörte zu ihren stärksten Erlebnissen.

Jetzt kam ihr Vater ins Haus herein wie eine Überschwemmung. Er nahm die Kleine auf die Arme und warf sie hoch zur Decke. Helenka zog an seinen Ohren.

»Da gibt es ein Boot auf dem Fluß, Vater.«

»Ein Boot? Möchtest du ein Boot haben, Helenka? Ich mach dir eins.«

Helenka kannte seine Versprechungen. Sie schaute ihn finster an.

Ihr Vater nahm sie auf den Schoß und bemühte sich, ihr ein Märchen zu erzählen, das das Kind jedoch besser kannte als er, weshalb es ihm einsagte. Jakub Halák, ein Schilfrohr im Wind, versuchte, sich von seinen Gewissensbissen abzulenken. Die wievielte Woche schon hatte er keinen Lohn nach Hause gebracht! Und doch stand jedesmal ein warmes Essen auf dem Tisch. Mit scheuen Blicken beobachtete er seine Frau, wartete darauf, daß sie ihn ansah, redete sich ein, daß sie seine schweigende Buße ernst nahm. Heute mußte er sie darauf vorbereiten, daß sie weitere Schulden abzahlen mußten, sonst würde der Wirt ihm nicht mehr einschenken. Das letzte kleine Feldstück aus der Mitgift seiner Frau würde dafür draufgehen. Er wußte im voraus, was seine Frau zu ihm sagen würde. Nichts.

Ihm grauste davor.

Helenka sprang von den Knien ihres Vaters und half ihrer Mutter, Geschirr abzutrocknen.

»Wir werden mit diesem Boot wegfahren.«

»Wohin?« fragte die Mutter so ruhig, daß es frösteln machte.

»Ins Meer.«

Frau Haláková fuhr zärtlich durch das Haar des Kindes. Dann räumte sie den Tisch frei und machte sich an ihre Näherei. Sie verstand nicht den flehenden Blick ihrer schmächtigen kleinen Tochter. Sie setzte sich nieder, um bis in die Nacht hinein für die reichen Kleinstädterinnen aus Šádova Hut' zu nähen.

Heute gab es keine Ausnahme. Einen Löffel Lebertran und gute Nacht.

Dämmerlicht herrschte im Raum. Die Lampe zeichnete eine leuchtende Scheibe auf den Tisch. Darunter der Kopf des Vaters, vom Schlaf überwältigt.

Die Maschine surrte ihr gewohntes Wiegenlied.

Doch Helenka hatte die Augen offen. Sie beobachtete, wie sich die Schatten von Drudenfüßen über die Decke und die Wände bewegten.

Am Morgen wartete sie nicht weit von der Schule auf Lipka.

»Wir haben das Boot.« Es klang nicht sehr fröhlich.

»Was für ein Boot?« fragte er begriffsstutzig und wandte sein geschwollenes Gesicht von ihr ab. Das machte sie böse.

»Das, das wir auf dem Fluß gesehen haben«, schrie sie.

»Es gehört Doktor Beníček. Ich habe ihn damit fahren sehen.«

»Woher willst du wissen, daß es ihm gehört?!«

Sie erzählte von ihrer gestrigen Begegnung.

»Er hatte Augen wie glühende Kohlen, und er hat meine Gedanken gelesen.«

Die Verblüffung entstellte das Gesicht des Jungen noch mehr.

Die Schulglocke ertönte.

»Du mußt gehen, sonst kommst du zu spät.«

»Ich gehe heute nicht in die Schule.«

Sie fragte nicht, weshalb.

Statt dessen führte sie den Jungen zum Fluß.

»Meinst du, er fließt ins Meer?«

Er antwortete nicht. Schnitt ein paar dünne Gerten ab, um eine Peitsche daraus zu flechten.

»Du wirst Forellen fischen, und ich sammle Himbeeren. Und dann braten wir auch Pilze auf einem kleinen Feuer. Wir werden einen Hund mitnehmen. Er wird Löwe heißen.«

Lipka flocht die Gerten ineinander und schwieg.

»Hast du etwa Angst?!« Sie bekam ganz rote Backen.

»Im Winter friert der Fluß zu.« Nein, das hätte er nicht sagen dürfen.

Sie nannte ihn einen elenden Schisser, riß ihm die Peitsche aus der Hand und schlug damit zweimal nach ihm. Sie hatte Gänsehaut auf dem Arm, sagte etwas, aber ihre Stimme zitterte so, daß kaum ein Wort zu verstehen war, der Junge verstand sie trotzdem, und auf seinen mißhandelten Wangen zuckte es: Sie hatte für ihn ihre Seele verkauft!

Die Kleine würde seine Anwesenheit nicht weiter ertragen. Er ging davon, schwankend, als würde ihm jemand die Beine wegziehen.

Als er aus ihrer Sichtweite war, warf Lipka sich auf den Boden, breitete seine Arme aus, grub die Finger ins Gras, hatte den Mund voller Erde und konnte trotzdem nicht sein krampfhaftes Weinen ersticken.

Die kleine Bojarová lief vergeblich am Fluß hin und her.

Lipka sah sie von seinen verschiedenen Verstecken aus, hörte sie, und jeder Laut tat ihm weh.

In wenigen Tagen magerte sie weiter ab und bekam noch größere Augen.

Ihre Mutter beugte sich sorgenvoll über sie.

»Was hast du?«

»Lipka ist weg.«

»Du wirst ihn wieder finden.«

Sie straffte ihre lächerlichen kleinen Schultern. Ihre Mutter hatte noch nie gelogen.

Sie beschloß, um ihre Seele zu kämpfen. Legte sich vor Šeldas Villa auf die Lauer. Die Ziege nagte derweil an der Hecke.

Helenka verlor die Geduld. Sie drang in den verwilderten Garten ein, spazierte in ihm herum und streichelte die Tonzwerge.

Den Ingenieur bekam sie nicht zu Gesicht.

Etwas bewegte sich an einem der Fenster, doch sie konnte nicht in das Zimmer hineinsehen, weil es zu hoch war.

Schließlich läutete sie.

Schritte waren zu hören, die Tür wurde einen Spalt geöffnet – wieder war es nicht der Ingenieur.

»Scher dich fort, sonst hol ich den Herrn«, sprach die Dienstmagd Berta sie an.

»Holen Sie ihn«, sagte Helenka frech. Sie sah so finster drein, wie sie es nur fertigbrachte. Das Weib holte mit seiner Pranke aus ...

»Was möchtest du denn, Kleine?«

Die Fee war aufgetaucht, nahm Helenkas eisige Hand in die ihre und führte sie an der mißmutig brummenden Vettel vorbei, durch den Flur hindurch und in ein riesiges Zimmer. Auf dem Tisch lag eine Schachtel mit Schokoladenkonfekt.

Die Fee folgte dem Blick des Kindes.

»Bedien dich.«

Helenka steckte sich eine Praline in den Mund.

»Und erzähl mir, warum du gekommen bist.«

»Ich muß mit ... dem Herrn Ingenieur reden.«

Der Fee war die Überraschung anzusehen. Mit dem Ingenieur wünschte offensichtlich sonst niemand zu reden.

»Weißt du was, ich frage ihn einmal. Er arbeitet gerade.«

Helenka begriff nicht, was sie ihn fragen wollte, sagte aber nichts, einer Fee konnte sie nicht widersprechen.

»Setz dich solange und nimm dir Pralinen.«

Es dauerte eine Weile, bis die Fee zurückkam. Helenka hatte in der Zwischenzeit die ganze Schachtel geleert.

»Komm, ich bringe dich zu ihm.«

»Die Pralinen habe ich gegessen«, verkündete sie stolz.

»Das ist schön«, sagte die Fee ein wenig konsterniert.

Sie nahm sie bei der Hand, und sie stiegen zusammen die Treppe hinauf, an den Wänden hing eine Menge Bilder, und Helenka prägte sich alles ein.

Der Ingenieur saß hinter einem Tisch und zeichnete etwas.

»Du bist das?« Seine Stimme klang überrascht und freundschaftlich.

Ehe sie sich eine angemessene Antwort auf seinen verschlagenen Ton ausdenken konnte, erblickte sie etwas, worüber ihr beinahe das Herz stehenblieb. Auf dem Tisch lag ein weißer Menschenkopf.

»Wessen Kopf ist das?« fragte sie heiser.

»Das hier?« Der Ingenieur klopfte mit dem Finger auf den Kopf. »Das ist Sokrates, ein sehr weiser Herr.«

Sehr weise konnte er nicht sein, wenn er sich den Kopf hatte abhauen lassen. Helenka brach der Schweiß aus allen Poren.

Die Fee spürte, wie ihre Hand feucht wurde.

»Keine Angst, der Kopf ist nicht lebendig.«

Wie sollte er auch noch lebendig sein!

»Setz dich«, forderte die Fee sie auf, »und sag, was du auf dem Herzen hast.«

»Hier setze ich mich nicht hin.« Sie umschloß die Hand der Fee. »Und gehen Sie nicht weg, bleiben Sie hier bei mir.«

»Also was?« lächelte der Ingenieur. Seine Augen wurden dabei teuflisch schmal.

»Ich will das Boot nicht mehr.«

»Du willst es nicht mehr, na gut.«

Auf diesen Trick war sie vorbereitet.

»Dann müssen Sie auch meine Seele hergeben!« Sie blickte

ihm unverwandt in die Augen, damit er erkannte, daß mit ihr nicht zu spaßen war.

»Deine Seele? Um die mußt du dich nicht sorgen. Sie hat mir niemals gehört.«

Er wich ihrem Blick nicht aus, er sprach die Wahrheit. Sie hatte ihm niemals gehört. Dies alles war nur der Kampf um sie, in dem sie gerade gesiegt hatte.

Sie hatte ihn geschlagen. Keinen Tropfen ihres Blutes hatte er gewonnen.

Die Fee machte ein erstauntes Gesicht. Sie befand sich jenseits des Bösen, konnte nicht begreifen, wovon die Rede war.

Jetzt so schnell wie möglich gehen. Doch anstelle eines Abschiedsgrußes entfuhr dem Kind: »Könnte ich vom Balkon hinunterschauen?«

»Natürlich.«

Sie fand sich zwischen Himmel und Erde wieder. Der Balkon bebte unter ihren Füßen, doch sie wagte sich bis ans Geländer vor. Sie beugte sich über die Tiefe und erlebte einen Augenblick berauschenden Schwindels.

Als sie wieder zurückging, bemühte sie sich, nicht auf den abgehackten Kopf zu sehen.

Auf der Treppe erlebten sie eine Überraschung, weil ihnen von unten her die Ziege entgegensah, die nicht hatte warten können und durch die angelehnte Tür hereingekommen war.

Der Ingenieur brach in Gelächter aus.

Er reichte Helenka die Hand, als wäre sie eine Erwachsene.

Ängstlich faßte sie sie an und musterte anschließend verstohlen ihre Handfläche, ob sich nicht ein Höllenzeichen in sie eingebrannt hatte.

Er bemerkte es und sprach etwas Merkwürdiges aus.

»Du hast das Herz eines Recken«, sagte er.

Recke, wiederholte Helenka für sich. Das Schimpfwort gefiel ihr. In Gedanken antwortete sie: »Du bist noch ein größerer Recke als ich, du Rotzlöffel!«

Sie brachte die Ziege in den Garten hinaus.

»Möchtest du dich noch aufs Bänkchen setzen?« bot die Fee ihr an. Sie hatte Helenka auf den ersten Blick liebgewonnen, das war offenkundig. Sie setzten sich und unterhielten sich über die Ziege, über Rehe und über Ameisen.

Während dieser Zeit aß Helenka zwei Scheiben Brot mit Butter und Honig und trank ein Glas Himbeersaft. Sie mußte furchtbar eilig Pipi, doch vor der Fee traute sie sich nicht. Sie war sich nicht sicher, ob Feen aufs Klo gehen.

Die Ziege knabberte die Hecke nun von der anderen Seite an.

Bevor sie sich verabschiedeten, brachte die Fee eine riesige Puppe.

»Diese Puppe habe ich sehr lieb gehabt. Nimm du sie.«

Helenka genierte sich, ein solches Geschenk anzunehmen, weil es die schönste Puppe auf der Welt war.

»Nimm sie nur.«

»Ich werd sie ebenfalls liebhaben.«

»Du ganz bestimmt«, sagte die Fee überzeugt. Ihre Augen waren feucht.

Am Abend brachte Frau Haláková das königliche Geschenk zurück. Zum ersten Mal zweifelte sie an ihrem Kind. Nach ihrer Rückkehr streichelte sie ihr über die krausen Locken.

»Du darfst sie wirklich behalten.«

»Aber ich muß noch etwas fragen«, fiel Helenka ein. Die Sorge würde sie nicht schlafen lassen. Sie lief erneut zur Villa der Šeldas, schreckte die Dienstmagd auf und ließ sich nicht abwimmeln.

Die Fee packte gerade ihre Koffer. Sie erschrak, als sie das atemlose Kind sah.

»Was ist passiert, Helenka?«

»Ich weiß nicht, wie die Puppe heißt!«

»Du kannst sie Fröschchen nennen.«

Helenka atmete tief aus. Lipka würde staunen.

Der war jedoch nicht aufzufinden.

Er ging nicht mehr zur Schule, trieb sich im Wald herum, niedergeschlagen, vernichtet von dem Schicksal, das in diesem Tal einzig ihn getroffen hatte. Nie hätte er gedacht, daß es möglich sei, so zu leiden. Die Erde ließ seine sonst gefühllosen Fußsohlen frieren, die Steine stachen ihn bis ins Herz.

Er fürchtete sich vor allem und allen, versteckte sich fortwährend. Die Vorstellung, er könnte Helenka begegnen, raubte ihm die letzten Kräfte.

Er kam sich vor wie ein zerschmetterter Käfer, der auf seinen Deckflügeln lag und in einem lächerlichen Kampf mit den Beinchen strampelte.

Zum ersten Mal dachte er ohne Widerwillen an den hochwürdigen Herrn und dessen Lockungen. Entschlossen setzte er sich auf die Stufe des Pfarrhauses. Er machte sich bereit, wie man sich für den Tod bereitmacht. In seinem verunstalteten Gesicht lag endlich Frieden.

Wortlos aß er alles auf, was ihm der aufgeregte Priester bereitstellte. Die Rühreier und auch den Grießbrei mit Konfitüre. Er schluckte riesige Mundvoll hinunter und wartete ab.

Der Pfarrer ergriff die Gelegenheit nicht. Er röstete Knoblauchbrot, dachte sich Leckereien für Lipkas gemeinen Bauch aus.

Stunden verstrichen, und er hatte nicht ein Wörtchen gesagt.

Also sagte der Junge es selbst, so als würde er auf eine Frage antworten.

»Ich gehe ins Waisenhaus.«

5

Jakub Halák kam um, indem er von Pferden zu Tode geschleift wurde. Sie waren scheu geworden, als er die Baumstämme den Hang hinunterzog.

Nicht weinen, er ist im Himmel, sagten sie zu Helenka.

In der Stube waren die Frauen von Želary zusammengekommen, einige nahmen sich anschließend die Kleider des Vaters mit. Sie nahmen alles mit. Selbst den zerrissenen Mantel aus dem Flur.

In der Kirche sah Helenka nach langer Zeit Lipka wieder. Er ministrierte. Sie wäre zu ihm gerannt, wenn nicht die Mutter ihre Hand fest umklammert hätte. Sie wartete darauf, daß er zu ihr sah, aber er schaute nicht her.

Sie weinte laut, alle dachten, wegen des Vaters.

Nach dem Abendessen bei dem hochwürdigen Herrn hatte Lipka wieder begonnen, zur Schule zu gehen. Die Kleine brachte ihre Ziege dorthin, wagte sich näher und näher heran, bis sie eines Tages eintrat und sich in die hintere Bank setzte.

Der Herr Lehrer sah sie nicht, sie verschwand hinter den Rükken der Jungen, und wenn sie es fertiggebracht hätte, sich still zu verhalten, hätte alles in Ordnung sein können. Doch dann sollte Josefka Látalová Tiere aufzählen, die sie kannte, und ihr fiel keines ein.

Helenka rutschte unruhig herum. Sie hielt es nicht mehr aus und rief: Floh!

Die Klasse lachte, doch der Lehrer machte ein strenges Gesicht. Er zog sie am Ohr aus der Bank heraus.

»Was suchst du denn hier?«

»Und Wespe und Maulwurf und Welpe und Regenwurm!«

»Wer bist du?«

»Helenka Bojarová.«

»Wer hat dich hierhergebracht?«

»Niemand. Ich werde jetzt schon zur Schule gehen.«

»Dafür bist du noch zu klein.«

»Das macht nichts. Ich wachse doch.«

»Wie alt bist du?«

»Sechs.«

»Lüg nicht.«

»Ich lüge nicht.« Sie bekam einen Wutanfall. »Fünf bin ich schon geworden.«

Er führte sie aus dem Klassenzimmer, und am nächsten Tag war sie wieder da.

»Dir gefällt es hier wohl?«

Sie nickte so aufrichtig und unbefangen, daß er an ihrem Ohr rüttelte und sagte: »Setz dich und sei brav.«

Er hoffte, sie würde es überdrüssig werden, und er hatte sich nicht getäuscht. Sie hielt nur bis zur Handarbeitsstunde aus. Im Klassenzimmer wurde es dämmerig, hinter dem Fenster begannen die Bäume zu schwanken, ein Gewitter war im Anzug.

Helenka stand auf.

»Möchtest du nach Hause gehen?«

»Ja.«

»Dann beeil dich.«

Sie lief aus dem Klassenzimmer hinaus. Vratislav Lipka schaute ihr als einziger durchs Fenster nach und sah, daß sie statt nach Hause in den Wald hineinlief. Er hob seine linke Hand.

»Geh.«

Er erhielt die Erlaubnis, auf die Toilette zu gehen.

Helenka rannte wie der Wind, hinter ihr her stürzte der erschrockene Junge. Er faßte sie bei der Hand und brachte sie zum Stehen.

»Die durchgegangenen Pferde!« stieß sie aus. »Die, die Vater getötet haben!«

Die Zweige der Bäume fegten über die Erde.

»Mach die Augen zu!« befahl er. Sie gehorchte. Ließ sich von ihm zu einer verlassenen Hütte führen. Ihre zusammengekniffenen Lider brannten, doch sie machte sie nicht auf, sie lief im Dunkeln weiter, denn um sie herum knallten Peitschen, ratterten Räder ...

Alles schwankte, die einzige feste Sache war Lipkas Hand.

Sie hatten die einsame Bruchbude erreicht, der Junge machte die Tür zu, und das Brausen des Windes legte sich.

Helenka öffnete die Augen.

»Sie sind weg«, beruhigte Lipka sie.

Er hätte es voraussehen sollen.

»Vater hat die Pferde geführt, und auf einmal sind sie scheu geworden.«

Diese Wunde würde bei jedem Sturm wieder aufreißen.

»Pferde werden oft scheu, das weißt du doch!« schrie er streng, aber nicht überzeugend. Er sah ihre schreckgeweiteten Augen. »Das weißt du doch!« wiederholte er, dieses Mal fest. »Es genügt ein kleiner Ast, der plötzlich unter dem Huf knackst, es genügt ein vorbeifliegender Vogel ...«

»Oder ein Eichhörnchen«, piepste sie bemüht und fing an zu weinen. Es dauerte lange, bis sie sich die Augen an ihrer Schürze abwischte und sich ausschneuzte. Sie hängte sich mit einem schweren Blick an Lipka.

»Ist es, weil ich meine Seele verkauft habe?«

»Du hast nichts verkauft«, fuhr er sie an. »Das weißt du genau!«

»Ich weiß«, muckste sie mit neuer Hoffnung.

Er versuchte, in dem halb eingefallenen Ofen einzuheizen, und überraschenderweise gelang es ihm. Er legte hinein, was ihm in die Hand kam, als erstes eine aus dem Leim gegangene Bank. Streichhölzer hatte er immer bei sich in der Tasche.

Das Kind schmiegte sich an den warmen Ofen. Ihr Blick wurde von einer Spinne gefangengenommen, die sie aufgestört hatten und die nun mit einer unglaublichen Schnelligkeit über die Wand krabbelte.

Lipka holte eine kleine Kerze aus seiner Tasche, zündete sie an und stellte sie auf eines der losen Beine des zusammengefallenen Tischs.

»Wo hast du die Kerze her?«

»Die habe ich noch von der Urgroßmutter.«

»Von welcher Urgroßmutter?«

Der Sturm war vergessen, das Interesse des Kindes konzentrierte sich auf diese bemerkenswerte Sache hier.

»Ich hatte eine Urgroßmutter.«

»Und wo ist sie jetzt?«

»Sie ist gestorben.«

Er mußte ihr die Urgroßmutter und den kleinen Laden beschreiben, in dem sie verkauft hatten. Helenka wollte alles wissen, und zwar ausführlich. Wie sie auf der großen und auf der kleinen Waage abgewogen hatten, wie der Urenkel die Urgroßmutter darauf aufmerksam machen mußte, wenn jemand läutete, weil sie nur auf einem Ohr hörte, wie er sie manchmal angeschummelt hatte, so daß sie in den Laden hinüberlief und niemand da war, wie sie sich immer wieder neu hereinlegen ließ, wie sie seine Strümpfe stopfte und wie er absichtlich kleine Löcher hineinschnitt.

»Hat sie dich verprügelt?«

»Nein.«

»Warum nicht?«

»Sie war sehr nett.«

Lipka war sicher Helenkas liebster Mensch, aber jetzt sah sie sich nach etwas um, mit dem sie ihn schlagen könnte.

»Und da hat sie dir auch noch eine Kerze geschenkt?!« rief sie wütend.

»Die hab ich mir selbst aus dem Laden genommen. Aber sie hat mir eine Muscheldose geschenkt.«

»Zeig her!«

»Die hab ich nicht bei mir. Aber ich werde sie dir mitbringen.«

»Was ist in ihr drin?«

»Rote Korallen und zwei Kämme.«

»Ich würde dir nichts schenken!«

Der Junge sah sie kleinlaut, aber ohne Reue an. Das mit der Urgroßmutter war lange her, ein Kapitel, das nicht mehr weh tat.

Für Helenka war die Urgroßmutter jedoch lebendig, lebendigste Gegenwart. Sie stellte sie sich gebückt vor, halb blind, und sehnte sich nach ihr, von ganzem Herzen wünschte sie sich, sie wenigstens einen Tag lang bei sich zu Hause zu haben.

Lipka mußte weitererzählen. Von den Zwerghühnern, die sie gezüchtet hatte, wie die Tiere auf ihrem Schoß und auf ihrer

Schulter saßen und wie ihr eines mit dem Schnabel ins Auge gefahren war, weil es dachte, es sei zum Aufpicken. Wie ihr die Beine zu schmerzen begonnen hatten und sie gesagt hatte: »Heiz ein, Vratěnka, mir zittern die Hände.«

»Und hast du eingeheizt?«

»Ja. Ich hab den Burdas Kienholz geklaut, weil wir keines hatten, Herr Burda hat es gesehen und kam, um sich zu beschweren, aber dann hat er es doch nicht getan, und Frau Burdová hat der Urgroßmutter eine Suppe gebracht. Sie hatte keinen Appetit darauf, deshalb hab ich sie gegessen.«

»War deiner Urgroßmutter dann nicht mehr kalt, nachdem du eingeheizt hattest?«

»Sie hat nichts gesagt. Da war sie schon krank. Lucka ist gekommen und dann der Doktor, der ihr eine Medizin verschrieben hat. Alle zwei Stunden mußte ich ihr einen Löffel davon eingießen, bis die Flasche leer war.«

»Wie lange ging das?«

»Zwei Tage.«

»War die Flasche groß?«

»Nicht besonders. Aber dann wurde eine andere gebracht, eine noch kleinere.«

»Wer hat die gebracht?«

»Michal. Er war jeden Tag bei uns. Der Arzt hatte ihm einen Zettel geschrieben. Michal hat so getan, als würde er sich um Urgroßmutter kümmern.«

Helenka verstand den Haß, der seine Worte zerfraß.

»Hast du ihr die Medizin auch nachts gegeben?«

»Immer. Ich hatte eine Kerze neben dem Wecker stehen.«

»Hast du mal probiert?«

»Habe ich. Hat aber nicht besonders geschmeckt.«

»Konnte die Urgroßmutter bei dem Licht schlafen?«

»Sie schlief nicht. Sie war immer wach. Sie wußte nicht mal, ob es Tag oder Nacht ist. Sie wollte aufstehen und kochen. Ich hab ein Seil aus dem Laden genommen und sie ans Bett gebunden.«

»Ist sie böse geworden?«

»Nein, ihr war es gleich.«

»Und dann ist sie gestorben?«

»Dann bekam sie Durst. Ich bin frisches Wasser an der Pumpe holen gegangen. Sie hat schrecklich viel davon getrunken und hätte immer weiter trinken können, da habe ich es ihr wieder weggenommen. Dann ist sie eingeschlafen, und als ich ihr die Medizin geben wollte, war sie tot.«

»Wie hast du es gemerkt?«

»Sie war kalt und hatte so ein spitzes Kinn.«

»Was hast du gemacht?«

»Ich hab die Kerze gelöscht und bin schlafen gegangen.«

»Wo ist die Medizin, die übrig war?«

»Die habe ich behalten, aber Michal hat sie ausgetrunken. Er ist zu uns gezogen. Er hatte der Urgroßmutter versprochen, daß er sich um mich kümmert … Aber dann hat er sich hauptsächlich um sich selbst gekümmert. Alles hat er versoffen.«

»Die Muscheldose nicht.«

»Nein, die nicht. Die hab ich ihm nie gezeigt … Urgroßmutter hat gesagt, daß ich sie von meiner Mutter habe.« Der letzte Satz ging ihm schwer über die Lippen.

»Ich habe auch etwas bekommen.« Vergeblich wartete Helenka darauf, daß er fragte, was. »Eine große Puppe. Fröschchen.«

Sie begann, ausführlich von ihrem Besuch in Šeldas Villa zu erzählen.

»Auf seinem Tisch lag ein menschlicher Kopf.« Sie fing an zu zittern.

»Da lag kein menschlicher Kopf!« Er hatte nun heraus, wie man mit ihr reden mußte. »Das war nur eine Nachbildung. So einen Kopf hat auch der Herr Lehrer in seinem Büro.«

»Eine Nachbildung?«

»Wie wenn ich zum Beispiel aus Lehm einen Hund forme.«

»Könntest du einen Hund formen?«

»Ja.«

»Meinst du, daß mir der Herr Lehrer den Kopf zeigt?«

»Bestimmt. Er gibt ohnehin nicht viel auf ihn.«

»... die Muscheldose könnten wir an Weihnachten der Fee schenken.«

Mit schmeichelnder Stimme versuchte sie ihn für ihren Einfall zu gewinnen. Lipka schwieg.

Die Kleine lehnte ihren Kopf an den warmen Ofen, und plötzlich war sie eingeschlafen wie damals auf der Lichtung.

»Ich fange dir ein Eichhörnchen«, dachte Lipka laut.

Zu seiner Überraschung antwortete sie: »Aber ein schwarzes.«

Wenn es nach ihm ginge, sollte eine andere Frau seinen Schatz kriegen. Es durfte aber nicht dazu kommen. Er würde es nicht überleben, wenn ein fremder Mund wiederkäuen würde, was für immer geheim bleiben mußte.

Er beobachtete das schlafende Kind, ein kleines Menschenknäuel, das sichtlich auf dem letzten Loch pfiff und das er – weiß der Teufel weshalb – auf eine unschuldige Weise zutiefst liebte. In seinem Innersten brannten jedoch noch andere Lampen.

Eines Vormittags hatte ihn der Lehrer in sein Büro geschickt, die Karte von Asien zu holen. Auf dem Tisch lag ein geöffnetes Buch. Er war nicht neugierig und schon gar nicht auf Verse, doch die ersten Wörter versetzten ihm einen Schlag. Sie paßten nicht hierher. Zu diesen Karten, zu diesen ausgestopften Vögeln, zu den Glaskästen mit den Schmetterlingen. Vor allem aber paßten sie nicht zum Lehrer.

Sie gehörten einem anderen Menschen.

Lipka wich beinahe zurück, so getroffen fühlte er sich.

»Auf Stirn oder Mund hast du mich geküßt,
ich weiß es nicht ...«

Allein das Lesen war ihm vorgekommen wie eine Sünde, ein Sakrileg – wie Unzucht. Er verschlang diese Verse wie ein Hund rohes Fleisch.

Und sie waren in ihm geblieben – wie in Stein gemeißelt. Sie warteten auf ihren Augenblick.

»Auf Stirn oder Mund hast du mich geküßt,
ich weiß es nicht –
nur deine süße Stimme vernahm ich,
bevor dichtes Dunkel das Staunen
der erschrockenen Wimpern umschloß.«

Jaroslav Seifert,
›Gespräch‹

Er war schon lange kein Grünschnabel mehr. Er wußte, was in Látals Schuppen vor sich ging, er kannte das Liebestreiben der rolligen Katzen und der Menschen, verstand die Schreie im dunklen Gebüsch.

Hier ging es jedoch um etwas anderes – in diesen Versen. Um etwas völlig anderes.

Und er, ein gewöhnlicher Junge aus Želary, hatte es durch irgendein Wunder erlebt. Er spürte, daß er lieber sein Leben hergeben würde als diese plötzliche Inbrunst, diese Spannung, die ihn zu zerreißen drohte.

Er war in die Buchenkrone über der Hütte der Gorčíks hinaufgeklettert und hatte zu singen angefangen wie ein Vogel.

Wie ein vom Glück besessener Vogel hatte er der ganzen Welt sein tiefstes Geheimnis verkündet. Von seinen Lippen drangen Triller und Gewimmer, eine sündige und heilige Melodie, er jubelte und jammerte.

Und er sank mit seinem Gesicht in die Flut des rotgoldenen Haars von Mareks schöner Frau.

6

Um halb acht Uhr morgens schloß der Lehrer die Schule auf, und auf der Treppenstufe saß ganz alleine Helenka Bojarová.

»Guten Tag«, grüßte sie, und ehe er es verhindern konnte, war sie hineingehuscht.

Sie trug eine saubere Schürze, hatte ihre Haare in zwei dicke Zöpfe geflochten, sah festtäglich und stolz aus. Mit einer Selbstverständlichkeit, die ihn sprachlos machte, setzte sie sich in die vorderste Bank, gleich unter dem Katheder.

Aus ihrem kleinen Strohkorb holte sie ein Schiefertäfelchen und zwei Kreidestücke heraus, auch ein in weißes Leinen gewikkeltes Pausenbrot und ein Taschentuch.

Er überlegte, wie er sich verhalten sollte. Er spürte, daß dieses Kind sich nicht einfach so vertreiben ließ. Vor zwei Wochen war sie fünf geworden und das sechste Lebensjahr war angebrochen, das genügte ihrer Meinung nach vollauf, um hier einen Platz für sich zu beanspruchen.

Bevor er zu einem Schluß gekommen war, bemerkte er, daß sie sich meldete. Das wirkte in dem leeren Klassenzimmer komisch.

»Was willst du?«

Sie stellte sich unter das kleine Bild, das verschiedene Hunderassen zeigte, und deutete auf den größten.

»Was ist das?«

»Ein Hund.«

»Er hat ein Fäßchen«, warf sie ein.

Er begann, von den Alpenbernhardinern zu erzählen. In einer Viertelstunde quetschte sie alles aus ihm heraus, was er über Hochgebirge und Wintertourismus wußte. Dann ging er mit ihr in sein Büro und zeigte ihr die Büste von Comenius. Sie faßte sie an, doch es war ihr anzusehen, daß es sie ekelte.

Er war völlig erschöpft, als er den Unterricht begann.

Im Laufe des Vormittags blieb er immer wieder an dem vor Anspannung rot angelaufenen kleinen Gesicht hängen. Keiner der anderen folgte ihm so aufmerksam. Er gestand sich ungern ein, daß ihm das angst machte.

Das Kind hing an seinen Lippen, murmelte Antworten auf seine Fragen vor sich hin und meldete sich ausdauernd – und vergeblich.

Sie meldete sich auch in der Pause.

»Was willst du?«

Sie fragte, ob sie etwas an die Tafel schreiben dürfe. Müde nickte er.

Zum allgemeinen Erstaunen schrieb sie in Schönschrift ELEFANT an die Tafel. Dann trug sie den Vierzeiler vor, den er gerade mit der dritten Klassenstufe durchnahm, und zählte fehlerlos alle Erdteile auf. Sie wollte noch das Lied ›Es kommt der Frühling‹ vorsingen, doch das erlaubte er ihr nicht mehr.

Er schrieb ihr auf ihrem Täfelchen Kringel und Schleifen vor – so beschäftigte er sie zwanzig Minuten lang. Bis zum Abend beherrschte sie drei Buchstaben.

Mit jedem Tag wurde deutlicher, was für ein Geist in diesem armseligen Körper wohnte. Sie rechnete im Kopf, wo viele noch ihre Finger zu Hilfe nahmen, kannte alles auswendig, was sie gelesen hatten. Als hätte sie mit einem Mal alle Klassenstufen durchlaufen.

Sie bekam besondere Hausaufgaben und erledigte sie stets mit unglaublicher Gewissenhaftigkeit. Mit ihren Heften brüstete er sich vor der Schulinspektion.

Sie selbst bildete sich nichts auf ihre Anlagen ein. Sie war überzeugt, daß die anderen dasselbe fertigbrächten, wenn sie nicht solche Faulpelze wären.

Der Lehrer begann sich nach vielen Jahren wieder auf den Unterricht vorzubereiten und wurde überdies häufiger Gast in der Bücherei von Šádova Hut'.

Ihm blieb nichts anderes übrig, als Frau Haláková zu sich zu rufen und das lernbegierige Mädchen nachträglich einzuschreiben. Zu diesem Schritt hatte ihn der Priester gedrängt. Zdeněk Tkáč war erstaunt darüber, was für eine Kampflust dieser sonst so passive Mensch entwickelte.

Zu Weihnachten konnte Helenka flüssig lesen und fing an, sich Bücher aus der Schulbibliothek auszuleihen. Sie machte sie nicht schmuddelig wie die anderen. Als einzige von allen wusch sie sich die Hände im Waschbecken der Schule.

Den größten Gefallen fand sie an der biblischen Geschichte.

Durch das halbgeöffnete Fenster drangen betäubende Düfte in den Klassenraum, die Gedanken der Kinder schweiften ab, nur Helenka zog in konzentrierter Aufmerksamkeit ihre Stirn zusammen, in ihr fand der Priester eine anhaltend begeisterte Zuhörerin.

Wunder und Offenbarung dufteten wie das Grummet der abgemähten Wiesen.

Die kleine Bojarová hatte den Priester vom ersten Tag an für sich gewonnen.

Sie hatte angeboten, das ›Pater noster‹ vorzusingen, und sofort damit begonnen, ohne eine Zustimmung abzuwarten. Das Lateinische verballhornte sie ziemlich, was jedoch nichts war gegen ihre Darbietung auf musikalischem Gebiet.

Der Priester, der ein absolutes Gehör besaß, hatte in seinem Leben noch kein ›Vaterunser‹ in einer vergleichbaren Ausführung gehört, und nur seine in langen Jahren perfektionierte Selbstbeherrschung konnte den Lachreiz in ein kurzes Aufzucken umwandeln. Mit leicht zitternder Hand strich er über Helenkas Locken und murmelte ein Lob.

Sie sah mit ihren tiefen, dunklen Augen zu ihm auf.

»Ich kann die ganze Messe«, verkündete sie.

Er geriet ins Schwitzen, als er sich abmühte, das schaurige Ereignis auf einen späteren Zeitpunkt zu verschieben, was für die ungeduldige Helenka einer Einladung in die Pfarrei noch am selben Tag nach dem Unterricht gleichkam.

Sie fand sich mit einer neuen Schürze ein, ordentlich zurechtgemacht, mit Schiefertafel und Kreide in ihrem Körbchen.

Ohne Umschweife bat sie ihn, ihr Latein beizubringen.

Er erklärte ihr – worauf sie sichtlich enttäuscht war –, daß Latein nicht gesungen werde, daß es das Vorrecht der Kirche und des Priesters sei.

Damit hatte er mit einem Mal dem Ungeheuer alle neun Köpfe abgeschlagen.

Es dauerte nicht lange, bis er seine geradlinige, hartnäckige Schülerin nicht nur vergötterte, sondern auch hochachtete.

Nicht wegen ihrer scharfen Intelligenz. Er verneigte sich vor ihrer Phantasie, mit der sie selbst ihre Mitschüler beherrschte.

Sie nahmen ihr zum Beispiel ab, daß die Sterne Löcher im Himmel seien, durch die Gott der Welt zeige, was für ein Leuchten ihn umgebe. Wenn die Schwärze der Nacht einmal aufriß, und dazu würde es nach Helenkas Weissagung angesichts der menschlichen Sünden bald kommen, würden alle erblinden.

Er stellte fest, daß die Vision der kleinen Bojarová die Lausejungen stärker einschüchterte als die Höllenqual-Schilderungen der Missionare bei den Kirchweihmessen.

Er erklärte ihr, was das Sonnensystem ist. Sie nahm es mit ruhigem Verständnis auf, ohne daß es auf irgendeine Weise ihre vorherigen Vorstellungen beeinträchtigte, denn diese hatten nichts mit der Wirklichkeit zu tun, sie entstammten einer anderen Welt.

Beides war wahr – und darin lag kein Widerspruch.

Einmal erschien Helenka nicht in der Schule, weil sie sich anschauen wollte, wie in Šádova Hut' das Kohlenlager brannte. Der Pfarrer schickte Bedřiška Vaníčková zu den Haláks, ob die Kleine vielleicht krank sei. Ihre Mutter ließ ausrichten, daß das Kind wie gewöhnlich zur Schule gegangen sei. Der erschrockene Priester beendete den Unterricht und ging sie suchen.

Er begegnete ihr gleich hinter dem Dorf, schmutzig und zufrieden. Neben ihr ging Vratislav Lipka, und ihm war anzusehen, daß er Prügel erwartete.

Die Kleine hüpfte auf den Priester zu und hob an, weitschweifig das große Feuer zu schildern. Er versuchte, ihr den Ruß aus dem Gesicht zu wischen, und war bald genauso verschmiert wie sie. Er begleitete sie nach Hause, entschlossen, vor der zornigen Mutter für sie einzutreten. Die Bojarin machte jedoch keine Anstalten, ihre Tochter zu tadeln. Sobald er seinen ersten Satz losgeworden war, dessen Sinn auch ihm selbst unklar gewesen wäre, wäre er imstande gewesen, ihm unaufgeregt zu folgen, wies sie mit dem Kopf auf eine Tonschüssel.

»Dort ist lauwarmes Wasser, Hochwürden.«

Im Spiegel an der Wand erkannte er, daß er wie ein schlecht geschminkter Mohr aussah. Er wusch sich, und Frau Haláková reichte ihm ein sauberes Handtuch.

Helenka und Lipka wuschen sich im Kübel. Sie scheuerten sich gegenseitig die Fußsohlen, spritzten herum, und Helenka krakeelte obendrein.

Die Mutter stellte Brotscheiben und Becher mit Milch auf den Tisch.

»Essen Sie etwas mit uns, Hochwürden?«

Er sagte nicht nein.

Nach dem Vesper vernahm er erneut den Bericht über das große Feuer und stellte fest, daß die Kleine es wieder anders schilderte. Hie und da nahm sie die Zeugenschaft von Vratislav Lipka in Anspruch. Das waren die Stellen, die übereinstimmten. Es waren Körnchen von Wahrheit, die von einem großartigen Märchen abgesondert und hin und her geschüttelt wurden, das nur der Einbildungskraft des Kindes geschuldet war, welches als einziges buchstäblich daran glaubte.

Frau Haláková goß das Wasser aus, reinigte den Kübel und wischte den Fußboden.

Der Priester empfand ihr gegenüber Bewunderung. Ihm war die geradezu frappierende Ordnung und Sauberkeit ihres Haushaltes aufgefallen. Besonders eine Sache hatte sich ihm eingeprägt: wie Helenka, bevor sie sich an den Tisch setzte, ihre Schürze genommen und sich sorgfältig die Haare gekämmt hatte.

Tags darauf suchte der Pfarrer den Schulmeister auf und bat

ihn, die Missetäter zu entschuldigen. Dadurch machte er ihn erst auf das Vergehen aufmerksam. Helenka wurde die Strafe erlassen – es war die Rede davon, daß der Junge sie zu der Gaunerei verführt habe, obwohl es umgekehrt war. Lipka jedoch handelte sich drei Schläge mit dem Rohrstock ein.

Innerhalb kurzer Zeit verloren die Kinder die Lust, über Lipkas merkwürdige Brüderschaft zu spotten. Manche bemühten sich sogar um Helenkas Gunst.

Venca Potůšek brachte ihr ein Stück Schokolade mit. Sie lehnte die Köstlichkeit ab mit der Begründung, sie sei schmutzig. Das war der Anstoß für ein Scharmützel, an dem sich nach und nach die ganze Klasse beteiligte.

Der Lehrer knöpfte sich nur Venca und Lipka vor. Venca brüllte und bekam weit weniger ab. Als Lipka bestraft wurde, konnte Helenka diese Ungerechtigkeit nicht ertragen.

»Das genügt!« schrie sie.

Der Lehrer sah sie an, und entgegen der allgemeinen Erwartung ließ er Lipka los.

Die gebrechliche kleine Bojarová wurde zur bedeutenden Persönlichkeit.

Sie besaß nur einen wunden Punkt: das Singen.

Im Kinderchor ließ sich ihre durchdringende Stimme nicht bändigen. Sie sang unglaublich falsch und riß die anderen mit. Je lieblicher und reiner sie sich zu singen bemühte, desto schlimmer wurde es.

»Du mußt nicht singen, Haláková«, lockte sie der Lehrer.

Das Kind spannte jedoch seinen sehnigen kleinen Hals an, Schweißtröpfchen standen auf seiner Stirn. Es störte Helenka nicht, wenn sie der Klasse um eine ganze Silbe voraus war oder wenn sie in der Mitte eines Wortes Luft holte.

Sie verstand, daß irgend etwas nicht in Ordnung war, wußte sich aber keinen Rat. Sie bat Lipka, ihr vorzusingen, griff an seine Kehle, bemühte sich, den klaren Ton zu ertasten, den sie selbst nicht hervorbrachte.

Der Junge hätte ihr seine Stimme gerne geschenkt, er machte sich nicht das geringste aus ihr. Sie hatte ihm die einzige Eins im Zeugnis beschert, vor allem der Pfarrer war begeistert von ihr.

Dieser Junge hat ein absolutes Gehör, er sollte auf die Musikschule gehen.

Lipka pfiff auf das absolute Gehör. Er pfiff auf alle Schulen.

Während Helenka sich mit ihren Hausaufgaben beschäftigte, fand er für sich ebenfalls eine Betätigung. Er schnitzte aus Holz und Kiefernrinde. Möbel, Werkzeug, Tiere, Menschen. Die Regale der Bojarová standen voll davon.

Sie holte ihn für den Winter zu sich. Auf der Bank neben dem Ofen richtete sie ein schmales Bettlager für ihn her. Aus einem Sack voll Heu, einem kleinen Kissen und einem alten Schaffell. Der größte Komfort, den er bisher erlebt hatte.

»Du gehörst eh zu uns«, begründete sie ihre Handlungsweise, »ich habe euch beide gestillt.«

Lipka traute sich nicht, aufzusehen. Er stellte sich vor, wie diese Frau ihn nackt an ihre winzige Brust gehoben hatte.

Helenka setzte dem Ganzen die Krone auf.

»An Ajda Burdová hat mal ein verlassenes Kätzchen gesaugt.«

Er genierte sich so, daß ihm der Kopf brauste.

Helenka war jedoch außer sich vor Glück. Daß sie aus einer Armada von Geschwistern als einzige übriggeblieben war, hatte sie immer als Unrecht empfunden.

Sie rannte aus der Küche, fiel im Stall der Ziege um den Hals, weinte ihn naß und rief verzaubert: »Ich habe einen Bruder, Minda, ich habe einen Bruder!«

Der Ziege war es gleichgültig.

Die Bojarin trug Lipka indessen auf, Holz zu holen, damit er Zeit hatte, sich zu fassen.

Michal erschien zwar nach zwei Tagen, um den Jungen zu holen, doch die Frau verkündete ihm schroff, daß er bleiben werde.

Gleich nach ihren knappen Worten suchte er die Tür auf.

Lipka, der in seiner Miene lesen konnte, stellte fest, daß er sich vor der Bojarin fürchtete. Etwas so Sonderbares konnte er in seinem Kopf nicht zusammenbringen. Wodurch mochte eine Frau den starrköpfigen Onkel einschüchtern, die ihm gerade bis zur Schulter reichte?

Er hatte vor ihr gebuckelt und war davongeschlichen wie ein Hund.

Den ganzen Abend lang beobachtete er dann heimlich seine »Milchmutter«.

Sie ließ ihn sich auf den Tisch setzen und rieb die alten Frostbeulen an seinen Füßen mit Talg ein. Helenka blätterte in der ›Glühwürmchen‹-Geschichte, die sie vom hochwürdigen Herrn bekommen hatte. Lipka dachte bei sich, daß der einzige Mensch, der sich niemals vor der Bojarin fürchten würde, wohl ihre kleine Tochter war.

»Noch drei Striche.«

Drei Kreidestriche an der Tür. Täglich wurde einer von ihnen weggewischt, und wenn der letzte erreicht wäre, würde es Heiligabend sein. Lipka freute sich nicht. Er wußte nicht, was ihn erwartete, und wollte es schleunigst hinter sich bringen.

Auf dem Regal lag die Muscheldose, in Seidenpapier eingepackt, mit einer goldenen Schnur umbunden und mit einem kleinen Fichtenzweig geschmückt.

Ein Erbstück, das quer durch Želary gewandert war, von Vilém zu Lenka, von Lenka zu Vratislav, von Vratislav zu Helenka – und nun von Helenka zu seiner letzten Station bei Líza Šeldová.

Eine Woche vor Weihnachten hatten sie sie gesehen, als sie mit einem alten Topf Schlitten fahren waren. Lipka hatte sich daraufhin die Fenster der Villa genau angeschaut, zur Sicherheit eine kleine Ritze ausgemeißelt und sich ein Stück Eisen zurechtgelegt, mit dem er den Rahmen aufstemmen würde. Das Päckchen würde er auf dem kleinen runden Tisch ablegen. Keine fünf Minuten würde er dafür benötigen. Einschließlich dem Verwischen der Fußspuren.

Der große Tag rückte unerbittlich näher.

Der Junge würde ihn zum ersten Mal auf diese Weise erleben – und die Freude, die ihn erwartete, würde nicht seine eigene, sondern die mit Helenka geteilte Freude sein.

7

Den Winter über vergaß Lipka sein Versprechen, das er dem hochwürdigen Herrn gegeben hatte, er fand auch keinen Moment, um Helenka davon zu erzählen.

Doch das gesäte Korn ging auf.

Das Klosterheim von Douby antwortete dem Pfarrer von Želary, daß der Waisenjunge aufgenommen werde.

Für den Priester begannen bittere Tage.

»Ich erzieh ihn wie meinen eigenen Sohn, Hochwürden, Sie wissen, was ich durchgemacht habe, wie mich der Herr geprüft hat, was für Schicksalsschläge ich habe einstecken müssen.« Michal verdrehte seine Augen und strich sich durch die ungewaschenen Haare, die seinen Kopf bedeckten wie verfaultes Schilf. Er fuhr mit dem Namen seiner Frau Pavlína auf, die sein Leben zerstört habe. Er wischte über seine Augen mit einem schmutzigen Taschentuch, dann kam der Knochenfraß an die Reihe, der aus ihm einen Krüppel gemacht habe. Mit routinierter Hand entfaltete er sein Unglück wie einen Fächer hoher Spielkarten.

Anstatt ihn zurechtzuweisen, verlegte sich der Priester aufs Bitten.

Der Halunke wußte gut, daß ihm nichts anderes blieb, als sich mit dem Unausweichlichen abzufinden, aber er tat es wie ein Mensch, der ein Opfer brachte.

Der Junge widersetzte sich nicht, er hatte die Entscheidung selbst getroffen. Lediglich auf dem Weg nach Šádova Hut' sagte er, während er auf den Boden starrte: »Ich haue da sowieso wieder ab.«

Auf dem Rückweg hielt die atemlose Helenka den Priester auf.

»Wo ist Lipka?«

»Er ist im Kloster, Helenka, es wird ihm dort gutgehen.«

»Wann kommt er zurück?«

»Wir werden ihn dort einmal besuchen.«

Unter Helenkas Füßen begann der Boden zu schwanken. Sie atmete, als müßte sie bergauf laufen. Mit jedem Atemzug schluckte sie Zorn, bis sie davon vollgesogen war wie ein Schwamm.

»Bringen Sie mich auch dorthin«, beschloß sie.

»Das geht nicht, Helenka. Ich weiß, daß es traurig für dich ist, aber du wirst eine Freundin finden.«

Eine Freundin können Sie sich selbst suchen. Sie streckte dem Priester die Zunge heraus und rannte davon. Der Priester rief ihr flehentlich nach.

Helenka kletterte die Felsen hinauf, kniete sich hin, trommelte mit ihren Fäusten auf die Erde. Die Erde vibrierte nicht einmal unter ihren Schlägen.

Über ihr erklangen die Rufe der Krähen. Das Kind sah in die Richtung, in die sie davonflogen, und sprach die Beschwörung:

»Krähen, Krähen,
fliegt ein Stück
und bringt mir
meinen Freund zurück.«

Nichts. Vratislav Lipka befand sich nicht in der Gegend, in die die Krähen geflogen waren. Grüne Berge, dahinter violette Berge und noch dahinter der Himmel. Alles war auf einmal anders. Seltsam anders. Als hätte sie sich verlaufen.

Über dem Horizont lag eine schmale feurige Narbe.

Die Kleine rannte nach Hause und sah sich nicht um. Sie wußte, daß ein vergifteter Pfeil hinter ihr herschwirrte.

Sie lief durch die Tür, blieb in der leeren Küche stehen. Das Ticken der Uhr war zu hören. Sie ging zu ihrem Bett, bohrte ihren Kopf ins Kissen. Abgrundtiefes Entsetzen hielt ihre Glieder umklammert, das Herz schlug ihr im Hals.

Wenn es wenigstens nicht so plötzlich gewesen wäre!

Der Priester von Želary kniete unter dem Gekreuzigten, und die Brust wurde ihm eng.

Wie unwissend wir sind, Herr. Wir sehnen uns danach, Gutes zu vollbringen, und begehen Verbrechen.

Der Mann aus dem Nebel

I

Die abendlichen Nebel hatten Zuzanka von Kindheit an begeistert. Sie kamen aus dem entfernten Wald gekrochen, verdichteten sich zu einem grauweißen Spinnengewebe, das hier und dort vom Wind bewegt wurde, spielten zwischen den Bäumen im Obstgarten Verstecken, die sie dann mit dem Fortschreiten der Nacht verschluckten.

Eines Tages, sie erinnerte sich nicht mehr, wann es gewesen war, hatte sie zwischen ihnen den Schatten eines Mannes erblickt. Sie erzählte niemandem von ihrer Entdeckung, sie gehörte ihr allein und erregte sie Jahr für Jahr mehr.

Sie strengte ihre Augen an, konnte jedoch niemals etwas anderes erkennen als seine verschwommene Silhouette. Doch sie wußte genau, daß er eines Tages aus dem Nebel heraustreten, sein Gesicht offenbaren und ihr zu Füßen fallen würde. Denn es stand für sie außer Zweifel, daß auch er sich, wie alle Männer, die sie kannte, nach ihr sehnte. Nur mit dem Unterschied, daß sie gerade auf ihn wartete.

In Anbetracht dessen war das, was sich später ereignete und allen anderen unglaublich vorkam, in Wahrheit nur natürlich.

»Ich?« hörte sie Mareks viel zu leise und ferne Antwort. Ihre Miene erstarrte, und sie bewegte unwillkürlich ihre Hand. Es verstrichen etwa drei Sekunden.

»Zuzanka«, hörte sie Marek jetzt aus der Nähe, »was hast du dir da in den Kopf gesetzt?«

Er konnte nicht wissen, daß er mit zwei Geschöpfen sprach. Das eine, das vor Scham bebte, war zu keinem Wort fähig. Das andere überlegte kaltblütig: Ich werde ihn rühren und ihm etwas vormachen. Fünf Sekunden.

»Zuzanka, hör mir zu ...! Da gibt es schließlich Adam!«

»Ich will Adam nicht!«

»Du hast eine Auswahl wie kein anderes Mädchen.«

»Ich habe schon gewählt. Dich!«

»Ich bitte dich, Zuzanka ...«

»Um was?!« fuhr jenes zweite Geschöpf ihn an. »Meine Eltern werden mich ohnehin zwingen!« Sie redete Unsinn daher, der Mann war jedoch zu aufgewühlt, um es zu bemerken.

»Sie werden mich zwingen«, wimmerte die erste halblaut, und ihre Worte waren von solchem Schmerz erfüllt, daß Marek sie erst jetzt wie einen Aufschrei wahrnahm. Er faßte sie unbewußt an den Schultern.

Es genügte, einmal auszurutschen, dann war sie in seinen Armen. Sie drückte ihr Gesicht gegen den stark nach Stall riechenden Stoff, und weil sie seit langem um die Wirkung von Tränen wußte, begann sie zu schluchzen.

Der Mann besänftigte sie mit unverständlichen Beschwörungen.

Mit dieser Stimme hatte er in jener Nacht zu der Schimmelstute gesprochen.

»Zuzanka.«

Stark gerötete Augen sahen zu ihm auf.

Gott, wie häßlich ich sein muß!

»Adam widert mich an! Ich könnte nicht mit ihm leben!«

»Ich bin Katholik – deine Familie ist evangelisch.«

»Darauf kommt es nicht an.«

Auf nichts kam es an.

»Und ich bin bettelarm.«

»Und ich? Auf dem Hof gehört mir nichts.«

Und wird es auch nicht, dachte sie mit bissigem Vergnügen.

Er schüttelte den Kopf. Die einzige Geste, zu der er fähig war. Beide wußten, daß ihr nach der Heirat mit Adam, nach einer Heirat mit jedem außer Marek Gorčík alles gehören würde.

Sie sahen einander an mit Blicken, als würden sie sich duellieren.

Der Wind zauste Mareks schwarzes Haar.

Marek Gorčík, genannt der Kuruz.

Ich weiß, daß du mich liebst, Dummerjan.

Das erste Geschöpf, jenes mit dem goldfarbenen Haar, dieses einzige, das Marek sah, mischte ihm aus Satzfetzen das Getränk der Zauberinnen.

»Marek, nicht für mich, für dich wäre es schwer.«

Jetzt mußte er das Unausgesprochene aussprechen.

»Wenn du es wirklich willst …«

»Ich will.«

In der Stille, die eintrat, sah Zuzanka den schmalen Pfad zwischen zwei Schluchten, über den sie sich gerade bewegte.

»Aber mein Vater, Marek …«, trieb sie das Roß noch weiter an.

»Hab keine Angst«, sagte er, denn er konnte nicht wissen, daß sie soeben aufgehört hatte, sich zu fürchten.

Ich werde mich an Großmutter wenden, und Großmutter wird die erste, gefährlichste Welle seiner Wut abfangen. Ich werde sie anlügen, daß ich schwanger sei.

Ich wette, sie wird ein Stoßgebet zum Himmel schicken.

Sie kehrte ins Haus zurück, das sich für sie gerade bis zur Unkenntlichkeit verändert hatte. Sie wußte genau, was sie erwarten würde.

Sie trieb eine alte Zuckerschachtel auf, packte ihre Schulzeugnisse, den Taufschein und den Heimatschein hinein, zögerte bei der goldenen Uhr, einem Weihnachtsgeschenk ihres Vaters, doch dann legte sie sie weg. Sie beschloß, ohne jede Bürde fortzugehen.

Sie verspürte eine unbegreifliche Erschöpfung, die ihre Beine lähmte, als wäre all ihre Kraft auf einmal dahin.

Sie setzte sich aufs Bett und verflocht ihre Finger ineinander.

Es hatte ganz banal begonnen, nichts hatte sie in den ersten Augenblicken gewarnt. In einer stickigen Nacht vor Ausbruch eines Gewitters hatte sie nicht schlafen können und war zum Fenster gegangen, um es zu öffnen. Da hatte sie gesehen, daß im Stall Licht brannte. Unwillkürlich streifte sie sich den Rock über und lief hinaus, um zu sehen, was los war.

Die Tür zum Stall stand offen, Mareks Stimme war zu hören. Er redete mit einem Pferd wie mit einem Menschen.

Eine unerwartete Scheu erlaubte ihr nicht, hineinzugehen.

Ihr Herz begann zu klopfen, denn die Stimme, wie sie noch nie im Leben eine gehört hatte, beunruhigte und verwirrte sie.

»Na na, Kleines, keine Angst … ruhig … ich bin bei dir … bleib stehen …«

Sie blickte sich um, im ganzen Hof stand frühmorgendlicher Nebel. Er drang durch die Tür in den Stall hinein, als wollte er ihn abdichten.

Marek war herausgekommen, um an der Pumpe Wasser zu holen.

Sie konnte ihn kaum erkennen.

»Ist etwas passiert, Marek?«

»Nein. Die Bleßstute wird gleich fohlen. Sie braucht etwas zu trinken.«

»Warst du die ganze Nacht auf?«

Hinter den Weinbergen riß der Himmel auf, aus ihm quoll leichtes Morgenrot.

»Das ist nicht so schlimm. Wenn ich mit ihr rede, ist sie ruhiger.«

»Soll ich jemanden rufen?«

Er zögerte.

»Den Herrn Vater, falls er wach ist.«

Sie ging zurück zum Haus, hier war sie völlig überflüssig. Sie stolperte, weil sie nicht auf den Weg achtete. Mareks Schatten begleitete sie.

So ist das mit mir, sagte sie sich zwei Tage darauf.

Nicht mit dem berechtigten Schrecken, sondern einer unberechtigten Befriedigung.

Ich bin wie Běta. Würde es ihm einfallen, mich, weil ich dauernd hinter ihm herlaufe, ins Heu zu werfen, ich würde mich nicht wehren. Nur wird es Marek niemals einfallen.

Was habe ich davon, daß sie mir von überallher nachkriechen wie Hunde mit hängenden Zungen!

Gestern noch war ich darauf stolz!

Aber was ist mein Stolz gegen deinen, Pferdeknecht!

Du schläfst im Stall auf einem Sack Stroh! Alles, was du besitzt, ist eine brüchige Hütte in einem elenden Bergdorf, wo dir gerade die hundertjährigen Tanten weggestorben sind!

Heimlich ging sie sich die Hütte angucken.

Am Fluß lief sie ihm in ihrer Sorglosigkeit natürlich direkt über den Weg.

»Was machst du hier, so weit weg?« wunderte er sich.

»Pilze suchen«, versetzte sie schroff.

Er konnte nichts für den Zufall. Trotzdem gab sie ihm die Schuld daran.

Er blickte in ihr Körbchen hinein, das sie über dem Arm trug. Kein einziger Pilz lag darin.

Eine Weile gingen sie schweigend weiter, dann fragte sie ihn geradeheraus.

»Du hast eine Hütte geerbt. Wirst du dich jetzt verheiraten?«

Er schüttelte den Kopf, sah sie aber nicht an.

Ob er dasselbe denkt wie ich?

Sie waren allein, ohne Zeugen, sie war ihm weiter entgegengekommen, als es sich gehörte. Er machte keinerlei Versuch, sie zu berühren, ja es fiel nicht einmal ein Wort eines heiklen Geschäkers, zu dem diese Einsamkeit, dieser Wald geradezu aufforderten.

Vielleicht hat er schon irgendein Luder in seinem Kopf, mein Gott, ich werde sie umbringen müssen!

Ich bin bereit, mich zu erniedrigen, aber nur, wenn es irgendeinen Sinn haben wird.

Ich bin Zuzanka von Gut Aschenhof, Zuzanka Popelová, das schönste Mädchen auf Erden.

Vielleicht pfeifst du ja darauf.

Aber du kennst mich noch nicht. Bald stemme ich den Schrank auf, in dem sich dein Geheimnis verbirgt.

Sie gingen nebeneinander her, und die langweiligen Bemerkungen über den klaren Himmel und den rauschenden Fluß bildeten eine Mauer zwischen ihnen. Zuzanka ließ ihren Blick über das Moos wandern, drehte hier und dort einen Butterpilz oder einen Röhrling heraus. Marek tat das gleiche, so daß ihr Korb fast voll war, als sie in die Ebene hinunterkamen.

Sie hatte Marek nicht direkt angeschaut. Dennoch konnte ihr Blick sich keine Minute von seiner dunklen Schönheit trennen.

Zu Hause nahmen sie die Veränderung wahr. Zuzanka erschien ihnen Tag für Tag schöner.

Sie fanden eine irrige Erklärung dafür.

Ihre Mutter und sie nähten zusammen an der Aussteuer.

Adam erschien jeden Abend auf dem Gutshof. Er machte Konversation mit dem Hausherrn, scherzte mit Běta, trank zusammen mit Tonda.

Früher hatten ihr seine Aufmerksamkeiten, seine manchmal ziemlich teuren Geschenke geschmeichelt. Früher hatte sie sich vergnügt in der Stube zu schaffen gemacht, den Gast bedient, seine unbeholfenen Komplimente entgegengenommen.

Jetzt erregte er Abscheu in ihr, wenn ihr auch der gesunde

Menschenverstand empfahl, es sich nicht anmerken zu lassen, solange die Zeit noch nicht reif war.

Töten ist ein Geringes, würde ihr Vater, der Gutsherr, sagen, wenn er auch nur ahnen würde, was in ihr vorging.

Sie selbst hatte bis vor kurzem nicht vermutet, daß so etwas möglich sei.

Wenn sie sah, wie Adam seine Suppe schlürfte, wie er den Kuchen kaute, wobei sich die Ohren mitbewegten, mußte sie sich abwenden.

Seine strichdünnen Lippen mit dem rostbraunen Schnurrbart, wo hatte sie nur ihre Augen gehabt!

Bis vor kurzem noch hatte sie dem Vater aufs Wort gehorcht, mit unveräußerlichem Recht hatte er ihre Tage gelenkt, für sie gedacht und gefühlt. Er war stolz auf sie und liebte sie.

Sie wußte, daß sie in Kürze dem Ansturm seines rasenden Zorns begegnen mußte, und dieser Gedanke machte ihr angst, trotzdem wünschte sie sich, daß es so bald wie möglich geschehen möge, denn ganz andere Sorgen bedrückten sie.

Sie hatte sich von ihrer Familie gelöst, sah sie mit anderen Augen als je zuvor. Sie verachtete die rauhe Herrschsucht ihres Vaters, die keinen Widerspruch duldete, verachtete ihre Mutter für ihre maliziöse Unterwürfigkeit, Bětka für ihre heimlichen Affären gemäß dem Grundsatz: was ich vor der Hochzeit haben kann, nehme ich mir …, Tonda für seine Schwerfälligkeit, und selbst die Großmutter für ihre scheinheilige Frömmigkeit, die sie überall zur Schau trug und mit der sie prunkte wie mit einem Diadem.

Alle verachtete sie, und alle bemitleidete sie – sie, die als einzige wirklich auserkoren war. Vom kalten frühen Morgen bis zum späten Abend schuftete sie für den Gutshof, schuftete bis zur Erschöpfung, mit ihren Gedanken weit weg und in sich selbst gekehrt.

Das Wunder, auf das sie gewartet hatte, hatte sich ereignet, war mit einem Mal hervorgequollen wie die Sonne über der Landschaft, es war da und glühte, und ohne es war kein Leben möglich.

Adam legte seine haarigen Hände auf den Tisch, mit denen er vergeblich über Zuzankas Körper zu streichen versucht hatte, und beförderte schnalzend ein Stückchen Fleisch zwischen seinen Zähnen hervor ...

Vor ihrem inneren Auge hatte sie andere Hände und einen anderen Mund, sah sie das vom Wind aufgeworfene schwarze Haar, die lodernde Mähne!

Wäre nicht in dieser einen Nacht das Licht gewesen, wäre nicht die Stimme im Stall gewesen, nie wären ihr die Augen aufgegangen. Sie wäre an dem bäuerlichen Prunk erstickt wie ihre Mutter, in der törichten Überzeugung, daß dies die einzige Würde auf dieser mühsalbeladenen Welt sei, nichts hätte sie begriffen, wenn da nicht die plötzliche und unüberwindbare – rasende Leidenschaft für Marek gewesen wäre.

Doch die Zeit verging immer schneller, jeden Moment konnte Marek sich nach dem Tod seiner Tanten mit einer anderen einlassen.

Ich kann ihm nicht länger hinterherlaufen, er muß mich schon längst für eine Dirne halten. Diese schlaflosen Nächte wollen nicht enden, ich habe Fieber, schwitze am ganzen Leib, werde immer häßlicher, und nichts fällt mir ein, nur diese dummen Frauentricks, ihm nahe zu sein, er wird mich noch satt bekommen und es mir deutlich zeigen, und dadurch wird er mich umbringen.

Gebt mir einen Monat, gebt mir eine Woche, und ich werde ein Wunder vollbringen, es ist halb fünf, ich stehe lieber auf, vor meinen Augen Schatten, Bětka ist wach, und ich weiß genau, wo sie die Nacht über war, was erwartet mich schon anderes als Leiden und Tod, und dann werde ich ihm vielleicht leid tun, dem Mörder meiner Seele, er fährt jetzt ins Heu, ich werde ihm aufladen helfen, ich habe es schon durchdacht, wenigstens ahnt noch niemand etwas, das ist das einzige, was mich bestärkt, es wird wie ein Donnerschlag sein und vorbei sein, ehe ich zu mir komme.

Die Fuhre war aufgeladen. Sie setzte sich auf die Erde und sah zu, wie die Landschaft atmete.

»Fahren wir?«

»Noch einen Moment.«

»Was hast du?«

Er hatte etwas bemerkt.

»Nichts.«

»Bist du krank?«

Hatte er Angst?

»Nein.«

Er setzte sich nicht zu ihr. Nur sein Schatten kroch heran und rieb sich an ihrem Rock. Sie hob den Kopf, Tränen in den Augen. Schwere, bleierne Tränen.

»Was ist nur mit dir los?«

Seine Stimme schmolz.

»Frag nicht, Marek.« Dieser Ton mußte ihn einwickeln wie eine Spinnwebe, diesen unerfahrenen Stalltölpel. Die Tränen machten ihre Lippen naß und hingen als Tropfen an ihrem Kinn.

»Sag mir, was ich tun kann«, bedrängte sie der Narr.

Jetzt kann ich ihn um alles bitten, und er wird nicht wagen, es abzuschlagen, aber das, was ich wirklich will, läßt sich nicht einfach so ausdrücken. Die Jahre der guten Erziehung stehen gegen mich, die Großmutter, der Herr Lehrer, der Katechismus.

Sie machte zur Sicherheit ihre Augen zu, dann stand sie auf und drückte ihr feuchtes Gesicht gegen sein durchgeschwitztes Hemd.

»Zuzanka … wir können doch nicht …«, sagte er mit erstickter Stimme.

Was können wir nicht, du Pferdegrind, wir können alles!

Sie schlang ihre Arme um seinen Hals.

»Hast du mich gern?!« heulte sie.

»Natürlich, das weißt du, aber …«

Weiter fiel kein einziges Wort.

Zu Hause versuchte sie, ihre Mutter vorzubereiten.

»Adam gefällt mir nicht, Mutter.«

»Nein?« Wie gut ich dieses schneidende, dieses unbarmherzige Zischen kenne. »Was gefällt dir auf einmal nicht mehr an ihm?«

»Er geht mir auf die Nerven. Ich werde ihn nicht heiraten.«

Die Brücken waren abgerissen. Und wenn schon!

»So?! Und wen willst du dann heiraten?«

Zuzanka spürte die Hitze auf ihren Wangen. War sie rot geworden?

»Ich möchte erst einmal nicht heiraten.«

Sie zuckte mit den Achseln.

»Was heißt erst einmal? Es ist höchste Zeit für dich!«

»Ich bin zwanzig!«

»Na und? In deinem Alter habe ich schon das zweite Kind erwartet.«

Zuzanka schauderte. Sie blickte in die mitleidlosen Augen. Als würde sie Schierling aus ihnen trinken.

»Genug«, beendete die Gutsherrin das Gespräch. »Du heiratest, wen wir bestimmen. Und wann wir bestimmen.«

Es kam schlimmer, als sie gedacht hatte.

Ihre Großmutter fand sie im Ausgedinge. Sie war über einem begonnenen Strickstrumpf eingedöst.

»Großmutter!«

Sie hörte schlecht, man mußte ihr jeden Satz wiederholen.

»Großmutter!«

»Was ist?«

»Ich muß heiraten.«

»Wie bitte?«

»Ich muß heiraten!«

Das hatte sie ausgezeichnet gehört.

»Lieber Gott im Himmel! Weiß Adam Bescheid?«

»Mit Adam hat es nichts zu tun.«

»Bist du verrückt geworden?«

Diese Leichtigkeit, mit der Zuzanka auch diesmal mit den Achseln zuckte.

»Wer ist es, du Unglückliche?!«

»Marek.«

Der Großmutter fielen die Stricknadeln hinunter. Es klirrte auf dem Boden. Zuzanka hätte nicht geglaubt, daß sie einen so lauten Ton erzeugten.

»Marek?! ... Schämst du dich nicht?!«

Ich kann mich nicht schämen, Großmutter, dafür ist keine Zeit.

»Ich bitte dich, hilf mir mit dem Vater.«

Die alte Frau zog die Lippen zusammen. Sie verschwanden in ihrem Mund.

»Ich bitte dich, sprich du mit ihm.«

»Du hast dich an einen Katholiken weggeworfen?!«

»Großmutter, ich bitte dich, sprich du ...«

»Wozu?« versetzte die Alte. »Schau auf den Hof hinaus.«

In der Mitte des Hofs standen sich zwei Männer gegenüber. Bis Zuzanka zu ihnen hinausgelaufen war, hatte sie Marek zweimal verflucht.

»Dieser Vagabund hier bittet mich um deine Hand!«

Sein Natternblick, unter dem sie von Kindheit an versteinert war.

»Ja ... Ich muß ihn heiraten.«

»Was redest du da?«

»Die Wahrheit«, krächzte sie.

Der Zornausbruch war da, sein Gesicht nahm eine unnatürliche Farbe an.

»Jakub!« rief mit harter Stimme Zuzankas Großmutter.

Eine Stimme aus einer anderen Welt.

Der Hausherr rang seine geballten Fäuste. Eine blieb in der Luft stehen.

»Schert euch fort!«

Erst jetzt blickte Zuzanka zu Marek hinüber und sah ihn wie ein Bild in einem brennenden Rahmen. Er hatte es gewagt!

Sie gingen ohne Abschied. Nur der Mann an ihrer Seite ließ einen langen schmerzlichen Blick über die beschlagenen Fenster des Stalls wandern.

Sie schwiegen, es gab nichts zu sagen. Marek nahm ein Bündel mit Kleidern mit, Zuzanka die Zuckerschachtel, um die sie eine faserige Schnur gebunden hatte.

Das erste, was Zuzanka von ihrer neuen Heimat erblickte, war das Türmchen der kleinen Kirche von Želary.

»Wir heiraten sobald wie möglich«, antwortete Marek ihren Gedanken. Er blieb stehen, nahm sie bei den Händen. »Wir haben es hinter uns.«

Das haben wir nicht, mein Freund, aber wozu sollte ich dir einen schweren Kopf machen. Vater wird sich rächen.

Sie machten im Pfarrhaus Station, und ehe sie Mareks Hütte erreichten, war es dämmerig geworden. Sie zündeten die Petroleumlampe an und scheuchten einen Haufen Schaben auf. In zwei Ecken der niedrigen Stube standen zwei wurmstichige Betten mit schimmeligem Bettzeug. In dieser Nacht dachte jedoch keiner von beiden an Schlaf. Sie saßen in der kleinen Küche am Ofen, heizten mit morschen Holzstücken, auf den gelblich gewordenen Wänden zeichnete sich die Feuchtigkeit ab.

Zuzanka öffnete die Fenster einen Spalt weit.

Durch die Räume zog ein eiskalter Wind.

Nach einer Weile machte sie die Fenster wieder zu, und der rissige Boden wippte unter ihren Schritten.

Sie setzte sich zu Marek auf die Bank und lehnte sich an ihn. Sie spürte seine Ratlosigkeit.

Erst jetzt lastete die ganze Wucht seiner wahnsinnigen Tat auf ihm.

Sie stellte sich auf die Zehenspitzen und nahm von der Wand das eingestaubte Kruzifix herunter.

»Ich werde dir eine treue Frau sein. Ich will Gutes und Böses zusammen mit dir ertragen.«

Sie sah, wie ihm das Blut ins Gesicht schoß. Sie hängte das

Kreuz wieder auf, ging schnell zum Fenster hinüber und öffnete es erneut. Sie wollte ihn zu keinerlei Zeremonie herausfordern.

Eisige Peitschen schlugen ihr ins Gesicht.

»Es ist windig, Marek.«

»Hier ist es immer windig.«

Sie schloß das Fenster.

Sie drehte ihm den Rücken zu und blickte sich um. Im Unterschied zu Marek fühlte sie sich gelöst, und dennoch erlebte sie mit ein wenig Argwohn die Freiheit lang gefangener Vögel.

Ihre erste Nacht verbrachten sie am Tisch sitzend über Schalen heißen Hagebuttentees. Die jüngsten Ereignisse saßen mit ihnen hier, doch sie redeten nicht über sie. Sie redeten über Mareks zukünftige Arbeit im Sägewerk oder im Steinbruch, über das Gärtchen, das sie in dem vom Unkraut überwucherten Feld anlegen würden, sie redeten darüber mit einem Glauben und einer Gewißheit, die nur Zuzanka besaß.

Die Zukunft stand vor ihr wie ein gedeckter Tisch.

Marek ahnte undeutlich, daß sie die elende Hütte nur für eine unliebsame Episode hielt, die nach einer Zeit durch einen Wink mit dem Zauberstab aus der Welt verschwinden würde, er wußte, daß es an der Zeit war, etwas zu sagen und dieses Mißverständnis zu beseitigen wie eine Staubfluse, die es wegzufegen galt, damit der Hof sauber war, er fand jedoch die Worte nicht, die Nacht ging vorüber, und die Staubfluse blieb an ihrem Platz.

Die ersten Tage war Zuzanka nur immerfort mit Saubermachen beschäftigt. Sie verkaufte ihre Ohrringe und brachte aus Šádova Hut' ein paar unerläßliche Dinge mit.

Gegen Abend hielt sie nach Marek Ausschau, und sobald er zu sehen war, flog sie ihm entgegen, zog seinen Kopf an sich, berührte seine glatte, kühle Haut, und die sündhaft süße Empfindung wurde noch von der Stimme ihrer Mutter verstärkt, die in ihrem Rücken zischte: Hure! Wie Statuen standen sie dort, von überallher zu sehen.

Ich bin eine Dirne, stöhnte sie vor Wonne und stellte sich die giftigen Blicke ihrer Mutter vor, die an ihrer Stelle vor Scham im Boden versunken wäre, denn zwischen ihr und dem Vater gab es keine Zärtlichkeiten, ein Eisberg lag zwischen ihnen, der nie geschmolzen war, sie waren unfähig, ihre bloßen Gefühle offen zu zeigen, und Zuzanka konnte sich an nichts erinnern, keinen Blick, kein Wort, was angedeutet hätte, daß ihre Mutter etwas Ähnliches erlebt hatte wie sie mit Marek. Auch im Schlafzimmer hinter den zugezogenen Vorhängen mußte die gleiche Leere und Ödnis herrschen.

Nur mit einer Sache mußte Zuzanka sich abfinden. Marek verstand keine Scherze und nahm nichts auf die leichte Schulter. Am Anfang störte sie das, denn sie besaß einen ausgeprägten Sinn für Humor, doch als sie Mareks Reaktionen bemerkte, lernte sie, vorsichtig zu sein.

Gingen sie irgendeine Kleinigkeit in Šádova Hut' einkaufen, besah sich Zuzanka die Waren in den Läden, als könnte sie das ganze Städtchen zusammenkaufen, hier war sie wieder die reiche Tochter des blühenden Gutshofs, und es war ihr nicht anzusehen, daß sie ihren einzigen ordentlichen Rock abtrug.

Marek drängte wegen der Hochzeit, er wollte, daß der Priester das Aufgebot beschleunigte, Zuzanka ließ es jedoch nicht zu. Gelassen trat sie zu seinem Glauben über, ihr war es nicht wichtig, ihr war nicht einmal das Ehezeremoniell wichtig, doch sie hielt sich mit Äußerungen darüber zurück, weil Marek anders darüber dachte.

Wir haben nichts für eine Hochzeit, lag ihr auf der Zunge, doch sie beherrschte sich und verabschiedete sich insgeheim von wollenen Bettdecken und einer gestärkten Leinendecke für den Küchentisch. Das Wirtschaften überließ Marek ihr. Sie beriet sich mit ihm über Neuanschaffungen, meistens allerdings erst dann, wenn sie bereits getätigt waren.

Sie hatte keine Eile.

Zunächst mußte das Dach ausgebessert werden. Bei der Gelegenheit erweiterten sie das kleine Fenster im Giebel, so daß es nur noch ein paar Bretter brauchte, damit dort eine kleine Stube entstand, in der bis jetzt noch zwei Löcher gähnten, das zukünftige Fenster und die Tür. Ein drittes schlug Marek in den Schornstein hinein für einen zukünftigen kleinen Ofen. Es paßten gerade zwei Betten und ein Blumentischchen in den Raum.

Das Fenster verhängten sie solange mit Decken, damit es auf dem Dachboden nicht zog. Zuzanka machte sich keine Sorgen, wo sie das Fenster hernehmen sollten. Das eine aus der Stube würde dorthin kommen, und auch ein zweites würde verschwinden, um die Küche zu vervollständigen, die dann hell sein würde, denn Zuzanka liebte die Sonne und den Wind, sie hatte die Berglandschaft entdeckt und wollte sie so nahe wie möglich haben.

Beinahe wäre sie sich ein Hochzeitskleid kaufen gegangen, doch dann tauchten statt dessen drei Hühner auf dem Hof auf. Marek richtete ihnen einen kleinen Holzstall ein, er hatte keine Ahnung, daß er ihn im Frühjahr abreißen würde, er wußte nichts von dem, was Zuzanka im Kopf hatte, zielbewußt, praktisch und großzügig, wie sie war.

Er wußte zum Beispiel nicht, daß die schimmeligen Federbetten verbrannt werden und statt der schweren Oberbetten leichte gesteppte Bettdecken genäht werden würden.

Über die meisten Pläne sprach sie mit Marek nicht. Dazu gab es keinen Grund. Sie würden nicht glücklicher sein, wenn in der Hütte neue Betten auftauchten oder wenn in dem verschütteten Brunnen wieder klares Wasser glitzern würde.

In die prächtigen Kellerräume trug sie alles hinunter, was sie im Wald fand. Sie machte Pilze ein, Brombeeren, Blaubeeren und füllte ein paar Flaschen Himbeersaft ab. Das Gebäude stand über einer Felshöhlung, und der Erbauer hatte die Vorteile dieser Lage genutzt. Das Kellergeschoß war geräumig, im Sommer kühl, im Winter warm und trocken.

Das hier ist also das Glück, wiederholte sie sich, wenn sie in der Sommersonne auf dem Berghang saß und den Himmel betrachtete, in den die Wälder hineinwuchsen.

3

Sie erstarrte, als Joza vor ihr auftauchte.

»Ich hab gehört, daß du hierhergezogen bist, Zuzanka ... wenn du etwas brauchen solltest ...«

Joza Janda. So schwerfällig wie früher.

Sie sah schweigend seine gebrochene Nase an. Die dichten braunen Haare standen ihm wie ein Schweif vom Kopf, und wenn er schlanker gewesen wäre, hätte er an einen Besen erinnert.

Er war seiner Mutter ähnlich.

Sie hatten sich vielleicht hundert Jahre nicht gesehen.

Wenn du etwas brauchen solltest.

Ihr ehemaliger Sklave, das grunzende Schweinchen, das sie auf allen vieren zu laufen gezwungen und zu ihrem Ergötzen mit einem Zweig geschlagen hatte, bot ihr seine Hilfe an. Und sie stand hier vor ihm in ihrem naßgewordenen Rock, in der Hand einen feuchten Lappen!

»Nein, ich brauche nichts, Joza.«

Einen Moment lang trat er von einem Bein aufs andere.

»Also, dann gehe ich mal. Leb wohl.«

»Leb wohl.«

Dieses Treffen konnte sie nicht einfach so abtun. Es setzte sich in ihrem Hals fest und verklemmte sich dort, sie konnte es weder ausspucken noch hinunterschlucken.

Als er ihren Gutshof verlassen hatte, war sie sieben oder acht Jahre alt gewesen. Lange hatte sie ihn vermißt, weil niemand anderes so bereit war, sich ihrer Willkür unterzuordnen. Seine kindlich ritterliche Ergebenheit, die sie kein bißchen gewürdigt hatte, weil sie sie für selbstverständlich hielt, hatte Abwechslung in ihre Spiele gebracht und ihrem Machtwillen geschmeichelt. Gerne trug sie ihm Arbeiten auf, bei denen er sich schmutzig machte oder verletzte, und dann ergötzte sie sich boshaft an seinem Leiden.

Wenn ihre Geschwister und sie sich dazu herabließen, ihn mitspielen zu lassen, war er derjenige, auf dessen Rücken geritten wurde, den sie antrieben, über den sie lachten.

Die Grausamkeit dieser Belustigungen hatte sie mit ganzer Seele ausgekostet.

Sie war nicht gefühllos, konnte über ein totes Vogeljunges in Tränen ausbrechen. Doch Joza gab keinen Mucks von sich, er weinte weder noch beschwerte er sich.

Und er war häßlich. Wenn auch durch ihre Schuld. Sie hatten ihm mit einem Stein das Nasenbein gebrochen. Wer von ihnen es getan hatte, wußten sie nicht. Sie hatten alle geworfen.

Joza hatte nicht geweint, er hatte statt dessen seine Mutter getröstet, Metodějka Jandová, die sie Meta Kehrwisch nannten.

Meta hing an ihrem unbeholfenen Jungen mit einer unglaublichen Liebe.

Um diese Liebe beneidete Zuzanka ihn entsetzlich, und als Jozas Mutter starb, hielt sie es nur für gerecht.

Damals, als die Sache mit der Nase passierte, hatte seine Mutter – selbst ganz voll Blut – geheult wie ein Tier, ihren Kopf gegen die Wand geschlagen und wie toll gewimmert: Warum? Warum? Warum?

Der Gutsherr war gezwungen, eine Strafe zu vollziehen. Die Mädchen verschonte er, doch er schlug beide Jungen. Joza dafür, daß er provoziert hatte.

So wurde das gelöst.

Jozas Nasenbein wuchs schief zusammen, und wie alle anderen war auch Zuzanka davon überzeugt, daß dies bei einem so bedeutungslosen Menschen keine Rolle spielte.

Für Meta Jandová blieb er auch so schön. Sie hatte ihn von einer früheren Dienststelle mitgebracht, zu der sie als Waise gekommen war und von wo die Hausherrin sie der Schande wegen verjagt hatte. Joza war ihren eigenen Söhnen allzu ähnlich gewesen. Auch nach dem Vorfall mit der gebrochenen Nase erlosch Jozas Ergebenheit nicht. Er brachte Zuzanka glitzernde Steine, kleine Federn, hob Naschwerk für sie auf, das er ab und zu unterwegs erhielt.

Einmal wollte er für sie eine Akazienblüte pflücken, der Ast unter ihm brach ab und er fiel in den Teich. Ramponiert und naß wie ein Frosch arbeitete er sich ans Ufer hinauf – sie platzten fast vor Lachen.

Mit schuldbewußtem Lächeln rappelte er sich auf. Niemand bemitleidete ihn.

Erst als seine Mutter starb, war es, als wollte er alle nicht vergossenen Tränen nachholen. Er weinte ganze Nächte hindurch und rieb sich am Morgen die geschwollenen Lider.

Sobald er die Schule beendet hatte, verhökerte Zuzankas Vater ihn an den Schmied von Želary.

Sie begegnete ihm noch gelegentlich, denn der Schmied hatte auch in ihrem Dorf Kunden. Er stellte nämlich landwirtschaftliche Geräte her. Joza brachte jedesmal etwas mit, denn hier und da steckte ihm ein zufriedener Bauer einen Fünfer zu.

Meistens ließ er sich die Sachen einpacken und freute sich dann darüber, wie gierig die kleine Prinzessin das Papier aufriß.

Bei der Gelegenheit klopfte der Gutsherr ihm auf die Schulter und lobte ihn jovial. In Wirklichkeit haßte er ihn. Er mißgönnte ihm die Kraft, die seinen eigenen Söhnen fehlte.

Damals haßte auch Zuzanka ihn. Bei der letzten Kirchweih, die er noch mit seiner Mutter erlebte, hatte er sie zutiefst gekränkt.

Für seine gesamten Ersparnisse hatte er ein Lebkuchenherz gekauft, auf dem IN LIEBE geschrieben stand und in dessen Zentrum ein kleiner Spiegel eingebacken war.

Zuzanka zweifelte nicht daran, daß sie das Herz bekommen würde – er schenkte es jedoch seiner Mutter, der glückstrahlenden und verlegenen Metodějka.

Der Ärger darüber verdarb ihr die ganze Kirchweih.

Meta hängte sich das Geschenk an einen Balken auf dem Dachboden, so daß sie in den Spiegel sah, wenn sie schlafen ging.

Zuzanka bekam viele ähnliche Herzen, keines jedoch mit einem Spiegelchen.

Sie regte sich so darüber auf, daß sie sie auf der Tenne zertrat.

Und nun war es wieder Joza, derselbe Joza, der es wagte, sie in ihrer armseligen Hütte aufzusuchen, und den Stachel der unvergessenen Kränkung mitbrachte, die sich noch dadurch verdoppelte, daß er der Tochter seines ehemaligen Gutsherrn seine Hilfe anbot.

Sein lächelnder, auf dreiste Weise zufriedener, blauäugiger Blick hinter den feinen Spinnwebenwimpern war noch immer derselbe.

Marek kam über den Abhang gelaufen, Zuzankas schöner Mann, und drückte Joza die Hand.

Schiefnase wurde als Freund und Gast mit an Zuzankas Tisch gebracht.

Sie spürte, wie ihr das Blut in den Adern gefror, doch sie sagte kein Wort.

Wie Joza und Marek da nebeneinander saßen, so unterschiedlich und so einverstanden miteinander, war sie insgeheim nicht mehr anwesend, obwohl sie ihnen Tee in ihre Tontassen einschenkte.

Der uralte Ausdruck ihres Trotzes. Sie war schon mit ihm geboren worden.

Die Trauung ging schnell vonstatten, aber nicht reibungslos. Sie hatte aus Gründen verschoben werden müssen, die für Zuzanka ziemlich schmerzhaft waren, die sie jedoch vor dem ganzen Dorf und sogar vor Marek verheimlichen konnte.

Sie hatte sich bei einem Sturz verletzt, als sie mit einem schweren Eimer von der Quelle kommend über die glitschigen Steine bergauf stieg – und war zwei Wochen lang im Krankenhaus gelegen. So hieß es zumindest.

Die Wirklichkeit war eine andere. Ihr Vater hatte ihr eine Nachricht geschickt, daß sie augenblicklich nach Hause zurückkommen solle, und weil sie nicht gehorchte, erschien er selbst – zu einer Tageszeit, in der Marek im Steinbruch arbeitete. Er lief auf einen knorrigen Stock gestützt. Mit diesem sprengte er die Tür auf und verprügelte seine Tochter auf brutale Weise.

Sie kam mit ein paar angebrochenen Rippen davon, und wäre nicht der Junge gewesen, der sie bei der Quelle fand, wer weiß, wie es ausgegangen wäre.

Nach ihrer Rückkehr aus dem Krankenhaus kam ihre Großmutter sie besuchen. Sie versuchte, Zuzanka mit dem vierten Gebot zu bezwingen, was diese zum Lachen reizte, sie ließ sich jedoch nichts anmerken.

»Was willst du dir ertrotzen?«

»Ich habe, was ich wollte, Großmutter, und ich habe dafür bezahlt.«

»Gebe Gott, daß du es nicht bereust. Du wirst dein Leben lang wie eine Bettlerin leben.«

»Das sagst du mir?« packte Zuzanka sie bei ihren eigenen Waffen. »Soll ich mich für den irdischen Mammon selbst verleugnen?«

Die alte Frau antwortete nicht.

»Warum möchtest du mich nicht verstehen?«

»Ich möchte es … aber ich kann nicht.«

Sie sahen einander in die Augen, und die Enkelin ahnte, daß sie auf das Geheimnis der Frau gestoßen war, die sie zu ihrem Leidwesen so wenig kannte, obwohl sie sich jeden Tag gesehen hatten.

Keine der beiden sollte den Weg zwischen ihnen noch einmal zurücklegen.

Der Priester von Želary richtete nicht nur die Trauung unentgeltlich aus, er gewährte auch noch ein Darlehen – besser gesagt, drängte es Marek auf –, das er nie zurückgezahlt haben wollte. Sein Geschenk verbrämte er so, als würden die jungen Eheleute ihm eine christliche Barmherzigkeit erweisen.

Zuzanka wunderte sich, daß sie nicht Erniedrigung, sondern Rührung darüber empfand.

Sie hatte mehrere Male Gelegenheit, über den Pfarrer ins Grübeln zu verfallen.

Der ganzen Welt gegenüber offen – war er selbst unnahbar. Nie konnte sie bis auf den Grund seiner Menschlichkeit sehen. Auch nicht viel später, als sie ihn jeden Tag unter den Augen hatte und sich über viele seiner Handlungen ereiferte.

Rechtzeitig zum Winter war Mareks Häuschen bewohnbar.

Im Frühling starb unerwartet ihre Großmutter. Zuzanka war eine der Erben.

Sie schickte sich an, nach Šádova Hut' zum Notar aufzubrechen.

»Du könntest auf das Erbe verzichten.«

Sie entzog sich Mareks flehendem Blick. Gab ihm keine Antwort.

Bei dem Notar begegnete sie ihrem Vater. Er starrte sie mit großen Augen an, als hätte sie sich wer weiß wie verändert. Sie reagierte darauf mit einem Blick ins Leere, einem Blick, der sich weigerte, ihn zu sehen. Er war tief getroffen durch diesen unsichtbaren Schlag, denn er liebte sein Kind noch immer grenzenlos. Seine Prügel, die sie beinahe zum Krüppel gemacht hätten, hielt er nur für gerecht. Sie sollte es einsehen und sich entschuldigen. Am meisten lastete er ihr an, daß sie ihn zu der Brutalität getrieben hatte.

Doch statt Abbitte zu tun, hatte sie den Vater aus der Welt gewischt.

Entsetzt erkannte er, daß er sie für immer verloren hatte. Sein Herz klopfte rasend in einem wirren Rhythmus, er mußte sich mit aller Kraft zusammennehmen, um nicht seine geballte Faust auf seine Brust zu pressen.

Auf dem Weg vom Notar kaufte Zuzanka ein Stück Popeline, sie wollte für Marek ein Festtagshemd nähen. Er wartete im Gasthaus am Marktplatz auf sie. Man nannte es dort nur *Bei Marenas Irča*.

Sie gingen durch den Wald nach Hause und schwiegen lange.

»Mach mir keine Vorwürfe.«

»Mache ich nicht.«

Der Ton seiner Antwort klang nicht so, wie sie es sich gewünscht hätte. Sie wollte nicht zu weinen anfangen, doch die Tränen ließen sich diesmal nicht zurückhalten. Wie immer erschrak er.

»Ich werfe dir nichts vor, Zuzanka.«

Jetzt stimmte der Ton.

Ein zweites Mal begegnete Zuzanka ihrer Familie zufällig auf der Kirchweih von Želary. Der Gutsherr war grau und hager, die Giftaugen ihrer Mutter noch stärker eingefallen. Běta war um die Taille herum kräftiger geworden, bald würde sie heiraten. Tonda hatte der Familie Schande bereitet, sich mit einer Magd eingelassen, aber die Sache war mit Geld bereinigt worden. Sie sah auch Adam und seine blutjunge Frau. Erst jetzt begriff sie so richtig, welchem Leben sie entronnen war. Sie ging mit ihrem frommen Mann in die Kirche und betete inbrünstige Dankesworte.

Die neugierige Běta, die Marek gemustert hatte, als hätte sie ihn nie zuvor gesehen (er war stattlich gekleidet), kam Zuzanka heimlich besuchen. Sie durchwanderte die Hütte vom Keller bis zum Dachboden, begleitet von dem schwarzhaarigen hübschen Kerl, der ihr früher nie aufgefallen war, und auf ihren Lippen gefror ein bitteres Lächeln, etwas zwischen Bedauern und Neid.

Zuzanka bereitete währenddessen einen Imbiß vor. Üppig, einfallsreich – wie in früheren Jahren.

Sie saßen am Fenster der Stube, und die weite Landschaft wehte ihnen entgegen, die Wälder und Felsen, alles war Bestandteil des kleinen Hauses, das Marek von seinen Tanten geerbt hatte, selbst die Sonne und der klare Himmel, alles stand hier weit offen wie eine duftende Blüte.

Běta befiel ein Gefühl von eisiger Kälte.

Sie forderte ihre Schwester auf, mit ihr vors Haus zu kommen, setzte sich auf die Bank mit der geflochtenen Weidenlehne und bot ihren frösteligen Körper der Sonne dar.

Ursprünglich hatte sie sich mit der Aufzählung ihrer Aussteuer brüsten wollen, nun kamen ihr die vielen Dinge, die ihre kleine Stube verrammelten, wie teuer bezahlte Ausschußware vor. Auf dem Nachhauseweg würde sie das Gefühl begleiten, sie sei um etwas gekommen.

Zuzanka nämlich war ganz offensichtlich glücklich.

Mareks Frau stellte Běta keine Fragen. Sie wußte, wen Běta heiraten würde, und sie wußte ebenfalls, wen sie gerne geheiratet hätte. Sie kannte ihre unerwiderte Liebe zu Harlekin, jenem Honza Richtr aus Želary, der mit seinem Laientheater-Ensemble durch die Gegend zog. Auch in den reichen Dörfern verfiel man seinem Zauber. Wenn für einige Momente die Bühne mit dem Zuschauerraum verschmolz, wurden alle zu Teilnehmern eines Lebens, das so anders war als jenes, das sie nur zu gut kannten.

Běta hatte Zuzanka einmal überredet, sich mit ihr hinter die Kulissen zu schleichen, wo es nach verschwitzten Kostümen, verstreutem Puder und Schminke roch.

Sie versteckten sich in einem Winkel und verfolgten das scheinbar konfuse Hin- und Hergelaufe. Sie hielten den Atem an. Es kam ihnen vor, als könnte selbst ihr Herzklopfen sie verraten.

Honza tauchte aus den Kulissen auf und ging direkt auf sie zu. Er breitete die Arme aus und deklamierte:

»Ich selbst hab kein Verdienst daran,
ihr Götter, nur dank eurem Walten
darf ich unwürd'ger, banger Mann
die Schönste in den Armen halten.«

Beide erschauderten, und keine von ihnen würde je diesen Augenblick vergessen. Für wenige wundersame Sekunden galten Honzas Worte ihnen.

Als sie wieder dazu fähig waren, Honzas Blick zu folgen, erkannten sie zwischen den Vorhängen Hedvička Vlkošová.

»Sei nicht böse, Honza, ich konnte nicht früher kommen.«

»Das macht nichts, Hauptsache du bist da.«

Er küßte ihr mit übertriebener Galanterie die Hand, und sie lachte dazu. Zuzanka bemerkte, daß Běta ihre Lippen auf eine Weise zusammenpreßte, wie es ihr Leben lang die Mutter getan hatte.

Das Häuschen auf dem Berghang und Marek – das genügte Zuzanka so vollkommen, daß sie mit niemandem im Dorf Freundschaft schloß. Natürlich kannte jeder sie innerhalb kurzer Zeit. Von den Jüngeren wurde sie gegrüßt, die Älteren grüßte sie selbst.

Außer Lucka Vojničová, von der es hieß, daß sie hexen könne, sprach niemand sie an.

»Du bist Mareks Mädchen?«

Der Satz kam nicht als Frage bei ihr an, und Zuzanka antwortete nicht.

»Suchst du jemanden?«

In Želary schlenderten Frauen nicht einfach so herum.

»Nein. Ich gehe spazieren.« Vor Unmut hatte Zuzanka starre Züge bekommen, und ihre Antwort verbarg zwischen den Zeilen: Was geht dich das an, Alte?

»Dann kannst du mir mit dem Korb helfen.«

Diese Anweisung und vor allem ihre Selbstverständlichkeit brachten Mareks Mädchen durcheinander.

Ohne zu widersprechen, nahm sie den Korb, den das alte Weib ihr ruppig in die Hand drückte und der verflixt schwer war, obwohl sich in ihm nichts anderes als bitter riechendes Gras befand.

Rot vor Schmach, was die alte Vettel nicht bemerkte, weil sie rüstig bergan stiefelte und ihrer unfreiwilligen Helferin den Weg wies, malte Zuzanka sich aus, wie sie der Waldhexe eins mit dem Korb überziehen würde.

Das kleine Haus, das aus dem Grün hervorsah und das Lucka

als ihr Ziel bezeichnete, war ein so einzigartiges Gebilde, daß es einem Märchen entsprungen schien. Es saß auf dem moosigen Untergrund wie ein Röhrling.

»Stell den Korb in der Diele ab. Gleich gibt es Mittagessen.«

Zuzanka lag auf der Zunge, daß sie schon etwas gekocht habe, aber dann war ihre Neugier größer als ihre Abneigung, die Herdplatte in der Küche war nämlich kalt.

Lucka zog die grobe Kleiderschürze aus und hängte sie im Flur an einen Nagel, band ihr Kopftuch auf und ordnete ihr Haar, das graumeliert und dicht war. Nun trug sie noch ihren blauen Rock und eine weiße Joppe, die jeweils mit einer gegenteiligen Borte besetzt waren. Der Rock mit einer weißen, die Joppe mit einer blauen. Mit ihrer schlanken Figur und den großen, klaren Augen sah die ergraute Hexe wie ein junges Mädchen aus.

Wenn sie jung wäre, wollte ich sie nicht als Rivalin haben!

Mit einem Mal befiel sie eine unbegründete, unsinnige Angst.

»Komm.«

Wo will sie mich hinführen?!

Sie wanderten zu einem Holzhaus hinüber, das auf einem sanft abfallenden, beinah ebenen Hang lag. Die Tür stand weit offen.

Und dann sah Zuzanka sich Žeňa Zárubová gegenüber, ihrer ehemaligen Mitschülerin aus der Haushaltsschule.

»Zuzanka!«

Žeňa konnte sich über alles und jedes freuen. Dabei bildeten sich Grübchen in ihrem Gesicht. Zuzanka war verstummt.

»Was kochst du?« wollte Lucka wissen und setzte sich auf einen der Korbstühle vor dem Haus.

»Gefüllte Paprika, es ist gleich fertig.«

Sie nahm ein Sträußchen von Kräutern aus Luckas Hand entgegen, unter denen Zuzanka nur Tausendgüldenkraut erkannte. »Danke, Gevatterin.« Gevatterin?

»Guten Tag.«

Ein etwa dreijähriges kleines Mädchen war aufgetaucht. Žeňa war also verheiratet.

»Das ist meine Jiřinka.«

Žeňas Gesichtsausdruck zufolge war Jiřinka ein Weltwunder.

»Niedliches kleines Mädchen«, lobte Zuzanka mit Überwindung.

Jiřinka brachte ein Wollkissen an und steckte es Lucka in den Rücken. Dann rückte sie ein ovales Tischchen heran. Anschließend ging sie sich in der Küche die Hände waschen, band sich ein sauberes Schürzchen um und kämmte sich. Aus einem niedrigen kleinen Schubladenschrank nahm sie eine bestickte Tischdecke heraus und legte sie vor den Gästen auf. Zuzanka konnte aus der Nähe ihr Kinderkleid mit der durchbrochenen Stickerei betrachten, was in dieser Gegend billiger Stickerinnen eine Kostbarkeit war.

»Du hast ein hübsches Kleidchen.« Jiřinka wurde rot. »Ist das dein Festtagskleid?«

»Nein. Aber ein Festtagskleid habe ich auch«, piepte das Kind, strahlend über das Interesse. Sie bekam zwar keine Grübchen, es war jedoch offensichtlich, daß der Apfel, was erlebte Freude betraf, nicht weit vom Stamm gefallen war.

Da schaute sich Mareks Frau zum erstenmal richtig um. Ihr schien, als sei der Raum, in den sie hineinsah, halb leer, und doch war da alles, was man brauchte, sogar ein kunstvoll gebundener Strauß aus Trockengräsern stand dort. Neben dem Fenster ein geflochtener Schaukelstuhl, auf einem Holzregal Teller und Becher aus Keramik.

Dies alles brachte wieder die halbvergessene Bitterkeit der zweiten Geigen in Erinnerung. Die schöne und stolze Popelová, scharfsinnig, gewandt und talentiert – würde nie mit der stotternden Zárubová mithalten können.

Niemand konnte je mit ihr mithalten.

Ein schwacher Trost.

»Du hast fließendes Wasser?«

»Ja.«

»Wer hat es dir installiert?!«

»Pavel zusammen mit Prokop und Honza. Es kommt aus meiner eigenen Quelle. Durch Eigengefälle.«

»Pavel Juriga kennst du vielleicht«, mischte sich Lucka ein, denn Žeňa war nicht sehr gesprächig, Lucka dagegen sehr wohl. »Er hat Juliška geheiratet, eine angeheiratete Verwandte von dir. Den Harlekin Honza kennst du bestimmt, den kennt jeder«, Zuzanka zuckte bei der Erinnerung zusammen, »und Prokop ist mein Neffe. Er fährt Bier aus.«

Die Tischdecke besaß einen Rand aus geklöppelter Spitze.

Nach einer Gemüsesuppe, die stark nach Knoblauch duftete, kamen die versprochenen Reispaprika an die Reihe, in denen Zuzanka geröstete Zwiebeln wahrnahm. Dazu gab es ein schäumendes Getränk aus Holunderblüten, für Lucka obendrein ein Gläschen Sliwowitz.

»Wo hast du die Paprika her?«

»Die habe ich aus dem Treibbeet.«

»Werden die hier denn reif?«

»Das Treibbeet läßt sich erwärmen.«

Sie fragte nicht, wer es für sie angelegt hatte. Pavel, Honza, Prokop.

Nach dem Essen führte Žeňa sie durch Garten und Haus. Im Dachgeschoß, dem Schlafzimmer mit den geflochtenen Möbeln, einem weiteren Schaukelstuhl, einem riesigen Kaktus und einem märchenhaften Ausblick, wurden Zuzanka die Augen feucht.

Obwohl sie sich dagegen sträubte, mußte sie Žeňas eigenhändig hergestellte Pracht mit den schwerfälligen teuren Möbeln vergleichen, die sie sich vom Vermächtnis ihrer Großmutter gekauft hatte.

Der Beweis von Žeňas deutlicher Überlegenheit, die verletzende Lektion, die schallenden Ohrfeigen, die ihr von der gutmütigen Stotterin verabreicht wurden – dies alles wirbelte ihr durch den Kopf, bis er schmerzte.

»Wo arbeitet dein Mann?«

Sie machte sich auf einen weiteren Schlag gefaßt.

»Ich bin Witwe.«

Der eiserne Schraubstock um Zuzankas Kopf sprang ab.

Du bist Witwe, Stotterin, und ich, ich habe Marek!

Am Abend täuschte sie Müdigkeit vor, und ihr Mann brachte ihr zuvorkommend den Tee ans Bett. Sie konnte Joza und Žeňa nicht gleichermaßen aus ihrem Leben löschen, wie sie es mit ihrem Vater getan hatte, obwohl sie ebenso unerwünscht waren, doch sie hatte etwas, was niemand sonst hatte.

Sie hatte den Mann aus dem Nebel.

4

Daß Zuzanka in Mareks Geburtsort nicht heimisch wurde, lag schlicht daran, daß sie hier nicht den gleichen Stand hatte wie zu Hause. Die schöne Popelová bedeutete hier nichts. Ihr Lächeln galt hier nicht als begehrtes Zahlungsmittel für kleine Dienste.

Daran konnte sie sich nicht gewöhnen.

Von einem alten Weib wie Lucka erwartete sie zum Beispiel schüchterne Schmeicheleien. Die Kräuterfrau hatte sie jedoch gleich mit dem ersten Wort abblitzen lassen. Mit dem ersten Blick hatte sie in ihr Herz hineingesehen, es hin- und hergewendet und nichts gefunden, was ihr bewundernswert erschien.

Dann war da Žeňa mit ihren kindlichen Grübchen.

Der Halbidiot Joza.

Pavel, Honza, Prokop.

Marek fielen Zuzankas häufige Grübeleien auf, er hielt sie für Nachwirkungen ihrer Krankheit.

»Leg dich hin und ruh dich aus. Sag mir, was zu tun ist, und ich tue es.«

Zuzanka fiel nichts ein, und aus Mittagsruhe machte sie sich nichts.

Erst wenn ihr Mann seine Finger in ihr weithin berühmtes

Haar tauchte, wenn er sie in seine Arme nahm, wenn er sie auf seinen Schoß setzte, vergaß sie alles jenseits von ihm.

Sie rieb ihren Kopf an seiner Schulter, wollte nicht, daß er ihr Gesicht sah.

»Erzähl mir etwas von Lucka.«

In Wirklichkeit fragte sie: Ist sie tatsächlich eine Hexe? Weckt sie auch in dir die gleichen Ängste? Schrumpfst du vor ihr auch so zusammen wie ich?

»Lucka ist eine Kräuterfrau, Zuzanka, sie kennt jede Pflanze. Sie heilt die Leute. Sie hat so eine Gabe.«

»Mir kommt es vor, als würde sie hier Befehle erteilen, und alle gehorchten ihr.«

»Ja, Lucka gehorchen alle.«

»Auch du?«

»Auch ich.«

»Warum?«

»Ich weiß nicht ... Es ist einfach so ... Jeder schuldet ihr hier etwas. Vielen Leuten hier oben hat sie geholfen ...«

»Dir auch?«

»Mir auch. Als ich ein Junge war, hat sie mir einen ausgerenkten Ellbogen wieder gerichtet. Wenn Lucka nicht wäre, wäre ich mein Leben lang verkrüppelt geblieben.«

»Das glaubst du?«

»Das weiß ich.«

»War es so schlimm?«

»Es war ziemlich schlimm ... Zum Glück war ich bewußtlos.«

»Warum zum Glück?«

»Weil mein Ellbogen, als ich zu mir kam, schon wieder an der richtigen Stelle saß und ich den schlimmsten Schmerz wohl schon hinter mir hatte. Die anderen Jungen haben gesagt, es hätte nur ein paar Sekunden gedauert, aber mir kam es vor, als wäre ich aus einem langen Schlaf erwacht. Im ersten Moment wußte ich gar nicht, was passiert war.«

»Was war denn passiert?«

»Eigentlich nichts Besonderes. Wir hatten uns gerauft – und ich bin über einen umgestürzten Baum gefallen.«

Zuzanka überlief ein eisiger Schauder. Er spürte es und drückte sie beruhigend an sich.

Das Kreuzverhör, an das er sich schon gewöhnt hatte, war noch nicht zu Ende.

»Stammt Lucka aus Želary?«

»Ja. Ihre Familie hat ein Häuschen unten am Fluß besessen, aber es ist zerfallen. Ein einziger Raum, in dem gekocht, gearbeitet und geschlafen wurde. Ihr Vater stellte Knöpfe her. Die ganze Familie stellte Knöpfe her. Auch die Kinder, sobald sie stehen konnten. Lucka hatte fünfzehn Geschwister.«

Zuzanka zuckte zusammen.

»In einem Raum?«

»Im Sommer haben sie in der Scheune und auf dem Dachboden geschlafen, im Winter Stroh auf die Erde gestreut – und es am Morgen in einer Ecke zusammengekehrt. In dem Raum wurden auch Hühner und Kaninchen gehalten.«

Zuzanka konnte es nicht glauben. Sie hob den Kopf, um zu überprüfen, wie vertrauenswürdig Mareks Miene aussah.

»Woher weißt du das?«

»Das weiß jeder … Früher herrschte hier in einigen Hütten schreckliche Not.«

Über die überflüssig vielen Kinder ließ Zuzanka sich lieber nicht aus.

»Dann hat Lucka eine Menge Verwandte.«

»Gar nicht mal. Nur eine Schwester in Vydří. Die anderen haben sich über die Welt verstreut – und so.«

»Und so« bedeutete, daß sie gestorben waren. Sterben war wohl das Beste, was ihnen unter den gegebenen Umständen geschehen konnte.

»Es ist kalt, Marek. Ich mache das Fenster zu – leg du im Ofen nach.«

Er setzte sie vorsichtig auf der Bank ab, nahm den leeren Korb und ging hinaus, um Holz zu holen.

Sie schloß das Fenster, blieb jedoch davor stehen und sah hinaus. Auf dem Gutshof zu Hause hatte sie durch ein Fenster immer einen Menschen gesehen. Hier nie.

Das Gärtchen mit den paar Sträuchern, dann Ödland, das vom Wald abgeschnitten wurde.

Der Wald schien zum Greifen nah, doch es täuschte.

Sie stand ganz allein in der lautlosen Stille, die so weit war wie die Arme, aus deren Umschlingung sie sich gerade gelöst hatte. Die Stille umschloß sie genauso wie diese Arme, doch im Unterschied zu ihnen hätschelte sie sie nicht. Marek zerriß die Stille mit seinen Schritten, zerstückelte sie gemeinsam mit den gebrochenen Zweigen. Mit ihrem Mann kam auch die schäbige Hündin herein, legte vertraulich ihre Pranken auf Zuzankas Schultern und versuchte, sie abzuschlecken.

»Platz, Dona!« Gehorsam legte sie sich vor den Ofen.

Zuzanka stellte vor ihr die Hundeschale ab, in die sie einen Rest Rindersuppe goß und etwas Brot hineinbrockte. Dona schnüffelte mit hochgereckter Schnauze, dann stürzte sie sich auf die zwei, drei Stückchen Fleisch, die in der Suppe für sie übriggeblieben waren. Anschließend verschlang sie den Rest.

»Als ich wieder gesund war«, erzählte Marek weiter, während seine Frau das Abendessen zubereitete, »schickte meine Mutter mich zu Lucka, damit ich ihr beim Kräutersammeln helfe und ihr den Korb trage und mich auf diese Weise erkenntlich zeige. Ich habe gehorcht, aber nur ungern. Ich war ein komischer Junge, hatte nur Unfug im Kopf.«

Zuzanka betrachtete ihren komischen Jungen und fühlte sich auf einmal frei und gelöst. Sie lachte, obwohl Marek ein ernstes Gesicht machte, und als ihre Blicke sich trafen, erkannte sie, daß, was er ihr sagen wollte, kein bißchen lustig war. Er war verstummt, aber schließlich konnte sie eine sonderbare Geschichte aus ihm herauslocken.

Für ihre Kräuter ging Lucka sehr weit, bis zur oberen Brtnice, einem tief in die Felsen eingeschnittenen Bach. Dort sahen die beiden einmal zwei Kinder, die mit kleinen Steinchen spielten. Lucka forderte sie auf, ihre Zungen herauszustrecken, tastete ihre dünnen Hälschen ab, dann nahm sie sie bei der Hand und ging mit ihnen zum Haus hinüber.

»Deine Kinder sind blutarm«, sagte sie zu dem Vater, der vor dem Haus Rundholz sägte.

»Ja«, seufzte er, »ihre Mutter war auch so eine.«

»Wann ist sie gestorben?«

»Vor einem Jahr.«

Die neue Mutter, der selbst Marek damals die Schwangerschaft ansah, schaute zum Fenster hinaus und rief ihre Stiefkinder zum Essen. Lucka und Marek wurden herzlich eingeladen und lehnten nicht ab. Das etwa sechsjährige Mädchen und der wenig jüngere Junge verputzten eine ordentliche Menge.

Lucka holte zwei Kräutersträußchen aus ihrem Korb.

»Die hier läßt du trocknen, und dann kochst du ihnen davon täglich vor dem Frühstück Tee ab.«

Die junge Frau nickte eifrig und legte die Kräuter im Fenster auf ein sauberes Papier aus. Sie war ein lächelndes, pausbäckiges Ding, offensichtlich äußerst flink bei der Arbeit. Sie gefiel Marek auf den ersten Blick. Er bemerkte, mit welchem Stolz ihr Mann sie betrachtete.

Nach einigen Tagen kamen sie wieder in die Gegend, diesmal gleich frühmorgens. Marek hatte eigentlich Ferien, und es verdarb ihm den ganzen Tag.

»Sie wollen wohl wissen, wie ihnen die Kräuter geholfen haben«, murrte er, um seiner Unzufriedenheit irgendwie Ausdruck zu verleihen.

Lucka ignorierte seinen zweifelnden Tonfall.

»Ach was«, sagte sie und lachte auf.

Er konnte ihr tiefes Gelächter nicht leiden, das sie in am wenigsten erwarteten Momenten anstimmte.

Der Hausherr fuhr gerade aufs Feld hinaus, und seine Frau begleitete ihn ein Stück.

»Warte«, bremste die Kräuterfrau Mareks Absicht, ihnen entgegenzugehen und sie zu grüßen.

Sie drückte ihn ins Gebüsch und war offensichtlich bereit, eine Stunde lang abzuwarten, bis der Landwirt hinter dem Horizont verschwunden war.

Dann näherten sie sich dem Haus bis unter das Fenster.

»Nur einen, Mutter, nur einen«, hörten sie das Wehgeschrei der Kinder, und Marek bekam eine Gänsehaut.

Er hatte keine Ahnung, was da los war, doch Lucka sah schrecklich aus, so hatte er sie noch nie gesehen. Ihre Haut hatte ihre Farbe verloren, und ihre Lippen wurden blau.

Er wußte nicht, ob er sich mehr vor ihr fürchten sollte oder vor dem Schrecklichen, das sich da im Haus abspielte.

Falls die Alte von ihm verlangte, daß er mit ins Gebäude hineinging, würde er abhauen, sie tat es jedoch nicht. Sie warteten ab.

Endlich begriff er, was der Lehrer gemeint hatte, als er von »auf die Folter spannen« gesprochen hatte. Hätte Marek zwischen einer Tracht Prügel und diesen langen Minuten des Wartens wählen können, er hätte sich für noch so grausame Prügel entschieden.

Die Kinder kamen herausgelaufen und setzten sich auf die Schwelle. Ihre Stiefmutter war irgendwo auf dem Hof zugange.

Lucka entfernte sich von Marek, als wüßte sie, daß er ihr nicht folgen würde, sie trat zu den Kindern, faßte sie fest bei der Hand und zwang sie aufzustehen. Mit Gewalt öffnete sie ihnen die Münder.

»Wo ist euer Vater?«

Das kleine Mädchen zeigte nach rechts, und ihre Hand zitterte. Sprechen konnte sie nicht. Jedes Kind hatte zwei Blutegel unter seiner Zunge.

»Setzt euch und rührt euch nicht vom Fleck.« Sie befahl Marek, auf die beiden aufzupassen.

Er kam zu ihnen und verharrte dort wie eine Säule.

Die Zeit stand still, und er war überzeugt, daß Lucka erst zurückkehren würde, wenn er mit der Erde verwachsen war. Da kamen sie mit dem Wagen angefahren. Der Landwirt holte eine Axt aus ihm heraus.

»Keine Axt«, sagte die Gevatterin ruhig. »Die Peitsche!«

Die Stiefmutter sang gerade auf dem Hof vor sich hin. Ihre Melodie mündete in einen Aufschrei.

»Das genügt«, legte Lucka das Strafmaß fest. »Laß alles liegen und bring die Kinder ins Krankenhaus. Und auf dem Rückweg mach bei den Gendarmen halt.«

Der Bauer hatte im Heer bei den Dragonern gedient, und er galoppierte auf einem ungesattelten Pferd ins Städtchen. In der einen Hand hielt er seine Kinder, in der anderen die Zügel.

Die geprügelte Mörderin konnte kaum auf den Beinen stehen, doch es war klar, daß sie zu fliehen beabsichtigte. Lucka betrachtete sie dabei nicht als Hindernis.

»Nimm dir ein warmes Wolltuch, feste Stiefel und etwas zum Essen mit«, riet ihr die Kräuterfrau. »Du hast eine Stunde Vorsprung. Und wenn dich irgendein Unglück trifft, dann denk dran, wofür.«

Sie wußte, daß die Strafe, die die törichte Frau gewählt hatte, schwerer war als die, die ein Richter über sie verhängen könnte. Bis zum Abend würde sich die unerhörte Tat in der Gegend herumgesprochen haben, und jede Tür würde ihr verschlossen bleiben.

Das Mädchen konnte gerettet werden, der kleine Junge starb.

»Ach Gott, Marek!«

»Ich habe es dir nie erzählen wollen.«

»Ich weiß.«

Sie saßen auf der Bank und sprachen nicht. Das Essen wurde langsam kalt.

Zuzanka empfand Bewunderung für Marek, weil er die Kraft besaß, aufzustehen und Holz im Ofen nachzulegen.

5

Immer öfter traf Zuzanka auf ihren Spaziergängen den jungen Kaplan, den böse Zungen den Frommen Ludva getauft hatten. Sie hielt es für Zufall.

Bei einer dieser Begegnungen gesellte sich die Kräuterfrau zu ihnen.

»Grüß dich, Ludva.«

»Gelobt sei der Herr Jesus Christ, Gevatterin«, leierte Ludva blökend und beschleunigte seinen Schritt. Er tat, als hätte er sie erst jetzt bemerkt.

»Was machst du da?«

»Ich bete. Für mich und für andere Sünder«, fügte er bedeutungsvoll hinzu.

Lucka wieherte auf. »Das hast du dringend nötig, Ludva.« Allein mit der Anrede versetzte sie ihm jedesmal einen Tritt. »Daß du dir nur nicht vor lauter Heiligkeit in die Hosen machst.«

»Ich vergebe Ihnen Ihre Boshaftigkeit. Möge auch Gott Ihnen vergeben.« Er wandte seine Augen zum Himmel und bekreuzigte sich flüchtig.

»Ich sehe schon, daß er bei dir immer an zweiter Stelle kommt«, bemerkte das alte Weib. »Schade, daß du nicht zu den Heiden gehörst«, rief sie ihm hinterher, denn er verschwand aus ihrem Blickfeld, »mit deinem Ziegenbärtchen hätte dir die Märtyrerkrone ungemein gut gestanden.«

Zuzanka hob mechanisch den Korb hoch, den Lucka auf die Erde gestellt hatte.

»Was hat er von dir gewollt?«

In der Frage lag kein Funken Interesse. Lucka war nicht im geringsten neugierig, obwohl sie ständig Fragen stellte. Sie waren nur eine Form von Höflichkeit bei ihr.

»Nichts Sündiges«, antwortete Zuzanka eisig. »Er hat mich gebeten, daß wir morgen abend die Pflaumen von Hochwürden ernten kommen.«

»Wenn du Ludva eine Freude machen willst, geh alleine hin, und zwar zu einer Zeit, in der der Pfarrer nicht zu Hause ist.«

Zuzanka warf Lucka einen wütenden Blick zu, doch dann mußte sie auflachen. Verstellungen waren überflüssig. Der Fromme Ludva war ihnen beiden gleichermaßen zuwider.

»Warum wohnt er nicht zu Hause?«

Zuzanka wußte, daß Ludva der jüngere Bruder von Honza war, dem Harlekin, Schauspieler, Regisseur und Organisator des berühmten Wandertheaters.

»Er verträgt sich nicht mit seinem Vater. Es gefällt ihm nicht, daß der ihn durchschaut hat.« Die Alte stieß einen Seufzer aus. »Franci ist einer der besten Kerle, die hier in diesen Bergen geboren wurden.«

»Ich habe gehört ...«

»Daß er säuft ... Der Krieg hat ihn gebrochen.«

»Marek hat erzählt, daß er an der Front gekämpft hat und einige Auszeichnungen besitzt ...«

»Versuch das lieber zu vergessen.«

»Wieso? Er ist ein Held!«

»Glaubst du, daß er sich so fühlt?«

Zuzanka reagierte gereizt.

»Ihnen ist wohl nichts heilig, wie?«

Gleich darauf hätte sie ihre Worte gerne zurückgenommen, doch es war zu spät. Lucka lachte mit einem klaren, herzlichen Lachen wie ein junges Mädchen.

»Aber ja doch«, sagte sie auf einmal versöhnlich.

»... dann verstehe ich Sie überhaupt nicht.«

»Sei froh.«

»Sind Sie gläubig?«

Lucka sah einen Moment in Zuzankas flammende Augen. Ein Kreuzverhör war für sie etwas Neues.

»Nein. Aber ich bin evangelisch aufgezogen worden.«

»Evangelisch?« stieß Zuzanka verblüfft aus.

Im Pfarrhaus von Želary ging die Kräuterfrau nämlich ein und aus, und sie wurde dort immer mit aufrichtiger Freude empfangen.

»Meine Brüder waren katholisch«, ergänzte die alte Frau. »Weil meine Mutter evangelisch geblieben war und mein Vater Katholik war. Die beiden störte das nicht. Uns Kinder schon. Wir gingen in verschiedene Kirchen, und oft haben wir uns wegen des Glaubens gerauft. Die Jungen haben schwer vertragen, daß sie mehr Pflichten hatten – sie mußten zum Beispiel ministrieren –, und wir Mädchen haben uns darüber lustig gemacht.«

Die Tür von Žeňas Hütte stand weit offen, die Hausherrin war jedoch nicht da. Jurigas buntscheckige Kuh sonnte sich auf der Türschwelle und käute dort zufrieden wieder. Sie wandte den Ankömmlingen ihre prächtigen Augen zu.

»Wir tun nichts«, bemerkte Lucka und trat an der friedlichen Milchkuh vorbei.

»Kannst du Eier braten?«

»Das denke ich.«

»Ich genehmige mir solange ein Gläschen Sliwowitz.«

Noch am selben Abend pflückten die Gorčíks die Pflaumen im Pfarrgarten. Marek wollte sich im Haus dafür bedanken gehen.

Der Pfarrer war erstaunt, weil er von Ludvas Initiative nicht das geringste wußte. Er erschrak über die vollen Körbe.

Zuzanka bot sich an, ihm ein paar Gläser einzukochen, und so kam sie unwillkürlich mit dem Pfarrhaushalt in Berührung.

Es handelte sich um eine sogenannte Hauswirtschaft offener Hand, wie die Großmutter mit Vorliebe gesagt hatte – sie selbst hatte sie auf ihrem Gehöft nie eingeführt.

Dafür, daß er seine Güter nicht beaufsichtigte, wurde der Pfarrer nur wenig bestohlen, eigentlich nur von der habgierigen Mesnerin. Gastgeschenke von Hochzeiten, Kirchweih und Schlachtfesten verschwanden in der Versenkung.

Der Priester selbst brauchte fast nichts. In der einträglichen Pfarrei lebte er wie der ärmste unter den Armen. Und genau so war es ihm recht.

Zuzanka kannte bisher nur dickleibige Pater, andere hatte sie sich nicht vorstellen können. Würde war für sie seit ihrer Kindheit mit Wohlstand verbunden gewesen.

Hier fand sie diese jahrhundertealte Ordnung gebrochen vor.

Merkwürdig war auch des Priesters Freundschaft mit der Kräuterfrau. Nicht nur an den Bettlagern der Kranken und Sterbenden trafen sie zusammen. Die gottlose Hexe, der nichts weiter entfernt lag als christliche Barmherzigkeit, war im Pfarrhaus ein gern gesehener und geschätzter Gast. Für sie brannte der kriecherische Mesner seinen hervorragenden Schnaps.

Zur Kirchweih, die an diesem Ort des Wunders einen ganzen Monat lang stattfand, kamen hohe kirchliche Würdenträger und Missionare nach Želary. Es wurden prunkvolle Messen zelebriert, und eine Prozession nach der anderen füllte das geräumige Gelände um die Kirche, hinter der fast in Höhe des Kirchturms eine hundertjährige Eiche hochragte. Tagelang ertönten, ergossen, vermischten sich die quäkend geleierten Lieder. Marek half bei dieser Gelegenheit zusammen mit anderen Männern und Frauen aus, wo es nötig war.

Sobald Zuzanka einen Blick auf die Kochkunst der Mesnerin Lujzka geworfen hatte, nahm sie selbst die Leitung der Küche in die Hand.

Unter den Würdenträgern, die sich zu benehmen wußten und sie verstohlen und auch offen bewunderten, fühlte sie sich wohl.

Ihr wunderschönes bronzefarbenes Haar hielt sie mit einem silbernen Netz zusammen, das wie Tau auf ihm glitzerte.

Nun befand sie sich wieder in der Rolle der Herrscherin, wenn auch nur über die Berglerinnen, nun bedachte sie wieder bezauberte Männer mit ihrem Lächeln, auch wenn es Priester waren.

Lediglich die Aufmerksamkeiten des Frommen Ludva waren ihr lästig, das war jedoch nur ein kleiner Tropfen im Becher der Seligkeit.

In aller Eile richtete sie noch die Blumen in den bemalten Krügen auf dem langen Tisch des Eßzimmers an. Unter den Fenstern des Pfarrhauses rauschte die Menge vorbei.

»Es scheint, daß der Zirkus sein Ende hat«, bemerkte die allgegenwärtige Lucka und goß sich ein weiteres Gläschen ein.

Sie saß seitlich von der Tür und hatte nicht bemerkt, daß die Missionare bereits hereinkamen.

Mitten im Gehen hielten sie inne, und Lucka drehte sich zu ihnen um. Strahlte sie mit einem freundlichen Lächeln an.

»Kommt herein, das große Fressen kann beginnen. Kommt nur … ich bleibe hier sitzen, mir genügt es zu saufen.«

Zuzanka stellte fest, daß die Alte betrunken war.

Der Priester von Želary wurde ein wenig blaß. Mit unsicherer Geste gab er den erhabenen Gästen zu verstehen, daß sie am Tisch Platz nehmen sollten.

»Wer ist das?« fragte einer von ihnen mit unterdrückter Stimme.

Bevor sich der Pfarrer zu einem Wort entschließen konnte, stellte Lucka sich selbst vor.

»Deine Schwester in Christus, Bruder.«

Zuzanka blieb die Luft weg. Verzweifelt blickte sie den Pfarrer an. Mit halbgeöffnetem Mund stand sie da wie ein Fisch, der seinem Element entrissen wurde. Sie wußte, daß sie rasch gehen und Marek von der Katastrophe unterrichten sollte, doch sie konnte sich nicht von der Stelle rühren.

So wurde sie Zeugin der fürchterlichsten Blasphemie. Sie merkte sich nur die Grundgedanken von Luckas Monolog über den gesenkten Köpfen der Würdenträger der mächtigsten Kirche der Welt. Eines Tages würde sie sich dafür verantworten müssen wie für eine eigene Sünde. Denn sie fand nicht genügend Kraft in sich, um vor Luckas Worten ihre Ohren und ihr Herz zu verschließen.

»Die Heilige Schrift sagt …«, erhob einer der Missionare seine Stimme.

»Ich weiß, was sie sagt«, schnitt Lucka ihm den ersten Satz ab.

»Schenk dir das Predigen, das hast du schon in der Kirche abgespult.«

»Haben Sie gehört, worüber ich dort gepredigt habe?« Seine Stimme zitterte.

»Nein. Aber ich kann's auswendig. Du hast vom Höllenfeuer gesprochen, das die Menschheit erwartet, weil sie die Zehn Gebote nicht einhält und bis zum Hals in Sünden steckt, vor allem in den sieben Hauptsünden: in der Völlerei, im Geiz, in der Faulheit, Unzucht, im Hochmut, im Neid und im Zorn. Du hast davon gesprochen, wie die heilige Kirche den Menschen mittels ihrer Geistlichen aus dieser Jauchegrube herauszuziehen versucht.«

Lucka verschluckte sich fast und brach in Gelächter aus. Das war kein Lachen, es war das schrille Geschrei eines bösartigen Vogels. Es war giftiger Dampf aus einem kochenden Kessel.

Zuzanka wartete darauf, daß sich unter ihr die Erde auftat.

Die Zeremoniengewänder der Priester waren abgefallen, und sie standen nackt da wie am Tage ihrer Geburt.

In ihrer Nacktheit lag nichts Sündiges – sie war unsichtbar.

»Gott der Vater hört Ihr Gelächter.«

»Sicher«, lächelte Lucka demjenigen zu, der zu ihr gesprochen hatte. »Aber im Unterschied zu dir weiß er, worüber ich lache.« Ihr Blick blieb der Reihe nach an den einzelnen Personen hängen, auf denen die Ornate wieder aufgetaucht waren. »Hast du Gott der Vater gesagt?«

»Gott der Vater«, das Gesicht des Priesters wurde allmählich aschfahl, »der den Menschen nach seinem Ebenbild geschaffen hat.«

Lucka nickte.

»Seinem geistigen Ebenbild, Bruder. Er gab ihm die Möglichkeit, seinem eigenen Wesen nahezukommen und mit ihm zu verschmelzen. Das ist alles. So hat er den Götzengott vom Thron gestoßen.« Wieder schaute sie alle an, fädelte die starren Mienen auf die Schnur ihres langen Blickes wie Korallen. »Auch wenn er den Götzengott nicht ausgemerzt hat.«

»Bist du Christin, Schwester?« fragte eine andere bebende Stimme.

»Ich bin evangelisch erzogen worden.«

Die Klosterbrüder glaubten, die Quelle ihrer Ketzerei ausgemacht zu haben. Es verschaffte ihnen sichtlich Erleichterung.

Schon tauchte auf einigen Mienen ein nachsichtiger, freundlich tadelnder, überlegener und mitleidiger Ausdruck auf.

Lucka machte diese Möglichkeiten zunichte.

»Gott der Vater?« wiederholte sie. Dann hielt sie einen Vortrag über den Kern der Schrift in ihrer eigenen Interpretation. »Der alttestamentarische Gott hat tatsächlich die Eigenschaften eines strengen, strafenden Vaters, der neutestamentarische Gott ist eine Mutter.«

Wäre der friedliche Hügel hinter dem Fenster des Pfarrhauses plötzlich als Vulkan ausgebrochen, es hätte weniger Entsetzen hervorgerufen.

»Die unermeßliche Liebe zu dem, was wir zum Leben erweckt haben, die Bereitschaft zu vergeben, das Opfer und das Erbarmen, das ist das Wesen der Mutter.« Freilich klangen ihre Worte nicht so vornehm, wie Zuzanka sie später erinnerte. »Gott die Mutter ist das Zuhause, das wir verlassen, um die Welt zu erobern, und das wir dann unser Leben lang suchen und anrufen – verletzt, gedemütigt, mit Schuld beladen. Gott die Mutter verraten wir in den Momenten des Hochmuts und beschwören wir in den Momenten des Unglücks, denn nur Gott die Mutter nimmt unser Leiden auf sich.

So ist das, Brüder. Der Götzengott, Gott der Vater und Gott die Mutter kämpfen in uns bis zum Ende unserer Tage, jeder um seine Herrschaft. Sie begleiten uns auf unserem Weg, dem einzigen, der uns gegeben wurde.«

So in etwa lästerte Lucka in ihrer Trunkenheit, bevor sie das still gewordene Eßzimmer verließ. Sie ging hinaus, der Priester von Želary begleitete sie. Er ging einen Schritt hinter ihr wie ihr Schatten.

Was er dachte, würde Zuzanka nie erfahren.

Es war jedoch etwas ganz anderes, als seine Gäste meinten, die lange schwiegen in ihrer Entrüstung, ihrer Verachtung und ihrem Haß – in ihrer Furcht.

Das Verhältnis zwischen Lucka und dem Priester veränderte sich nach dieser Szene in keiner Weise. Es war, als hätte sie nicht stattgefunden.

Wenn Marek früher den hochwürdigen Herrn geschildert hatte, dachte Zuzanka bei sich, daß ein solcher Mensch nicht existierte. Sie überzeugte sich zwar davon, daß er existierte, konnte sich aber nicht damit abfinden.

Er war völlig schutzlos, scheinbar einer Welt ausgeliefert, die kein Erbarmen kannte. Und doch brachte ihm diese Schutzlosigkeit, die jeden anderen ins Verderben gestürzt hätte, in dieser rauhen Landschaft den Sieg.

In der letzten Zeit sprang ein winziges Mädchen in seinem Garten herum, und Zuzanka wollte nicht glauben, daß es schon zur Schule ging. Es wurde von seinem älteren Bruder begleitet, sie kannte ihn, es war derjenige, der sie an der Quelle gefunden hatte. Er war scheu und ging ihr aus dem Weg. Vratislav Lipka hieß er.

Das kleine Mädchen war sein schieres Gegenteil.

»Wie heißt du?«

»Helenka Bojarová.«

Sie fragte verwundert nach, warum nicht Lipková, und wurde darüber belehrt, daß ihr wirklicher Nachname Haláková sei. Zusammenreimen mußte Zuzanka sich das selbst.

»Was machst du hier?«

»Ich lerne Latein.«

Es war keine dumme Lüge, sondern die reine Wahrheit.

Sie spazierte mit dem hochwürdigen Herrn durch den Garten und sagte von allem, woran sie vorbeikamen, die lateinischen Namen auf. Sie übersetzte kurze Sätze, konjugierte, deklinierte. Ihr großer Bruder saß auf der Erde und schnitzte an etwas herum.

Übertriebene Gelehrsamkeit war für ihn vermutlich ebenso reizvoll wie für Zuzanka.

Er war so schüchtern, daß er selbst beim Grüßen errötete. Zuzanka brachte er dadurch seltsamerweise in Verlegenheit.

Sie lächelte ihm zu, sprach ihn freundlich an – und er drehte seinen Kopf weg. Sie durfte nicht sehen, daß er Tränen in den Augen hatte.

Das Kind bemerkte Zuzanka erst, als sie zum Essen rief. Seit der Kirchweih hatte sie das Kochen übernommen, Lujzkas Arbeit hatte sie nicht mit ansehen können. Die ungebetenen Kostgänger gingen ihr auf die Nerven, doch sie ließ sich nichts anmerken. Es fiel ihr ziemlich schwer, denn sie war es nicht gewohnt, sich zu verleugnen.

»Komm nicht immer hierher«, ermahnte sie Helenka leise, als sie ihr eine bestrichene Scheibe Brot reichte. »Der hochwürdige Herr ist erschöpft.«

»Hochwürden, tun Ihnen die Füße weh?«

»Nein, nein.«

»Ich lerne nämlich am besten im Gehen.«

»Ich weiß.«

Schade, daß die Brotscheibe ihr nicht den Mund verstopfte! Zuzanka hätte ihr am liebsten eins hinter die Ohren gegeben.

Dem hochwürdigen Herrn würde sie das nie erklären können.

Einen Vorteil gewann sie jedoch aus Helenkas Anwesenheit. Der Fromme Ludva verschwand, sobald das neugierige Kind auftauchte.

»Warum lernt sie Latein?« erkundigte sich Zuzanka mit unverhohlenem Mißfallen.

»Es interessiert sie.«

»Was hat sie davon?«

»Sie wird einmal studieren.«

»Studieren?!«

»Sie ist sehr begabt. Und Frau Haláková hat nur sie.«

»Und Vratislav.«

»Natürlich. Und Vratislav.«

»Was ist mit dem?«

»Er möchte Schmied werden.«

»Der Junge soll in die Schmiedelehre, das Mädchen zum Studieren?!«

»Ja. So haben sich die Kinder entschieden. Sie haben das Recht dazu.«

Am liebsten hätte sie ihn gefragt, ob er überhaupt selbst einmal ein Kind gewesen sei.

»Wo wird Vratislav in die Lehre gehen? In Želary?«

»Ja. In der hiesigen Schmiede.«

Nicht einmal der Pfarrer wurde von Zuzankas Verhören verschont.

»Bei Joza?«

»Richtig. Kennen Sie Joza?«

»Ja, ich kenne ihn.«

»Dann wissen Sie, daß er keine bessere Wahl hätte treffen können.«

Vielleicht nicht. Vielleicht wäre ein Studium für diesen scheuen Jungen ein Martyrium. Trotzdem ärgerte sie sich über das ungerechte Los, das diesem Schreihals von Helenka einen unverdienten Platz zuwies. Ihrer Meinung nach stellte das Kind die ganze Pfarrei auf den Kopf. Ihre schwarzen Augen quollen dauernd über vor Wißbegier, selbst Zuzanka ließ sie nicht in Ruhe.

Die Kleine beugte sich über die brodelnden Töpfe, und es war ein Wunder, daß sie nicht noch ihre Nase hineintauchte.

»Tante, warum gibt es am Rand mehr Bläschen als in der Mitte?«

Zuzanka wehrte den beginnenden Ansturm mit »Ich weiß nicht« ab. Um die Wahrheit zu sagen, war ihr diese Besonderheit noch nie aufgefallen.

Aufgeschreckt durch die Feststellung, daß die Köchin eine so grundlegende Sache nicht wußte, lief das Kind zum hochwürdigen Herrn. Vermutlich erklärte er es ihr.

Manchmal holte die Mutter die Kinder ab, eine verhärmte ältere Frau. In ihren Augen funkelte Freude, die ihr jammervolles Leben noch nicht hatte auslöschen können. Sie kam vorbei, wenn sie für jemanden in der Nähe eine Näherei abgeliefert hatte, und brachte dann irgendeine Süßigkeit mit, die sie in zwei gleiche Teile brach.

»Für Vrat'a mehr«, tadelte Helenka sie, da sie die Verschiedenheit der Bedürfnisse kannte.

»Für Helenka mehr«, widersprach Lipka neckend, und zu Zuzankas Verwunderung brachte er die Kleine dadurch auf. Sie machte für einen Moment ein donnerfinsteres Gesicht.

Der Donner ist nicht finster, der Donner knallt, würde ihr die winzige Bojarová sofort entgegenhalten, denn ihr entging rein gar nichts.

Vratislav begann tatsächlich, an den Sonntagen bei Joza auszuhelfen, und erhielt dafür Trinkgeld von den Kunden. Er kaufte davon Würstchen und Selters, was die Kleine für ihr Leben gern mochte.

Daß die Metzgerei und die Schmiede auch sonntags in Betrieb waren, hing mit dem Wirtshaus zusammen, vor dem sich auch an Feiertagen die Fuhrwerke versammelten.

Zweimal die Woche bediente dort Látals verschwitzter, vor Fett glänzender Bruder, von dem Zuzanka übel wurde. Sie kaufte übrigens selten dort ein. Dazu ging sie lieber ins Städtchen.

Meistens hing im Wirtshaus der Schmied herum, Jozas erzfauler Herr. Er saß in dem Winkel hinter dem Ofen, wo seine Frau ihn nicht sehen konnte. Er machte ihr weis, daß er Geschäften nachging. In trübsinnigen Selbstgesprächen jammerte er dort über den Haufen von Sorgen und Arbeit, obwohl er keinen Finger krumm machte. Er fluchte über die unlautere Konkurrenz, die nur in seiner Phantasie existierte. Die nächste Schmiede befand sich erst wieder in Vydří und konnte nicht annähernd mit Jozas Arbeitsleistung mithalten.

Trotz seiner angeborenen Faulheit beherrschte der Schmied

das Geschäftemachen aus dem Effeff. Mit Schmeicheleien und Bestechungen hatte er sich vor Jahren den herrschaftlichen Verwalter geneigt gemacht und war zum einzigen Lieferanten für Hufeisen, Landwirtschaftsgeräte, Pflüge und die dazugehörigen Scharen geworden. Alle Vierteljahr bilanzierte er die Rechnungen für die bestellte Arbeit, wobei er ungeniert kleinere Beträge hinzufügte.

Niemand kontrollierte ihn.

Um die Schmiede machte Zuzanka einen Bogen. Sie bemühte sich, gesellschaftlichen Kontakt mit der Familie Pačajový anzuknüpfen, die ihrem Niveau entsprach, doch die Sache erwies sich als Schlag ins Wasser.

Die Pačajový-Schwestern wurden hinter ihren Rücken nur alte Kratzbürsten genannt, persönlich jedoch mit Frau Direktor und Frau Kontrolleur angesprochen. Was ihre toten Ehemänner jemals geleitet oder kontrolliert hatten, war nicht bekannt. Man kannte lediglich ihr hübsches Backsteinhäuschen, für hiesige Verhältnisse eine Residenz, ihre Pensionen und ihre Überheblichkeit.

Die beiden sahen genau gleich aus. Sie trugen klägliche graue Haardutts und kleideten sich vornehm. Ihre Blicke stocherten in fremden Angelegenheiten, und wenn sie sprachen, bebten ihre Nasen vor Erregung. Sie redeten flüsternd, als vertrauten sie einander wichtige Geheimnisse an.

Als Zuzanka sie besser kennenlernte, wurden sie für sie zu einem Beispiel, wie tief man sinken konnte.

Die beiden begannen sich für sie zu interessieren, als sie die Erbschaft machte. Sie luden Zuzanka in ihr Haus ein, wo sie ihr in dem miefigen Prunk der schlecht gelüfteten Räume einen schwachen Tee und klebrige Küchlein präsentierten sowie ihre Altersgebrechen und die Berühmtheit ihrer erfolgreichen Söhne und Enkel wie auch der weiteren weitläufigen Verwandtschaft, durch die sich Zuzanka über die Ansicht der Familienalben hindurchquälen mußte.

Nicht einmal die akademischen Titel konnten Zuzankas Stimmung heben, sie begann sich ganz matt zu fühlen und empfahl sich schließlich mit den erwarteten Höflichkeitsfloskeln.

Obwohl sie ein reiches Mädchen gewesen war, obwohl auch sie von klein auf von der gerechten Verteilung der Kasten überzeugt gewesen war, obwohl der Stolz auf ihre Herkunft fest in ihr verankert war, hatte sie sich nicht mit dieser Art von Großmannssucht identifiziert, nicht einmal in ihrer Kindheit.

Reichtum war auf dem Gutshof der Popelovýs eine schiere Selbstverständlichkeit gewesen, er hatte Zuzanka nie erregen können.

Dafür hatte sie von klein auf die Armut angezogen. Sie sah darin eine Art von romantischer Freiheit.

Gegen das Verbot der Eltern freundete sie sich mit Valča aus dem Spritzenhaus an, deren Vater im Krieg gefallen war und die gemeinsam mit ihren älteren Schwestern und ihrer siechen Mutter der Gemeinde am Hals hing. Man hatte ihnen die Räumlichkeit neben dem Feuerwehrdepot gegeben, und solange die älteste Fanda noch kein Geld verdiente, erhielten sie von der Gemeinde auch eine gewisse Unterstützung, teilweise in Naturalien.

Der einzige Raum war riesig. Drei Betten paßten hinein, ein Schrank, eine Bank, Stühle und ein Tisch – und sie konnten immer noch mittendrin spielen. Valčas Mutter bereitete ihnen eine phantastische Limonade aus Wasser, Zucker, Essig und Speisesoda. Sicherheitshalber prahlte Zuzanka zu Hause nicht damit. Heimlich brachte sie Butter, Eier, Schlachtfleisch, Mehl ins Spritzenhaus – alles, was ihr daheim unter die Hand kam. Sie selbst brachte Läuse mit zurück.

Daraufhin mußte sie eine unangenehme Prozedur über sich ergehen lassen, die Großmutter kämmte ihre Haare mit einem dichten Läusekamm, was ziepte, und umband ihren Kopf obendrein mit einem Petroleumwickel, der stank und juckte.

Von den Besuchen im Spritzenhaus konnte sie das nicht abschrecken. Das Leben der alten Lysková und ihrer Töchter besaß für sie einen unwiderstehlichen Reiz. Schon wie sie statt aufs Klosett auf einen Kübel gingen, den sie im Bach ausleerten. Sie bewunderte die mittlere der Töchter, Sefka, als diese ihr letztes Jahreszeugnis in Stücke zerriß und im ganzen Dorf herumschrie: »Jetzt scheiß ich auf die Schule.«

Zuzanka blickte sich um, wer es wohl alles gehört hatte, aber die Leute blieben nicht einmal stehen, obwohl Sefka laut kreischte und einen teuflischen Tanz aufführte. Sie war nicht einfach irgendein junges Mädchen. Jede Woche badete sie vor dem Spritzenhaus in einem Waschtrog, ohne Rücksicht auf Vorübergehende.

Ihr einmaliges wöchentliches Waschen zelebrierte sie wie ein Ritual. Zuzanka war eine unter den dankbaren Zuschauern. Sie bewunderte ihren schönen Körper und wünschte sich von ganzem Herzen, irgendwann auch einmal so auszusehen. Sie konnte ihre Augen nicht von Sefkas Rundungen abwenden, auf deren schmutziger Haut die Seifenblasen eine schneeweiße Spur freilegten. Zuzanka wuchs in einem puritanischen Umfeld auf, wo Nacktheit eine satanische Angelegenheit war, und ihr eigener Wagemut und ihre sündhafte Begeisterung ließen sie erschaudern.

Auf gleiche Weise beeindruckte sie Fanda, die älteste Lysková. Sie brachte ihre Verehrer mit nach Hause, und Valča flüsterte der Freundin ins Ohr, daß sie nachts miteinander raufen würden.

Fanda arbeitete in Šádova Hut' in der Fabrik. Nach Zuzankas damaliger Auffassung war sie eine Schönheit. Sie trug hohe Absätze (aus dem Ausverkauf bei Bat'a für neunzehn Kronen), über ihre rasierten Augenbrauen war eine schwarze Linie gezogen (mit einem abgebrannten Streichholz), und auf ihren Wangen lag eine dünne Puderschicht aus der rötlichen Hülse der Zichorie. Obwohl sie ein wenig lispelte, sang sie ständig mit einer melodischen Stimme vor sich hin, von der die Kinder gar nicht genug bekommen konnten, ebenso wie von dem Inhalt der Lieder.

»Sing, Fanda!« baten sie sie immer wieder.

Das ließ sie sich nicht zweimal sagen.

Zu Hause summte Zuzanka heimlich ›Boženka, Boženka‹, ›Ein Bächlein rauscht im Walde‹, ›Ich küsse Ihre Hand, Madam‹ – und andere Kleinode. Viele verstand sie nicht, viele der Wörter verdrehte sie.

Dann hielt sie es nicht mehr aus und wollte sich wenigstens gegenüber ihrer Großmutter mit ihren Kenntnissen brüsten. Es rief große Bestürzung hervor, und sie handelte sich verschärfte Aufsicht ein.

Trotzig ging sie auf die Tenne und sang dort vor sich hin:

»Die schöne Maid aus der Fabrik – o ja, hollaho,
will keinen Militär mit Schick – o nein, hollaho.
Lieber will sie den Zwiebelmann,
mit dem sie essen und trinken kann.«

Zur zweiten Strophe kam sie nicht. Ihr Vater tauchte auf, und soweit sie sich erinnern konnte, war dies das erste Mal, daß er sie windelweich schlug.

Noch stärker als die Lyska-Schwestern zogen Zuzanka die Zigeuner an. Jedes Jahr schlugen sie für einige Tage hinter dem Dorf ihr Lager auf.

Geschickt stahl sie sich gleich nach Schulschluß dorthin, wofür sich irgendeine Ausrede finden ließ.

Auf einem Umweg schlich sie zusammen mit einem Grüppchen von anderen neugierigen Gören zum Bach, an dessen Ufer ein Lagerfeuer brannte, und meistens kauerten sie sich ins nahe Gebüsch. Manchmal spürten die Zigeunerkinder sie auf, und dann verschwand hier und da eine Schürze oder ein anderes Kleidungsstück.

Sie nahm es den Zigeunerkindern nicht übel. Sie wäre selbst imstande gewesen zu klauen, es war sogar eine ihrer unerfüllten Sehnsüchte.

Um wenigstens eine Kostprobe von den Wonnen des Diebstahls zu erhalten, stibitzte sie ihrer Großmutter das Sonntagstuch.

Sie wurde dabei ertappt, wie sie damit spielte, und alle lachten darüber. Dadurch verdarben sie ihr die ganze Freude.

Oft sah sie die Zigeuner mit den Gendarmen diskutieren, und es begeisterte sie, wie einer lauter als der andere argumentierte und herumschrie, ein andermal bekam sie zufällig eine Handgreiflichkeit mit. Sie sah, wie ein alter Zigeuner eine Zigeunerin ums Feuer jagte und die anderen ihn anstachelten.

Die alten Zigeunerinnen hatten in ihre fettigen, ungewaschenen Haare kleine Geldmünzen eingeflochten. Trotz des Schmutzes, des Ungeziefers und des Gestanks war es wunderschön.

Sie bat ihre Mutter, ihr wenigstens am Sonntag den goldenen Dukaten ins Haar zu flechten, den sie zur Taufe bekommen hatte. Ihre Mutter dachte selbstverständlich gar nicht daran.

Valča und die alte Frau Lysková starben an Tuberkulose. Sefka verschwand aus dem Dorf, nur Fanda hatte Glück. Eine schlecht montierte Heupresse zerquetschte ihr die Finger, und sie würde ihr Leben lang eine Rente erhalten.

Sollte es Zuzanka einmal einfallen, ihr Heimatdorf zu besuchen, würde sie zu ihr gehen. Sie beide verband etwas, das nicht zu gering war. Das unvergeßliche Wunder, das aus der lispelnden Hungerleiderin eine Schönheit gemacht und den Liebreiz in ihren Gassenhauern offenbart hatte.

Zuzanka ging am Flußufer entlang zu dem neuen, festen Brükkensteg. Auf der Mitte des Stegs blieb sie stehen und sah auf den Strom hinunter. Das Wasser duftete.

Der Himmel war waschblau, und in dem Wind, der ihr sanft ins Gesicht schlug, war Feuchtigkeit zu spüren. Marek wüßte zu sagen, ob das Wetter anhalten würde.

Sie hatte sich noch nicht vollständig eingelebt, doch einige kleine Würzelchen verbanden sie bereits mit dem hiesigen Boden, ließen sie mit dieser Landschaft verwachsen, die so anders war als die ihrer Kindheit, schließlich gab es hier kein Fleckchen ebener Erde, und wollte man in die Ferne schauen, stand meistens ein Fels oder ein Baum im Weg.

Doch es war ihre eigene Welt, ihre und Mareks, eine zur Spirale gewundene Welt, in der eine unwiederbringliche, aber wahrhaft schöne Zeit verging.

Heute würde sie ihrem Mann sagen – diese Frist hatte sie sich gesetzt –, daß er in nicht ganz einem halben Jahr einen kleinen Marek oder eine Markétka auf seinen Knien halten würde. Sie freute sich auf die ersten Sekunden von Mareks ängstlich ungläubigem Erstaunen, die Erleichterung darauf und die aufgeregte Freude, die ihm zunächst um den Mund zucken, sich dann in seinen Augen versteckt halten und von dort die ganzen nächsten Tage weiterstrahlen würde.

Sie bemerkte, daß ihr der begeiferte Arnoštek entgegenkam, überwand ihren Widerwillen und lächelte ihn an. Ermutigt stellte er sich neben sie. Statt auf das Wasser starrte er sie an.

»Schön ist es heute, nicht wahr, Arnoštek?«

»Schön, ja«, brabbelte er.

»Wie geht es Ihnen?«

»Mir?« Ganz unvermittelt fing er an zu lachen, und dieses Lachen fuhr durch sie hindurch wie ein Messer. Zum ersten Mal jagte Arnoštek ihr einen Schreck ein, wie er dort breitbeinig stand und sie mit seinen Augen verschlang.

»Ich muß gehen.«

Sie machte einen Bogen um ihn, um ihn nicht zu berühren, und unterdrückte mit Mühe das Verlangen, ihre Schritte zu beschleunigen.

»Auf Wiedersehen, Arnoštek.«

Arnoštek gab keine Antwort, öffnete nur seinen Mund. Bevor er sich umdrehen konnte, war sie auf der anderen Seite des Flusses.

Was ist los mit mir, mein Gott?

Ihre gute Laune war verschwunden.

Ich werde Marek entgegengehen.

Sie bemühte sich, ihre Gedanken auf ihren Mann zu richten, sein Bild heraufzubeschwören, doch es kam irgendwie verschwommen zu ihr, sie konnte es nicht festhalten und fühlte, daß ihr die Tränen in die Augen stiegen.

Sie lief in Richtung des Steinbruchs.

Von ferne sah sie die kleine Ansammlung von Männern, und ihre Beine wurden schwer.

Sie näherte sich, und das Grüppchen trat fächerartig auseinander. Sie wußte die Wahrheit, noch ehe sie den zerschmetterten Körper auf der Erde erblickte.

Ein Jahr, das war alles, was ihnen gegeben war.

Für weit weniger als dieses Jahr würde sie bereitwillig erneut ihr ganzes Leben geben. Sie kniete sich zu Marek hin und sagte zum allgemeinen Entsetzen halblaut: »Ich danke dir, Gott.«

Sie sah Marek nicht an. Sie blickte ins Tal, das sich mit Abendnebel füllte.

Laubfrosch

I

Šelda bog immer tiefer in den Wald ein, hielt sich jedoch am Fluß, wie man sich an einer Hand hält, die einen führt. Selbstironisch, wie er es meistens war, dachte er: mein Erfolg – und meine Strafe.

Die Farben, die er sah, wirkten angenehm auf ihn. Grün, violett, blau, grau, weiß. Nichts als Landschaft, ein klein wenig verschwommen in dem leichten Dunst, der dennoch so durchsichtig war, daß er ihre Frische nicht verhüllte.

Als er die Felsen erreicht hatte, sah er instinktiv nach oben und erblickte ein Paar menschlicher Füße. Sie hingen über der Kluft, reglos und weiß, Füße ohne einen Körper. Nackt. Er schloß, daß sie einem Kind gehörten.

Er lief den steilen Berghang zum Felsen hoch.

Dort saß ein junges Mädchen, und ihre Beine hingen über den Abgrund. Ihr Kopf war nach vorne geneigt, als wäre sie eingeschlafen.

Für ein Nickerchen hätte sie sich keinen heimtückischeren Ort aussuchen können.

Kaum spürte sie seine Anwesenheit, richtete sie sich abrupt auf. Sah ihn mit der gleichen Verblüffung an wie er sie.

»Was tust du hier?«

»Guten Tag«, antwortete sie. Sie grüßte ganz mechanisch, doch ihre Augen wurden größer, und in ihrem Gesicht tauchte eine Feindseligkeit auf, die er nicht verstand.

Sie empfindet mich als Eindringling. Mein Vergehen besteht darin, daß ich sie gestört habe. Wobei?

Er mußte die Lider zusammenkneifen, denn die Sonne blendete, er stand in einem ungünstigen Winkel. Ihr Mund verzog sich spöttisch. Aus irgendeinem Grund hatte sie etwas gegen ihn. Recht seltsam dafür, daß sie sich zum ersten Mal in ihrem Leben begegneten.

Jetzt bewegte sie sich und glitt ein wenig tiefer zum Abgrund hin.

Sie provozierte.

Er war der einzige Mensch weit und breit und hatte das Recht, sie zu mahnen. Sie wartete darauf, daß er etwas sagen würde wie: Rutsch da nicht herum, sonst stürzt du ab!

Er sagte jedoch nichts, setzte sich neben das Mädchen, und sie betrachteten einander ohne Scheu.

Dunkles kastanienbraunes Haar, lebhafte Augen, ein feines Gesicht, in dem Naivität, aber auch Häme lagen, Ruhe, Weisheit und Entschlossenheit.

Ihr Blick war kindlich und dennoch herausfordernd.

Sie waren sich so fremd, daß sie sich nicht verstellen mußten. Er ergriff eine Handvoll ihrer Haare und wartete darauf, daß sie sie zurückziehen würde, aber statt dessen brachte sie ihr Gesicht dichter an ihn heran, ruhig abwartend. Noch bevor er sich darüber klarwerden konnte, was das bedeutete, spürte er ihre Hände auf seinem Hals. Sie hängte sich an ihn, ihre Augen waren schrecklich nah, und jetzt lag keine Ruhe mehr in ihnen, sondern nur blankes Entsetzen.

»Was ist los mit dir?«

»Nichts. Nur daß ich morgen verheiratet werde.«

Diese Worte bohrten sich aus irgendeinem Grund tief in ihn hinein. Er wollte sie abschütteln – was ging ihn das an! –, aber der Versuch schlug fehl.

Sie brachte ihre Lippen an sein Gesicht und berührte seinen Mundwinkel. Er wich auf Armeslänge zurück. Noch nie hatte er einen beredteren Gesichtsausdruck gesehen. Sie schloß ihre Augen und ließ sich schlaff hängen. Er hielt sie in den Armen wie eine große Puppe.

»Weißt du auch, was du da tust?«

»Ja, das weiß ich.«

»Und warum?«

»Weil Sie fremd sind. Weil wir uns nie wieder begegnen werden.«

Wie du dich täuschst, arme Seele, wie du dich täuschst! Aber es war zu spät, um aufzustehen und wegzugehen. Erneut drückte sie fest seinen Nacken, und ihr Blick war triumphierend und hart.

2

Am Anfang fiel es niemandem ein, Šeldas Aufenthalt in Látals Wirtschaft mit Pavlína Cigošová in Verbindung zu bringen, die dort die besudelten Böden scheuerte. Nicht, daß die örtlichen Tratschweiber nicht das nötige Gespür besessen hätten, sie konzentrierten sich jedoch auf eine andere Seite seines Privatlebens, auf die auffällige Disharmonie in seiner Ehe. Damit erklärten sie sich auch seine Zecherei, der Ingenieur verhielt sich so, wie sich jeder Mann verhalten würde, der eine wunderschöne, aber unzufriedene und kapriziöse Frau hatte.

In Želary gab es keinen Mann, der nicht von ihr geträumt hätte. Sie war zart, duftete gut, bewegte sich wie eine Fee und konnte so lächeln, als wäre der Mann, den sie grüßte, genau jener, auf den sie ihr ganzes Leben gewartet hatte. Kein Wunder, daß die Männer schlucken mußten und ihre Stimme versagte. Die Erregung, die sie verursachte, war mit Händen zu greifen, stieg bis zum Rauschzustand in die Köpfe, und es war nur eine Frage der Zeit, wann der Ingenieur mit einem Messer zwischen den Rippen in einer Schlucht enden würde.

Vor dem allgemein erwarteten Schicksal bewahrte ihn der Fabrikant Kazda, indem er mit der anmutigen Aduše in seinem blitzenden Auto an einen unbekannten Ort verschwand.

Als hätte er es geahnt, saß der Ingenieur an jenem Tag im Wirtshaus und kehrte erst in der Frühe nach Hause zurück. Dort warteten auf ihn die geplünderten Schränke und eine Wiege voll Kindergeschrei. Die einjährige kleine Líza war von ihrer Mutter vergessen worden.

Damals bot Šelda Pavlína an, als Haushälterin zu ihm zu kommen. Es war eine Ohrfeige, die die ehrbaren Wangen der jungen Mädchen von Želary blutrot färbte. Pavlína Jirešová, genannt Cigošová, verheiratete Lipková, war nämlich eine Dirne, an der die öffentliche Meinung, die in dieser Gegend recht nachsichtig war, kein einziges reines Fleckchen fand.

Nicht nur, daß sie schon vor ihrer Hochzeit ein Verhältnis mit jemandem gehabt hatte (um so anstößiger, als niemand eine Ahnung hatte, wer es gewesen war), sie trat obendrein innerhalb eines Jahres die Heiligkeit der Ehe mit Füßen, als sie mit dem ersten besten durchbrannte, und zwar mit einem Bekannten, besser gesagt Freund ihres Mannes, Štěpán Gryc. Dieser saß nun wegen Mordes in lebenslänglicher Haft. Er war mit dem Landstreicher Floryšek aneinandergeraten und hatte dabei das Glück oder Unglück – wie man es nimmt – gehabt, im Unterschied zu seinem Widersacher am Leben zu bleiben. Pavlína, eines nicht näher bestimmten Diebstahls überführt, hielt sich mehrere Wochen im Gefängnis auf und wurde dann in ihr Heimatdorf abgeschoben. Über ihr Leben unter den Landstreichern kannte man hier alle Details. Floryšeks Geliebte verbreitete sie, die alte und schmutzige Bettlerin Sefka.

Jireš, genannt Cigoš – der Zigeuner –, sagte sich öffentlich von seiner Tochter los und besiegelte seine Geste durch einen Kneipenrandal mit gleichgesinnten und ebenso betrunkenen Kameraden.

Der Wirt, der ihr Onkel war, erbarmte sich ihrer und erlaubte ihr, für Kost und einen schimmeligen Strohsack auf dem Dachboden von morgens bis abends für ihn zu schuften.

Pavlínas Sünden waren nämlich nicht so eindeutig. Man wußte, daß Štěpán sie beim Kartenspiel gegen Michal gewonnen hatte. Manche hielten das für eine nicht unwesentliche Tatsache.

Pavlína holte also der Grubeningenieur Šelda zu sich in seine Villa, die funkelnagelneue Luxusvilla aus der Mitgift seiner Frau, wo sogar der Garten von einem Architekten angelegt worden war.

Seine Tat schloß ihn, auch wenn sie als eine verzweifelte begriffen wurde, aus dem Kreis der Leute aus, die etwas auf sich hielten.

Ganz offenkundig war es ihm gleichgültig.

Die einzige, die von dieser Affäre profitierte, war die wenige Monate alte Lízinka. Sie drängte sich in Pavlínas Arme, ohne sich daran zu stören, daß sie eine Herumtreiberin war. Und Pavlína hing an ihr mit sklavischer Liebe. (Zu einer anderen war sie, wie ihr Herr vermutete, nicht fähig.) Sie ließ es zu, daß die Kleine an ihrem Haar riß und ihr in die Augen piekste, blieb nächtelang mit ihr wach, wenn sie so von Blähungen gequält wurde, daß sie aufrecht sitzend weinte, was der Kinderfrau das Herz zerriß. Sie suchte dann heimlich Lucka auf und brachte Heilkräuter von ihr mit, die augenblicklich halfen.

»Das Fräulein tyrannisiert dich«, ermahnte sie der Ingenieur.

»Sie weint«, verteidigte sie sich schwach.

»Laß sie doch, soll sie sich müde brüllen. Und schau mich nicht an wie einen Werwolf.«

Er wußte, daß er gegen eine Wand redete, also zog er ihr einfach die Schürzenbänder auf, denn sie konnte sich nicht in Ordnung bringen, solange sie die Kleine hielt. Sie blinzelte verlegen und wurde rot.

Er kam auf den Gedanken, sie zu heiraten. Seine erste Ehe war gerade geschieden worden. Für ihn würde sich dadurch nichts ändern, für Pavlína jedoch alles.

Sobald er auf eine Heirat zu sprechen kam, geriet sie in Panik. Dem Zusammenbruch nahe, lehnte sie ab, in der einfältigen Vorstellung, er wolle sie demütigen. Er sah es nicht gerne, wenn sie litt, konnte es jedoch kaum verhindern.

»Sie wissen doch, wer ich bin«, sagte sie.

»Das weiß ich.«

Jeder von ihnen meinte damit etwas anderes, aber nur Šelda fiel es auf. Er besaß die wertvolle Gabe, Menschen genau einordnen zu können, ohne daß er dafür auf Einflüsterer hören mußte. Noch wertvoller war, daß er auch sich selbst genau einordnen konnte.

Er gab die Hoffnung auf, daß Pavlína ihn verstehen würde. Ihm blieb nichts, als sie entweder zu verjagen oder sich zu arrangieren. Er entschied sich für letzteres.

Ab und zu gestand er ihr auch Tränen zu, obwohl er die vor allem anderen verabscheute. Nur eines würde er nicht ertragen können, und das war leeres Geschwätz. Doch Pavlína sprach wenig, im wesentlichen nur dann, wenn er es wünschte.

Nach seinem mißlungenen Heiratsantrag erkannte er, daß die öffentliche Verachtung eine Existenzbedingung für Pavlína war. Wollte er sie umbringen, brauchte er nur zu wiederholen, daß sie keine Schlampe sei. Er besaß genug Verstand, um die Dämonen nicht herauszufordern. In seinem tiefsten Innern glaubte er, daß Pavlína selbst die Augen aufgehen würden – einer der wenigen Irrtümer, die ihm unterliefen.

Er verhielt sich seiner Geliebten gegenüber anständig. Er behandelte sie mit dem Respekt, den sie verdiente und der für sie peinvoll gewesen wäre, wäre sie imstande gewesen, ihn zu verstehen.

»Sie sind so unglaublich gut«, sagte sie manchmal. Sie hielt ihn für einen Heiligen.

Gewöhnlich beließ er es ohne Kommentar. Nur einmal wagte er zu widersprechen.

»Ich bin nicht gut. Ich liebe dich.«

Er hatte es ohne Aufregung gesagt, so wie er jede andere Feststellung ausgesprochen hätte.

Sie versteinerte.

»Das nicht!« rief sie heiser aus. Über ihren Augen standen Schweißtröpfchen. Unter einem Vorwand ging sie hinaus, damit er nicht sah, wie sie zitterte.

Emotionen waren nicht seine Sache, doch dieses Mal ließ er seinen Kopf in seine Hände fallen.

Flüchtig tauchte Aduše vor seinen Augen auf, mit ihrem stolzen Lächeln in dem schönen Gesicht. Das brachte ihn wieder zu sich. Er stellte sich vor, was wäre, wenn Pavlína sich mit einem Mal in ein Geschöpf der Friseure, Modesalons und Parfümerien verwandeln würde. Und wenn alles, was er an ihr schätzte, sich in uferlosem Geplapper auflösen würde.

Aduše gehörte zu jenen Menschen, die ihr Leben lang leidenschaftlich einer einzigen Wahrheit folgen: ihrer eigenen. Und die deshalb ihr Leben lang unverstanden bleiben. Sie betrachten es als ihren Vorzug. Als Schuld der anderen.

Aduše hatte nicht geglaubt, daß Šelda »solches Gefühl«, wie sie es nannte, zurückweisen könnte. Daß er gleichzeitig mit diesem Gefühl auch das Geld verachtete, die gesellschaftliche Stellung, einfach alles, was man als Wert bezeichnen konnte, war charakteristisch für die Geistesverfassung eines Verrückten.

Šelda war nicht verrückt.

»Was willst du noch?«

»Nichts.«

Sie hielt es für Trotz. Für ungeheuerlichen Hochmut.

Es war weder Trotz noch gekränkte Eitelkeit. Er spielte ihr nichts vor.

Gerade deswegen konnte sie ihm nicht glauben.

»Du liebst mich nicht!« schrie sie die Anschuldigung heraus, die sie für unsinnig hielt. Sie erwartete seine Reue.

»Warum sagst du nichts?« Sie zwängte einen falschen Schluchzer aus ihrer Kehle.

Er schwieg.

Meine Teure, man sagt Frauen nicht, daß man sie nicht liebt. Es genügt, daß man ihnen nicht sagt, daß man sie liebt, damit sie wissen, woran sie sind. Dich zu lieben bedeutet, dein Vasall zu werden, und dazu bin ich nicht geschaffen. Du würdest mich in einen Kreis treiben, in dem ich verloren wäre. Zum Glück sehe ich die Grenze.

Als sie ihn verließ, atmete er auf. Die Streitereien hatten ihn erschöpft.

Er begann wieder Klavier zu spielen.

Früher hatte er gut gespielt.

Musik war für Pavlína offensichtlich Quell des Trosts und der Freude. Sie sang mit einer leisen und leicht belegten Stimme, aber sie sang rein.

Er ging auf Zehenspitzen, schlich sich heimlich zur Küchentür und öffnete sie leise. Dennoch vermutete er, daß sie erschrecken würde, und sie erschrak tatsächlich.

»Was singst du da?«

»Mählieder. Die Mädchen singen sie von einer Bergseite zur anderen.«

»Sing weiter.«

»Nein, jetzt nicht mehr.« Sie hatte Angst, er könnte sie zwingen, aber er tat es nicht.

Viele ihrer Lieder entzückten ihn, und er versuchte, sie auf dem Klavier nachzuspielen. Von den Bergmelodien unterschied er zwei Sorten: die langgezogenen, traurigen – und die wilderen rhythmischen.

Pavlína sang nur jene melancholischen.

Gerne saß sie im Zimmer, wenn er spielte. Er selbst genierte sich nicht vor ihr. Manchmal, wenn ihm die Tasten nicht gehorchen wollten, zog er eine Grimasse, traf aber nur auf ihren bewundernden Blick. Er überlegte, ob sie wohl mit der gleichen Gebanntheit zuhören würde, wenn er lediglich mit einem Holzscheit rhythmisch auf den Hackklotz klopfen würde. Er kam zu dem Schluß, daß es so wäre.

»Der Pfarrer ist ein genialer Musiker«, seufzte er.

Pavlína meinte, daß der Ingenieur ebensogut spiele und daß der offenkundige Unterschied auf der Verschiedenheit der Instrumente beruhe.

Sonntags ging sie in die Kirche, auf dem Hin- und Rückweg mit gesenktem Haupt, aber es brachte ihr Erleichterung. Ihn interessierte, was für einen Gott sie hatte.

»Ich wüßte gerne, wie der Pfarrer mit dir spricht.«

»Er spricht nie mit mir«, sagte sie mit aufrichtigem Erstaunen. In ihren Augen zuckte es.

»Ich meine bei der Beichte.«

Ihr stieg das Blut ins Gesicht.

»Er sagt, daß Gott barmherzig ist … und daß er mir Kraft schenkt …«

»Wozu?«

»Ich lebe immerwährend in Sünde.«

Sie fuhr sich über die Lippen.

»Das sagt er dir?« drängte er. »Daß du immerwährend in Sünde lebst?«

»Nein, er nicht. Das beichte ich ihm.«

»Jedesmal dasselbe?«

»Ja.«

»Und er? Sagt er jedesmal das gleiche?«

»Ja.«

Der Pfarrer war weise, ein selten weiser Mann.

»Ich bin ein Gottloser, Pavlína. Ich habe noch nie Buße getan. Ganz sicher werde ich verdammt.«

Sie schüttelte den Kopf.

»Gott ist barmherzig.« Ihre Wangen brannten.

Sie spricht also mit dem Pfarrer auch über mich. Sie betet auch für mich.

Es war ihm nicht unangenehm.

Er liebte sie, dessen war er sich sicher. Ihm war an ihr gelegen wie an keinem anderen Menschen auf der Welt. Er dachte an sie, während die Loren durch den Schacht rasselten, er dachte an sie in seinem Büro, er hörte ihre Stimme, sah ihr Gesicht vor sich.

Seine Liebe überdauerte auch die schwerste Prüfung – eine hysterische Szene.

Er wurde nachts gerufen, weil sich in der Anna-Marien-Grube ein Unglück ereignet habe. Rasch zog er sich an, und als er die Treppe hinunterging, lief ihm Pavlína entgegen. Sie versperrte ihm den Weg. Duzte ihn. Er erkannte sie nicht wieder.

»Du darfst nicht zur Anna Maria hin! Es wird dich umbringen! Die Grube ist verflucht!«

»Komm zu dir, Mädchen, nichts wird mich umbringen! Ich weiß gar nicht, was dort passiert ist!«

»Die Grube ist verflucht!«

Sie entwickelte eine gewaltige Kraft, um ihn zurückzuhalten.

»Hab doch Vernunft! Ich muß gehen.«

»Nimm mich mit.«

So hatte er sie noch nie erlebt.

»Komm.« Er gab nach. Die Zeit drängte, er hatte keine Wahl.

Bei jedem anderen Menschen wäre ihm diese Szene unerträglich gewesen. Jede andere Frau wäre ihm nach diesem Auftritt für immer vergällt worden.

Nun verspürte er Verwirrung, Beklommenheit und Erstaunen. Das Geschöpf, das in seinen Armen zitterte, war ihm nicht vergällt.

»Pavlína«, wiederholte er hilflos, »ach, Pavlína!«

»Die Anna Maria wird dich umbringen!«

»Wird sie nicht, wenn du bei mir bist.«

Er machte sich nicht über sie lustig, ihm war überhaupt nicht zum Lachen zumute.

Es hatte offenbar einen kleinen Erdrutsch gegeben. Als er nach unten fuhr, dachte er an Pavlína und blieb während der ganzen Zeit nervös.

Stundenlang wartete sie auf ihn in der Dunkelheit. Als er mit nassem Haar zurückkehrte – er war zuerst unter die Dusche gegangen –, war sie ganz durchfroren, aber inzwischen ruhig.

Schweigend startete er seine Blechkiste. Pavlína berührte seine

Hand. »Es war nichts«, antwortete er ihr. »Alles ist wieder in Ordnung.« Weil er eine weitere Frage in ihrem Gesicht las, fügte er hinzu: »Niemand ist verletzt worden.«

Sie atmete tief auf.

Danach duzte sie ihn nie wieder, sosehr er sie auch dazu ermunterte. Gerne foppte er sie ein wenig. Zog ihr die Schürze auf, zerzauste ihre Haare, biß sie ins Ohr. Entspannt lachte sie darüber. Es schien, als würde sie ihn in diesem Moment für ein Kind halten. Wenn er ihr jedoch das Bändchen von der Bluse aufzog – sie hatte es so zugezogen, daß es ihr in den Hals schnitt –, wurde sie rot. Er hörte erst auf, wenn er ihre Tränen sah. Dann nahm er sie in die Arme und hielt sie lange schweigend. Genau dies war für sie der Gipfel des Glücks.

Manchmal befürchtete sie, ihn aufgebracht zu haben. Dann kniete sie zu seinen Füßen wie an ihrem ersten Tag.

»Seien Sie nicht böse.«

Da wußte er schon, daß er nur eines für sie tun konnte. Lachen und sagen: »Aber geh!«

Er schalt sich deswegen, konnte jedoch nicht umhin, ab und zu ihr unglaubliches Schamgefühl zu verletzen. Im Hochsommer gingen sie manchmal nachts schwimmen, und er badete nackt. Pavlína hüllte sich in einen lächerlichen Anzug, der an zwei Schürzen erinnerte. Die beiden Teile waren über kleine Knöpfe miteinander verbunden, die er gelegentlich aufmachte. Das Flußwasser war kalt, brannte auf der Haut und trieb beide in die Nachtluft hinaus, die dagegen lau erschien.

Gerne trug er Pavlína aus dem Wasser ans Ufer, was nicht wenig Kraft verlangte, denn die Uferhänge waren steil und rutschig, an manchen Stellen auch unterspült. Das Wasser aus ihren Schürzen floß über seinen Körper. Sie trocknete sich hinter dem Gebüsch ab und trat angekleidet daraus hervor, zugeknöpft bis zum Hals.

Sie gingen dann über schwach sichtbare Pfade, umliefen ganz Želary, das in ein kaltes Licht getaucht war. Die Bilder vor ihren Augen schienen Träumen zu entstammen. Pavlína entrann für eine Weile ihrem eigenen Leben, trat aus ihm heraus wie aus dem Fluß, frei und berauscht von der Schönheit einer Welt, die die Anwesenheit des Geliebten für sie schuf.

Eine Sekunde nach der anderen zersprang, und Jan Šelda, der selbst über sein Herz die Kontrolle behielt, wurde sich klar darüber, wie rein und unwiederbringlich sie waren.

3

Einige vermuteten nicht ganz zu Unrecht, daß Pavlína nur auf Probe in Šeldas Villa lebte. Sie glaubten, der Ingenieur werde seine überstürzte Wahl in Kürze bereuen.

Michal Lipka ließ deshalb keine Zeit vergehen, er wollte aus der Verirrung des Ingenieurs rechtzeitig Nutzen ziehen. Beinahe nüchtern und rasiert tauchte er bei ihm auf, was ihm einen eigentümlichen Ausdruck verlieh, weil er zusammen mit dem Stoppelbart auch den Dreck aus der Hälfte des Gesichts entfernt hatte. Šelda ließ ihn ein paar brummelige Sätze darüber loswerden, daß Pavlína seine Frau sei, dann beendete er das Gespräch energisch.

»Verschwinde, bevor ich den Flur mit dir auskehre!«

Michal nahm sich seine Worte zu Herzen. Er beschloß, daß er froh sein konnte, seine Knochen geschont zu haben.

Der alte Jireš ging umsichtiger vor, jedoch ebenso erfolglos. Er bedrängte den Priester, er möge einschreiten, doch dieser wies ihn ab. Pavlína sei ordnungsgemäß angestellt und erhalte für ihre Dienste sogar ein Gehalt.

»Aber für was für Dienste, Hochwürden!« jammerte Jireš.

»Sie führt den Haushalt und kümmert sich um die Kleine«, behauptete der Priester unerschütterlich. Er gestand ihm kein Urteilsrecht zu, besaß aber wiederum nicht soviel Sinn für Humor, um ihn an die vierzehnjährige Zigeunerin zu erinnern, deretwegen Jireš seinen Spitznamen erhalten hatte, und ihn zu fragen, wofür er sie bezahlt habe, wo sie doch in seinem Haushalt keinen Finger gerührt hätte.

Der gängigen Meinung nach hatte Pavlína sich auf das Angebot des Ingenieurs, das im Wirtshaus kursierte, so gierig gestürzt wie ein Fisch auf einen fetten Wurm, doch so war es nicht gewesen. Es war Mitleid, was sie zu ihm geführt hatte, sowie unverständliche Gewissensbisse, weil er den ganzen Tag in der Kneipe herumhing, nach Schnaps stank und kaum noch aufrecht laufen konnte. Mit der absurden Logik derer, die sich zu sehr in ihre Erniedrigungen hineingesteigert haben, betrachtete Pavlína es als ihre Schuld. Denn er hatte zu ihr gesagt: Komm mit mir – und sie war nicht mitgegangen. Der Ingenieur war sich selbst gegenüber ehrlich. Kaum hatte er sie bei Látal erblickt und wiedererkannt, gestand er sich ein, daß sie ihn anzog. Er trug seine Schmach wie eine Krone.

Er hatte sie angesprochen.

Sie hatte ihn ebenfalls erkannt und war erschrocken.

Ihre Anwesenheit in dem stinkigen Lokal begann ihn gereizt zu machen. Niemals zuvor hatte er die Stimmen der anderen wahrgenommen. Jetzt hörte er sie, und sie stachen in seine Schläfe. Er trank, unfähig, sich zu betrinken.

Pavlína wischte den Tisch ab, auf dem er ein Glas umgestoßen hatte.

Er unterdrückte sein Verlangen, sie an den Handgelenken zu fassen, nur damit etwas geschah.

Es war gegen Morgen, Pavlína putzte noch den Fußboden, Látal bleckte seine gelben, spärlichen Zähne.

»Wir schließen, Herr Ingenieur.«

Am liebsten hätte er ihm die Visage eingeschlagen. Doch die Bewegungen des Ingenieurs waren schlaff, er kam kaum von seinem Stuhl hoch. Nachdem er drei Schritte über die Schwelle gemacht hatte, stieß er in der Dunkelheit auf Pavlína.

»Du machst dir dein Leben kaputt«, flüsterte sie eindringlich.

»Komm mit mir.«

Sie wich von ihm zurück und verschwand in der Dunkelheit.

Er ging allein über den sandigen Pfad, auf dem ihn der Wind peitschte.

Einige Tage später, wiederum bei Dunkelheit, läutete sie an seiner Tür. Er wußte nicht, was er sagen sollte, nahm sie nur bei der Hand und zog sie über die Schwelle. Ohne seine Hilfe hätte sie sie wohl nicht überschritten.

Er führte sie in die Küche, wo es warm war und in einem kleinen Kinderbett Líza schlief. Als sie sich über das Kind beugte, umschlang er sie von hinten. Er war kühl, berechnend, wußte genau, was er tat, er verhielt sich wie ein Schuft und kämpfte nicht dagegen an, es war die Karte, auf die er gesetzt hatte und die aufgehen würde, weil Pavlína Cigošová eine miserable Spielerin war.

In ein paar Tagen werde ich dich vielleicht fortjagen. Die Dienstmädchenkammer stand offen, sie ließ sich im übrigen nicht abschließen. Ihm fiel auf, daß das Eisenbett schmal und die Bezüge aus einem anderen Stoff waren als seine oben. Nie zuvor hatte er diese Dinge bemerkt.

Seine Finger fuhren in ihr Haar und ertasteten eine nicht verheilte Wunde. Dadurch wurden seine Absichten gebremst.

»Wer hat das getan?«

»Ich habe einen Splitter abbekommen, als ich Holz gehackt habe.«

Bestimmt.

Sie sprach mit einer gewissen Mühe, aber es klang ruhig, im Grunde wie eine einfache Mitteilung. Er drehte ihr Gesicht zu sich.

Und da sah er sie so, wie sie wirklich war, in einem einzigen Augenblick wurde ihm klar, daß eine Bewegung oder ein einziges Wort genügte, um sie auf immer zu verlieren.

»Morgen bringe ich dich zum Arzt.«

Er wußte, daß er sie nirgendwohin bringen würde.

»Nein. Das ist schon am Heilen.«

»Zeig mal her. Ich mache es dir ein bißchen sauber.«

Er holte Oxid und Gaze aus dem Bad.

»Brennt es?«

»Nein.«

»Ich mache noch ein wenig Puder darauf, damit es sich nicht entzündet.«

Zum ersten Mal in seinem Leben gab er unnützes Gerede von sich, nur um des Geräuschs der Stimme willen oder des verborgenen Sinns.

»Wie alt ist dein Vater?«

Es interessierte ihn überhaupt nicht.

»Dreiundfünfzig.«

»Und du?«

»Neunzehn.«

Sie war noch nicht volljährig.

»So. Morgen schauen wir es uns noch einmal an.«

Sein wachsames Gehirn sandte wütende Signale aus. Du schwätzt, du schwätzt! Du schwätzt ganz schwachsinniges Zeug!

Er redete jedoch weiter. Verspürte die Süße der Rebellion.

Bevor er regelmäßiger Gast im Wirtshaus von Želary wurde, hatte er Geschwätzigkeit für eine Untugend der Frauen gehalten. Obgleich er früher mit seiner Mutter ganze Stunden lang ohne ein einziges Wort Schach gespielt hatte. Seine Mutter zählte er irgendwie nicht zu den Frauen.

In der Kneipe erkannte er, daß das Männergeschwätz an nichts dem weiblichen nachstand. Ein geringer Unterschied bestand darin, daß die Frauen gewöhnlich jammerten und sich Geheimnisse anvertrauten, die Männer hingegen herumprahlten und die Welt verbesserten.

Deswegen war ihm Vilém Svojsík sympathisch. Er saß in der Ecke neben dem Ofen, betrank sich und gab keinen Mucks von sich.

Jetzt redete Šelda und redete, Pavlína antwortete, und so kamen sie einander entgegen, jeder aus seiner Einsamkeit heraus.

Das Gespräch handelte freilich von nichts.

In der Frühe begann Líza zu wimmern, und es galt, den neuen Tag zu beginnen.

Bevor er nach oben ging, um sich wenigstens kurz auszuruhen, flüsterte Pavlína noch: »Gott segne Sie.«

Einige Tage später folgte sie ihm die Treppe hinauf. Er betrachtete es als Geschenk und verlangte keine Erklärung.

Bald waren sie sich so nahe, daß er es oben nicht mehr aushielt, er saß dann bei ihr in der Küche, wenn sie die Kleine badete, wenn sie kochte oder flickte, und erfuhr nach und nach bruchstückhaft ihren Leidensweg.

Sie war das einzige Kind des alten Jireš, genauer gesagt das einzige, das das Säuglingsalter überlebt hatte. Als sie fünfzehn war, starb ihre Mutter, und ein Jahr später vernarrte sich Jireš in die Zigeunerin. Er war ihr am Bach begegnet, wo sie Forellen fischte. Weil es heiß war, stand sie nackt im Wasser.

Jireš bot sich an, ihr die Jägerhütte zu zeigen, und traf auf ihr Verständnis.

Die Hütte besuchten sie dann jeden Tag. Jireš brachte Geschenke dorthin mit, anfangs billige, später teurere. An dem Tag, an dem die Zigeuner ihren Lagerplatz hinter dem Dorf räumten – die Gemeinden gewährten ihnen nur kurzfristige Aufenthalte –, wurden die beiden von einer zottigen Alten überrascht, die erklärte, Magdalenkas Mutter zu sein. Sie stimmte ein lautes Gejammer an und begleitete es mit krampfartigen Gebärden. Jireš begann zu begreifen, daß mit Magdalenka seine braune Schönheit gemeint war, die sich ihm als Gita vorgestellt hatte.

Wie ein Goldstück habe ich sie gehütet, und nun wirft sie sich weg, kaum fünfzehn Jahre alt!

Der grauhaarige Liebhaber hätte ahnen sollen, in was er da hineingeriet, sein Urteilsvermögen ließ ihn jedoch im Stich. Er bezahlte für Gita wie für ein Schaf.

Die Zigeuner reisten ab, Gita Magdalenka zog zu ihm. Ihr gefiel sein Tischlergewerbe ebenso wie das geräumige Haus und der junge Geselle Michal Lipka.

Sie formte sich den alten Jireš, wie es ihr paßte, der konnte sich kaum noch auf den Beinen halten, aber er war glücklich. Erst als er das Schimpfwort Hahnrei aufschnappte, wurde er nachdenklich. Unfähig, die verwickelte Angelegenheit anders zu lösen, gab er Michal seine Tochter zur Frau, ohne sie um ihre Meinung zu fragen.

Die Zigeunerin hielt es noch einige Zeit mit ihm aus, zweimal lief sie ihm davon, und zweimal kehrte sie zu ihm zurück, wobei sie jedesmal mit offenen Armen empfangen wurde. Am Ende erschien an ihrer Stelle ein schlank gewachsener Zigeuner, der nur aus Muskeln bestand, mit ihm zwei ebenso schnauzbärtige und muskulöse Kameraden.

»Du mußt zahlen, Väterchen, hast mit der Frau geschlafen.«

»Packt euch«, befahl Jireš, doch die Zigeuner lächelten nur freundlich und entblößten ein tadelloses Gebiß.

»Unterhalten wir uns also von Mann zu Mann.«

Jireš wägte seine Chancen ab und verzichtete auf das Gespräch.

Nach Meinung des Dorfes kam er billig davon.

Der Besuch wiederholte sich nicht.

Michal Lipka entpuppte sich als ausgemachter Wüstling. Mit seiner Frau ging er derart um, daß es selbst seinem treuen Freund Štěpán Gryc zuwider wurde, dem er vor allem deshalb die Untermiete angeboten hatte, um einen Kumpan beim Kartenspiel zu haben.

Die halb totgeprügelte Pavlína rettete sich, indem sie von Michal floh. Štěpán war entschlossen, ihr zuliebe ein geordnetes Leben zu führen, doch weil er ein Heißsporn und Raufbold war, scheiterten seine Vorsätze. Sie schlossen sich einem Landstreicherpaar an, das sein Territorium in den Bergen hatte, und nach ein paar Monaten waren sie kaum mehr von den beiden zu unterscheiden. All dies wußte Šelda schon aus den Wirtshausquellen.

Von Michal erzählte Pavlína überhaupt nichts, von Štěpán nur wenig. Er sei hitzköpfig, aber nett gewesen, lautete ihr Urteil. Vermutlich hatte sie damit tatsächlich sein Wesen erfaßt.

Der Ingenieur interessierte sich weder für Štěpán noch für Floryšek, noch für Sefka. Er kam lediglich Pavlínas Bedürfnis zu beichten entgegen, was sie wiederum für ihre Pflicht ihm gegenüber hielt.

Sie stieg vor seinen Augen aus dem trüben Wasser empor.

Von allen Namen erwähnte sie am häufigsten den von Floryšek. Ein Landstreicher rätselhaften Alters, rätselhafter Nationalität. Er besaß einen Haufen Papiere, die auf verschiedene Namen lauteten. Unter seinen ständigen leichtmütigen Scherzen klaffte ein gefährlicher Abgrund.

Er nannte Sefka Muttchen, und Pavlína fragte naiv, ob sie wirklich seine Mutter sei. Die alte Schlampe gab ihr auf ihre derbe Art zu verstehen, daß es noch ziemlich lange dauern werde, bis sie das Einmaleins kapieren werde. Weiter teilte sie ihr nichts mit.

Pavlína gegenüber verhielt sich Floryšek so rücksichtsvoll, wie es noch nie jemand vorher getan hatte. Auf seine eigentümliche Weise verhätschelte er sie. In seiner Nähe fühlte sie sich sicher, als habe er über alle auf dieser Welt Macht. Wenn sie bis spät in die Nacht hinein nicht einschlafen konnte, setzte er sich zu ihr.

»Warum schläfst du nicht, Lämmchen?«

Er redete sie mit Knospe an, mit Blättchen, jedesmal anders.

»Ich habe Angst.«

»Dazu gibt es keinen Grund, Goldstück.«

Sie spürte, daß es tatsächlich keinen Grund gab.

Sie unterhielten sich über die gewöhnlichsten Dingen, und alle waren wichtig. Allerdings senkte Floryšek seine Stimme nicht, und Pavlína fürchtete, daß er Štěpán oder Sefka aufwecken würde. Tagsüber war der alte Vagabund düster, sein Gesicht, sein Haar und seine Stimme. Jetzt verwischte die Dunkelheit das Düstere, und sein Gesicht leuchtete.

Sie wußte, daß er zu allem imstande war.

Sein Tschechisch war vollkommen, nur hin und wieder stolperte er über ein Fremdwort.

Er betrank sich nie. Was er wohl im Rausch ausplaudern würde?

Wie war sein wirklicher Name?

Keine der Fragen sprach sie jemals aus.

Štěpán hat Angst vor ihm und haßt ihn, Floryšek verachtet ihn.

Jeder seiner Sätze ist zur Hälfte wahr, zur Hälfte gelogen. Soll ich mich an ihn halten oder vor ihm fürchten?

Die Wahrheit war, daß sie alle von seiner Gnade lebten.

Beim Karussell hinter Šádova Hut' trafen sie auf einen fremden Zirkusmann. Floryšek kannte ihn, und sie redeten miteinander in einer fremden Sprache.

Der Zirkusmann roch nach Laster und hatte ein widerliches Lachen, bei dem er ein Trümmerfeld von Zähnen zeigte. Er wollte sie beide in seinen Wohnwagen einladen, Floryšek lehnte ab und fing im Fluge die Hand ab, die schon fast Pavlínas Hüfte berührte.

Sie sahen einander in die Augen, es war, als würde ein Blitz einschlagen.

So ein Blick hätte Pavlína auf die Knie geworfen.

Der Zirkusmann zog nur seinen Arm aus Floryšeks Hand und zuckte mit den Achseln. Eine Weile unterhielten sie sich noch, und obwohl sie diesmal tschechisch sprachen, verstand Pavlína sie nicht.

»Wir haben zusammen gearbeitet«, erklärte Floryšek später.

»Sie sind so ganz anders als er.«

»Wirklich, Pavlínka?«

Er zeigte sich amüsiert. Was sie zuvor in seinen Augen gesehen hatte, stimmte schon nicht mehr.

»Was haben Sie im Zirkus gemacht, Floryšek?«

»Ich hab den Clown gegeben, Knöspchen. Zu nichts anderem hatte ich ein solches Verhältnis.«

Gerade ein Clown war Floryšek am allerwenigsten.

»Ich nehme dich auf die Schiffsschaukel mit, Spätzchen, möchtest du?«

Sie wußte nicht recht, ob sie mochte.

Die Schaukelei war, wie sie befürchtet hatte, wahnsinnig. Jedesmal, wenn sie sich mit dem Kopf oben befand, hob sich ihr Magen.

Und auf einmal wurde ein Rausch daraus.

Der Besitzer der Schaukel hielt sie an.

»Seid ihr verrückt, Kruzitürken?! Ihr fallt noch raus, und wen nehmen sie dann fest?!«

Floryšek sagte ein paar fremde Worte zu ihm, und der Mann nickte verständnisvoll. Als Pavlína festen Boden unter sich hatte, krampfte ihr Inneres sich zusammen, und sie war überzeugt, sich übergeben zu müssen. Floryšek faßte ihre Hand. Wie auf Kommando begann sich ihr Magen zu beruhigen, dafür fingen ihre Beine an zu zittern.

»Setzen wir uns, Kieselchen. Da an diesen Tisch.«

Er rückte einen kleinen Stuhl zu ihr heran und rief die Kantinenwirtin herbei.

»Zweimal Wurst mit Hörnchen, schöne Frau.« Die dicke Kellnerin errötete. Zu bezaubern – das lag Floryšek im Blut.

»Er hat uns ausgehalten«, stöhnte Pavlína, der das noch heute Schmerzen bereitete. »Zwei Monate lang hat er uns ausgehalten.«

»Wovon?«

»Das weiß ich nicht«, gab sie zu. »Er trug so einen Bauchladen mit sich herum wie die Bosnier, aber meistens hat er alle Sachen an Kinder verschenkt.«

Sie sah Šelda verwirrt an, als ginge ihr erst jetzt diese Ungereimtheit auf.

Der Ingenieur lachte.

»Als dann die Anna-Marien-Grube im Streik war, hat sich Štěpán als Streikbrecher gemeldet.«

Šelda ließ sich nicht anmerken, was er davon hielt.

»Das war unser Ende … Er hat sich deswegen mit Floryšek in die Haare gekriegt.«

Der Ingenieur bemühte sich, sein Erstaunen zu verbergen.

»Štěpán hat laut geschimpft – und Floryšek nur geschwiegen. Als Štěpán seine Meinung losgeworden war, verstummte er, und seine Arme sanken an seinem Körper hinunter.« Pavlínas Stimme war farblos und trocken, die Wörter quollen wie Sand aus ihrem Mund.

»Erst als Štěpán das Messer zog, hat Floryšek sich gerührt. Er hat gesagt: du Narr!«

»Du mußt es mir nicht erzählen«, sagte Šelda, weil er ihre schweißbedeckte Stirn sah.

»Ich möchte, daß Sie es wissen. Er hat Štěpán das Messer so leicht aus der Hand gestoßen, daß es fast nicht zu glauben war, er hatte ihn kaum berührt... aber dann hielt er ihn an den Handgelenken fest und warf ihn zu Boden.«

Pavlína hatte flehend gewimmert und Floryšeks Beine umklammert.

Einen Augenblick lang konnte er sich nicht freimachen, und Štěpán nutzte das aus. Er versetzte ihm mehrere Stiche.

Floryšek stand aufrecht, dann beugte er sich vornüber, als wollte er etwas aufheben.

Sefkas Augen waren erstarrt. Sie hatte begriffen, was geschehen war.

Štěpán pflanzte sich breitbeinig auf, in seiner Hand das Messer, in seiner Miene Erleichterung.

Nach ein, zwei Minuten begann er, vor Angst zu zittern.

Floryšek setzte sich auf einen Stein. Das Blut strömte zu seinen Füßen hinunter.

Er stützte sich mit den Händen auf wie erschöpft.

»Hau ab!« sagte er und sah Štěpán dabei nicht an. Er sah zu den Bergen hinüber. »Ich sage, hau ab!«

Er neigte seinen Kopf und stürzte zu Boden.

»Du wirst nirgendwohin abhauen«, brüllte Sefka los. »Und wenn du dich wie ein Maulwurf in die Erde wühlst, ich werde dich finden!«

Štěpán hatte nicht die Absicht zu fliehen. Er ließ sich wie ein Junge, der sich verlaufen hat, auf die Gendarmerie führen.

»Ich habe sie beide umgebracht.«

»Du kannst nichts dafür!« sagte Šelda, so fest er konnte, und nahm ihre Hände in seine.

Sie lächelte ihn schrecklich verzerrt an.

4

Pavlína Cigošová verschwand ebenso plötzlich und geheimnisvoll aus Želary wie Šeldas Frau. Ihr Verschwinden wurde mit der Ankunft einer fremden Äbtissin in Verbindung gebracht, die durch das Dorf geeilt war, womöglich nur in der Phantasie zweier aufgeschreckter Kinder. Niemand anderes hatte sie gesehen.

Líza erinnerte sich nicht an ihr Kindermädchen. Sie hatte lediglich ein entferntes Weihnachten im Gedächtnis, an dem sie ein besticktes Kleidchen bekommen hatte – sie hatte furchtbar geweint, und ihr Vater hatte mir ihr geweint. Allzu sehr vertraute sie dieser Erinnerung nicht. Ihr Vater weinte nie.

Aber das bestickte Kleidchen gab es, sorgfältig aufbewahrt – und beinahe wie neu. Sie wußte, daß sie es nicht schmutzig machen durfte, daß es aus irgendeinem Grund wertvoll war. Gelegentlich holte sie es hervor und wunderte sich darüber, wie klein sie damals gewesen war.

Sie wußte auch, daß die Frau, die es bestickt hatte, Pavlína hieß. Der Name sagte ihr nichts.

Das konnte er auch nicht. Sie hatte damals Mama zu ihr gesagt.

Weihnachten blieb auf Dauer mit einer unverständlichen Furcht verbunden. Für sie war es das traurigste Fest des Jahres. Obwohl sie den Baum schmücken und die Krippe aufstellen durfte, obwohl sie eine Menge Geschenke erhielt, mit Berta Weihnachtslieder sang und ihr Vater Klavier spielte.

Sie spürte die sonderbare Traurigkeit ihres Vaters, die er ihr vergeblich zu verheimlichen suchte. Sie konnte ihn nicht verstehen. Er entfernte sich von ihr – und den ganzen Abend lang fühlte sie sich einsam an seiner Seite.

Wenn sie dann ins Bett gebracht wurde, konnte sie lange nicht einschlafen. Sie wußte, daß Berta in Kürze zur Mitternachtsmesse gehen und nach ihr auch der Vater weggehen würde. Es war immer so.

Sie hatte keine Angst vor dem Alleinsein. Mit ihr zurück blieben die vertrauten, treuen Dinge, für die sie sich lauter interessante Spiele ausdachte. Sie mußte sie nur berühren – und schon begannen sie, sie zu umschmeicheln. Die dunklen, polierten Möbel, die Vorhänge, die Bilder, vor allem aber der zottige Teppich.

Sie würde den Spiegel nehmen und barfuß durch ihn hindurch spazieren. Ihre Füße tappten im Moos, und im Spiegel war alles auf den Kopf gestellt. Sie schwebte inmitten der Stube …

»Líza«, flüsterte Berta durch die offene Tür. »Schläfst du?«

Líza rührte sich nicht.

Vom Flur her hörte man, wie eine Tür geöffnet wurde, und eine kalte Zunge fuhr über ihr Gesicht. Berta hatte ihre Zimmertür nicht richtig geschlossen. Sie war in Eile.

Líza wartete und hielt den Atem an. Sie konnte die Anspannung erst loswerden, wenn sie die langen Schritte ihres Vaters im Flur hörte. Es dauerte eine Ewigkeit, bis sie erklangen.

Danach schlief sie gewöhnlich ein.

Heute konnte sie nicht schlafen.

Außer der Kälte drang ein langgezogener Ton zu ihr her. Der Nachtwächter blies in das Hirtenhorn.

Sie stand auf und drückte ihre Nase an die Fensterscheibe. Sah ihren Vater zum Tor gehen.

Was war mit ihr los?

Die unwiderstehliche Melodie lockte sie nach draußen.

Eine Beklommenheit beschlich sie, die wuchs und wuchs, schon war sie so groß wie Líza selber, schon wuchs sie über sie hinaus, schon füllte sie das ganze Haus aus.

Die Kraft der Verbote zerbarst, die Ketten zersprangen. Šeldas Kind schloß die Tür auf und streckte sein Gesicht dem eisigen Wind entgegen. Es kehrte zurück und warf sich Bertas Wollschal über sein Bettjäckchen, er war sehr lang, deshalb wickelte Líza ihn zweimal um ihren Körper. Sie trat über die Schwelle und hinaus in den Schnee. Ein entferntes Flimmern leitete sie – dort leuchteten die Fenster über den schlafenden Schneewehen, nicht nur Líza, das ganze Dorf war heute wach.

Der Nachtwächter blies sein Horn beim Gemeindebrunnen auf dem Dorfplatz, im Mittelpunkt jenes Dreiecks, das Kirche, Schule und Wirtshaus miteinander bildeten. Der tiefe Brunnen sang mit ihm. Im Dorf hörte man ihm nicht zu. Er trompetete zu Ende und sang darauf Weihnachtslieder. Ganz für sich allein. Er wußte, daß der Heilige Abend seinen Gesang brauchte.

Als er alle Lieder gesungen hatte, die sein altes Gedächtnis noch hergab, brach er in Richtung Kirche auf, doch seine Beine trugen ihn zum Wirtshaus.

»Ich war gerade in der Nähe, Látal, da dachte ich, ich schau mal rein.«

»Auf Pump?« brummte der Wirt, der seine Gedanken lesen konnte.

»Hast du etwa schon die Moneten vergessen, die du mir wie ein Lausejunge aus der Tasche gezogen hast? Eigentlich bin ich auf dem Weg zur Kirche, Gottloser, um für dich Sünder zu beten. Deine elende Bude habe ich nur gestreift, weil sie mir im Weg stand. Meinst du, mich interessiert auch nur ein einziger Schluck deines Gebräus?«

»Red doch keinen Unsinn, Alter.«

Der Nachtwächter setzte sich auf die Bank, Látal brachte ihm ein kleines Glas.

Da hast du einen, du Lausekerl! Ein andermal hätte ich dich rausgeschmissen, aber heute schickt dich der Himmel. Heute gehört das Wirtshaus dir und dem Ingenieur, falls du's noch nicht bemerkt hast, daß er dort sitzt und sich wie ein Faß vollaufen läßt, dir kann's ja egal sein, du hast niemanden, auf dich warten sie nicht mit dem Abendessen, sauf du nur, schimpfe und fluche, wie ich auch vor mich hin fluche!

So trauert er um seine Pavlína, um die Hure Pavlína, falls du dich an sie erinnerst, die hat ihm vor Jahren eine Äbtissin weggenommen, so wie er sie mir weggenommen hatte. Was für ein Schweineleben!

Látal rieb seine Gläser blank, und seine Hände bebten, als hätte er einen geladenen Draht berührt. Unwissentlich bewegte er seine trockenen Lippen.

Der Alte schaute auf das beschlagene Fenster, hinter dem der Schnee kreiste.

Die weißen Kringel setzten sich sanft auf der Erde ab. Bis zum Morgen würden alle Spuren verschwunden sein. Auch die Spuren der völlig durchnäßten kleinen Pantoffeln.

Líza war zu den Hütten im Zentrum des Dorfes gelangt und schaute in die Fenster der Leute hinein. Sie wurde zum unsichtbaren Zeugen fremder Vergnügungen. Die Päckchen mit dem grünen Zweig lagen ausgepackt da.

Ich bekomme eine riesige Puppe, hatte Alenka Svojsíková angegeben.

Sie hatte sie tatsächlich bekommen, und zwar von jenem Onkel, der Líza Angst einflößte. Sie hatte ihn einmal vor dem Schulhaus getroffen, als ihm der Wind seine schwarzen Haare ins Gesicht trieb. Sie hatte gegrüßt, worauf Vilém sie überrascht ansah. Der Wind hatte sein Hemd aufgeworfen und darunter eine rote, noch nicht verheilte Narbe entblößt. Diese blutige Narbe unter der eingefallenen Brust sah sie dann noch lange, jedesmal wenn sie die Augen schloß.

Líza hielt Ausschau nach Alenkas fürchterlichem Onkel.

Als sie ihn gefunden hatte, kam er ihr nicht mehr so fürchterlich vor. In seiner Miene lag Freude, kindliche Freude, lebhaft und laut. Diese Freude in dem erwachsenen Gesicht nahm Šeldas Kind mehr gefangen als der strahlende Baum und all die festliche Stimmung ringsum. Vielleicht war es gerade dieses Fenster, das sie so stark anzog, daß sie so Unverzeihliches wagte.

Sie hing mit ihren Blicken an Vilém Svojsík. Die dunklen, verstrubbelten Haare, seine kränklichen Wangen, das Kinn mit den schwarzen Stoppeln …

Alenka hatte erzählt, ihr Onkel würde bald sterben.

Sie bekam eine Gänsehaut.

Vilém nahm seinen Mantel vom Nagel an der Wand und zog sich an.

Schritte.

Sie sprang vom Fenster weg und fand sich dem gegenüber, den sie gerade heraufbeschworen hatte.

Sein verschlissener Wintermantel war bis zum Hals zugeknöpft, und seine Hände steckten in den weiten Taschen, er kam ihr wie armlos vor.

»Was machst du hier?«

Líza zitterte am ganzen Leib. Die Antwort blieb ihr im Halse stecken, sie drehte sich um und rannte über den gefrierenden Schnee davon.

An der Lipka-Hütte schüttelte sie sich den Schnee von den Pantoffeln. Wie sie dort stand und sich am Zaun festhielt, spürte sie einen heißen Luftstrom auf den Wangen. Der Esel der Lipkas musterte sie und schnaubte ihr ins Gesicht. Er schloß bereitwillig mit jedem Freundschaft, seine Seele war vom Glauben an den Menschen erfüllt. Er ließ sich von dem durchfrorenen kleinen Mädchen führen, das sich an ihn schmiegte. Am Brunnen kreuzten sie die Spur von Vilém Svojsík. Er ging ins Wirtshaus.

»Herr Ingenieur, ich habe draußen Ihr Kind getroffen.«

Šeldas Augenlider rissen jäh auseinander. Er schüttelte seinen Kopf, als wollte er irgendeine Last abwerfen.

Der Wirt stutzte mitten im Einschenken.

»Líza?! Was sollte die draußen tun?«

»Das weiß ich nicht. Aber sie war es.«

In Viléms Stimme lag ein ungeduldiger Befehl.

Šelda stand mit Mühe auf.

»Gut, ich gehe.«

Der Alte neben dem Ofen hob zu singen an. Sein Kinn zitterte.

Látal füllte seine Lunge mit Luft und bekam einen roten Kopf.

»Du auch, Alter! Raus!«

Er zog ihn durch die Tür und stieß ihn in den Schnee. Darauf rieb er seine Hände an der Schürze ab und ging auf die Tür zu, hinter der noch die Weihnachtskerzen brannten. Die Wanduhr zeigte zehn Minuten vor Mitternacht.

Vilém schlug den Weg zur Kirche ein und schloß sich den anderen Nachzüglern an, die zur Messe eilten.

5

Líza legte sich in ihr kühles Federbett, trat ein paarmal mit ihren durchfrorenen Beinen, damit das Blut wieder zu fließen begann, zog sich das Oberbett über den Kopf und hauchte aus allen Kräften, um ihre kleine Höhle aufzuwärmen. In ihren Fingern spürte sie noch die Geschmeidigkeit des Eselfells. Sie lächelte im Dunkeln, unendlich glücklich, daß sie etwas so Weiches, Warmes und Lebendiges hatte streicheln können und daß sie sich die Berührung bewahrt hatte.

Er hatte sie bis zum Tor begleitet. Hatte sich nach ihr umgedreht, so wie sie sich nach ihm umgedreht hatte. Dann war er noch einmal angetrabt gekommen und hatte sich hinter den Ohren kraulen lassen. Hatte seinen langohrigen Kopf an ihrer Hand gerieben.

Wenn er ihr gehören würde, würde sie ihm auf dem Läufer neben ihrem Bett ein Lager bereiten und ihm ein altes Bettzeug unter den Kopf schieben.

Die seligen Vorstellungen wiegten sie in den Schlaf.

Etwas klirrte. Jäh setzte sie sich auf. Was, wenn sie vergessen hatte abzuschließen?

Schwere Schritte. Der Vater. Das Rasseln des Schlüssels hatte sie aufgeweckt, es war jedoch ein schreckliches Geräusch.

Die Schritte machten vor ihrer Tür halt. Die Tür öffnete sich. Líza preßte mit aller Kraft ihre geschlossenen Lider zusammen.

Hatte er bemerkt, daß sie draußen gewesen war?

Er ging weg. Er hatte es nicht bemerkt.

Das nächste Mal wurde sie von Bertas Stimme geweckt. Es war grau im Zimmer, draußen vor dem Fenster fiel immer noch dichter Schnee.

»Ich bringe Ihnen Kaffee, gnädiger Herr.«

»Raus hier, alte Hexe!«

Ein Knall. Er hatte etwas hinuntergeworfen.

»Jesus Christus!«

»Laß Jesus in Ruhe, du Betschwester!«

»Sie brauchen einen starken Kaffee, gnädiger Herr!«

»Einen Dreck brauche ich! Und ich bin ein Säufer, kein gnädiger Herr! Verschwinde!«

»Heilige Mutter Gottes!«

»Winsel nicht so herum, sonst muß ich kotzen!«

Der halbgeöffnete Flügel der Tür sprang auf. Berta hatte ihn mit dem Ellbogen aufgestoßen. Líza sank in ihre Kissen. Wieder war er betrunken?

Sie frühstückten erst gegen Mittag, und als der Vater in die Küche herunterkam, fuhr das Kind zusammen. Er hatte dicke Ringe unter den Augen, und sein Gesicht war aschgrau.

»Papa«, piepste sie.

»Was ist?«

Über die linke Wange ihres Vaters zog sich eine blutige Linie. Líza zeigte darauf mit einer Hand, die so schwer war wie ein Stein. Im Geflimmer ihrer unaufhaltsamen Tränen begann sie zu tanzen.

»Heulst du? Warum denn?« sprach er mühsam. »Mädel, sag mir, was los ist.«

»Papa ...«

»Sprich laut!«

»Papa«, sagte Líza noch leiser, obwohl sie am liebsten geschrien hätte, »du hast dich da aufgekratzt.«

Er fuhr mit seiner Hand über die Schramme.

»Hab ich nicht. Ich muß mich irgendwo gestoßen haben. Achte nicht drauf und iß dein Frühstück.« Líza schluckte mit Mühe. Warum hatte sie Angst vor ihrem Vater? Er hatte sie noch nie geschlagen. Die Kinder von Želary bekamen Prügel und hatten keine Angst. Sie brachten es fertig, auf den Schoß ihres Vaters zu springen und sich an seinen Hals zu hängen. Líza wäre so ein Sakrileg niemals auch nur in den Sinn gekommen. Ihr Vater war völlig anders als die dröhnenden Männer aus dem Dorf, die anstelle von Haaren einen Schopf hatten, der nur dafür gemacht schien, daß Kinderhände daran zogen.

Dafür konnte Líza auf ihren Vater stolz sein. Wenn in einem Schacht etwas los war, fragten sie: Wo ist Šelda? Oft löste er eine Brigade nach der anderen ab, bis das Nötige erledigt war.

Seine Grube Anna Maria war die ergiebigste und die gefahrenreichste. Er kämpfte dort unten mit Gnomen, hieb der sich wehrenden Erde einen schwarzen Greifarm nach dem anderen ab. Als Líza ihm ihr Zeugnis zum Unterschreiben brachte, tat sie es mit scheuer Ehrfurcht. Ihr Vater fuhr mit seinem Blick über eine Eins neben der anderen und zog anerkennend an ihrem Haar. In diesem Moment hätte sie sich für ihn in Stücke schlagen lassen.

Aber vielleicht legte er gar keinen Wert darauf.

Ein Zeugnis war letztlich nur ein Stückchen Papier.

Dem hochwürdigen Herrn beichtete sie: Ich bin stolz gewesen.

»Worauf?«

»Auf mein Zeugnis.«

Statt sie zu mahnen, tröstete er sie. Er ließ sich nicht von den Sünden beeindrucken, die ihre Seele quälten.

Der hochwürdige Herr war mehr als liebenswürdig.

Weil sie eine Šeldová war, wie Alenka Svojsíková ihr einmal vorgeworfen hatte, ihre einzige und manchmal treulose Freundin?

Sie spielten zusammen Einkaufsladen, das Stöckchenspiel oder Kästchenhüpfen, doch am allerliebsten las Líza.

Sie vertiefte sich derart in ein Buch, daß sie nicht mehr aufhören konnte, las spät in die Nacht hinein, bis ihr die Buchstaben in den Augen brannten und die Seiten sich mit Nebel überzogen. Es war ihr unmöglich, etwas so Spannendes wie ›Im Schloß und im Dorf‹ oder ›Die Tochter des Verbannten‹ nicht fertigzulesen.

In der Schule bemerkte sie manchmal den gleichen Nebel neben den kleinen Buchstaben an der Tafel. Einmal rief der Herr Lehrer sie auf, gerade als er am winzigsten schrieb. Mit Wangen rot wie Klatschmohn las sie mühsam ab, mehr schlecht als recht, stotterte wie Žeňa Zárubová und strengte ihre Augen an, um wenigstens etwas zu erkennen und den Sinn zu erraten. Die Klasse hielt den Atem an. Alle Gesichter wandten sich dem Lehrer zu. Sogar die Jungen, die in der hintersten Bank mit einem Messer spielten, wurden aufmerksam. Würde Líza eine Abreibung kriegen oder nicht? Ihr stammelndes Ablesen war ein Ereignis.

Ein größeres Ereignis war jedoch, was der Lehrer tat.

Statt Líza anzuschreien, statt sie mit seinen knochigen Fingern zu schlagen, wie er es bei jedem anderen getan hätte, befeuchtete er den Schwamm am Waschbecken, wischte die ganze Tafel ab und begann von neuem zu schreiben, in doppelt so großer Schrift. Líza fing an zu weinen. Sie weinte so leise, daß es nicht zu hören war, doch der Lehrer drehte sich um, ging zu ihrer Bank hin und sagte: »Komm mit mir, Líza.«

Er nahm sie bei der Hand und führte sie aus dem Klassenzimmer. Offensichtlich schickte er sie nach Hause, denn er kam bald zurück, und es begann ein hartes Regime, als wollte er auf dem Rücken der anderen nachholen, was er Líza schuldig geblieben war. Seine knochige Rechte schlug in alle Richtungen. Seine Hiebe waren jedoch nicht so machtvoll, daß sie die strubbeligen Köpfe die Sensation vergessen ließen. So etwas hatte sich seit Bestehen der Schule nicht ereignet. Líza Šeldová hatte das Lesen verlernt.

Ob es so bleiben würde?

Alle wünschten sich, es möge so bleiben.

Der gierig erwartete nächste Tag brachte eine Enttäuschung. Líza war nicht in der Schule. Erst zwei Tage später kam sie wieder. Während die Klasse sie neugierig musterte, holte sie ein schwarzes Etui hervor und aus ihm eine Brille.

Als sie sie aufgesetzt hatte und sich umblickte, brüllten die anderen vor Lachen.

Sie erinnerte an einen aufgeschreckten Frosch, wie sie so dasaß, geduckt, still, bebrillt, in ihrem grünen Kleid. Sie war mit einem Mal eine ähnliche Figur geworden wie der zurückgebliebene Landstreicher Brousek, nach dem sie mit Steinen warfen.

Sie bekamen Lust, sie zu quälen, sich dafür zu rächen, daß sie vom Lehrer begünstigt wurde, daß sie eine gute Schülerin war, daß sie schöne Kleider trug, daß sie immer ein Pausenbrot dabeihatte. Irgend jemand platzte heraus: »Laubfrosch!«

In diesem Moment kam der Lehrer herein, und in seinen Augen leuchtete die Absicht auf, die ganze Klasse durchzuprügeln, einen nach dem anderen.

»Gibt es hier etwas zu lachen?« fragte er mit einer Stimme, die allen den Schweiß aus den Poren trieb.

Flehendes Schweigen war die Antwort. Er sah Líza an. Die großen runden Gläser in dem dunklen Rahmen verliehen ihrem Gesicht weitere Schatten von Traurigkeit. Der Lehrer litt nicht gerade an übertriebenem Frohsinn, aber auch in seinem Blick war zu lesen: ein Laubfröschchen. Die Brille (niemand auf dem Lande trug eine, es handelte sich um eine herrschaftliche Extravaganz) schloß Líza aus der Gemeinschaft der Kinder aus. Auch wenn ihre früheren Fähigkeiten zurückgekehrt waren, auch wenn die Kinder sie nicht zu verspotten wagten.

Am glücklichsten war sie, wenn sie nach Hause ging. Sie nahm den größtmöglichen Umweg, in angenehme Träumereien vertieft. Sie dachte sich in das Leben von Schneewittchen hinein, die den Zwergen den Haushalt führte. Dabei vergaß sie, auf den Weg zu achten, oft stolperte sie und fiel hin. Wenn sie auf diese schmerzvolle Weise wieder zu sich kam, griff sie zuerst nach ihrer Brille.

Sie musterte sie eingehend, ob sie auch nicht den kleinsten Sprung abbekommen hatte. Bei allem Kummer, den sie ihr bescherte, war sie ihr unendlich viel wert, und sie ging liebevoll mit ihr um.

Vor dem Schimpfnamen Laubfrosch hatte sie bald keine Angst mehr. Auch der schwarzhaarige Bergmann nannte sie so, dem sie regelmäßig auf dem Weg nach Šádova Hut' entgegenging und für den sie ihr Leben gegeben hätte. Als er gehört hatte, was die Kinder ihr nachriefen, hatte er gelacht und gesagt: »Laubfrosch, was für ein schöner Name.«

Aus seinem Mund klang es schmeichelhaft. Es war nicht das gleiche Wort, das die Kinder aus ihren Verstecken herausschrien.

Líza ging mit kleinen Schritten an seiner Seite, durch seine Nähe geborgen.

Einmal in ihrem kurzen Leben hatte der Zufall sich überraschend von seiner großzügigen Seite gezeigt. Es war an dem Morgen gewesen, als sie sich für den Arztbesuch in der Stadt fertigmachte. Sie zog sich überstürzt an, damit ihr Vater nicht warten mußte. Sobald sie die eine Hand im Mantelärmel hatte, griff sie nach ihrem Täschchen, in dem Berta ein zweites Frühstück vorbereitet hatte, und lief in den Flur hinaus, weil sie Schritte hörte. Anstelle ihres Vaters stand dort Vilém Svojsík.

Es verwirrte sie so sehr, daß sie den zweiten Ärmel nicht finden konnte. Er half ihr beim Anziehen.

»Dein Vater mußte auf der Grube bleiben«, sagte er währenddessen, als stünde nicht die ganze Welt kopf, »eine Kommission aus dem Ministerium ist da. Du fürchtest dich doch nicht mit mir, nicht wahr?«

Líza hätte gerne etwas gesagt, aber sie bekam keine Silbe heraus.

»Zieh dir Handschuhe an, draußen ist es kalt.«

Sie rannte in ihr Zimmer, holte die Handschuhe, und ohne sich darüber klarzuwerden, was sie tat, reichte sie sie Svojsík. Erst als er sie ihr überziehen wollte, schämte sie sich so sehr, daß es ihr die Tränen in die Augen trieb.

Svojsík wunderte sich, weshalb das Kind so rot war und weshalb es um Himmels willen weinte.

»Was hast du denn?«

Sie biß die Zähne zusammen. Bemühte sich, rasch die Tränen hinunterzuschlucken, doch es war zu spät. Vilém zog ein Taschentuch aus ihrem Täschchen und putzte ihr die Nase ab.

Diese erneute Demütigung ließ Líza am ganzen Leib beben. Die wahren Qualen warteten jedoch erst noch auf sie. Auf dem Weg nach Šádova Hut' beruhigte sie sich zwar ein wenig, die tödliche Angst fiel von ihr ab, und sie begann, auf Viléms Fragen zu antworten, doch dann kam der neue Schlag – im Zug wurde ihr übel. Svojsík begleitete sie auf die Toilette, wo sie sich erbrach. Er sagte nichts, wandte sich nicht ab, hielt ihr den Kopf und wischte ihr Gesicht ab. Doch Líza wünschte sich lieber zu sterben, als in seinen Augen Ekel und Abscheu zu sehen.

»So«, sagte er fröhlich, »jetzt ist raus, was uns Ärger bereitet hat.«

Er tupfte ihren Mund ab, führte sie durch den Gang, hob sie auf die Bank und setzte sich neben sie.

»Hast du gefrühstückt?«

»Nein.«

»Du mußt wenigstens ein Stückchen Brot zu dir nehmen.«

Er holte ein Päckchen aus seiner Tasche, aber Líza schnappte schon nach ihrem Säckchen. Sie wickelte ihr eigenes Brot aus und biß sofort hinein. Ihre Hände zitterten, und sie war so überzeugt von ihrer Schuld, daß sie zusammen mit dem Backwerk am liebsten sich selbst zerbissen hätte.

Vilém lächelte.

»Líza, du bist das gehorsamste Kind der Welt.«

Sie war wie betäubt von dem, was er sagte.

Die Räder des Zuges wiederholten: Líza, du bist das gehorsamste Kind der Welt. Gerne wäre sie das. Nur allzu gerne wäre sie das.

Sie zog ihre Thermosflasche heraus.

»Ich habe auch Tee.« Sie mußte sich unbedingt erkenntlich zeigen. »Möchten Sie?«

Er nahm einen Schluck.

Die Räder des Zuges versicherten ihr unaufhörlich: Líza, du bist das gehorsamste Kind der Welt.

Sie hatten die Stadt erreicht. Vilém nahm Líza bei der Hand und führte sie von Schaufenster zu Schaufenster, bis sie beim Arzt angelangt waren. Líza ängstigte sich, was geschehen würde, aber der Doktor machte mit ihr nur Spiele mit bunten Scheiben, auf denen Buchstaben standen. Die Farben erkannte sie gut, mit den Buchstaben tat sie sich schwerer. Sie las schlecht, sehr schlecht. Der Doktor runzelte die Stirn und schüttelte den Kopf. Wäre Vilém nicht dabeigewesen, der Líza anlachte, wäre sie in Tränen ausgebrochen.

Dann bekamen sie einen kleinen Zettel ausgehändigt, und alles war vorbei.

Draußen kauften sie eine Brille, und Líza setzte sie sich auf die Nase. Sie wirkte wie ein Zauberstab. Die Welt wurde schärfer, entfernte Gegenstände vergrößerten sich und rückten näher.

Auf der Straße gab es genug Spiegelflächen, und Vilém hob sie vor fast jeder hoch. Sie sah sich inmitten von Hüten, Wäschestükken, Schmucksachen.

»Wenn du wüßtest, wie dir die Brille steht!«

Sie wußte es.

Er ging mit ihr in einen Spielzeugladen.

»Such dir etwas aus.«

Die Verkäuferin, die selbst wie eine angemalte Puppe aussah, legte vor ihr lauter Schätze aus: einen Teddybären, eine Trachtenpuppe, einen Hund …

Sie trug immer mehr Waren zusammen und wurde allmählich ungeduldig.

Líza, die noch keine Silbe von sich gegeben hatte, faßte den Bergmann am Mantel.

»Onkel …«

»Such dir etwas aus!«

Sie schüttelte den Kopf.

»Willst du denn kein Spielzeug?«

Lízas zitternde Lippen hielten Vilém von weiterem Drängen ab. Er entschuldigte sich bei der Verkäuferin und führte das seltsame Kind auf die Straße hinaus.

Líza senkte ihren Blick, sie fühlte, daß sie ihn gekränkt hatte, und verging fast vor Bedauern, daß sie sich nicht hatte entscheiden können, daß sie nichts anzurühren gewagt hatte, daß irgend etwas sie von all dieser Pracht weggezogen hatte, von der es zuviel gab.

Der schwarze Bergmann konnte sie halbwegs begreifen.

»Mach dir nichts draus, Líza«, sagte er versöhnlich. »Magst du etwas essen?«

»Nein.«

Vilém Svojsík, der etwas von Kindern verstand, wußte sich plötzlich keinen Rat mehr.

»Etwas mußt du essen, sonst wird dir wieder schlecht.«

»Dann esse ich etwas.«

»Wir kaufen uns Kuchen und Kakao, ja?«

»Ja.«

Bis sie in der Milchtrinkhalle fertiggegessen hatten, war Lízas Kummer darüber, daß sie Vilém Ärger bereitet hatte, so unerträglich, daß sie ihn schließlich ansprach. »Sind Sie jetzt böse auf mich?«

»Warum sollte ich böse sein? Hör auf, Angst zu haben, und lach einmal.«

Líza lächelte angestrengt, mit zitternden Mundwinkeln. Vilém bemerkte, daß es das Kind nur quälte. Sie gingen schweigend nebeneinander her, beide in Gedanken versunken. In den Straßen breitete sich die Abenddämmerung aus.

»Du bist müde, Líza, aber bald sind wir am Bahnhof, und im Zug kannst du schlafen.«

Líza dachte überhaupt nicht an Schlaf. Die von den Neonlichtern erhellte Stadt kam ihr märchenhaft schön vor. Halblaut las sie die Leuchtschriften ab, die sie nicht verstand: UNION, CHAPEAUX, CAFÉ, ROYAL …

Dann bekam sie Angst, daß sie sich wieder übergeben müßte.

Doch diesmal blieb ihr Magen ruhig.

Es war eine herrliche Fahrt. Vilém und sie saßen sich gegenüber und erzählten sich, was sie in der Stadt alles gesehen hatten. Jede Kleinigkeit war ihnen erwähnenswert.

Vor dem Tor der väterlichen Villa nahm Líza all ihren Mut zusammen.

»Onkel, darf ich Ihnen zur Anna Maria entgegengehen?«

Er machte große Augen.

»Natürlich darfst du das.« Bewegt und gerührt strich er über ihr Haar. »Von heute an sind wir alte Freunde.«

Er läutete nach Berta und verschwand in der Dunkelheit.

Und deshalb war Lízas Brille all das Unrecht wert! Sie durfte sich wie jeder andere auch in das Gewühl von Bergmännern mischen, die gerade aus dem Schacht herausgefahren kamen, durfte einen von ihnen heraussuchen und nach ihm rufen. Dies alles durfte sie, doch sie stand ein wenig auf der Seite, so daß Vilém sie nicht übersehen konnte.

»Líza!«

Wer weiß, woran Kinder ihre Mutter erkennen. Doch sie erkennen sie untrüglich.

6

Vilém Svojsík ging nicht mehr zur Arbeit.

Alenka hatte in der Schule gesagt, daß er sterben würde.

Líza ging trotzdem jeden Tag zur Anna Maria und wartete auf ein Wunder.

Er erschien nicht.

Eines Morgens erzählte Alenka ihr, daß er gestorben sei.

Líza kauerte in ihrer Bank wie eine kranke Maus.

Mit glühender Stirn verließ sie an diesem Tag die Schule, und auf dem Weg begegnete sie ihren Träumen, tot wie Vilém, steif und weiß.

Schneewittchen lag in ihrem Sarg, und um sie herum weinten die Zwerge.

Statt nach Hause ging sie immer tiefer in den Wald hinein. Sie wollte ihr Elend irgendwohin tragen, in einen Winkel, in den Schatten.

Sie gelangte zu der Schlucht, in die die Dorffrauen zerschlagene Töpfe, verschimmelte Strohsäcke und Scherben hineinwarfen. Und dort, unter rostigen Drähten und Abfall, entdeckte sie die Puppe von Alenka Svojsíková. Sie lag zwischen dem anderen Gerümpel, schmutzig und zerrissen. Vor Aufregung bekam Líza weiche Knie. Sie kletterte in die Schlucht hinunter, stürzte sich auf die gemarterte Puppe, drückte das entstellte Gesicht an sich.

Mehrere Tage lag sie krank im Bett. Berta machte feuchte Kompressen und legte sie ihr um den Kopf. Der Arzt kam und darauf die strenge alte Lucka Vojničová. Sie gab Berta Kräuter, aus denen sie Tee kochen sollte.

Die Krankheit betrübte Líza keineswegs. Im Schrank unter ihren Kleidern hatte sie die schäbige Puppe versteckt, und jedesmal wenn die Dienstmagd nicht in der Nähe war, spielte sie mit ihr. Sie badete sie in Seifenwasser, nähte ihr Arme und Beine wieder richtig an, zog ihr ein buntes Kleidchen über, das sie aus ihrer alten Schürze zusammengeschneidert hatte.

Berta kümmerte sich zum Glück nicht um Líza. Sie hielt sie für ausreichend groß und selbständig.

Sobald sie auf den Beinen stand, kochte sie sich ihren Tee selbst. Einmal überraschte die Kräuterfrau sie dabei, und auf ihrem strengen Gesicht ging die Sonne auf. Von da an fürchtete sich Líza nicht mehr vor ihr.

Die verschönerte Puppe lag in einer Schuhschachtel, und es war hauptsächlich ihr zu verdanken, daß Šeldas Tochter wieder gesund wurde.

Die Klasse tuschelte ihr zur Begrüßung Laubfrosch zu, und sie lächelte.

Bald hörten sie auf, sie so zu nennen.

Viléms Puppe verlieh ihr solche Kräfte, daß sie selbst zu kämpfen fähig wurde und dabei heldenhaften Mut entwickelte. Sie brachte es fertig, Alenka Svojsíková ins Gesicht zu sagen, daß sie ihr die weggeworfene Puppe nicht zurückgeben werde.

Die Mitschülerinnen hatten die Puppe durch Zufall bei Líza entdeckt. Sie ertappten sie dabei, wie sie im Wald mit ihr spielte. Wie sie die Lumpengefährtin über kleine Pfade führte und mit ihr redete. Alenka lag schon lange nichts mehr an der Puppe, aber sobald sie feststellte, daß sich jemand ihren Besitz, und sei er ein weggeworfener, angeeignet hatte, erwachte kindlicher Egoismus in ihr. Sie geriet in Zorn und schrie, sie sei bestohlen worden. Das häßliche Spielzeug erhielt mit einem Mal enormen Wert.

Hätte Líza die Lippen verzogen und die Puppe fallen lassen, wäre alles in Ordnung gewesen. Alenka hätte sie nicht aufgehoben, sie hätte ihr einen Tritt versetzt. Aber Líza hielt die Puppe fest umklammert und rannte davon.

Das Gerechtigkeitsgefühl der Kinder kehrte sich augenblicklich gegen sie.

Diebin! Elende Diebin!

Ein Strauch, über den Alenka stolperte, verhalf Líza zur Flucht. Sie sprang ins Dickicht hinein und versteckte sich dort, bis die wütenden Mitschülerinnen ihre vergebliche Suche aufgaben.

Am nächsten Tag in der Schule forderte Alenka erneut ihr Eigentum ein.

Líza sagte: »Ich gebe dir die Puppe niemals.«

Durch die Klasse ging ein Raunen.

Der Lehrer mußte den unheilverkündenden Auflauf vor Lízas Bank auseinandertreiben.

»Herr Lehrer«, kreischten die Kinder, »die Šeldová hat der Svojsíková die Puppe gestohlen!«

»Still. Alle auf ihre Plätze.«

Er würde der Sache nachgehen, und diesmal würde Líza es abbekommen. Über den Lehrer konnte man vieles sagen, aber gerecht war er.

»Svojsíková, erzähle mir, was los ist.«

»Líza Šeldová hat meine Puppe geklaut. Ich habe gesehen, wie sie im Wald mit ihr gespielt hat. Sie will sie mir nicht zurückgeben.«

»Šeldová«, die Stimme des Lehrers wurde unwillkürlich weicher, »was sagst du dazu?«

»Ich habe die Puppe gefunden.«

»Wo?«

»In der Schlucht.«

»Du hast sie gefunden und nicht gewußt, wem sie gehört?«

»Ich wußte, daß sie Alenka gehörte. Sie hat sie dort weggeschmissen.«

»Svojsíková, was sagst du dazu?«

»Ich habe sie nicht weggeschmissen, ich habe sie verloren. Und dann habe ich sie gesucht. Ich will die Puppe wieder.«

Alenka plärrte, und die ganze Klasse unterstützte sie mit gedämpftem Gemurmel.

»Šeldová, hast du zu Hause noch eine Puppe?«

»Nein.«

Der Lehrer glaubte etwas zu begreifen.

»Komm nach dem Unterricht in mein Büro.«

»Ich will meine Puppe!«

»Ruhe. Morgen wird Líza sie dir zurückgeben. Morgen bringst du die Puppe mit in die Schule, Šeldová.«

»Ich gebe ihr die Puppe nicht.«

Der Lehrer erstarrte.

»Wenn sie nicht dir gehört, mußt du sie zurückgeben. Du willst doch nicht, daß man schlecht über dich spricht. Du bekommst eine andere Puppe. Wir werden in meinem Büro darüber reden.«

Alenka verstummte. Sie begriff, daß sie Líza zu einer neuen Puppe verholfen hatte. Vor Wut wäre sie fast geplatzt.

Allerdings zeigte Líza an einer neuen Puppe nicht das Interesse, das Alenka und der Lehrer erwartet hatten. In seinem Büro wiederholte sie verbohrt, daß sie die alte behalten werde. Der Lehrer wurde zornig. Woher hatte sie diese Renitenz auf einmal? Der größte Rabauke von Želary war ein sanftes Kätzchen gegen sie!

»Erkläre mir, warum dir soviel an der schmuddeligen Puppe liegt?«

»Sie ist nicht schmuddelig.«

»Ich habe gefragt, warum dir soviel an ihr liegt.«

»Weil ich sie gern habe.«

Das war ein Grund, Kruzitürken!

»Willst du eine Diebin sein? Willst du, daß man mit dem Finger auf dich zeigt?!« Der Herr Lehrer hatte recht, und Líza geriet ins Schwitzen. »Du bekommst eine Zwei in Betragen. Ich werde deinen Vater vorladen!«

Die Angst vor ihrem Vater brachte Líza fast um. Sie war jedoch entschlossen, nicht einmal ihm die Puppe herauszugeben. Sollte passieren, was wollte!

Sie versteckte sie auf dem Dachboden hinter einem Holzkoffer und deckte sie mit einem mottenzerfressenen Lumpen zu. Ihr Vater brauchte übrigens nicht mit dem Herrn Lehrer zu sprechen. Berta servierte ihm die Katastrophe zum Kaffee. Im Dorf wurden die Affären der Kinder ebenso wie die der Erwachsenen diskutiert.

Der Ingenieur ließ sein beschuldigtes Kind zu sich kommen.

»Mädchen, es heißt, du habest irgendeine Puppe gestohlen.«

Líza fühlte sich wie ein aufgespießter Schmetterling. Bei jedem Aufzucken, mit dem sie sich befreien wollte, drang das todbringende Metall tiefer.

»Sprich. Hast du so eine Puppe?«

»Ja.«

»Dann bring sie her.«

Líza rührte sich nicht.

»Hol sie«, wiederholte ihr Vater nachdrücklich.

»Ich gebe die Puppe nicht her.«

Jetzt hatte sie es gesagt. Jetzt würde etwas Schreckliches geschehen. Lieber Vilém, betete das Kind, lieber Onkel Vilém!

Der Ingenieur stellte sich vor Líza, als hätte er sie nie zuvor gesehen.

»Wem gehört die Puppe?«

»Alenka Svojsíková. Aber sie hat sie weggeworfen.«

»Sie hat sie weggeworfen?«

»Ja. Ich hab sie in der Schlucht gefunden.«

»Und du gibst sie ihr nicht zurück?«

»Nein.«

Ingenieur Šelda fing an zu lachen.

»Mädchen, du hast dir diese Puppe verdient. Behalt sie und gib sie niemandem, und wenn ein ganzes Regiment anrückt, um sie zu holen.«

Alenka Svojsíková bekam eine Fünfzigkronennote. Den größten Geldschein, den die Klasse je gesehen hatte.

Am selben Tag noch stahl ihn ihr jemand.

Ein Barbarazweig für den Liebsten

I

»Großmutter.«

»Rufst du mich, Lenička?«

»Es kam mir vor, als wäre etwas runtergefallen. Hast du nichts gehört?«

»Ich habe nichts gehört, ich bin ein taubes altes Weib, aber vielleicht ist wirklich etwas hinuntergefallen. Mach Licht.«

Bevor das junge Mädchen die Petroleumlampe ertastet hatte, ertönte ein Miauen, und etwas Schweres glitt auf ihr Bettzeug.

»Mohrchen! … Das ist Mohrchen, Großmutter! Was treibst du dich hier rum, Katervieh, wieso spielst du so verrückt?«

Der Kater tigerte unruhig unter ihrer Hand herum und miaute fortwährend.

»Er möchte etwas, Großmutter. Was willst du, Miezer? Hinaus? Er riecht etwas von der Türe her.«

»Brok hat wieder einen erfrorenen Hasen angeschleppt. Bleib liegen, ich mache ihm auf. Vielleicht kommt das Tier wieder zu sich. Erinnerst du dich noch?« Vom Bett neben dem Ofen her erklang schrilles Lachen. »Du hast damals geweint, ich habe ihn hinausgeworfen, und Brok hat ihn wieder angeschleppt, ihn abgeleckt, und auf einmal ist der Hase hochgeschnellt. Die Tiere verstehen sich, Lenička.«

Das Mädchen hatte inzwischen Licht angezündet, war aus dem Bett gesprungen und schloß die Tür auf. Das Fell des Katers sträubte sich.

Von draußen war ein erbärmliches Winseln zu hören.

»Brok, was hast du denn?«

Der kleine krummbeinige Hund kam auf sie zugeschaukelt, lief jedoch nicht bis zu ihr hin, sondern blieb stehen, hob seinen Kopf und jaulte.

Sie kehrte in die Stube zurück, zog sich die Pantoffeln an, warf sich ein Wolltuch über die Schultern.

»Brok hat etwas auf dem Hof, Großmutter.«

»Zieh dir Strümpfe an, sonst erkältest du dich. Wer weiß, was für eine Dummheit er wieder …«

Das junge Mädchen hörte das Geplapper der Großmutter schon nicht mehr. Sie war auf den Hof hinausgegangen.

Eine sternenklare Nacht.

Sie sah sich nach der Ursache des Hundegejammers um und fand sie hinter dem Tor. Dort lag ein dunkles Bündel, das nicht hierhergehörte. Sie ging darauf zu, starrte es wie gebannt an. Ihr Esel Baryk lag dort in einer Blutlache.

Sie ließ sich neben ihm in den Schnee fallen.

»Baryk, ich bitte dich, stirb nicht!«

Der Leib des Esels war bereits kalt. Lenka schnallte sein ledernes Halsband mit den glänzenden Metallplättchen ab, als wollte sie ihn von jeder Last befreien. Wie geistesabwesend zerrieb sie stumm das Halsband in ihren Händen, mit trockenen Augen. Doch durch ihren halbkindlichen Körper lief eine Welle nach der anderen.

Eine breite Spur zog sich durch den Schnee, offensichtlich hatte sich Baryk von irgendwo bis hierher geschleppt. Sie lief der Spur nach. Der krummbeinige Hund saß neben dem Tor und heulte eine herzzerreißende Klage für seinen erschlagenen Gefährten.

Schnee drang in die Pantoffeln von Lenka Lipková, doch sie fühlte die Kälte nicht. Sie glühte am ganzen Leib.

Dieses Mädchen war furchterregend in seinem Zorn. Slávek, den Sohn der Bojarin, hatte sie beinahe bewußtlos geschlagen, als er mit seiner Schleuder eines der Zwerghühner erschossen hatte. Man hatte sie von ihm losreißen müssen.

Anschließend hatte sie dem geprügelten Jungen Bonbons gebracht und Schäfchen mit ihm gespielt. Seit jener Zeit war Slávek häufiger bei den Lipkas zu finden als zu Hause.

Baryks Spur führte zu der nicht weit entfernten Villa des Ingenieurs Šelda. Lenka lief durch den kleinen Vorgarten und pochte an die Tür. Eine Weile herrschte Stille, dann wurde die Tür geöffnet. In ihr stand der Ingenieur. Er lehnte sich an die Wand. In dem dunklen Vorraum war nur seine Silhouette zu erkennen. Zu einem anderen Zeitpunkt hätte die schüchterne Lenka sich kaum zu einem Gruß aufgerafft, jetzt konnte nichts auf der Welt sie mehr schrecken.

»Herr Ingenieur ...«, ihre Stimme zitterte, aber nicht vor Scheu, »... was hat unser Baryk hier gemacht?!«

Der Ingenieur sah sie verständnislos an, nickte ein wenig mit dem Kopf, als würde er über ihre Frage nachdenken.

»Wer hat ihn umgebracht?!« schrie sie, und plötzlich erblickte sie auf den Stufen den genagelten Stock. »Sie?! ... Warum?! ... Was hat Ihnen der arme Baryk getan?!« Sie bebte und schlotterte.

Der Ingenieur kam die Stufen herunter. Er stützte sich schwer aufs Geländer. Sie roch seinen Atem. Er war betrunken.

»Mein Baryk!« Sie wollte es herausschreien, verschluckte sich aber an den Tränen. »Warum haben Sie ihn umgebracht?!«

Endlich verstand er, wovon die Rede war.

»D-Dieser Hund? ... Er ist mir vor die F-Füße gelaufen ... hat mich angesprungen!«

»Baryk?! Baryk ist kein Hund, sondern ein kleiner Esel! Und nie im Leben hätte er jemanden angesprungen!« Jetzt hatte sie ihre Stimme wiedergefunden, jetzt schrie sie.

»Ein Esel?« grübelte der Ingenieur, der über dem Geländer hing und sich nun halb aufrichtete. Er zuckte mit den Achseln.

Diese Geste raubte Lenka den Verstand. Sie umschloß das Halsband und schleuderte es Šelda mit aller Kraft ins Gesicht. Die

Metallplättchen schnitten in seine Haut hinein. Im matten Lichtschein des heraufziehenden Tages sah sie das Blut hinunterfließen, nicht ganz schwarz und auch nicht ganz rot.

»Gestern war Heiligabend«, brachte sie unsinnigerweise mit heiserer Stimme heraus und starrte unverwandt auf das Blut, das aus den unsichtbaren Rissen hervorquoll.

Die müden, halbgeschlossenen Augen des Ingenieurs leuchteten auf einmal auf.

»Pavlína!«

Noch mehr als die merkwürdige Anrede verwirrte sie der Klang seiner Stimme.

»Ich bin nicht Pavlína.«

»Pavlína«, flüsterte er hartnäckig. Er trat auf sie zu und umfaßte ihre Schultern.

»Ich bin nicht Pavlína! Lassen Sie mich los!«

Er preßte sie an sich, als hinge sein Leben davon ab. Sie sah über sich seine Augen, unheilvoll und zärtlich wie Lichter aus entfernten Welten.

Šelda geriet ins Taumeln, berührte mit einer Hand die Erde, ließ sie aber nicht los.

»Pavlína.«

Er hob sie hoch – mit starren Blicken, die sie verschlangen – und bemühte sich, sie fortzutragen.

Er stolperte über eine gefrorene Erdscholle und ließ sie in den Schnee fallen. Er sank zu ihr hinunter und versuchte, sie erneut hochzuheben. Es gelang ihm, ihr eine Hand unter den Rücken zu schieben.

Pavlína!

Sein Atem versengte sie, und sie fühlte seine Lippen auf ihrer Schläfe.

Pavlínka!

Warme Tropfen flossen über ihre Backen, er schien zu weinen.

Das ist ein Traum, dachte sie. Es kann nichts anderes sein.

Ein Traum, wie sie ihn noch nie geträumt hatte.

Die Umarmung eines schwer betrunkenen, weinenden und unzurechnungsfähigen Mannes, der wie ein Sterbender sein letztes Wort röchelt.

Ein Traum, aus dem sie erwachen würde, wie sie bisher aus jedem Traum erwacht war.

2

Die Hühner der Lipkas hörten auf zu legen. Das bedeutete, daß der Winter noch lange dauern würde, obwohl auf dem Fluß schon das Eis knackte und Slávek Lenka die ersten Märzenbecher brachte. Die Großmutter steckte sie in eine Vase, die sie aus Velehrad mitgebracht hatte. Sie stellte sie aufs Fensterbrett neben die Barbarazweige – die am Aufblühen waren – und sprach zu ihnen, denn sie war es gewohnt, mit allem auf der Welt zu sprechen.

Das Mädel trägt zu schwere Einkäufe, ich sage ihr immer, Lenička, schone dich, eigentlich sollte sie schon hier sein, hoffentlich fängt es nicht wieder an zu schneien, manchmal schneit es bis Mai, aber nein, es wird nicht schneien, die Hühner stäuben sich nicht, kschsch, habe ich mich erschrocken, geh weg, Kater, die Suppe kocht ja schon, wo habe ich nur den Knoblauch, das Mädel macht mir Sorgen.

Wie die Welt eines Kindes zerfiel die Welt der Großmutter in tausend Einzelheiten. Mit ihren alten Augen sah sie nur noch ein paar Schritt weit, mit ihren alten Ohren hörte sie nur die nächsten Geräusche, doch das Leben hatte sie rechtschaffene Weisheiten gelehrt, ihr ein paar Gewißheiten geschenkt, an denen nicht zu rütteln war.

Sie nahm die Suppe vom Herd und sah auf die Uhr. Die beruhigte sie. Sie setzte sich auf die Bank neben den alten Kater, der gleich die Gelegenheit nutzte und sich behäbig auf ihrem Schoß niederließ. Sie setzte ihre Brille auf und öffnete ein abgegriffenes

Heft mit einem schauerlichen Bild darauf. ›Das Geheimnis des Grafen Adrian‹.

Mit solcher Literatur versorgte Slávek sie. Durch Bestechungen und Versprechungen, häufiger noch mit Fäusten knöpfte er sie seinen Freunden ab, die alte Truhen durchstöberten und die Schätze räuberten, die dort generationenlang aufbewahrt worden waren.

Die Großmutter las Sláveks Funde mit größtem Vergnügen, denn ihr ganzes Leben, all ihre Erfahrungen, alle durchlebten Abenteuer, alles, was sie sich überhaupt vorstellen konnte, wurde hier mit jeder Seite um ein Vielfaches überboten, über die sich die Ereignisse wälzten wie eine Lawine.

Ab und zu hielt die alte Frau in ihrer Lektüre inne und stieß verblüfft aus: Daß so etwas möglich ist!

Es kam ihr nie in den Sinn, daß der schreckliche Adrian bloß die Erfindung eines gewinnsüchtigen Schreiberlings war, sie glaubte nämlich, das gedruckte Wort sei die reine Wahrheit.

Neben Sláveks Heftchen lagen im Regal noch ein paar Kalender, die ihr metaphysische Fragen zu bewältigen halfen.

Slávek, der den Lesehunger der Großmutter anfangs falsch interpretierte, hatte versucht, sie zu einem Schuß mit seiner Schleuder oder zu einem Messerwurf zu verführen. Er erhielt dafür ein paar Ohrfeigen, die danebengingen, und einen gründlichen Tadel, der ebenfalls danebenging, das Messer wurde ihm weggenommen und so einfallsreich versteckt, daß es sich zehn Minuten später schon wieder in seinen bodenlosen Taschen befand.

Darauf überlegte sich der Junge einen anderen Scherz mit der Großmutter. Er kam ganz atemlos zu ihr gerannt.

»Was ist, was ist?« erschrak die Alte über seine Miene.

»Frau Lipková, ich bin zwei Gangstern begegnet!«

»Gott, ist das ein dummer Junge! Gibt es bei uns etwa Gangster?!«

»Der eine hat auf mich geschossen und dazu Caramba gerufen!«

»Wer weiß, was du gesehen hast. Wahrscheinlich war es der Förster. Hihihi! Lenička, komm mal her, er soll dir mal erzählen, was ihm gerade Angst eingejagt hat, ach Gottchen, ist dieser Junge dumm!«

Die Großmutter lachte Tränen.

Es gab für sie keine komischere Vorstellung als das alte, alltägliche, bis zum Überdruß bekannte Tal von Želary, durch das Leute tobten, die Caramba riefen. Sie konnte gar nicht aufhören zu lachen und schüttelte den Kopf über Sláveks Dummheit. Der Junge gluckste ebenfalls. Der eine fand den anderen unaussprechlich komisch.

Der Duft des Exotischen erregte die Großmutter noch aus einem anderen Grund. Er weckte in ihr Erinnerungen an Vratislav Lipka, ihren Zweitgeborenen, der sein Glück in Amerika gesucht hatte. Seiner Mutter hatte er als Andenken die kleine Lenka hinterlassen.

Zweimal hatte er ihr geschrieben, das letzte Mal vor acht Jahren.

Es geht mir gut, Mutter.

Er wies ihr Mitleid über seine gequetschten Daumen ab. Es tut nicht weh, Mutter, es tut nicht weh.

Ich komme bald zurück.

Er würde nie zurückkommen.

Von elf Kindern war ihr nur der jüngste Sohn, Michal, ihr Míša, geblieben. Sie wurde jedesmal starr, wenn sie an ihn dachte, denn Míša trank. Niemand aus der Familie war dem verfallen, nur er.

Er hatte sich reich verheiratet, aber auf der Ehe hatte ein Fluch gelegen. Von Anfang an. Wer weiß, wer alles ihr Liebhaber gewesen war.

Míša hatte sie trotzdem geliebt. Er war bereit zu vergeben.

Sie lief mit Štěpán Gryc auf und davon, einem Arbeiter aus dem Stahlwerk.

Dann wurde sie wieder zurückgebracht und arbeitete eine

Weile im Wirtshaus, von wo Schürzenjäger Šelda sie sich zur allgemeinen Entrüstung als Haushälterin wegholte.

Nun lebte sie angeblich im Kloster.

Míša würde wieder kommen und Geld wollen. Wo sollte sie es hernehmen? Ich kann doch Lenka nicht bestehlen, und dabei tue ich es bereits. Gott strafe die Ehebrecherin!

Die Uhr tickte. Die Großmutter saß mit gefalteten Händen da, nickte ein wenig ein. Hätte sie auf das Zifferblatt gesehen, wäre sie erschrocken.

Sie sollte schon da sein. Sie sollte schon längst da sein.

Mit einem Tritt flog die Tür auf, und ein schwarzes Individuum mit einer merkwürdigen Last auf der Schulter betrat den Raum.

Die Alte schrie auf. Diesmal war es nicht Slávek Lektüre, diesmal war es die Wirklichkeit, die vor ihren Augen ablief.

»Mein Gott, Lenička, was ist passiert?«

»Nichts, Großmutter«, antwortete ihre Enkelin, die mit den Zähnen klapperte. »Ich bin in den Fluß gefallen.«

»Heilige Mutter Gottes! ...«

Der schwarzhaarige kräftige Kerl griff nach der Klinke.

»Vilém!« Lenka faßte ihn um die Taille. »Wo willst du hin?!«

»Mach dir keine Sorgen ...«

»Wenn du gehst, hole ich dich zurück!«

»Lenička, laß ihn doch ...«

»Nein, ich lasse ihn nicht!«

»Kommt wenigstens an den Ofen!« Die Großmutter versuchte, sie beide an ihren nassen Kleidern zu ziehen.

»Vilém, ich hab dir gesagt, ich hol dich zurück! Mir passiert schon nichts, aber ...«

»Aber mir?! Weil ich schwindsüchtig bin?!«

Anstelle eines Gelächters war nur das fröstelige Klackern seiner Zähne zu hören. In den Haaren und Brauen des Mannes schmolzen dünne Eisfäden. Er schüttelte sich vor Kälte und biß die Zähne zusammen.

Doch er wagte nicht davonzugehen.

»Vilém ... nimm Vernunft an!« Die Großmutter umfaßte seinen Arm mit ihrer runzligen Hand. Ihre verblaßten Augen glänzten vor Tränen. »Komm!«

Vilém ließ die Klinke los.

»Zieht euch andere Schuhe und Kleider an. Beide. Und zwar sofort!« Sie zog Vilém in die Stube.

»Er will nicht, Großmutter. Er will, daß wir beide sterben.«

»Macht mit mir doch, was ihr wollt!«

Die Großmutter lief wie eine Wachtel zwischen ihren bedrohten Jungtieren umher. Sie staffierte Vilém mit ihren Röcken und Joppen aus, bis er wie für Fasching verkleidet aussah. Er ließ sich sogar eine altmodische Haube aus ihrer Aussteuer umbinden.

Lenka mußte lachen, aber er war ihr nicht böse. Er war glücklich, daß sie ihn anlachte. Sie setzten sich an den Ofen, jeder mit einer Schüssel Suppe auf dem Schoß.

»Lenička, ich lege euch das Bügeleisen unter die Füße. Du trägst zu schwere Einkäufe, das sag ich dir immer. Oder bist du ausgerutscht?«

»Ich weiß nicht, Großmutter. Als ich auf dem Steg war, ist mir plötzlich schwindlig im Kopf geworden, und schon war ich im Wasser. Vielleicht bin ich ausgerutscht, der Steg ist völlig vereist. Ich kann mich nicht erinnern, was genau passiert ist. Die Einkäufe hat es jedenfalls weggeschwemmt.«

»Gott sei Lob und Dank«, sagte die Alte und faltete die Hände. Es war klar, wofür sie dankte.

Lenka nahm die leere Schüssel von Svojsíks Schoß und stellte sie auf den Tisch.

»Vilém, heute wirst du es nicht zur Schicht schaffen.«

»Das macht nichts.« Er sah sie mit fiebrig entzündeten Augen an.

»Sobald Slávek kommt, soll er zu dir nach Hause gehen, trokkene Kleider holen.«

Slávek Bojar kam jeden Nachmittag, um der Großmutter im Laden zu helfen. Sobald er den Unterricht hinter sich hatte, klopfte er an die Tür. Er pflegte hier zu vespern und zu Abend zu essen, verstand die Lipka-Hütte als sein zweites Zuhause.

»Laß die Füße am Bügeleisen, das tut gut.«

Vilém war durch den flehenden Ton der Großmutter beschämt. Er hatte nur kurz die Füße zurückgezogen, bevor das heiße Eisen ihm die Zehen verbrannte.

Der Kater sprang auf Lenkas Schoß und begann zu schnurren.

Svojsík empfand die Hütte der Lipkas als Paradies. So in etwa hatte es auch bei ihnen zu Hause ausgesehen, als er ein Kind war. Er sah sich schweigend um, seine Augen unter den schwarzen Strähnen brannten, sein Atem ging pfeifend, doch er spürte, daß er außer Lenka und einer tödlichen Erkältung noch etwas anderes aus dem eisigen Flußwasser gefischt hatte, daß er etwas heraufbeschworen hatte, was sich gerade näherte und jedes Opfer wert war.

Ausstaffiert wie ein Idiot oder ein Pennbruder, mit einem Bügeleisen unter den eisigen Zehen, traf er zum ersten Mal in seinem Leben auf eine liebliche Vision, die bisher nie seinen Weg gestreift hatte. Mit dem Sprung ins Wasser dem ertrinkenden Mädchen hinterher hatte sein Leben einen Sinn angenommen.

Sie streichelte den schwarzen Kater, dessen Fell Funken sprühte.

»Deine Barbarazweige blühen bald auf«, sagte er.

»Ich werde dir einen geben.«

Das hatte er nicht provozieren wollen. Er verstummte.

»Wieviel Geld bekommst du für eine Schicht?«

»Wieso fragst du?«

»Nur so.«

»Damit du mir diesen Tag bezahlen kannst?«

»Lenička, das Teewasser kocht«, mischte die Großmutter sich mahnend ein.

»Warum denkst du das Schlimmste von mir?«

»Was soll ich denn denken?«

»Ich wollte nur wissen, um wieviel deine Schwägerin jetzt

kommt, du gibst ihr doch jeden Heller, nicht wahr?« Lenka konnte sich nicht zurückhalten, denn sie war eben noch ein Kind.

»Umsonst ernährt mich keiner.«

»Umsonst? Die Hütte gehört doch dir.«

»Lenička, kommt da nicht Slávek?« versuchte es die Großmutter von neuem.

Ihr flehender Ton ließ die Enkelin stutzen.

»Nein, Großmutter«, antwortete sie ihr schuldbewußt, »das ist der Wind... Setz dich, ich räum das weg. Vilém hält dich solange, Katerchen.« Sie setzte dem Mann das Tier in die Arme. Es war eine Versöhnungsgeste.

»Wo habt ihr denn euren Baryk?«

Das Mädchen wandte sich abrupt um. Sie lief rot an.

»Das weiß doch schon jeder.«

Die Großmutter legte den Finger auf ihren Mund. Vilém verstand nicht.

»Es weiß doch jeder, daß er erschlagen wurde.«

»Erschlagen? Von wem?«

Lenka sank ins Bettzeug der Großmutter.

»Lenička, er wollte dich nicht daran erinnern, er wußte es nicht.« Sie ging in den Laden hinüber.

»Ich wußte es nicht«, sprach Vilém ihr nach, und die Kehle wurde ihm eng.

Lenka kämpfte mit aller Kraft gegen die Tränen an, und ein neuer, bislang unbekannter Schmerz zerriß ihr das Herz, sie jammerte wie der Fluß, auf dem das Eis zersprang, ihr Wehklagen war abgrundtief.

Vilém erschrak darüber. Er warf den Kater ab und setzte sich neben sie auf das breite Bett.

»Ich habe es wirklich nicht gewußt!«

Lenkas Kopf flog aus den Federn hoch und stieß gegen ihn.

»Du?! Kannst du denn für irgend etwas? Du bist doch selbst so ein Baryk! ... Wenn nur alle so wie du wären, Vilém! Wenn nur alle so wären wie du!«

Und sie weinte und weinte, schon lange nicht mehr wegen des Esels. Als Slávek auftauchte, war er verblüfft über den Anblick, der sich ihm bot. Svojsíks strenger Blick kühlte seine Heiterkeit zwar etwas ab, dennoch war er überzeugt, daß auf Lenkas Wangen gerade Lachtränen trockneten. Er ging kichernd zur Großmutter in den Laden hinüber. Im Flur stieß er mit seiner Nase gegen Hosenbeine, die dort zum Trocknen auf der Leine hingen, und als er merkte, daß die Hose naß war, erriet er in etwa, was sich zugetragen hatte, und begriff, warum Vilém in seiner Vermummung so erbärmlich wenig Sinn für die Komik der Situation bewiesen hatte.

»Slávek, geh dem Vilém ein paar trockene Kleider holen«, begrüßte ihn die Großmutter.

Slávek verspürte nicht die geringste Lust dazu. Bei der alten Svojsíková hatte er ein paar Schulden, und man konnte nie wissen, was ihr Gedächtnis noch hergab. Er schlenderte zurück in die Stube, in der törichten Hoffnung, dort eine angenehmere Beschäftigung zu finden.

»Slávek, du gehst trockene Kleider für Vilém holen«, teilte Lenka ihm mit.

Jetzt verging dem Bengel die Heiterkeit.

Er machte zunächst einen Abstecher nach Hause und holte sich ein Stück Brot, weniger um sich zu stärken, als um die unangenehme Aufgabe hinauszuzögern. Zweimal ging er um die Hütte der Svojsíks herum, bevor er anklopfte. Die Alte verfinsterte sich, sobald sie ihn sah, doch als er seine Botschaft losgeworden war, verlagerte sich ihr Groll vom einen auf den anderen.

Der Junge hörte sich amüsiert ihre Zornesäußerungen an, als sie Viléms Oberkleider vom Haken nahm und in der Truhe nach Wäsche wühlte. Er erachtete es nicht für nötig, sie über den wahren Stand der Dinge zu informieren, und machte ihr weis, Vilém sei von Freunden ins Wasser geschmissen worden, mit denen er aneinandergeraten sei, er wisse freilich nicht, von welchen. Jetzt sitze Vilém im Wirtshaus, und auf die Frage, was er dort tue, antwortete Slávek ganz selbstverständlich: trinken.

Damit brach er zwar die letzte Brücke ab, die noch zwischen ihm und der alten Svojsíková verblieben sein mochte, doch es war die Sache wert, denn das Weib wurde bei diesen Hiobsbotschaften violett im Gesicht, und ihr Kinn zitterte so, daß die einzelnen Beschimpfungen, mit denen sie seine Geschichte begleitete, wie abgehackt klangen.

Slávek entfernte sich von der Svojsík-Hütte weit schneller als nötig. Er meinte die Nase der Alten in der Luft zu spüren, die die Wahrheit witterte.

Er brachte Svojsík die trockenen Kleider und gab ihm knapp den Inhalt des Monologs wieder, den seine Schwägerin gehalten hatte. Da Vilém nichts weiter dazu sagte, ging er in den Laden hinüber. Dort schichtete er Seifenstücke übereinander, wog Zucker ab, staubte die Waren ab, entflammt von der Rolle des Geschäftsmannes, die er hier völlig unbehindert spielte, weil die Großmutter es nicht fertigbrachte, seine überschäumende Tatkraft zu bremsen, und nur anerkennend mit dem Kopf nickte, wenn er mühsam Pflaumenmus in Kilosäckchen abfüllte oder die eingelegten Gurken nachzählte.

Hin und wieder klingelte ein Kunde. Wenn es ein Erwachsener war, rief Slávek nach der Großmutter, war es ein Kind, bediente er selbst.

»Wo hast du dein Geld?« stellte er die Eingangsfrage mit der Jovialität des liebenswürdigen Onkels. Das Kind fischte in seinem Täschchen und legte seine geballte Faust auf die Theke.

»Zeig her! ...« Blitzartig schätzte er den Betrag ab. »Du bist aber eine Geschickte, daß du nichts verloren hast. Also, was willst du? – Streichhölzer? Hier einmal Streichhölzer, bitte sehr. Sag deiner Mutter, daß sie dir Weggeld mitgibt, und komm dir Zuckerzeug holen. Wir haben Honigbonbons bekommen. Ich würde dir eins zum Probieren geben, aber die Großmutter hat sie weggeräumt, und ich muß erst fragen, wo sie sind. Adieu, und komm wieder.«

Über das Zuckerzeug wußte der heuchlerische Verkäufer nur zu gut Bescheid. Er versteckte es selbst vor der Großmutter hinter einem Sack Kartoffeln, denn die alte Frau verteilte in ihrer Güte alles an die Kinder.

Als Geschäftsmann kannte Slávek kein Herz. Von den Honigbonbons hatte er genau siebenhundertdreiundachtzig abgezählt, und er hütete sie wie ein Hamster. Sein kindlicher Geiz hatte eine solche Selbstdisziplin in ihm zutage gefördert, daß er sie nicht einmal selbst anrührte.

Wenn die Großmutter bediente, kontrollierte er sie mit Stielaugen und brachte ihr mit unerwünschtem Eifer selbst die Waren, die milligrammgenau abgewogen waren. Früher hatte bei den Lipkas jeder Kunde selber die Waage bedient. Man nahm sich eine Papiertüte vom Tresen, wog sich etwas ab und warf es in den Einkaufskorb.

Ich habe fünf Kilo Kartoffeln, zwei Gurken, ein Kilo Grieß.

Die Alte hatte nur mit dem Kopf genickt.

Slávek litt Qualen dabei.

Einmal, als die Frau des Wirts fast ein halbes Kilo Natron unterschlug, rief er markerschütternd: »Aber sie hat einen ganzen Zentner mehr abgewogen!«

Die Wirtin regelte die Angelegenheit mit ihm auf der Stelle. Damals kam ihm in seinem schmerzenden Kopf die Idee, die Lebensmittel schon vorher abzuwiegen. Die Großmutter ließ sich zu allem überreden. Der kleine Laden warf schon lange nicht mehr das Geringste ab, und den einzigen Lebensunterhalt stellten Lenkas reinrassige Hühner dar, die in der ganzen Gegend begehrt waren. Die künstliche Petroleum-Brutkammer in dem Schuppen auf dem Hof war es, die Geld einbrachte, hinter dem Tresen des Lädchens spielten zwei Kinder.

Vilém war in seine Kleider geschlüpft und hatte wieder seine frühere Gestalt angenommen.

Die ernste, schwarze, bergmännische.

Lenka wusch sich ihre geschwollenen Wangen mit Wasser ab.

Weil niemand geläutet hatte und es im Laden nichts zu tun gab, zog Slávek sich in die Stube zurück und machte sich einen Spaß daraus, den Kater zu ärgern. Er fuhr ihm mit einem Stück Papier über das Maul, das er auf ein Holzstäbchen gesteckt hatte. Aus dem Augenwinkel beobachtete er den Gast, der dort gedankenversunken und finster auf der Bank saß.

Er selbst fühlte sich hier zu Hause.

Als er sah, daß die Großmutter eine neue Portion Tee kochte, holte er rasch vier Tonbecher herbei, verteilte sie auf dem Tisch und stellte in die Mitte eine Strohschüssel mit aufgeschnittenem Brot. Der Ordnung halber legte er zu dem Körbchen das lange Messer, das er vor kurzem geschärft hatte. Die alte Frau begleitete sein Tun mit Lobeshymnen, und Slávek wurde schamrot, obwohl er mit ihrer Anerkennung gerechnet hatte.

»Man sieht, daß du zur Schule gehst«, schmeichelte sie ihm.

Damit traf sie nicht eben ins Schwarze, und der Herr Lehrer würde sie schnell von ihrem Irrtum befreien, vor allem jetzt, dieser neue, ausgemachte Schinder, der Teufel wußte, warum er es gerade auf Slávek abgesehen hatte, vielleicht wegen jener schmierigen Murmeln, die er seinem Mitschüler Vaňek, genannt Sabbel, so mühsam abgeluchst und dann scharfsinnigerweise vor dem Lehrerpult ausgelegt hatte.

Doch Slávek konnte so schnell nichts erschüttern.

Es war seltsam, daß Vilém jetzt, da ihn nichts mehr am Gehen hinderte, nicht ging. Er empfand das gleiche wie Slávek. Daß er hierhergehörte, daß er hier zu Hause war.

Er kämpfte eine Weile mit diesem Gefühl, kam sich vor wie ein Eindringling, der kein Recht auf die Wärme des Kachelofens oder auf den Duft des dampfenden Tees besaß, doch es gab nichts Fremdes in dieser Stube, die Madonna in dem Farbdruck über dem Bett blickte mit freundlichen Augen auf ihn herab, das Sträußchen auf dem Tisch sah aus, als würde hier fortwährend Namenstag gefeiert, der schwarze Kater gab schnurrend zu verstehen, daß es am besten sei, das Leben in süßem Halbschlaf zu verdösen, daß noch für den längsten Traum genug Zeit da sei. Das Blut in Viléms Adern kochte, er bemühte sich, die heißen Wellen zu überwinden, bemühte sich, nicht daran zu denken, daß diese saubere Stube, die so voll von mütterlichem Zauber lang vergessener Tage war, leicht mit ihm schwankte.

Unendliche Müdigkeit bemächtigte sich seiner, und ein bleiernes Gewicht hing an seinen Füßen.

Wenn es das nicht gäbe, wie schön wäre es, zu leben!

»Vilém, du wirst krank!«

Lenka hielt ihm das heiße Getränk vor den Mund.

»Keine Sorge«, fertigte er sie ab und stellte den Becher auf den Tisch, ohne ihn anzurühren.

»Dickschädel!«

Es klang nicht wie ein Schimpfwort, es war mehr so etwas wie ein Streicheln. So war Baryk gerügt worden, so wurde dem Kater ins Gewissen geredet oder den Meisen, die hinter dem Fenster an der Kaninchenhaut pickten.

Vilém senkte seine schwarzen Augen. Auf einmal hörte er laut einen Wecker klingeln.

»Ich gehe jetzt. Vielen Dank für alles ... und lebt wohl.«

Er stand langsam auf, das Bleigewicht ließ seine Beine einknikken.

»Leb wohl«, flüsterte die Großmutter und blickte unruhig auf Lenka.

Vilém ging in den Hof hinaus. Frischer Schnee blendete ihn, über dem sich der sauberste Himmel wölbte.

Neben ihm ging Lenka, in das Tuch ihrer Großmutter gehüllt.

Er blieb stehen.

»Wo gehst du hin?«

»Ich muß ins Dorf.«

»Um herauszukriegen, wohin ich gehe?«

»Das weiß ich sowieso, ins Wirtshaus.«

»Und wenn schon?«

Sie gingen bis zur Wegkreuzung schweigend nebeneinander.

»Also dann«, sagte Lenka, »und komm morgen zu uns.«

»Weshalb?«

»Wegen der Kleider natürlich.«

Hastig entfernte sie sich von ihm. Vilém stand wie mit der eisigen Erde verwachsen, seine Blicke folgten ihr den verwehten Weg hinauf zur Kirche.

Dahin ging sie? Was hatte diese Wallfahrt zu bedeuten? Sie ging dort völlig allein, um sie herum fielen ein paar spärliche Flocken.

Er wandte sich ab. Wie eine Marionette näherte er sich dem Wirtshaus. Dort fühlte er sich letztlich immer wohler als zu Hause. Er setzte sich an den fleckigen Tisch in der Ecke, und obwohl sein Körper in Flammen stand, rief er nach einem Gläschen Schnaps zum Aufwärmen.

3

Bis vor kurzem hatte sich Želary in einen weißen Pelz gemummt, jetzt sah es aus wie ein eingepuderter Mohr, der weinte. Von morgens bis abends hing ein graues Wolkenband vom Himmel. Vögel flatterten darüber und erfüllten die Atmosphäre mit ihrem Geschrei. Lenka Lipková fühlte sich nicht wohl. Sie war schwach, und das Essen drehte ihr den Magen um.

Die Großmutter faßte ihr an die Stirn, dachte an das unglückselige Bad im Fluß und erzählte bis zum Überdruß, wer im Dorf sich wann erkältet habe. Lenka bekam ganz blasse, bläuliche Wangen, etwas saugte das Leben aus ihr.

Die Wege ins Städtchen zum Einkaufen wurden immer beschwerlicher.

Die Wege ohne Baryk.

Unter dem Schuppendach rostete der Karren vor sich hin, in den er eingespannt gewesen war. Lenka hatte auf ihm gesessen, wenn die Fuhre leer war, und war an seiner Seite gegangen, wenn er Waren transportierte. Der Esel war immer zu Scherzen aufgelegt. Urplötzlich fing er an zu laufen und verschwand aus ihrer Sichtweite. Dann wartete er jedoch hinter der nächsten Kurve und spitzte schalkhaft die Ohren. Wenn sie lachte, war er zufrieden. Wenn sie böse wurde, puffte er mit seinem Kopf gegen sie und bat um Versöhnung.

Nichts war Lenka von ihm geblieben. Nicht einmal sein prächtiges Lederhalsband mit den Metallrosetten, das er wie ein Hündchen getragen hatte.

Die Großmutter konnte nicht auf den Grund von Lenkas Gedanken sehen. Sie kochte einen Tee mit Honig und zwang ihre Enkelin, sich auszuschwitzen. Lenka schwitzte und wurde noch schwächer.

»Du bekommst bestimmt eine Grippe. Dein seliger Großvater hat genauso ausgesehen.«

Törichte Worte, die jedoch den reinsten Quellen entsprangen, der Liebe und der Besorgnis.

»Deine Mutter dachte auch, daß sie wer weiß was aushält – und dann hat es sie niedergestreckt. Du hast Fieber.«

»Habe ich nicht, Großmutter, mir fehlt nichts.«

»Hast du kalte Füße?«

»Nein.«

»Miß mal Fieber, Lenička … ich bitte dich.«

Lenka maß. Siebenunddreißig.

»Das ist kein Fieber, Großmutter. Ich muß nur mal frische Luft schnappen. Ich gehe ein bißchen spazieren.«

»Aber nur kurz, Lenička. Nimm dir den Muff mit und atme ins Wolltuch hinein! Hörst du mich? Ins Wolltuch atmen!«

»Ja, Großmutter.«

Lenka ließ sich einwickeln und eilte in Richtung Kirche. Auf halber Strecke trat ihr jemand in den Weg, und statt ihm auszuweichen, streckte sie ihre Hände nach ihm aus.

»Bist du es?«

Ihre warme Hand tastete über Viléms Gesicht. Eine Hand, die am meisten zu verschenken hatte, wenn sie leer war. Tag für Tag derselbe Abendspaziergang, dieselbe zufällige Begegnung. Seit jenem Tag, als sie nach ihm gerufen hatte.

Vilém hatte sie von ferne gehört. Vilém!, hatte das Echo wiederholt.

Er konnte nicht so tun, als hörte er nichts.

Er war näher gekommen. Hatte sich an die Planken der Lipka-Hütte gelehnt.

»Warum rufst du mich?«

»Ich rufe nicht dich, Vilém, ich schreie das Echo an.«

»Dann also das Echo?«

»Aber ich bin froh, daß du gekommen bist. Du hast noch einen Barbarazweig bei uns.«

Vilém schwieg.

»Vilém«, drängte Lenka.

»Du mußt lauter rufen. Damit dir das Echo antwortet.«

»Hilf du mir, du hast die stärkere Stimme. Brr, dieser Wind ... Wenn du nicht so finster dreinschaust, bist du hübscher ... Ich hab mich in den Finger geschnitten. Schau.«

Der krummbeinige Hund sah vertrauensvoll zu dem düsteren Fremden auf und wedelte mit dem Schwanz.

»Brok will, daß du ihn streichelst.«

Vilém bückte sich und nahm den Hund auf seine Arme. Die Hundezunge fuhr über sein Kinn. Eins der Zwerghühner sprang auf seinen Fuß und versuchte, den Schnürsenkel aufzupicken. Der Bändel löste sich, der Regenwurm zog sich in die Länge, das Huhn ruckte mit aller Kraft, zerrte an dem zähen Bissen.

»Kschsch! Darf man das etwa?«

Lenka griff nach dem Schnürsenkel, doch bevor sie eine Schleife machen konnte, landeten Viléms Hände auf ihren Schultern.

»Laß das, ich binde es selbst.«

»Ich mache nur die Schleife, wenn ich schon hier hocke.«

»Das tust du nicht.«

Sie wurde vom Boden hochgehoben, zappelte, bekam Viléms Kragen zu fassen.

»Schwank nicht so, sonst fällst du noch!«

Er setzte sie auf das Dach des Hühnerstalls. Das Huhn kam ihr nachgeklettert und setzte sich auf ihre Schulter. Brok begann zu bellen.

Lenka trat mit den Fersen gegen das durchfeuchtete Holz, und Vilém sah, wie sich das Dach durchbog. Er hielt ihr seine Hände hin. Lenka ergriff sie, sprang aber nicht hinunter … Sie hängte sich an seinen Hals.

»So wirst du mich das ganze Leben lang tragen wie der Teufel die Käthe!«

Viléms Atem stockte, Schweiß trat auf seine Stirn. Er schüttelte Lenka ab, faßte sich an den Hals, als wollte er etwas aus ihm befreien – dann fing er an zu husten. Er trat ein paar Schritte zurück und drückte ein Taschentuch gegen seinen Mund.

Lenka setzte sich auf die Erde – sie war die Angst in Person.

Der Husten ging vorüber.

»Steh auf da unten!«

Das Mädchen erhob sich langsam. Mit ihren Händen strich sie sich den Dreck vom Rock.

»Und geh dich waschen!«

»Du mußt gesund werden, Vilém.«

»Oder krepieren. Das geht schneller.«

Lenka schaute ihm ins Gesicht, sie konnte ihre Augen nicht abwenden.

Vilém ertrug ihren Blick nicht, senkte seinen Kopf, starrte auf den Boden.

»Komm heute abend mit zur Kirche. Du mußt mehr an die frische Luft.«

»Statt in die Kneipe? Und was hast du damit zu tun?«

»Alleine würdest du doch nicht gehen. Kommst du?«

»Nein.«

Am Abend trafen sie sich auf halber Strecke.

Für den jungen Mann – ein halbes Kind noch – war Želary auf diesen Spaziergängen von einem märchenhaften Zauber umgeben. Vergeblich knirschte der Wind mit den Zähnen und zischte in seine Ohren. Vilém sah über sich den leuchtenden Himmel und hätte nicht mit ihm tauschen mögen. Nicht einen einzigen Augenblick seines Lebens hätte er für alle Schätze der Welt verkauft.

Er veränderte sich.

Lenkas Tränen wuschen seine Seele, wie der Regen die Felsen von Želary reinwusch, sie fielen auf einen Boden, schwärzer als eine Steinkohleader, ein rauher und hungriger Boden, den kein Opfer vom Schicksal der Brache befreien würde, der sich dennoch am liebsten mit Rosen überzogen hätte. Lenka erkannte das Zeichen des Todes auf seiner Haut, sie rechnete mit ihm wie mit etwas, das unabänderlich gegeben war.

Doch indem die Tage immer schneller vorübereilten und wie eine Lanze in der Luft schwirrten, die auf Viléms Brust zielte, wuchs das Entsetzen in ihr.

Sie beschwor Vilém, er möge sich schonen, gab ihm tausend unsinnige Ratschläge, warf ihm in der Dunkelheit das Wolltuch der Großmutter über und begann, sich so sehr vor seinem Ableben zu fürchten, daß er die verrücktesten Lügen aufwenden mußte, um sie zu trösten.

Ihm fielen Worte wieder ein, die er aus seiner Kindheit kannte. Zuerst kamen sie ihm lächerlich vor, dann gewöhnte er sich an sie und wurde ohne sie sprachlos.

Er hatte sich verändert.

Früher waren seine Gedanken um das Wirtshaus gekreist und hatten jeden Stein abgeleckt. Nun füllten sie sich mit lebendigem Inhalt. Er träumte über der Grubenlampe, er träumte im engen Flöz, er träumte und träumte. Seine Träume waren wie eine Wolke, die diffus im klebrigen Kohlenstaub um ihn herumschwebte.

Wie die Grausamkeit benennen, die ihn aus seiner Träumerei herausriß und ihn tiefer traf als die Hachse der tödlichen Krankheit?

Lucka Vojničová mit ihrer strengen Miene war Überbringerin

der schrecklichen Wahrheit, die wie ein Engerling aus der Erde kroch und hinter ihrem scheußlich anwachsenden Leib ein offenes Grab zurückließ.

Svojsík begriff zunächst nicht, wovon sie redete.

»Vilém«, heulte die Alte, »siehst du nicht, daß du kurz vorm Verrecken bist, du Narr? Ich rede von Lenka, damit du weißt, was ich meine.«

Der Zorn färbte ihr faltiges Gesicht blutrot.

»Ich verstehe Sie immer noch nicht.«

»Du verstehst mich nicht?! Dann werd ich's dir sagen, wenn du es unbedingt hören willst! Du hast Lenka einen Bankert beschert, denn du wirst hinüber sein, noch bevor du sie heiraten kannst!«

Viléms Augen flammten auf wie Spiegel, in denen sich die Sonne fing.

»Was erzählen Sie da?!«

»Die Wahrheit.«

»Unsinn. Ich muß doch schließlich wissen, daß das Unsinn ist!«

»Mag sein, daß du's nicht weißt, aber selbst wenn du es nicht wüßtest – es ändert nichts an der Tatsache.«

»Ich sage, es ist Unsinn! So etwas würde ich nie tun. Auch wenn ich nicht am Krepieren wäre, würde ich so etwas nicht tun!«

Die Kräuterfrau schwieg nur, ein allwissendes, unerbittliches Schweigen, tief wie eine Schneewehe. Vilém erkannte, daß sie nichts anderes mehr sagen würde, als was sie bereits gesagt hatte. Hinter ihren Worten klaffte eine Leere, die von keinerlei Hoffnung gefüllt wurde.

Nicht einen Augenblick lang zweifelte er an Lenka Lipková.

Unter dem leuchtenden Himmel am verwitterten Kruzifix faßte er ihre Hände und fragte sie nach dem Namen dessen, den er umbringen mußte. Er hätte jedoch leichter den eisernen Christus zu einem Geständnis bewegt, den man zwischen Städtchen und Dorf aufgestellt hatte, als das Lipka-Mädchen.

»Warum willst du ihn schützen?«

»Ihn nicht, Vilém, dich. Ich werde meiner Schande sowieso nicht entgehen, selbst wenn ich heiraten würde. Es muß so sein.«

»Muß es?!«

Lenka fürchtete sich nicht vor der Schande, und sie freute sich auf das Kind. Sie hielt es für ein Wunder und so ganz für ihr eigenes, daß die Erwähnung des Vaters sie aufbrachte. Wenn Vilém das nur begreifen würde! Es gab da niemanden, den sie hassen konnte. Sie würde eine Tochter bekommen, die sie Libuše nennen würde, sie würde eine kleine Libuška bekommen, ein Sonnenscheinchen!

»Frag nicht, Vilém, frage nicht, ich bitte dich!«

Aber für Vilém gab es kein Zurück mehr.

»Mir ist alles gleich, Mädchen, du weißt, daß mir alles gleich ist.« Er funkelte sie aus seinen tiefliegenden Augen an. »Ich muß wissen, wer der Kerl ist! Rede, sonst bringe ich dich um.«

»Wer hat dir davon erzählt?«

»Lucka.«

»Mir hat es auch die Gevatterin gesagt. Ich selbst habe nichts gewußt.«

»Wer ist es?«

Svojsík umklammerte Lenkas Arm, morgen würde sie einen blauen Fleck dort haben, er atmete ihr röchelnd ins Gesicht, zerrte an ihr, riß ihr das Kopftuch herunter, doch bei ihrem ersten Schluchzen sanken seine Hände hinunter wie abgeschlagen.

Lenka rannte ins Dorf. Und der Wind, die stets bereite Klagefrau, jammerte pfeifend in ihrem Rücken.

Vilém stand nur da. Er wandte sein Gesicht zum Himmel. Ihm schien, als müßte er sich über ihm öffnen wie ein Buch, in dem jenes große Wort stand, das noch kein menschlicher Mund ausgesprochen hatte.

4

Lenka wich erschrocken zurück, als er die Tür hinter sich zuschlug. Sie wollte schreien, tat es aber nicht. Sie wollte die Großmutter rufen und tat es nicht. Vilém vergrub beide Hände in seinen Taschen und lehnte sich an den Türstock.

Das Mädchen faßte sich an die Kehle. Ein kindliches Lächeln erschien auf ihrem Gesicht. Sie machte eine Miene wie die kleine Sünderin, die sich vor dem Nikolaus erschrocken hat und nun erkennt, daß es der verkleidete Vater ist.

Viléms Augen sind nicht die Augen eines Mörders. Ich muß sie nur anschauen und habe keine Angst mehr.

Fliegen erfüllten den Raum mit leisem Gesumm.

»Du weißt, weshalb ich hier bin, Mädel. Ich werde dich töten.«

Lenka sah ihm in die Augen und konnte sich nicht fürchten.

Svojsík hielt ein Messer in seiner feuchten Hand.

»Mädchen, du weißt, daß du nicht davonkommst, daß niemand dich hören wird. Ich verlange nur ein Wort von dir. Wer?«

Lenkas Wangen waren lilienweiß.

»Wenn ich dich bitte, wirst du es nicht tun, Vilém.«

»Bitte mich doch!«

Sie preßte die Zähne aufeinander. Fing an zu zittern.

»Fleh mich nur an, Mädchen! Ich hab dich aus dem Fluß gefischt und werde dich wie einen Hund erledigen! Flehe! Um alles auf der Welt, flehe!«

Der Husten verschluckte sein letztes Wort. Vilém ließ das Messer fallen.

Sein Mund war voller Blut. Mit ausgebreiteten Armen tastete er nach der Tür. Er kippte um wie ans Kreuz genagelt.

Großmutter, Großmutter, Großmutter!

Großmutter Lipková berührte den blutüberströmten Mann mit dem Mut des Alters, legte ihn auf die Erde, bettete seinen Kopf hoch.

»Bleib bei ihm. Ich gehe Lucka holen.«

»Komm bald zurück … Komm zurück!«

Vilém versuchte vergeblich, den Nebel zu vertreiben, der vor seinen Augen stand. Dennoch konnte er das Gesicht erkennen und bewegte seine Lippen.

»Sprich nicht!«

Durchs Fenster drang Sonne in die Stube herein, auf Vilém fiel der Schatten des Mädchens.

Die Barbarazweige hinter dem Fenster standen in voller Blüte.

Inhalt